THE ADVENTURES OF TOM SAWYER

トム・ソーヤーの冒険

マーク・トウェイン

市川亮平【訳】

WRITTEN BY MARK TWAIN

TRANSLATED BY RYOHEI ICHIKAWA

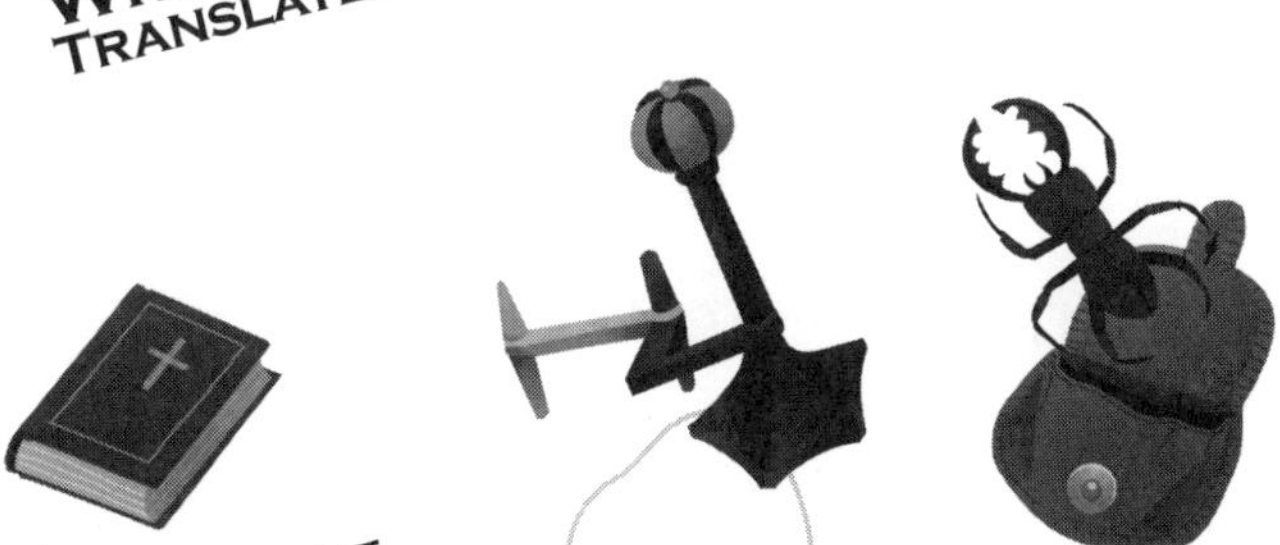

小鳥遊書房

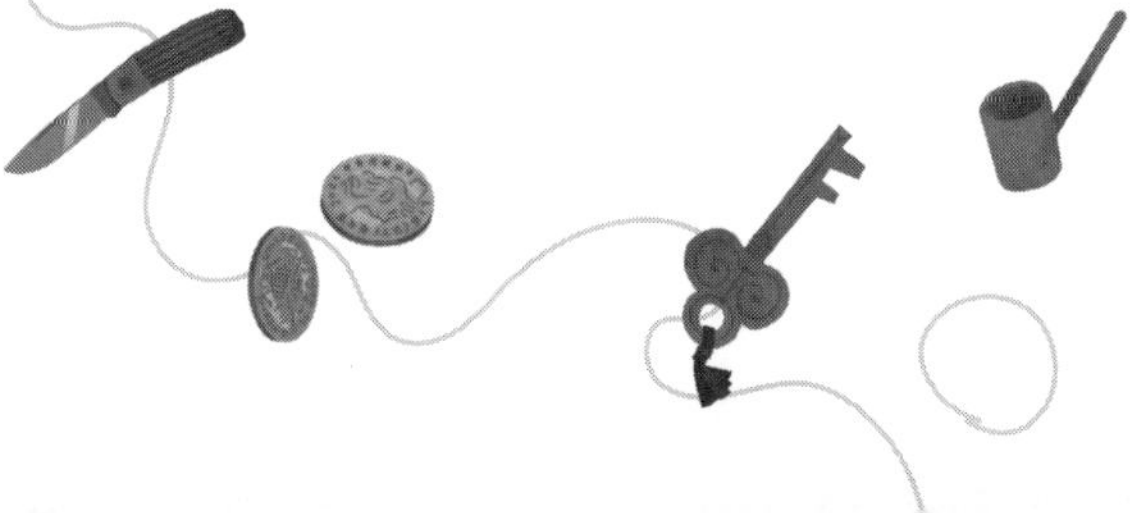

妻へ
この本を
愛を込めて贈る

THE ADVENTURES OF TOM SAWYER
by
Mark Twain
1876

※本文中の［　　］は原註、（　　）は訳註を示します。

はじめに

ここに語られている冒険談のほとんどは実際に起ったことである。1、2のエピソードは私自身体験したことであり、そのほかは私の級友に起こった事件である。ハック・フィンは実在のある少年をモデルにしている。トム・ソーヤーも実際の人物をモデルにしているが、彼の場合にはひとりではなく、私の知っている3人の少年がモデルで、彼らの特徴を融合させて1人に仕立てた。たとえていえば、建築での混合様のようなものである（混合様式とはローマ建築のエンタシス柱頭にみられる、ギリシャ時代の、ドーリア、イオニアおよびコリントの各模様を融合させたデザインをいう。ドーリア様式は装飾がないので実質後者二様式の融合を意味する…訳者註）

本書のなかで随所に現われる、なんとも奇妙な迷信の数々はこの物語が繰り広げられている時代――そう、今から30、40年前に、ミシシッピー河流域諸州の子どもあるいは黒人奴隷の間で広く信じられていたものである。

本書はもっぱら少年、少女に楽しんでいただくために書かれたのであるが、私としては、だからといって紳士、淑女諸君がはなから読むに値しないと決めつけないことを願うものである、というのも紳士、淑女諸君には、自分たちが子どもの頃、どんな子どもだったか、どんな感性をもっていたか、どんな考えかたをしていたか、なにが話題になっていたか、そしてときとして大人からみればなんとも珍妙な「ごっこ」に熱中したかを、本書を読むことで顔をほころばせながら思い出して頂くのが私のねらいでもあるからなのだ。

著者より

ハートフォードにて、１８７６年

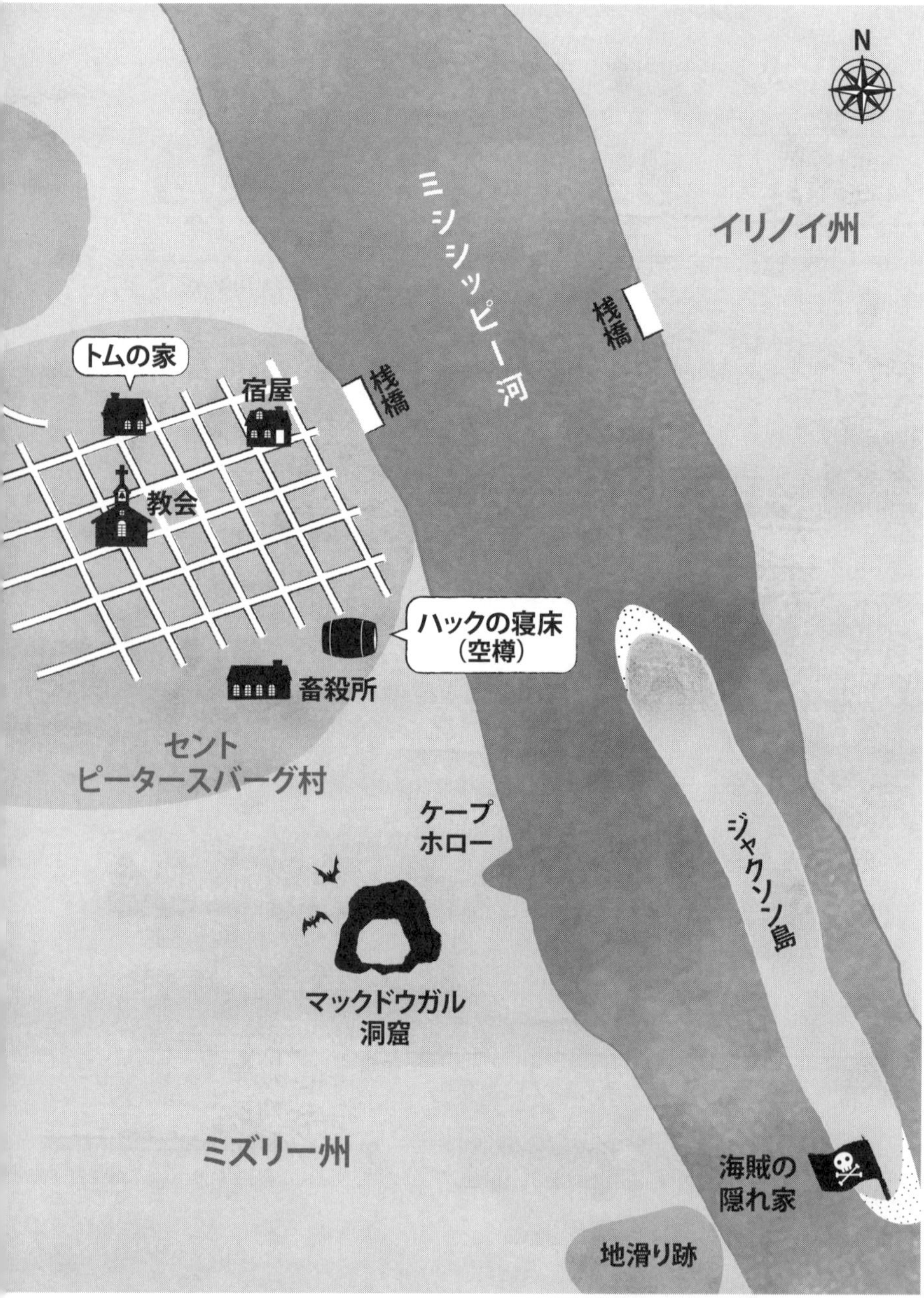
N
ミシシッピー河
イリノイ州
桟橋
桟橋
トムの家
宿屋
教会
ハックの寝床
（空樽）
畜殺所
セント
ピータースバーグ村
ケープ
ホロー
ジャクソン島
マックドウガル
洞窟
ミズリー州
海賊の
隠れ家
地滑り跡

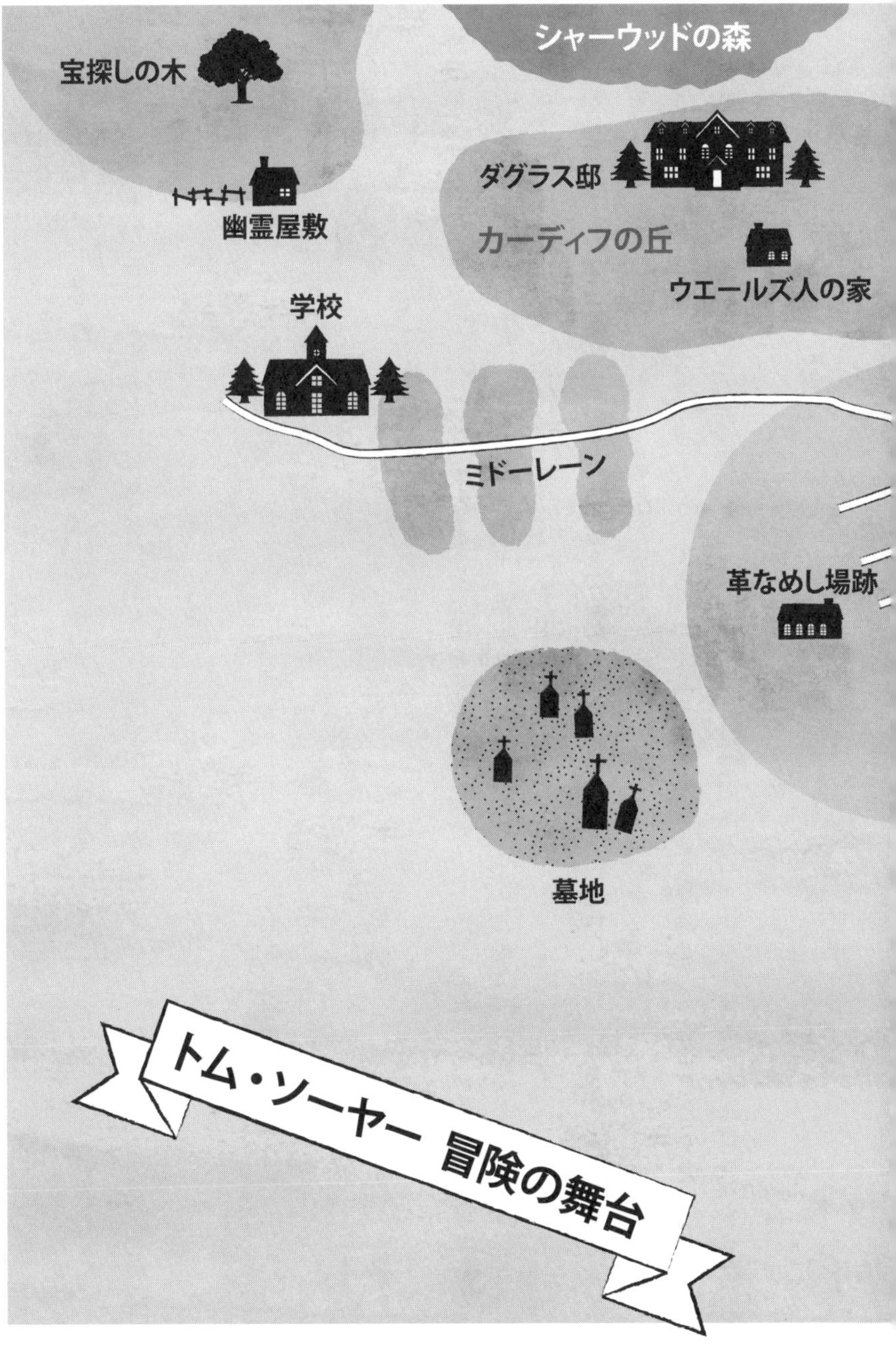

地図原案◎市川亮平
地図デザイン◎デザインワークショップジン

第1章 どーこーなーのートム／ポリーおばさんの決心／トム、口笛を練習する／おまえはだれだ／こっそり帰る

「トム！」

応答なし。

「トム！」

応答なし。

「どうしちまったんだろね、あの子は、トム！」

おばさんはめがねを下にずらして、その上から部屋をぐるりと見渡しました。それからめがねを上げてその下からまた部屋を見渡しました。おばさんは取るに足らないもの、たとえば子どもなんかを探すときには、めったに、というより絶対にめがねなんかに頼ったりしません。

めがねはおばさんにとっては威厳をつけ足すためのもので、めがねをかけるとなんとなく立派になった気分がするのです。というわけでおばさんのめがねは道具ではなく、飾りなのです。実際おばさんの目はとても鋭いので、たとえめがねの代わりにストーブのふたを両目にかぶせてもなんでも見通せてしまうと思えるほどです。

おばさんはちょっと戸惑ったように見えましたが、すぐに威厳のある、しかも長椅子さえもビビりそうな、大きな声で言いました。

「よーし、もし捕まえたらムチ打ちですからね、それから……」

おばさんは全部言い終わる前にホウキを手に取ると、かがみ込むやベッドの下をつっき回しました。突いては休んで息をととのえ、また突くといった様子でしたから、言葉も途切れ途切れになるのです。でも、結局ベッドの下から飛び出してきたのは猫だけでした。

「まったく、あんな始末の悪い子は見たことがないよ」

おばさんは戸口まで行って庭の家庭菜園のトマトの陰や、雑草のくせに思い切り枝葉を伸ばしている朝鮮アサガオのうしろにトムが隠れていないか眺め回しました。いない、トムは見当たらない。おばさんは庭じゅうに声がとどくよう、斜め上に向かって叫びました。

「どーこーなーのー、トームー！」

すると、おばさんのうしろでかすかな音がしました。おばさんはサッと振り向き、その子がおばさんの横をすりぬけて外へ逃げ去ろうするその瞬間、上着の裾をグッとつかみました。

「まったく、あたしとしたことが、なんであの戸棚を真っ先にチェックしなかったんだろう、トム！　あのなかでなにしてたんだい？」

「なにも」

「なにも、ですって！　自分の手を見てごらんなさい、それから口も！　そこについてるのはなに？」

チョウセンアサガオ
いわゆるよく見るアサガオとはちがって、
蔓《つる》ではなく、自立した草で、やや茄子《なす》に似ていて、
枝葉が盛大に伸びます。

「なにって、おいら知らないよ」

「そうなの、それじゃ言ってあげるよ、ジャムだよ、それはジャムっていうものだよ。トム、もう40回以上言ったはずだよ、ジャムに手を出したらお仕置きをするって。さあ、そこのムチをよこしなさい！」

ムチが空《くう》を舞います、絶体絶命！

「大変だ、おばさん、うしろ！」

おばさんはあわてて振り向き、なにはともあれとばかりに自分のスカートをたくし上げました。

その瞬間、男の子はあっという間に逃げ去り、高い板塀をよじ登って塀の向こう側に消えてゆきました。

彼のおばさん、ポリーはぼうぜんとして一瞬立ち尽くしましたが、それから穏やかな笑いがこみ上げてきました。

「なんて子なの、あたしってどうしていつもしてやられるんだろうね？　これまでもさんざんあの手この手であたしをごまかして逃げていったじゃない、もういい加減やりようがわかってもいいのに。だけど仕方がないのよね、年取った間抜けはとびきりの間抜けなんだから、おいぼれ犬が新しい芸なんか覚えられないのといっしょ、よくそういうじゃない。

やれやれ、あの子はね、同じ手は2日と使わないよ、だからこのあたしにゃ、次ぎはなにが飛び出すか見当もつかないよ。あの子はどのくらいの間あたしを悩ませたらあたしが怒り出すか、わかっているみたいなんだよ。それにあの子はどのくらいの悪さまでならあたしが怒らないか、怒ってもどうやってなだめて笑わせるかちゃんと知ってるんだよ。ほら、今だってもう怒っちゃいない、またいつもと同じ、きっちりムチで叩くことなんかできないよ。あたしにはあの子をきちんと躾《しつ》けなきゃならない訳があるのにまた駄目だった、だれにも知られないとしてもお天道様は見てるよ。

ムチなしでは子に未来なし、聖書にもそう書いてあるじゃない。でもあたしは聖書に背きっぱなし、それであたし自身も悩んでるし、あの子もいい子にならない。そうだよ、あの子はなにかっちゃ罠やトリックを仕掛ける、まるで悪魔さ、だけどだれがなんと言ってもあの子は死んだあたしの妹の子なんだよ、かわいそうな子なんだよ。だからどうしてもムチでなんかで叩けないんだ。

かわいそうでついムチを使わないと、そのたびに『なんできちんとしつけなかった』と悔やむのさ、だけどムチを使ったら使ったで、そのたびにこの年寄りの心が張り裂けそうになるんだよ。やれやれ、人は女より生まれ、その日々は短く悩みに満ちているって、聖書にあるけど、まったくそのとおりだよ。

あの子は今日の午後の授業をサボるよ、そしたら罰として、あした手伝いをさせなくちゃならない。土曜日にあの子を働かせるのは大変、なぜって友だちはみんな遊びにいっちまうから。それにあの子はなにより働くのが嫌いときている。けど、どんなことがあってもやることはやらせないと、じゃなきゃあの子を駄目にしちまうから」

案の定トムは、午後の授業をさぼりました。サボって思いっきり楽しく遊びました。家に戻ってきたのは黒人の少年、ジムの手助けができる、ギリギリのタイミングでした。ジムは翌日のための薪《まき》をひいたり、たき付け用に薪《まき》を細く割ったりしていました。もっとも手助けができるギリギリのタイミングというよりは、サボってどんなにわくわくしたことをして遊んだかをジムに話せるギリギリのタイミングといったほうがいいでしょう。というわけでトムはもっぱら口を動かしていたので、薪《まき》の3分の2はジムが作りました。

トムの弟のシド［異父兄弟です］は彼に割り当てられた仕事の、木くず集めをとっくにやりおえていました。シドは物静かで、危なっかしいことをしでかしたり、やっかい事を起こしたりすることのない子でした。

晩ご飯の最中、といってもトムは隙を見て砂糖をくすねていましたが、ポリーおばさんは、トムから、いたずらの決定的な証拠を聞き出すため、そうとは悟られないよう、遠回しでしかも意味深な質問を投げかけました。多くの素朴な人たちと同様、彼女も自分はどす黒く、なぞに満ちた駆け引きの才能に恵まれていると思い込み、見え見えの企みを、天から与えられた、だれにもバレないズルさの傑作と信じたがるのでした。

「トム、授業中、ちょっと暑かったんじゃない?」

「はい、おばさん」

「すごく暑かった?」

「はい、おばさん」

「それじゃ、泳ぎにいきたい、とは思わなかったかい? トム」

井戸

ポンプ式の井戸はこんな感じです。

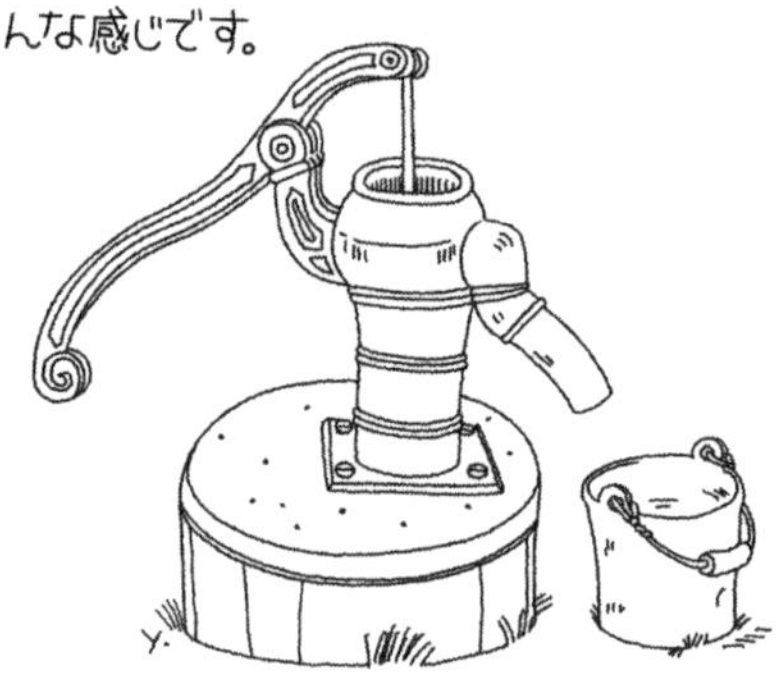

一瞬、トムの顔に不安がよぎりました、あれ、なにか変、なんでそんな質問? トムはおばさんの顔をうかがいました。けど、おばさんがなにを考えているかその表情からは読み取れません。

「いえ、おばさん、えーと、泳ぎたいなんて思いませんでした」

おばさんは手を伸ばしてシャツの上からトムの腕を触れて言いました。

「だけど、それにしちゃ体は熱くないね」

シャツは濡れているものだと思っていましたが、予想に反して乾いていました。トムの腕が熱いかどうか知りたいふりをして、じつはシャツが濡れているかどうかを確かめたのです。

だれにもほんとうの目的を知られずに確かめられたのでおばさ

んは内心ご満悦でした。

ところがどっこい、トムにはおばさんの狙いがすっかりわかりました。それでおばさんの先手を打って言いました。

「みんなと井戸で頭に水を掛けました、まだちょっと髪が濡れています、でしょ?」

ポリーおばさんは、泳いだかどうかの目安となる髪の毛を見逃してしまい、それでトムに泳いだことを白状させるチャンスをのがしてしまったことを我ながら情けない、と一瞬落ち込みましたが、すぐに別のアイディアを思いつきました。

「そうなの、それじゃあたしがシャツに縫いつけてあげた襟は外す必要なかったんだね、だって頭だけなら襟は濡れることはないから」

トムの顔から不安げな陰がさっと消えました。トムは上着を広げました。シャツには襟がしっかり縫いつけてありました。

「いろいろ訊いて悪かったね、おまえさんの言うとおりだ。おまえさんが学校をサボったからてっきり泳ぎにいってたんじゃないかと思って確かめたかったんだよ。今回はサボったことは大目に見るよ。トム、あんたは世間で言う毛を焼かれた猫(見てくれははげ山みたいに悪いけど、毛並みが揃えばほんとうは立派)みたいなもんだね、みんなが思うほどじつは悪くはないのさ、少なくとも今日のことについては」

おばさんは自分の巧妙な策略が不発に終わったことを残念に思いましたが、同時にトムがたまたまとはいえ、今日は日頃の言いつけを守ったことをうれしく思いました。

ここでシドニーが口をはさみました。

「あれ、ちょっと、おばさん、ボク、おばさんはシャツの襟を白糸で縫いつけたと思ってたんだけど感違いかな、だってこの糸は黒だから、ほら」

「なんだって！　あたしが使ったのは白糸だよ！　トム！」

おばさんが次の言葉を言う前にトムははじかれたように走り出すと戸口から外へ飛び出していきました。

「シッド！　おぼえてろよ！」とさけんで。

落ち着ける所まで逃げてくると、トムは彼の上着の襟に留めてある2本の大きな針をチェックしました。それぞれには糸が通してありました。1本の針には白糸が、もう1本の方には黒糸が通してありました。

「シドのやつが余計な口出しなんかしなきゃおばさんは絶対気がつかなかった。まいったな、おばさんは気ぐれに白糸を使ったり、黒糸を使ったりするからな、どっちか一方だけにしてくれればいいのによ、まったく。その日によってどっちを使ったかなんていちいち注意してなんかいらんないよ、シドのやつ、絶対ぶん殴ってやる！　余計な口はきかないのがタメだって教えてやる！」

トムは村一番のいい子ではありません。もっともトムは一番の子をよく知っていました、いやなやつだということも。

ものの2分もたつと、というより2分もたたないうちに、水泳の一件はすっかり頭から消えていました。これはなにもこの件が、大人が抱えるやっかい事に比べればほんの取るに足らないからではなく、あらたにわくわくするネタが見つかって、トムはそれにすっかり夢中になり、水泳の件はすぐに頭から追い出されたためなのです。これは不運に見舞われた人が新しい企てに心を躍らせることで、それまでのことを忘れるのと同じです。その新しいネタとは黒人から最近教わった新しい口笛の吹き方でした。トムはその吹き方を、だれにも邪魔されずに練習したかったのですが、なかなかそのチャンスがありませんでした。

それは独特な、鳥のさえずりのような調子で、水のせせらぎのようなビブラートがかかっています。どうやるかというと、口笛を吹きながら、舌を細かく上下させて舌先を上あごにタッチさせるのです。みなさんも男の子だったら、1度はやった覚えがあると思います。

トムは粘り強い練習と集中力を発揮して、すぐにその吹き方のコツを身につけました。歩きながら覚えたての口笛を吹いていました。トムの胸はしあわせでいっぱいでした。

それは天文学者が新しい星を発見したときの喜びと同じでしょう。けれど嬉しさの純粋さ、深さ、強さについて言えば天文学者より間違いなくトムの方がまさっていました。

夏の夕暮れは長く、まだ日は落ちていませんでした。トムは口笛をふいにやめました。前方に見かけない姿がありました。男の子でした。トムより心持ち大柄のようでした。

大人であれ子どもであれ、女の人であれ男であれ、よそ者はこの小さくて、なにもないセントピータースバーグ村では、すぐにみんなの目と気を引きつけるのです。

その子はおめかしをしていました。平日なのによそゆきの服装です。ただ驚くばかりです。

帽子はかわいらしく、きちんとボタンが留められた青い、丈の短い上着は新しく、ぴっしとカッコのいいものでした。はいているズボンもです。見ると靴まではいています、まだ金曜だというのに。おまけに明るい色のリボンのネクタイさえ結んでいました。

その子は都会の雰囲気をプンプンさせていました。それがトムの癇《かん》にさわったのです。

その子の素晴らしい服装を見れば見るほど、そのピカピカぶりを小馬鹿にしたくなり、また同時に自分自身の着ているものがますますみすぼらしく思えてきました。

ふたりともひとことも発しません。一方が動くと他方も円を描くように動きます、顔と顔、目と目をあわせながら……ついにトムが言いました。

「一発殴ってやろうか！」

「へーどうやるんだい、見たいもんだ」

「言うね、ほんとうに殴るぞ」

「殴れっこないよ」

「殴れるさ」

「無理だね」

「殴るぞ」

「無理だって」

「いや、殴れる」

「殴れないって」

と一瞬ぎこちない沈黙、それからトムが口を開きました。

「名前は？」

「きみにぼくの名前なんか関係ないと思うよ、そうだろ」

「あのなあ、関係あるかないかはおいらが決めるんだ」

「そうかい、じゃやってみな」

「おまえ、そこまで言うか、ならやってやる」

「そこまで、そこまで、そこまで、バカのひとつ覚えか？　さあ、どうするんだ？」

「ふふん、自分じゃイカしてるって思ってんだな、そうだろ。おまえなんか片腕うしろに縛ってでも張り倒せるぜ、やってみるか？」

「ならやってみな、できるんだろ？」

「やってやるとも、おまえがおいらをコケにしたらな」

「じゃ、してやるよ、きみみたいな連中はごまんと見た、みんな口だけの腰抜けさ」

「気取り屋、おまえ自分じゃちょっとしたもんと思ってんだろ、なあ、なんだ、その帽子は！」

「気に入らなきゃこの帽子ブカブカにでもしなよ、やりたけりゃやらせてやるよ。だけどやったやつはだれだろうと痛い目にあうことになる」

「嘘つくな！」

「嘘つきはきみの方だ」

「おまえこそ口先野郎だ、やり合うガッツなんかないのさ」

「めんどくさいな、もうあっちいけよ」

「いいか、またふざけた口をきいたらおまえの頭に石を投げつけてやるからな！」

「いいとも、そのときはどうぞ」

「マジだぜ」

「マジならなんでさっさとかかってこない？　口だけじゃないか、どうした、やるのか？　怖いのかよ？」

「怖いわけないだろ」

「強がるな」

「やっぱり怖がってる」

「怖がってなんかいるか！」

「いるね」

沈黙、にらみ合い、それからお互いの合間を測りながらじりじりと円を描くように動きます。肩と肩が触れあうまで近づくとトムが言いました。

「どけよ」

「どくのはきみの方さ」

「どくもんか」

「ぼくだって」

ふたりはその場で力の限り、片足で地面を踏ん張り体が弓なりになるほど肩と肩で押し合いました。そしてお互いに憎しみに満ちた目でにらみあいました。決着がつきません。

ふたりともかっかと熱くなり、汗だくになるまで押し合ったあと、同時に相手の出方を確かめながら少しずつ力を緩めていきました。トムが口を開きました。

「おまえは腑抜けのおぼっちゃまさ、おまえのことを兄貴に言ってやる。兄貴にかかったらおまえなんか小指1本でぶっ飛んじまうさ。おいらが兄貴にやってくれって頼んでやる」

「きみの兄さんなんかへでもないよ、ぼくの兄さんはきみの兄さんよりずっとでかいんだ。きみの兄さんなんかひょいとつかんで塀の向こうにぶん投げちゃうぜ」「実際にはふたりとも兄など存在しません」

「ありえない！」

「なんと言おうとホントのことはホントさ」

トムはつま先で道に横線を引いて言いました。

「この線を越えてみろ、足腰立たなくなるまで痛めつけてやる、この線を越えたやつは泣きを見ることになる」

その少年はすぐにその仕切り線をまたいで言いました。

「ほら、越えたぜ、やるって言ったろ、さあどうする？」

「これ以上近づくな、身のためだ」

「ふん、やるって言ったじゃないか、なんでやらないんだ？」

「これが最後だ、2セントの値打ちもないつまらない真似をしてみろ、ぶっ飛ばしてやる」

少年はポケットから1セント銅貨を2枚取り出し、手のひらにのせ、あざけり笑いを浮かべながらほしければくれてやる、とばかりにトムに向かって差し出しました。

トムはその子の手から銅貨を叩き落としました。次の瞬間、ふたりは土埃《つちぼこり》のなかで猫のけんかのようにつかみ合い、くんずほぐれつの取っ組み合いを始めました。それから今度は互いの髪の毛や服を引きむしり、互いの鼻を殴ったり引搔いたり、ふたりとも泥まみれでしたが誇り高く戦っていました。

ようやく事態が落ち着いてきました。土埃《つちぼこり》のなかからトムがあらわれました。彼はその子に馬乗りになってパンチを浴びせながら叫びました。

「まだやるか、どうだ、言え！」

少年は必死にトムの下から抜けだそうともがきながら大声でトムを罵《ののし》っていました。

「これでもまだやりたいか！　答えろ！」——トムのパンチは止まりません。

ついに少年から、

「わかった、もうたくさんだ」と絞り出すようにうめき声がでました。トムは彼を立たせて言いました。

「よし、これでわかったろ、こんどからは相手を見てものを言うんだな」

少年は服からほこりを払いながら、半ベソをかき、鼻水をすすりながら来た道を戻ってゆきます。その間もときおり振返り、頭を振ったりしていましたが、「次にトムを見かけたら、ただじゃおかない」と捨て台詞《ぜりふ》を吐きました。それを聞いたトムは嘲笑《あざわら》い、意気揚々と来た道を戻ろうとしました。

トムが背を向けたとたん、その子は、やにわに石を拾うとトムに向かって投げつけました。石は見事にトムの背中の真ん中に命中しました。それを見届けると踵《きびす》を返し、脱兎《だっと》のように走り去りました。

トムはその卑怯者をどこまでも追いかけ、とうとうその子の家まで来てしまいました。

しばらくその子の家の門のわきに立って敵が出てくるのを待ちました。出て来い！　と言っても敵は窓ごしにベロベロバーをし、悪態をつくだけで（口の形から明らかに）、出てくることはありませんでした。ついには母親が現れて、トムのことを粗暴で下品な性悪ガキと罵《ののし》り、家に近づくな、とわめきました。しかたなくトムはそこから立ち去りましたが、離れぎわに「出てきてみろ、待ち伏せているからな！」と言ってやりました。

家に着いたのは夜もだいぶ遅くなってからでした。窓からこっそり家に入り込んだのですが、おばさんがそこにちゃんと待ち受けていました。

おばさんは、今日の悪さ（学校をさぼって泳いだうえにおばさんをだまして逃げ出し、さらに遅くまで帰ってこない）のバツとして明日の土曜は、重労働収容所の捕虜みたいな目にあわそうか、とチラッと思ったのですが、トムのドロドロでズタズタになった服を見た瞬間、この思いつきはダイヤモンドのように固い決意となってしまいました。

第2章

たまらない誘惑／下心いっぱいの行動／だまされた素直な人たち

土曜の朝がきました。夏はすべてが輝いていて、新鮮で生命にあふれています。人々の心は歌で満ちています。若者ならその歌が口をついて出てきます。みなの顔は喜びに満ちて、足取りは軽やかです。ニセアカシアの花が咲き、あたりはその香りで満ち満ちていました。村の向こうにある小高いカーディフの丘は青々と草木が茂り、遠く村から眺めるとそこはまるでけいけんなキリスト教徒が苦難の末にたどり着く、夢のような、心休まる、魅力的な楽園のような丘でした。

トムが道の塀際に現れました。手にはバケツいっぱいの白い漆喰《しっくい》と、長い塗装用ブラシを持っていました。トムは塀を眺め渡しました。すると夏のウキウキした心はたちまちしぼみ、深い憂鬱な気分で満たされてしまいました。長さ30メートル、高さ3メートルの塀！　この瞬間、彼の人生は、空虚でただ苦しみのためにだけあるように感じました。

ため息をつくと、トムは漆喰をブラシに含ませ、塀の一番上の板にそのブラシを走らせました、また同じことを繰り返しました、さらにまた。ひと息ついて、どのくらい塗れたかなと見てみると、まるで大陸のような広大な手つかずの塀に、ほんの一筋か二筋、白い跡がついているにすぎませんでした。トムはがっくりと踏み台用の木箱に座り込んでしまいました。

そこにジムがスキップしながら庭の木戸から現れました。手にはブリキのバケツを持ち、「バッファロー村のお嬢さん」を口ずさんでいました。村の井戸からの水くみは、男のする仕事じゃない、とトムはずーっと嫌っていました。でも今は違います。

井戸端にはいつも人が集まっていることを思い出しました。白人の子、混血の子、黒人、男の子、女の子、井戸端はいつも賑わっていて、順番を待つ間、休んだり、おもちゃを交換したり、わめきあったり、けんかをしたり、ぺちゃくちゃおしゃべりをしたりしています。

考えてみると、井戸は家から120メートルほどしか離れていないにもかかわらず、ジムがいったん水くみにでると1時間以内に戻ってきたためしはありませんでした。それでいつもだれかがジムを連れ戻さねばならなかったのです。

トムが声を掛けます。

「よう、ジム。おいらが水を汲んできてやるから塀を塗らないか?」

ジムは首を振って、

「駄目っすよ、トム坊ッマ。奥スマは、おいらに水をくんでこい、つったんす。しかも井戸端でダベったりなんかすんな、って釘さサシちゃった。おまけに坊ッマがおいらに塀塗りを頼ミだろうけど、余計なことはすんな、おいらはおいらの仕事をシれ、つったんす。奥スマは塀塗りから目は離さない、つってたす」

「気にすることはないって、ジム、いつものことだ。ほら、バケツ貸してみな、あっという間に汲んできてやるよ、だからおばさんが気づくはずはないよ」

「坊ッマ、駄目っすよ、したら奥スマ、おいらの首っ玉引き抜くって、ほんとにやるスよ！」

「おばさんが？　おばさんはだれも痛い目になんかあわせないよ。やるとしても指ぬきで頭をちょこんと突っつくくらいさ、それが効いた、ってやつがいたらお目にかかりたいね。

そりゃ口では結構なことを言うさ、だけど口でいくら言われても痛くもかゆくもないだろ、全然平気さ、涙を流されるとちょっとまずいけどね。ジム、ビー玉やるよ、そうだ攻め手用の白ビー玉もやってもいいぞ！」

ジムはぐらっときました。

「白ビー玉だ、それも大将をやる」

「うわっ、すげー、みんながほしがるやつだ！　けど坊ッマ、おいら奥スマ、ほんとおっかねえ」

「それにだ、なんならおいらの腫《は》れた足の指も見せてやってもいいんだぜ」

ジムだって人の子です。もう誘惑には勝てません。ジムはバケツを置くと、ビー玉を受け取り、トムが絆創膏《ばんそうこう》をはがしてむき出しになった腫れた足指を、体をのりだして喰い入るように見つめました。と、次の瞬間、ジムのお尻でパシッという音と痛みが走り、弾かれたように立ち上がると、バケツをつかんで一目散に走り去り、トムは慌てて塀塗りを始めました。それを見届けるとおばさんはお仕置き用のスリッパを片手に、家へと戻ってゆきました。その目は、してやったり、とばかりに輝いていました。

トムからあっという間に元気が抜けていきました。塀塗りを言いつけられる前、すでにトムはその日のプランを練っていました。それがおじゃんになったと思うと、どんどん落ち込んでゆきます。

土曜日には、トムの遊び仲間は、豊かな自然と変化に富んだ地形を相手に、思いっきり楽しみます。その土曜に、トムがセコセコと塀塗りなんかをしていることを知ったら、こんな日に働いてるやつがいる、と大笑いするに違いありません。そう考えると体じゅうが火のように熱くなりました。トムはポケットから自分の財産を取り出し、なにがあるか見直しました――おもちゃの部品、ビー玉、がらくた――これでだれかにこの作業を肩代わりしてもらえたとしても、30分はおろか、ほんの15分ほどの自由を得られるのがせいぜいでしょう。トムはそのみすぼらしい財産をポケットに戻すと、だれかに仕事を代わってもらおうという考えを諦めました。もうお先真っ暗、絶望だ、と思った瞬間、あるアイディアがひらめきました！　素晴らしく、壮大なアイディアでした。

トムはブラシを手に取るとおもむろに仕事を始めました。ほどなくベン・ロジャースが目に入ってきました。この場面を一番見られたくないやつが現れたのです。トムが塀塗りをしているのを見たら思いっきりばかにするに決まっています。

ベンの足取りはホップ、ステップ、ジャンプと軽やかで、心はうきうき、さあ遊ぼうと、わくわくしているのが手に取るようにわかりました。彼はリンゴをかじりながら歩いていましたが、ときおり、ボーっと調子をつけて汽笛のまねをしています。それから今度は低い声で、ディンードン、ディンードンドン、ディンードンドン、と蒸気船のエンジン音のまねです。近づいてくると速度をゆるめ、村道の真ん中から、ぐっと右に身を傾けました。船を右舷に舵を取ったつもりなのです。それから重々しく、精一杯、威風堂々と旋回し始めました。

ベンは今、憧れの大型外輪蒸気船、吃水3メートルのビッグミズリーになりきって、河を桟橋に向かっているのです。

ベンは蒸気船そのもの、船長、おまけにエンジン指令用ベルのひとり3役をやっています。

つまり自分は一番上の甲板に陣取って指令を出し、自分の指令を受けて動き回っているのです。

「停船！　ティンガ・リンガ・リン！（指令ベルでエンジン停止合図のつもりです）」ベンはそろそろと、トムのいる道路の端、塀際へと近づいてきました。

「桟橋へ着けろ！　ぴったりな！　ティンガ・リンガ・リン！」ベンは気をつけ！　の姿勢をとりました。

「右舷後退！　ティンガ・リンガ・リン、　ジャバ、ジャバ、ジャバ」両腕をピシッと両脇につけ、気をつけの姿勢だったベンは、直立のまま今度はまっすぐ伸びた右腕をゆっくり、重々しく廻しはじめました（ほんとうは左腕が正解なんですけど！）。彼の右腕は今、ビッグミズリーの直径12メートルの巨大な外輪なのです。

「左舷後退！　ティンガ・リンガ・リン、　ジャバ、ジャバ、ジャバ」今度は左腕で円を描きます（ほんとうは右腕を廻すのが正解なんですけど！）。

「右舷外輪停止！　ティンガ・リンガ・リン、　左舷外輪停止！　そのまま右舷を寄せろ！　停船！　外輪低速回転！　ティンガ・リンガ・リン、　ジャバ、ジャバ、ジャバ、　係留ロープを出せ、今だ、バネ付ロープを出せ！もたもたするな！　杭の溝にロープを掛けるんだ！　いいぞ、そのまま、そのまま、今だ、もう一度船を動かせ、エンジン再始動、ティンガ・リンガ・リン、シューシューシュー［蒸気調整弁を開けた音のつもりです］」

トムはベンのビッグミズリーなど、気にも留めないふりをして黙々と塀を塗っていました。

ベンはあれ、というような顔をすると言いました。

「よう、なんだおまえ、こんなことやって、落ち目だな、ええ」

トムは無視です。今塗ったところを芸術家のような眼差《まなざ》しで見ています。それからおもむろにブラシを取るとゆっくりとそこを上塗りし、また同じ眼差《まなざ》しで出来映えをチェックしました。

ベンがトムの脇までやってきました。リンゴのうまそうな香りがします。トムの口によだれがあふれました。けれどそんなことはおくびにも出さず、仕事に没頭しているふりをしました。

ベンが口を開きました。

「おう、兄弟、仕事しなきゃなんないのか、そうなのか？」

トムはくるっと振り向いて言いました。

「おっと、なんだ、ベンか！　おどかすなよ」

「いや、いま泳ぎに行くところだ、おれはね。おまえ、泳ぎたくないのか？　あ、やっぱ仕事しなきゃな、そうだろ、しょうがないよな」

トムは、ベンの言うことが理解できない、という風にちょっと考えるふりをして、言いました。

「仕事ってなんのことだい？」

「え？　それ仕事だろ？」

トムはまた塀を塗り始めながら、何気ない口調で言いました。

「ふんん、言われてみりゃ仕事かな、でもそうじゃないかも。これは、このトム・ソーヤー様にふさわしいからやっているだけさ」

「待ってくれよ、まさかこんなこと、やりたいからやってるなんてことないよな？」

ブラシは止まりません。

「やりたいのかって？　なんでおいらがやりたくないなんて思うんだよ？　漆喰《しっくい》で塀を塗るなんてチャンスはそうそうあるもんじゃないのに」

ベンにとって、思ってもみない答えでした。え、そんなこと？　頭のなかが混乱してリンゴをかじる口が止まりました。

トムは流れるようにブラシを運び、ときおり手を休めては、うしろに下がって出来映《ば》えを眺めます。そしてまた気に入らない、とばかりにそこここに、修正タッチを入れます。そしてまたその修正がうまくいったかをじっくり評価します。

ベンの目はトムの動かすブラシを追い、ブラシが右に行けば右、左に行けば左、するとだんだん面白そうに思えてきて、なんとなく素晴らしいと感じはじめました。とうとうベンは言いました。

「よう、トム、おれにもやらせてくんないか?」

トムはちょっと考え、いいよ、と言いそうになりましたがあわてて思い直したふりをしました。

「いや――残念だけどやっぱり無理だと思うよ、ベン。ポリーおばさんはさ、この塀にはこだわりがあるんだよな、この道沿いの塀には。裏の柵ならおいらも塗らせてやってもいいし、おばさんもそんなに気にはしないよ。けどこの塀はなんか知んないけど、とにかく特別なんだよな。だから完璧に仕上げなくちゃなんないんだ。そんな風に塗れるのは1000人、いや2000人にひとりくらいじゃないかな、とにかくこの塀はおばさんのイメージどおりに仕上げられなきゃならないんだ」

「エー、駄目? そうなの? なんだよ、ちょっとだけやらせろよ、おいらがおまえだったらやらせてやるぜ、トムよお」

「ベン、おいらだってそうしたいよ、ここだけの話、ポリーおばさんがな――じつはジムもやりたいと言ったんだけどおばさんは許さなかったんだ。おいらがどんなに気合い入れてやってるか見ただろ、それをおまえに任せて、もしなんかあったら――」

「ちぇ 水くさいな、大丈夫だ、真面目にやるからちょっと塗らせろよ、リンゴの芯をやっからよ」

「え、そうか? それじゃ、おっと、ダメダメ、そんなことしたら――」

「わかった、このリンゴぜんぶやるよ」
トムはさもいやいやといった表情をみせ、ブラシを渡しました。もちろん心のなかは飛び上がらんばかりでした。

元ビッグミズリーが炎天下で、汗をしたたらせながら働いている間、暇になった芸術家は、そばの日陰に樽を置いて座り、脚をぶらぶらさせながらリンゴをかじっていました。

トムはもっと大勢の少年を、この策略のえじきにしようと考えました。候補には事欠きません。少年たちは次々とトムが待ち構えている塀の前を通りかかりました。みな、来たときは壁塗りを冷やかしますが、最後は壁塗りをして離れてゆきました。

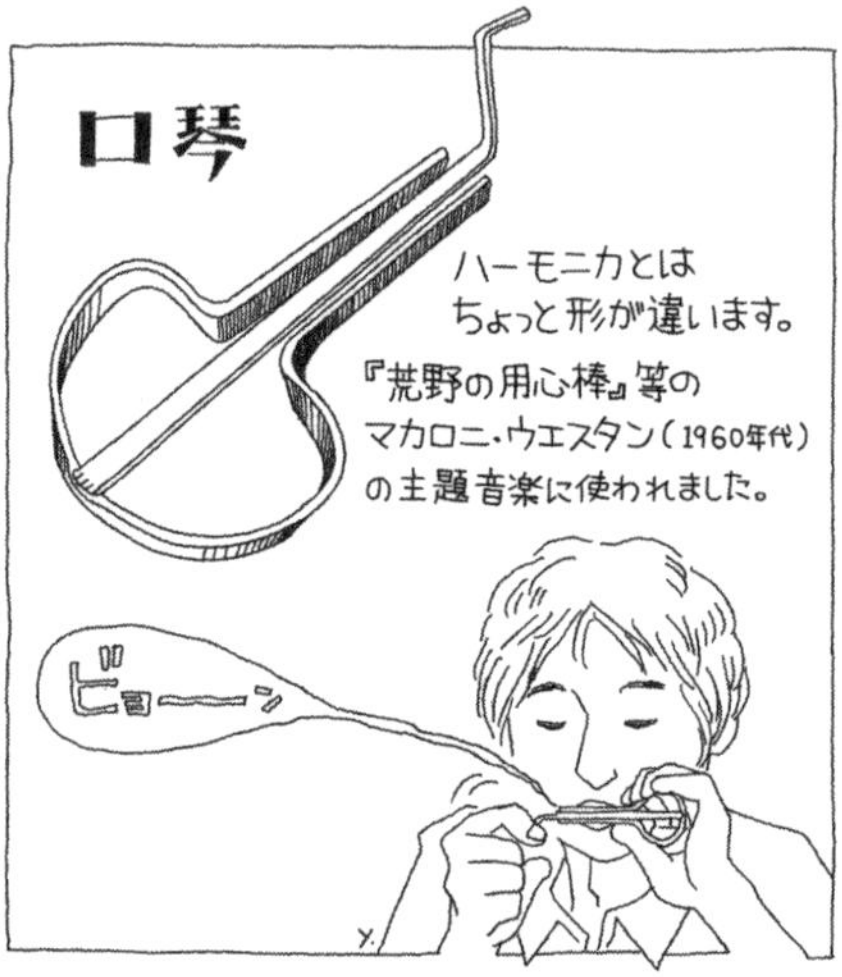
口琴
ハーモニカとは
ちょっと形が違います。
『荒野の用心棒』等の
マカロニ・ウエスタン（1960年代）
の主題音楽に使われました。
ビョーーン

ベンがヘロヘロになったので、トムはベンの楽しみをビリー・フィッシャーに、手入れのいき届いた凧と引き換えに与えました。ビリーが用済みになったあとは、ジョニー・ミラーがビリーのあとがまになりました。彼が失ったものはぐるぐる回して遊べる紐のついたネズミの死体でした。そしてそれからも次から次へとトムの策略の犠牲者が出ました、それも何時間も延々とです。

朝には貧しさに打ちひしがれていた少年が、夕方近くには文字通り雪だるま式に豊かになっていました。トムが戦利品として獲得したものを、上に述べたもののほかに、どんなものがあるか並べてみましょう。12個のビー玉、口琴の一部、すかして見ると景色が青く見えるガラス瓶の底、おもちゃの兵隊用の手作り大砲、役に立たない鍵、ちびた白墨、デカンタのガラス栓、おもちゃの兵隊、2匹のオタマジャクシ、6個の花火クラッカー、片目の子猫、青銅製のドアノブ、犬の首輪――犬はなし、ナイフの柄、オレンジの皮4片、古いガタガタの窓枠。

トムは結局その日、1日じゅう、ゆったりとした、快適で素晴らしい時間をたくさんの友だちと過ごし、おまけに塀は三重塗りと、完璧に仕上がりました。もし漆喰《しっくい》が空っぽにならなかったらたぶん、村じゅうの子どものお宝はすべてトムに吸い取られていたでしょう。

トムは自分に言い聞かせました。世の中結局そんな捨てたもんじゃない、と。

彼は知らず知らずのうちに、人間の行動原理の大原則を発見したのです。それは――大人であれ子どもであれ、なにかをほしがらせようとしたら、それを手に入れることを難しくしさえすればいい、ということでした。

もし彼が、この本の著者のように偉大で賢い哲学者だったら、「何事も義務となれば仕事となり、義務ではなく、いつやめてもよければ遊びとなる」ことを理解したはずです。

この大原則を知れば、なぜ造花作りや足踏み粉ひきが仕事で、ボーリングやモンブラン登山がただ単なる遊びであることを、彼は納得することでしょう。

英国では4頭立ての馬車で1日30キロから50キロを、何日も、それも夏の暑い盛りに定期便の路線を走るレースを楽しむ、裕福な紳士連中がいます。なぜか、それは多額の費用がかかり、金持ちにしかできないという優越感に浸れるからです。もしこの連中に金を払うから走れ、といったらそれはとたんに「遊び」から「仕事」に成り代わってしまい、彼らが走ることはないでしょう。

トムは今日、身近で起こった、すごい変化をしばし思い返していましたが、やがておばさんに壁塗りの完成を報告に、「指令本部」へと向かいました。

第3章 将軍トム・ソーヤー／勝利と戦利品／惨めな幸せ／やってもダメ、やらなくてもダメ

ポリーおばさんは、寝室、食堂、書斎がつながった、心地よい奥の広間の開け放たれた窓際でくつろいでいました。そこへトムが現れました。

それは穏やかで、爽やかな夏の午後でした。花の香りが漂い、ミツバチのブーンという、かすかな羽音が聞こえます。なんと平和で心地のよい日でしょう。

おばさんは編み物をしながらうとうとしていました。いま、おばさんの連れは猫だけで、その猫もおばさんの膝でうたた寝をしています。おばさんの眼鏡は、居眠り中、頭がカクッときても落っこちないよう、白髪頭の上に押し上げられていました。

おばさんは、トムはとうの昔に塀塗りなんか放り出して、どこかへ遊びにいってしまったものだと思っていました。ところが小言を言われるかもしれないのに、自分からあえてやってきたので、なんでまた、というような、いぶかしげな顔をしました。

「おばさん、遊びに行きたいんだけど、いいかな?」

「なんだって、塀塗りはちゃんとやったのかい?」

「はい、みんな終わりました」

「トム、嘘ついちゃ駄目だよ、嘘ついたら容赦しないよ」

「嘘なんかついてません、おばさん。終わりました」


ポリーおばさんは、このような場面でのトムの言葉は信用していません。おばさんは自分の目で確かめようと表に出ました。おばさんは、トムが言うことの2割でも正しければ許してやる腹づもりでした。ところが、すっかり白く塗り替えられた塀を見てびっくり仰天、声も出ませんでした。おざなりに塗られているのでなく、何回も何回も上塗りされ、ていねいに仕上げられていて、おまけに道には立ち入り禁止の線まで引かれていました。

「まあ、びっくりしたよ！　思ってもみなかったよ、手抜き無しだよ！　トム、あんた、やるときゃやるんだね」

おばさんは褒めすぎたかな、ここは締めてかからなきゃ、と思い直したらしく、言葉をつづけました。

「だけどあんたはめったにやる気を起こさないんだから、わかってんのかい？　まあ、今日はいいよ、どこにでも遊びにいっといで、だけど今週ちゅうには帰っておいで（すごいボーナス！　と思うかもしれませんが今日は土曜日で今週は今日で終わり、しかも今は午後、けっきょく今日の夕飯までに帰ってこなければなりません）、さもないとムチ打ちだからね」


おばさんはトムの素晴らしい仕事ぶりを見てほんとうに心を動かされました。それでトムを戸棚まで連れてゆき、立派なリンゴのなかでもとびきりのやつをトムに与えました。もっともその際、ちゃんとお説教をつけ加えることは忘れませんでした。そのお説教とは、一点の曇りもないまっとうな努力によって得られた果実は、そのもの本来のおいしさに加えて一層のありがたみと喜びが感じられるものだ、とのことでした。

トムの家

シドに土つぶてをぶつけ、おばさんにつかまらないように、家から逃げていくトム。

おばさんが、お説教の終わりを聖書の、この場面にふさわしい一句で飾っている間に、トムは戸棚にあったドーナッツをすばやく、くすねました。

トムが足取りも軽く家から出てきました。と、シドが、2階の奥の部屋につづく階段を昇っていくのが見えました。トムはやにわに手近にあった土くれを拾うと、シドめがけて機関銃のように投げつけました。飛んできた土は雨あられのようにシドを襲いました。驚いたポリーおばさんが気合いを入れてシドを助けに向かおうとしましたが、そのときにはもう5、6個の土つぶてはシドに命中していました。トムはといえば、とっくに塀を乗り越えて、はるか彼方へ消えていました。塀には門はありますが、トムはいつも気がせいていて、門から出るなどという、まどろっこしいことをしたためしはありませんでした。

トムの気持ちはすっかり晴れました。シドが黒糸の一件で、おばさんに余計なことを言ったお陰でトムはえらい目にあいましたが、これであいことなったからです。

トムは家を囲む柵にそって走り、おばさんの牛小屋の裏へとつづくぬかるんだ小道にやってきました。もうここまでくれば、おばさんに捕まってお仕置きを受ける恐れはありません。いまから村の広場へ急いで行くところです。そこでは少年たちが2組に分かれて戦争ごっこをやることになっていたのです。トムは一方の軍の大将です。親友のジョー・ハーパーは敵方の将軍です。

偉大な両将軍は直接渡り合うなどという、野良犬のけんかみたいなまねはしません。実際の戦いは下っ端の兵隊たちに任せるのです。自分らは本陣に並んでゆったりと座って、伝令に命令を与え、伝令が前線にそれを伝え、兵隊たちが作戦を実行するのです。

長く、し烈な戦いの結果、トムの軍が大勝しました。戦死者が数えられ、捕虜の交換がおこなわれました。次回の戦いのテーマ、戦いの場所、日時が決められました。次回の段取りがすべて決まると両軍の兵士は整列行進で広場を去ってゆきました。ひとりとなったトムは家路へと向かいました。

ジェフ・サッチャーの家を通りかかると、庭に見かけない女の子がいるのに気がつきました。その子はとびきり愛らしく、ブルーの瞳で金髪は長く、2本のお下げに編んであります。そして服装は夏用の白いフロックと刺繍入りのパンタレッタです。ついさっき大勝の栄冠に輝いた英雄はここで、なすすべなくたちまち降参したのです。その瞬間、トムの心から、あのアミー・ローレンスへの想いは吹き飛んで、頭からは彼女の存在さえ消えたのでした。

トムはアミーのことを、心がかきむしられるほど好きだと思っていました。自分のアミーに対する気持ちは、ほとんど崇拝に近い、と信じていました。ところがどうでしょう、彼のアミーへの愛は、ほんのはかない気の迷いだったのです。トムはここ何か月もアミーの愛を得ようとあの手この手で頑張ってきました。そしてほんの1週間もたっていないある日、ついにアミーから、トムのことが好きだと言ってもらえました。それでトムはここ数日の間は、天にも昇るような心地で、誇らしげにおれは世界一の幸せ者だと喜んでいました。それがどうでしょう、またたきする間に、アミーが、まるで行きずりの旅人のようにトムの心から消え去ったのです。

トムはその子が気づくまで、さりげなく、けれどもその愛らしさをすべて目に焼き付けようと、その場にとどまっていました。その子がトムの存在に気がつくと、今度はトムがその子に気づかないふりをしました。そして気がつかないふりをしたまま、女の子の気を引こうと、大人が見れば吹き出したくなるありとあらゆる珍妙な動作をはじめました。

ばかばかしくて珍妙なダンスをしばらくつづけていました。へたをすると怪我をしそうな、危なっかしいコミカルな振りをしながら、ときおりチラッ、チラッと横目で女の子の様子をうかがいました。するとその子はゆるいジグザグ歩きでゆっくり家の方に向かってしまいました。

トムはダンスをやめると柵まで近づき、もたれかかりました。女の子は家に入ろうとしています。トムはあー、駄目だったとがっかりしました、せめてもう少し外にいてくれれば。女の子はちょっと階段で止まったかと思うと、すぐにまたドアに向かいました。女の子の足が戸口の敷居にかかった瞬間、トムは大きなため息をつきました。と、トムの顔がサッと輝きました。女の子は扉の向こうに消えるまぎわ、柵の外に向かってパンジーの花を投げたのです。

トムはすぐさま道に落ちているパンジーに駆け寄りましたが、1、2歩手前で止まりました。彼は手のひらを額にかざし、あたかも遠くに、なにか気を引くものを見つけたかのように、道路のはるか先を眺めるふりをしました。今度は道に落ちているわら茎を拾い上げると、大きく顔を空に向け、鼻の上にわら茎を立て、バランスを取りながら右に左に足を運びました。そうするうちにじりじりとパンジーに近づきました。ついに足にパンジーが触れると、器用に足の指でパンジーをひょいっとつまみ上げ、それを手にとると飛ぶように走り去り、曲がり角へと消えました。

けれどそれはほんのつかの間、ふたたびトムが現れました。角の向こうで花を上着の内ポケットに入れ、すぐにまた現われたのです。花は胸のあたりかな、胃のそばにさしたのかな、トムは解剖学に詳しいわけでもなく、そんな細かいことは気にしません。

トムは柵の付近で、さきほどと同じように――今度はパンジーを身につけていますが――日が落ちるまでパフォーマンスをつづけました。けれど女の子が現れることはありませんでした。トムはといえば、女の子は、どこかしらの窓際にいて、彼のパフォーマンスに気がついてくれている、と淡い期待で自らを奮い立たせていましたが、ついにあきらめてとぼとぼと家路につきました。それでもうなだれがちな頭のなかは、あの女の子と楽しく遊んでいる空想でいっぱいでした。


夕食ではトムは終始、いつになくハイテンションでした。おばさんは「この子にいったいなにが起こったのかね？」とつぶやいていました。

おばさんはシドに泥玉をぶつけたことでトムを厳しく叱りましたが、一向にこたえている様子はありませんでした。

トムがおばさんの目と鼻の先で砂糖をくすねようと手を伸ばしましたが、その手をぴしゃり、と叩かれました。

トムがこぼします。

「おばさん、おばさんはシドが砂糖をとっても叩かないじゃないか！」

「そりゃね、シドはおまえみたいに砂糖ばっかり舐めて体をいじめたりしないからさ、おまえときたら、あたしが見張ってなきゃすぐ砂糖に飛びつくんだから」

おばさんは台所へ立ってゆきました。シドはといえば、この砂糖騒ぎに巻き込まれなかったので、気をよくしていました。そのシドが砂糖壺に手を伸ばしました、トムの目の前で。この優越感！　トムにはとても耐えられません。ところが手が滑り、壺を落としてしまいました。壺は割れました。それを見たトムは頭がクラクラするほどの喜びを感じました。そんな喜びを感じながらも、ぐっと自分を抑えてひとことも発しませんでした。トムは自分に言い聞かせました、「おばさんが台所から戻ってきても無言をつらぬき、じっと椅子に座り、おばさんがこの悪さをした犯人はだれだ、と訊くまで待つ、そしたらおもむろに口を開いてこう言う、『この世で一番痛快なのは、お気に入りのいい子がお仕置きされるのを見ることです、おばさん』って」トムは勝ち誇った気持ちの高まりを抑えようがありませんでした。

老婦人は台所から戻り、壺の残骸を見たとたん、立ちつくし、両方のめがねから怒りの稲妻がほとばしりました。トムは頭のなかで言いました「そら、きたぞ！」

次の瞬間、トムは床にはいつくばっていました。力一杯振り上げられた手が、ふたたびトムをめがけて襲ってきます。トムは夢中で叫びました。

「おばさん待って！　なんでおいらを！　シドだよ、割ったのは！」

ポリーおばさんの動きが止まりました。戸惑っています。トムはおばさんから（おや、そうだったのかい、ごめんね、痛かったかい？　みたいな）優しい言葉を待っていました。

ところがおばさんは口を開くと、

「ふん、いいかい、おまえさんはこれまで受けて当然のお仕置きをされずに済んでいたんだよ、あたしが目を離している隙にとんでもない悪さを山ほどしているじゃないか、そのツケだよ、これは」

そうは言ったもののおばさんの良心はうずきました。トムになにか優しく、慰める言葉を掛けてやりたいと、口まで出かかりました。けれど思いとどまったのです。なぜならそんな言葉をかけたら自分が間違っていたと白状するようなものだし、第一示しがつきませんから。それで彼女はなにも言わずに心を痛めながら食事をつづけました。

トムは打ちひしがれて、部屋の隅にしゃがみ込んでいます、やりきれない怒りがこみ上げてきました。でもトムは、おばさんが心のなかでは、ひざまずいて謝っているのがわかりました。それで不本意でしたが、実際に謝らなくてもおばさんを許すことにしました。

トムは無言、無反応を決め込みました。おばさんがどんな動きをしても、どんな顔をしていても、見て見ぬふりをしようと決めました。おばさんはときどき目に涙を浮かべながら訴えるような眼差《まなざ》しをトムに向けます、が無視しました。トムの空想が始まりました。いま自分は死の床にいて、おばさんはかがみ込んで顔をのぞき込み、トムに許しの言葉を乞います。しかしトムは、顔を壁の方にそらし、おばさんの願いもむなしく、許しの言葉を与えることもなく、死へと旅立つのです。そのときのおばさんの心はいかばかりでしょう。

トムの空想はつづきます。今度は、トムは河から引き上げられて家へ運び込まれます。カールした彼の髪の毛は、じっとりと濡れ、彼の傷ついた心に、ようやく平安が訪れました、トムは死んだのです。おばさんはトムの亡骸に身を投げ出し、さめざめと泣きます。そして神に向かって、どうかこの子を私の元に戻してください、と哀願します。そして誓うのです、もう決して、決してあの子を故なく痛めつけたりいたしません、と。けれどトムはただ、冷たく、ほの白く、静かに横たわっているだけです。このあわれな小さい受難者の悲しみ、苦しみはここで終止符を打ったのです。

トムは、なんて自分はかわいそうなんだ、という空想に心を奪われ、激しく泣きじゃくったので、息がつまりそうになり、そのつどしゃっくりを飲み込んだのでした。目には涙があふれ、まばたきをすると、それは鼻水となって流れ出ました。

このような甘美な悲しみに浸るのはなんとも心地よく、この感触を、家族のご機嫌な様子や、ちょっと大げさなはしゃぎなどで、絶対に乱されたくありませんでした。この悲しみは神聖で、そのようなガサツな騒ぎなどとはけっして相容れないのです。

そこへ長年の夢であった、一週間の祖父母の家への旅から戻った従姉のマリーが踊るように扉を開けて入ってきました。また家族と一緒になれるうれしさでいっぱいでした。彼女が団らんの場に歌と輝きを持ち込んできたとたん、トムはすぐに起き上がり、もう一方の扉から雲におおわれた暗い戸外へと出てゆきました。

トムはいつものたまり場からさらに遠くまで、どこか今の気分にふさわしい寒々とした場所がないかと探し歩きました。河に丸太の筏がありました。その縁に座って、寂しく広大な河面を眺めました。そしてふと、自然が定めた、苦痛極まる手順を踏むことなしに、あっという間に溺れ死ねたらどんなにいいか、と考えてしまいました。

そのとき、昼間のパンジーの花のことを思い出しました。ポケットから取り出してみると、しおれてくしゃくしゃになっていました。その花を見るとあの甘美な悲しみはさらに深くなりました。

もしあの子が、おいらが咎めなき咎めを受け、悲しみにくれていることを知ったらどうするだろうか？　泣いてくれるだろうか？　名前も知らない子だけど、すぐに抱きしめて慰めたい、けどそんなことをしていいかしら、などと思うだろうか？　それともこのうるおいのない世間のつねとして、ちらっと見て、すぐに何事もなかったように立ち去るのだろうか？

この情景は、被害者意識の悲しみに、甘美な苦しみをも加えることになりました。それでトムは頭のなかでその情景の色々なバージョンを設定して再現しては巻き戻し、また再現と、テープなら擦り切れるほど繰り返しました。

ようやっとトムは立ち上がり、ひとつため息をつくと、また暗闇を歩き始めました。

9時半か10時ごろでしょうか、トムは、あの女の子の家につづく、ひと気のない道へやってきました。そこでちょっと立ち止まり、耳を澄ませましたが、なんの物音もしません。家の2階からはロウソクの明かりがカーテン越しにぼんやり見えます。

あの天使のような子はあそこにいるのだろうか？

トムは柵を乗り越えると、こっそりと植え込みを通り抜けて、2階の明かりの灯った窓辺の下にたどり着きました。胸の高まりを感じながらしばし、窓を見上げていました。それからやおら地面に仰向けに横たわると、胸の前で両手を組みました。見るとその手には、しなびたあのパンジーが握られていました。

空想のつづきです。つまり彼は死んだのです。冷たい世界にさまよう彼の頭上には屋根はありませんでした。彼の眉から、臨終の汗を拭う友の手もありません。死の間際の苦悶が襲ったとき、哀れみをもって見守ってくれる愛しい人もいません。

だから希望の朝が訪れたとき、あの子は初めて彼を見つけるでしょう。そしてあわれな彼の亡骸にハラリと涙を落とすでしょう。あの子は、輝くような若者が、このように早く、無残に朽ち果ててゆくのを見てため息を漏らすのでしょうか？

突然窓が開き、召使いのザラザラ声が、神聖な静寂を破った、と、次の瞬間、横たわった殉教者の亡骸にドバッと大量の水が襲ってきました！　召使いがタライの水を捨てたのです。

水で息が詰まった英雄はあわてて立ち上がり、ゲボッと水を吐き出すと、助かったとばかりに大きく息をつきました。

召使いの耳に、なにやら悪たれ口が聞こえたとおもうと、シューという風切り音と共に、ピシッとなにかが窓ガラスに当たる音がしました。何事かと表を見ると、ぼんやりと、小さな人影が薄明かりのなか、柵を乗り越え、飛ぶように暗闇へと消えてゆきました。

ややあって、トムは寝ようと衣類を脱いで、そのずぶ濡れの服をランプの明かりにかざして、汚れや破れがないか調べていました。その気配でシドが目を覚ましました。トムの様子を見て「こんな夜遅くに、なにやらかしたんだい？」などと口から出かかったのかもしれません。けれど余計なことは言わないほうがいい、と思いとどまったようです。正解でした。なにせそのときのトムの目は殺気を帯びていたのですから。

トムは面倒くさいお祈りをはしょってベッドへ潜り込みました。それを見ていたシドはこのサボりをいつか言いつけてやろうと決めました。

第4章

頭の体操／日曜学校へ行く／教会長／パフォーマンス／トム、大いに褒められる

太陽が静かな村に昇ってきました。日の光は平和な村を祝福するように降り注いでいます。もう朝食は済みました。日曜には、ポリーおばさんが家庭礼拝をおこないます。礼拝はまず、聖書のあちこちから寄せ集めた引用句を、形式通り積み上げ、おばさんのちょこちょこっとした言葉を接着剤としてくっつけ、でっちあげたお祈りで始まります。お祈りはモーゼ律法のうちでも、信者を厳しく律する章の聖句で始まりました。おばさんは、あたかもモーゼが説教をおこなった、あのシナイ山にいるかのようにおごそかに、重々しく祈ります。

お祈りが終わると、トムは、言ってみれば戦闘態勢に入りました。割り当てられた数の聖句を暗記しなければならないのです。シドは前日までに仕上げていました。トムはありったけの努力で、5つの聖句を暗記しようとしました。彼の選んだ節は山上の垂訓《すいくん》（キリストが丘の上で弟子たちに説いた教訓）からです。なぜここを選んだかというと、トムが調べたかぎり、ここより短い聖句がなかったからです。30分ほど頑張ったのですが、どんなことが書いてあったか、ぼんやりと頭に残っただけ、もうそれが限界でした。彼の頭のなかは聖書のこと以外の、あらゆることが駆け巡り、おまけにビー玉やおもちゃの破片、鍵などのお宝の仕分けに両手はせわしなく動き、暗唱に集中することなどとてもできませんでした。

マリーが、暗唱してご覧、と言ってトムから聖書を取り上げました。トムは霧のなかをさまよう心地でした。

「幸いなる者はーえー……」

「貧しき！」

「そうだ、貧しき、貧しき者は幸いなり、なんだっけ？」

「心の！」

「心の——そうだ、心の貧しき者は幸いなり、なぜならやつらは——やつらは——」

「汝ら！」

「なぜなら、えーと、心の貧しき者は幸いなり、なぜなら天国は汝のものなり。嘆き悲しむ者は幸いなり、なぜならやつらは——やつらは——」

「ナグサ！」

「なぜならやつらは　えーと」

「ナグサ！」

「なぜならやつらはナグサ——、ダメだ！　わかんない！」

「慰められる！」

「わかった！　なぜならやつらは嘆くべきだから、違う、慰められたければ嘆く——えーと嘆く者は幸せ？　わかんないよ、マリー、教えてよ！　なんでそんな意地悪するんだよ？」

「まあ、トムったら、ホントにうすらトンカチね！　意地悪なんかしているんじゃないのよ！　わかったわ、さあこんどは自分でやってごらん。しっかりするのよ、やればできるから——暗唱できたらちょっと今までにない、いいものあげるから、いい子ね、さあ、やって」

「わかった！　ところでいいものってなに？　教えて」

「とにかくちょっと思いつかないような素敵なもの。わたしがいいものって言ったらホントにいいものなんだから、楽しみにしていて」

「おー、自信ありなんだね、マリー。わかった、もう一度頑張るよ」

マリーの言う、素晴らしいものとはなにか、という好奇心と、その素晴らしいものを手に入れたときのうれしさに押されて、トムはふたたび暗唱にチャレンジしました。その効果は絶大でした。トムは見事に暗唱をしてみせました。

マリーは12セントの新品のバローナイフをご褒美にくれました。体じゅうを駆け巡った喜びの衝撃で、トムの全身は震えました。本物、そう、ろくになにも切れない代物でしたが、とにかく正真正銘のバローナイフでした。そして、そこからは本物だけが発する圧倒的なオーラが感じられました。この地方の少年たちは、こんな切れないナイフでも、偽物はもっと切れない、となぜか思い込んでいるのです。なんでそう思うのかは謎ですし、これからもわからないと思います。


トムは食器棚をバローの試し切りの「犠牲者」に選び、その引き出しを開けて、さあ削ろうとしたそのとき、日曜学校へ行く準備をしなさい、と声がかかってしまいました。

マリーが、トムに、水を張ったタライと石鹸を渡しました。トムは外へ出て小さなベンチにタライを置きました。次に水を使ったという証拠に、石鹸をちょっと水に浸すと、ベンチの上に置きました。袖をまくりあげ、バレないようにそっとタライの水を地面に流しました（トムにはまだ、昨晩、2階からのタライの水で溺れそうになった恐怖が忘れられないのです）。それからそろりと台所へいき、ドアにかけてあったタオルでゴシゴシと顔をこすりました。そこへマリーが現れて、タオルをトムから取り上げると言いました。

「コラ！　あんた恥ずかしくないの、そんなことしちゃだめよ。なんでタライの水を怖がるの？」

トムはちょっとうろたえました。タライにまた、水が張られました。こんどはタライを前に、気を取り直します。ややあって大きく息をのみ、思い切って顔を水で洗い始めました。

足取りも軽くトムが台所に入ってきました。両目をつぶって手でタオルを探しています。確かに洗ったという、このうえない立派な証拠である、石鹸の泡と水滴がトムの顔からしたたり落ちていました。顔を拭き終わった、とタオルを置いたその顔を見ると、とてもまともに洗ったとはいえませんでした。両耳から顎の先の線に囲まれた内側の顔は、まるでお面をかぶったようにつるん、と白くきれいになっていましたが、その外側と首全体は泥のような、どす茶色い汚れにおおわれていたのです。

マリーはトムを捕まえると、顔は白、耳から後ろや首から下は黒、みたいな色の差を洗い流し、だれが見ても日曜学校にふさわしい少年に仕立てました。その濡れた髪はすっきり整えられ、手入れされた短い一対の巻き毛は可憐な印象を与えました［トムはいつも、その巻き毛を苦労してまっすぐ伸ばし、額にピタッと貼り付けました。というのも巻き毛のせいで女の子のように見られてしまうのです、そのために友だちからいくどからかわれ、いやな思いをしたことか］。

マリーはトムの服を持ってきました。その服は過去2年間、日曜日にだけ着せられました。マリーたちは、単にトムの「あの服」といえば「その服」だと通じるのです。そのことからも、トムが衣装をどのくらい持っているかすぐにわかるでしょう。

服を着終えると、マリーはトムを「仕上げました」。きっちりとした、丈の短い上着のボタンを首までしっかり止め、シャツの広いカラーを、両方の肩を覆うように折り曲げました。それから全身にブラシをかけ、斑点模様の帽子をかぶせました。

トムは見違えるほど立派になりました。それと同時に心地悪そうに見えました。実際、見た目どおりこの上なく不快でした。なぜなら、トムは日頃から整ったもの、清潔なものに居心地の悪さを感じていましたが、いま着せられた服は、まさにしわひとつなくピシッと体に合っていて一点のシミもない、清潔そのものでしたからイラついたのです。

マリーが靴には気がつかないでほしい、はきたくない、と願ったのですがだめでした。いつものようにたっぷり脂を塗って磨いた靴をトムにはかせました。とうとうトムがキレて、いつもいつも、おいらがやりたくないことを、ひとつひとつ全部マリーにやらされる、と文句を言うと、マリーはさとすように頼みました。

「お願い、トム、いい子だから」

マリーの言葉には逆らえません、トムはぶつくさつぶやきながら靴をはきました。マリーもほどなく支度をととのえてきました。そして3人そろって日曜学校へと出かけました。トムは日曜学校など、心底嫌いでしたが、シドとマリーにはお気に入りの場所でした。


聖書を学ぶ日曜学校は、9時から10時半までです。それから教会での礼拝が始まります。ふたりは牧師さんのお話を聞くために、いつも教会に残りました。最後のひとりもやはりいつも10時半が過ぎても教会に残っていましたが、それには別の、それなりの理由があったのです。

教会のベンチは背もたれが高く、クッションはありません。そこには300人ほど座れます。教会自体はほんとうに小さな建物で、飾り気などなにもありません。屋根のてっぺんには松の木の板でできた尖塔がありました。

トムは入り口の扉から一歩外へ出て、日曜学校用に身なりを整えた友だちに向かって呼びかけました。

「よお、ビリー、黄色のカードもらった?(聖句暗唱のレベルに応じて与えられる)」

「もらったよ」

「なんかと交換しないか?」

「なにと?」

「甘草ガムと釣り針でどうだ?」

「見てからだな」

トムが現物を見せるとビリーが確認し、取引は成立しました。それから2個の白ビー玉で3枚の赤カードを、さらにこまごまとしたもので2枚の青カードを手に入れました。

トムは入り口手前に15分も居座って、友だちが来るのを待ち構え、次々声を掛けて、各種の色のカードを手に入れました。

ようやくトムは教会に入りました。礼拝堂はすでに日曜学校用の服を着た子どもたちが大勢いてわいわいガヤガヤ騒いでいました。トムは自分の席につくとすぐ、たまたま隣にいた子にけんかを仕掛けました。年配の、威厳ある牧師さんがけんかを止めました。牧師さんが背を向けたとたん、こんどは前のベンチに座っている子の髪の毛を引っ張りました。その子は驚いて振り返りましたが、そのときすでにトムは本を読みふけっているふりをしていました。落ち着くまもなく、今度は別の子をピンでチクリと刺しました。「痛い!」と叫ばせるのが目的でした、そしてまた牧師さんに叱られました。そういうわけで全体はざわついて落ち着きがなく、騒がしく、あちこちでもめ事が起こりました。

やがて聖句暗唱の成果を発表する段になりましたが、トムが仕掛けた騒ぎのせいで、だれひとりとして、覚えてきたはずの聖句を、きちんと暗唱できず、みんな、朝のトムとマリーのやりとりと同じことを牧師さんとやる羽目になったのです。

子どもたちはどうなることかと、そのあいだずっと不安でしたが、結局それぞれ合格し、聖書の一節が書かれた小さな青色のカードをもらいました。青色のカードはふたつの聖句を暗唱するともらえるのです。そして青色カード10枚で赤色カードと交換できます。10枚の赤色カードがたまると、黄色カードと交換できます。そして黄色のカードを10枚ためると、教会長から、質素ではありますが聖書［その古き良き時代では40セントでした］がもらえました。

たとえ挿絵が240以上ある豪華な聖書、ドーア・バイブルがご褒美だといわれても、この本の読者のなかで、そのために、果たして何名が、2000もの聖句を覚える努力と熱意を注ぐでしょうか？　にもかかわらずマリーは2年がんばって2冊もらいました。――もっとも村の、ドイツ人を両親に持つ子は、4冊だか5冊だかを勝ち取りました。その子はある礼拝の場で、3000もの聖句を、よどみなく暗唱してみせました。ぼうだいな数の聖句を暗記することは、その子にとって、あまりにも大きな精神的な負担だったのでしょう、その日を境に、抜け殻同然、一日じゅうボーっとしているだけになってしまいました。教会にとって、それは大事件で大損失でした。なぜなら教会で大きな行事があるたびに、教会長はその子を引っ張り出して、人々の前でぼうだいな数の聖句を暗唱させ、教会の威厳を［トムに言わせると］「ひけらかして」いたのですから。

もらったカードをなくさずに管理でき、聖書をもらえるだけの長い時間、我慢して退屈な暗記ができるのは、年長の、それも限られた子だけでした。だから聖書をもらうことはまれであり、注目に値することなのでした。

礼拝の場で聖書を授与された生徒は、その日、抑えきれない高揚感と誇りに浸るのでした、それを見ていた子どもたちは、よし、おれも、あたしも頑張るぞ、と決意を新たにするのですが、だいたいは2週間もするとその気はまったくなくなるのです。

トムの魂が聖書に救いを求めたことなど、ただの一度もない、ということは十分考えられます。けれども、聖書の授与に伴う、栄光と賞賛については、つね日頃から、ものすごく手に入れたがっていたのは間違いのないところです。


やがて教会長が説教壇の前に立ち、賛美歌集を閉じたまま手に持つと、ページの間に人差し指を差し込み、こちらを向いて、と命じました。教会長が短い説話をするおりにはなぜか、いつも賛美歌集を持ちます、まるでソロ歌手が大舞台で歌うとき、必ず楽譜を手に持つのと同じようにです。でもなぜでしょう？　謎ですね、人々が聴き入る間、教会長は賛美歌集に、ソロ歌手は楽譜に、未だかつて目を向けたことがないのですから。

教会長は35歳でした。痩せぎすで薄茶色のひげをたくわえ、髪もまた薄茶色で短く刈っていました。彼のカラーは硬く、ピン、と立っており、耳まで届きそうでした。またカラーの両端は並行に前へ突き出て、まるで一対の塀のように教会長の口の両端まで延びていました。それで教会長はいやでも顔をまっすぐ前に向け、横を見るときは、体ごとそちらを向かざるを得ませんでした。首はまるでネクタイから、ひょこっと生えているようでした。そのネクタイときたら幅も長さも紙幣のように大きく長く、おまけに縁取りまでされていました。はいている靴は今はやりの、つま先が、ソリのすべり板のようにとんがって上を向いているやつでした。金のない若者たちは、流行の靴を買う代わりに、靴のつま先を忍耐強く何時間も壁に押しつけてとがらせていました。

教会長のワルター氏は、その風貌からして生真面目そのものです。実際、彼は根っから親切で正直でした。彼の性格そのままに、彼は神聖な品物や場所を、世の中一般から厳格に区別していました。やり過ぎと思うのですが、彼としては無意識に、日曜学校では、普通の日とはまったく違った、特別な抑揚で話しました。今日もそのスタイルでお説教をはじめました。

「さてみなさん、体をしっかり伸ばし、整然と座ってください。そしたら少しの間、先生のほうに顔を向けてください。そう、それでいいですよ、それこそがよい子のみなさんの座り方です。あれ、小さな女の子が窓の外を見ていますね、私が外にいると思っているのでしょうか？　もしかしたら私は木の上で、小鳥に聖書を教えていると思っているのかな？［クスクスっとお世辞笑い］みなさん、私はみなさんのような賢く、清潔な子どもたちが、これほど大勢集まってくれ、整然と座って神の教えを学んでいるの見ると、ほんとうにうれしく思います」うんぬんかんぬん。つづく説教を詳しく述べる必要はありません。日曜ごとに同じような話を聞かされるので子どもたちからすれば、あーまたか、知ってる、という感じなのです。

ワルターさんの説教は、最後の3分の1にかかるあたりから台無しになってしまいました。なぜかというとその頃から説教にあきた何人かの悪童が小競り合いや、ふざけ合いを始めたからです。それとは別にひそひそ話が、あちこちで始まり、やがて礼拝堂全体に広がって、ついにはシドやマリーのような岩盤信者のグループにまで及んだからです。と、突然礼拝堂内のすべての音がピタッとやみました。突然の静寂です。ワルターさんが説教を終えたからです。説教の終わりは、全員の感謝の気持ちで迎えられました。と同時にワルターさんが一番望んだ、大いなる静寂が訪れました。

ひそひそ話の原因は、来客の登場でした。もちろん教会に来客があることなどまれなのです。今日は弁護士のサッチャー氏が来客を連れてきたのです。風が吹けば倒れそうな老人、白髪交じりの中年の恰幅のいい紳士、それから明らかにその紳士の奥さんとわかる上品な婦人、最後にその婦人に手を引かれた、小さな女の子が現われました。

トムはさきほどから落ち着きがなくなり、心は焦り、不安と良心の呵責《かしゃく》でいっぱいになっていました。アミー・ローレンスと目を合わすことができないからです。トムは自分に向けられる、彼女の愛しげな眼差《まなざ》しに耐えられないのです。

ところがサッチャー氏とともに現われた、小さな来客を見たとたん、心は喜びで燃え上がりました。次の瞬間、トムは全力で「パフォーマンス」をはじめました。やにわに周りの少年たちをピシャピシャと叩き回わり、次に周りの子の髪の毛をチョンチョンと引っ張って回ります。そして百面相をして見せます。その小さな来客、女の子の気を引きそうな、あらゆる手を使ってその子に「すごい！」と思ってもらいたかったのです。

彼の心の高まりにはただひとつ暗い影がありました。それはあの、天使の家の庭で起こった、屈辱的な出来事です。しかしちょうど砂浜に掘られた穴が、あっという間に波に消されてしまうように、あの忌まわしい出来事も、押し寄せる幸せの波によってあっという間に消し去られたのです。

来客は礼拝堂の貴賓席のなかでも一番の上席に案内されました。そしてワルター氏は説教を終えると、来客をみなに紹介しました。中年の紳士は郡判事という、とんでもない大物であることがわかりました。子どもたちにとって、今までに見た、一番の大物でした。そしてどうすればそんなに大物になれるのか、みな不思議でなりませんでした。それからこの大物が、ここでなにかが気に障り、いかにも大物らしく威厳のある大声でなにか吠えないか、となかば期待し、同時にもしそんなことがあったら大変と、なかば心配をしました。

その紳士はこの村から20キロほど離れたコンスタンチノーブルから来ました。ということは、彼は各地を旅し、世界じゅうを見てきたことを意味します。世界を見たその目が、ブリキ屋根といわれているあの郡裁判所を見たのです。その紳士に対する尊敬と恐れは、居並ぶ子どもたちの彼を見つめる目と重苦しい沈黙が物語っていました。

その人は偉大な判事、サッチャー氏だったのです。彼は村の弁護士サッチャー氏の兄弟でした。ジェフ・サッチャーはすぐに貴賓席にいる、その偉大な紳士のところへ歩み寄り、親しげな様子を見せびらかしました。礼拝堂にいる子どもたちはうらやましい、と顔を寄せ合ってはささやき合いました。そのざわめきは彼にとってこの上もなく快い音楽だったことでしょう。

「おい、ジム、見ろよ、あいつ貴賓席に行くぞ、おお、握手するつもりだ！　あ、握手している、うわー、おまえ、ジェフになりたいだろ！」

ワルター氏も我慢できなくなって、「パフォーマンス」をはじめました。目についた人にはだれかれなく、いちいち形式ばったやり方で指示を出し、判断を下し、方向性を示すなど大忙しでした。

図書司書もパフォーマンスをはじめました。ゴミみたいなことにしか目の向かない人が喜びそうな真面目さで、両腕にいっぱい本を抱えて、ぶつくさ言ったり、わめいたりしながらせわしなく走り回りまわりました。

若い女性の聖書学級の先生たちも、「パフォーマンス」をはじめました。先ほどの騒ぎで叩かれた子のところへ行って身をかがめて優しく慰め、叩いた方の悪ガキには愛らしく、人差し指をダメダメという風に左右に振り、よい子の所へいっては、さも愛おしそうに、ポンポンと肩をたたきました。

男の先生たちの「パフォーマンス」は、細かなミスも叱責してみたり、ことさら牧師然としたジェスチャーをしてみたり、規律の乱れが少しでもあると、すぐに注意したりすることでした。男の先生も女性の先生も、本棚の付近と説教壇の周りで「パフォーマンス」のネタを見つけていました。それも一度ならず、2度3度チャンスがあったので、そのたびに「パフォーマンス」ができたのです［ほんとうに大変、といったジェスチャーをしながら］。

女の子もあれこれ「パフォーマンス」をしました。男の子は思い切り「パフォーマンス」をしました。それで礼拝堂内は紙つぶてや、小競り合いの押し殺したような声でいっぱいになりました。その偉大な紳士はゆったりと座り、一般庶民の「パフォーマンス」を眺めながら、法廷で見せるような厳かな微笑を浮かべてゆっくり礼拝堂を見渡しました。いま、彼は一般庶民が膨らませてくれた自分自身の壮大さで、まるで太陽で暖められたように、体がほてってくるのを感じました。そう、彼自身もまた「パフォーマンス」をしていたのです。

ただひとつ、ワルター氏を心底喜ばせることが、まだおこなわれていませんでした。それは聖書の授与式をおこない、この教区には素晴らしい子どもがいることを、この偉大な紳士に見てもらうことでした。

何人かの子どもは黄色のカードを持っていましたが、聖書に手が届くまでの子は、だれもいませんでした。彼はすでに優等生の間をめぐり、聞き回っていたのです。

もし奇跡が起き、あのドイツ人の少年が正気を取り戻してここに現われ、聖書授与の儀式ができるなら、ワルター氏はどんな生け贄でも主に供えたことでしょう！

ワルター氏の望みが完全に絶たれたと思ったまさにそのとき、トム・ソーヤーがやってきて、9枚の黄色のカード、9枚の赤のカードそれから10枚の青のカードを差し出し、聖書をくださいと申しでたのです。まさに青天のへきれきでした。ワルター氏は、このような「落ちこぼれ」グループから有資格者が現われるとは思ってもみませんでした。落ちこぼれに聖書、あり得ない、とは思いましたが、トムに授与せざるを得ませんでした。なんといってもカードは正真正銘本物で、これ以上の証拠はありませんでしたから。

というわけで、トムは判事や、その他の賓客の元にまで招かれ、この大ニュースは礼拝堂の主祭壇から発表されました。ここ10年間で一番の、腰を抜かすような驚きでした。

この仰天ニュースのインパクトは絶大で、新たに誕生した英雄は、偉大な判事と同じくらい、尊敬の眼差《まなざ》しで見られることになりました。今、教会ではふたりの英雄を同時に拝めることになったのです。


居合わせた少年たちはみな、ねたましさにさいなまれました。なかでもとくに地団駄を踏んだ子どもたちがいました。それは、トムに言われるままに、カードと「お宝」を交換したことで、トムの、とんでもない栄光の踏み台にさせられたことに、今やっと気づいた連中です。しかもその「お宝」とは、トムの口車に乗せられて、塀塗りをさせられたあげく、ご丁寧にもトムに献上した品々だったのです。この子たちは自分自身にあきれ果て、かわいそうなほど落ち込みました。草むらに潜む狡猾な蛇のように悪賢い詐欺師に、あっさりとカモになった自分が許せなかったのです。

教会長は、なんとか褒め言葉を絞り出し、トムに聖書を授与しました。しかしながらそこには心のこもった言葉はありませんでした。気の毒なワルター氏は、本能的にこれはなにかおかしい、なにかお天道様に顔向けできないような秘密がある、と感じたからです。

なぜならトムのような子が、2000もの聖書の叡智を、そのおそまつな知能と、ちゃらんぽらんな精神で習得するなど、だれが考えてもすぐに馬鹿げた冗談とわかるからです。

ものの1ダースほど聖句を覚えたら、それでトムの脳みそは間違いなくパンクする、とワルター氏は確信していました。

アミー・ローレンスは有頂天でした。なんとかしてトムの目を自分に向けようとしましたが、トムはどうしても目を向けません。なぜかしら、そしてほんの少し不安になりました。それからぼんやりなにかおかしい、と感じました、がそれはすぐに消え、と思ったらまた、なんか変な感じがしたのです。アミーはトムの様子をじっと見ていました。するとトムが具合悪そうにアミーをちらっと見たのです。それで彼女はすべてを悟りました。心が張り裂けました。嫉妬がこみ上げてきて、それが怒りに変わりました。涙がこみ上げてきて、今やすべての人が憎らしくなりました。もちろん一番憎らしいのはトムです。[と彼女は思ってました!」

トムは偉大な判事に紹介されました。彼の舌は金縛りに遭ってしまい、動かず、息をするのも難しく、心臓は震えました。こんなありさまにおちいったのは、その人が偉大な紳士のせいもあることはあるでしょうが、主な原因は、あの天使のような女の子の父親だったからです。もし暗闇でだれの目にもつかないのであればトムはその場に万感の思いを込めてひれ伏し、拝んで頼んだでしょう。

判事はトムの頭に手をやり、素晴らしい少年、と呼びかけ、名前を訊きました。

トムは動転してどもり、あえいでやっと自分の名前をいいました。

「トム」

「おやおや、トムじゃないだろ、ちゃんとした……」

「トーマス」

「そうそう、それだよ。ちゃんとした名前があると思っていたからね。素晴らしい。だが敢えて訊くが、もうひとつあるんじゃないかな？　教えてくれるかな？　どうだね？」

「さあ、この方にあなたのもうひとつの名前を言いなさい。トーマス！」とワルター氏が促《うなが》しました。

「それから、最後には必ず『サー』、とつけ加えなさい。礼儀を忘れないように！」

「トーマス・ソーヤーです。サー」

「そうだ！　いい子だ、立派だ。賢くて元気で男らしい素晴らしい子だ。2000もの聖句、とんでもないほど膨大な数だ。きみが聖句を身につけるために払った努力は、決して無駄にはならない、なぜならこの世の中で、知識ほど価値のあるものはないからだ。知識こそが人を善良な、そして偉大な人物にするのだよ。きみも将来、善良で偉大な人物になるだろう、トーマス。そして昔を思い返してこう言うだろう、今、こうしてあるのはすべて少年時代、幸せにも日曜学校にかよえたおかげだ、わたしに聖書の学びを教えてくれた先生方のおかげだ、そしていつもわたしを励まし、見守り、つねに自分のために肌身離さず持っているようにと、美しく、優雅な聖書を与えてくれた、立派な教会長のおかげだと。トーマス、そしてきみはこう言うだろう、正しく導いて育ててもらったおかげだと。きみは金銭のために2000もの聖句を暗唱したわけではない。きみはそんなことは期待しないのだ。

ふむ、期待ね、そうだ、ここであることをきみに期待してもよろしいかな？　じつはわたしと、ここにいるご婦人は、きみが学んだことを少しばかり聞かせてもらいたいのだが、期待できそうかな？　もちろんできるね、ここに集い、学ぶきみたちはわたしどもの誇りなのだから。

さて、当然12使徒は知っているね、では大勢の弟子のなかから使徒として選ばれた、はじめのふたりの名前を聞かせてくれるかな？」（正解はシモンとその弟アンデレです）

トムはボタン穴に指を入れてモジモジしています。顔は赤らみ、おびえています。ついには目を床に落としたまま顔を上げようとしませんでした。

ワルター氏の心は沈みました。トムには、こんな簡単な質問でさえ、答えられるはずがないのですから。

でも一体なんで判事はこんな場で質問なんかする気になったんだろう？　こんなことは初めてだ、ワルター氏は困惑しました。トムは、答えられないと、どれだけ叱られるか、とおびえているのだろう、さっさと白状させ、この場を納めるしかない、と意を固めました。トムに言いました。

「トーマス、判事閣下にお答えなさい。なにも心配することはないから」

それでもトムは口を開きません。いったん口を開いたらカードの集め方、さらには塀塗りの一件まで、芋づる式に白状させられることを恐れたからです。

隣にいたご婦人は、トムがえらい判事閣下の前で、身も心もすくんでいる、と思ったのでしょう、

「ねえ、わたしになら言えるわよね」とご婦人が優しく問いかけました。

「はじめのふたりは……」とトムからの答えを誘いました。

「ダビデとゴリアテ!」(さしずめ桃太郎と鬼!)

それから? ここから先は思いやりの幕を下ろしてやろうではありませんか。

第5章

評判の牧師さん／教会にて／最高の山場

村の小さな教会の、ヒビの入った鐘が鳴りました。10時半です。村人たちは朝の礼拝に向かいます。日曜学校の生徒はいったん席を立ち、それぞれの親が座っているベンチへと向かいました。親が子どもを見張るのです。ポリーおばさんが礼拝堂に入ってきました。トム、マリー、シドは、おばさんと並んで座りました。トムの席は、通路側で、そこは、開け放たれた窓や、誘惑いっぱいの夏の風景から一番遠い席でした。

通路は人でいっぱいでした。古き良き時代をなつかしむ、貧しい老郵便局長、村長夫妻——なぜか村には村長がいました、村には役に立たない事物がいろいろありますが、村長もその一角を占めています。治安判事、それからダグラス未亡人、彼女は裕福で、歳は40くらい、小柄でチャーミング、心優しくおおらかで、セントピータースバーグでただ1軒「邸宅」と呼べる、丘の上にある館に住んでいます。村が誇るお祭りの際には、そこで豪華で心温まるパーティーが開かれます。それから腰の曲がった退役軍人のワード元少佐とその奥さん、最近町に来た名士のリバーソン弁護士。

村一番の美人が姿を現しました。つづいて、リボンで飾り立てられた綿の軽やかなスーツドレスに身を包んだ美しい村娘たち、そのすぐあとから、商店街の若者が一団となって入ってきました。彼らは直前まで礼拝堂前のロビー内、扉の前に弧を描いて2列に並び、高まる胸の鼓動を押さえつけて、ある者は熱っぽく、ある者は内気

教会のロビー
教会に入るとすぐ礼拝堂になるのではなく、
ロビーがあって、その端には二階のバルコニーへの
階段があります。

な憧れをもって、やってくる娘たちを取り囲むように眺め、最後の娘が、狭い列の間を通り抜けるまで立っていたのです。

そして最後にあの模範少年、ウイリー・マファーソンが母親をまるで、高価なカットグラスのように大事にエスコートして入ってきました。ウイリーはいつも母親を教会に連れてきました。彼は母親の自慢の息子でした。村の男の子は全員彼が大嫌いでした。なぜかというと、彼はほんとうにいい子でしたから。その上どの親も、なにかというとすぐ「ウイリーをご覧なさい、あの子のようにいい子にしなさい」と言うのがつねでしたから。

彼の尻のポケットからは、今日も、いつもの日曜と同じように、白いハンカチーフが、さも偶然のように顔を出していました。トムはハンカチなど持っていませんでした。だからハンカチを持っている連中は鼻持ちならないキザなやつ、と見ていたのです。

信者はみな、礼拝堂に入りました。のろのろしている人や、迷っている人に、早く着席するよう、うながすため、もう一度割れた鐘が鳴らされました。

礼拝堂の厳粛な静寂のなかで、出入口の上部に設けられたバルコニー席に並んでいる、聖歌隊のひそひそ声やクスクス笑いが、ことのほか際立って聞こえました。聖歌隊のクスクス笑いや、ひそひそ話は礼拝のあいだ途切れることはありませんでした。かつては行儀など悪くない聖歌隊があったのです。けれど具体的にどこの地にそのような聖歌隊があったのかは忘れてしまいました。大昔なのは確かです。その件についてほとんど忘れてしまいましたが、たしかどこか外国の聖歌隊のことでした。

牧師さんが今日の賛美歌を発表しました。そしてこの地方でとくに素晴らしいとされる、独特のスタイルで賛美歌を、うっとりとした調子で読み上げました。

読み上げはバリトンから始まり、次第に高まってゆき、賛美歌のキーワードにさしかかるともっとも高く、強く、朗々と歌い、それからまるで高飛び込み台からジャンプするように、一気に落ちて、低く、穏やかな調子となりました。

我のみ天に召され、花に埋もれ安らぎの床につくべきか？
友が勝利のために戦い、血の海を渉る時に

彼の朗読は最高、とみなが認めていました。教会の親睦会では、いつも詩の朗読をせがまれました。朗読が終わると、ご婦人たちは両手を挙げ、それからがっかりしたという風に両膝にバタンとおとして、目をつむり、首を左右に振り、こう言うのです。「言葉ではいい表せないわ、なんて素晴らしいんでしょう、この世のものとは思えないわ」

賛美歌を歌い終わると、スプラーグ牧師は、今度は掲示板となり、集会や会合のお知らせとか、その他もろもろについて読み上げました。あまりに長いのでこの世の終わりまでつづくように感じられました。

この奇妙な慣習は、新聞がいき渡った現在のアメリカで、さらに都市部でさえ、まだめんめんと守られています。おうおうにして、どう考えてもおかしいと思う慣習ほど、廃止しがたい場合があるのです。

それから牧師さんのお祈りが始まりました。素晴らしく、じつにおおらかな祈りで、しかもていねいにあらゆる人々の幸を祈りました。教会、教会に集う子どもたち、村に点在する他の教会、村、郡、州、州の役人、合衆国、国中の教会、連邦議会、大統領、政府の役人、嵐で遭難した船員、ヨーロッパの専制君主や、東洋の専制政治に踏みつけられ、苦しんでいる数百万の民衆、神の祝福とお導きを受けながら、それを見る目も聞く耳も持たぬ人々、遠い海原の果ての島にいる異教徒、などなど。そして祈りは、この祈りが恵みと慈しみをもたらし、肥沃な土地に撒かれた種のように時が来て、大いなる恵みの収穫とならんことを、アーメン、で締めくくられました。

服の擦れる音と共にみなが立ち上がりました。本書の主人公は礼拝を楽しんだとは言えませんでした、ただじっと耐え忍んだだけです。もし感心なことにほんとうに耐えていたのならの話ですけれど。彼は終始落ち着きがありませんでした。お祈りの一部始終は無意識に、もうすっかり暗記しているのです。といってもお祈りを聞いていたわけではありません、

すでに耳にタコができるほど聞かされていて、お祈りの筋書きも、牧師さんが使う言葉も一言一句頭にしみこんでいたのです。だからほんの少しでも新しい言葉や事柄がお祈りにさしこまれると、トムの耳がすぐに察知し、心底憤慨しました。そのような行為は不公平でずるいことだと思っていましたから。

お祈りの最中、1匹のハエが飛んできて、トムの目の前、ベンチの背もたれに止まり、前肢《まえあし》を静かにすりあわ

せました。その様子に、トムの心はかき乱されました。それからハエは頭を、両前肢《まえあし》で抱えるとゴシゴシとやたら強くこすりました、それで細い首があらわになったので、頭が体から取れるのではないかと思うほどでした。次にうしろ肢《あし》で翅《はね》を、まるで燕尾服《えんび》の尾のようにその体に沿って丹念に伸ばしました。ハエは化粧と身支度を、まるでこの場は安全であることを知っているかのように、ゆうぜんと手抜きすることなく仕上げました。

実際ハエの身に危険などありませんでした。なぜならトムはハエを捕まえたくて、うずうずしていましたが、ぐっと我慢をしていたのです。というのも、祈りの最中にそのようなことをしたら、たちまち罰を受け、彼の魂は地獄におとされてしまうのではないかと恐れたからです。

だから祈りが終わりにさしかかると、彼の手は掴む構えになり、そろりと前方に伸びて、「アーメン」と牧師さんが言い終わるやいなや、あっという間にハエはとらわれの身となってしまいました。ポリーおばさんはそれをすぐに察知しました。お陰でハエは再び自由の身になりました。

それから牧師さんはお説教をはじめましたが、これがまた退屈な話の上に、一本調子で物憂げに語られるので、拝聴している信者も、ひとりまたひとりと船をこぐのでした。

説教はさまざまな審判、永遠の炎と降り注ぐ硫黄、についてでした。お説教で並び立てられた罪は、数限りなくありました。だからもし、キリスト様が真面目に最後の審判をつとめたら、いくら敬虔な信者でも、ほとんどは罪人となって煉獄に堕ちてしまい、救われ、天国へ行くことが許される人はほとんどいなくなってしまうはずです。

トムはお説教のページを数えていました。そしていつもその日の礼拝では、何ページ説教がされたかがわかりました。しかしながらそのほか、説教の内容については、なにも覚えていませんでした。

けれどその日はちょっと違っていました。少しのあいだ、話に聞き入ったのです。牧師さんが千年紀（キリストが世を支配する至福の千年間）について、壮大で感動的な講話をしたのです。千年紀の始まりに際し、おさな子が、羊とライオンを従えると、その2頭が寄り添い眠る平和が訪れ、各国の王が集《つど》って平和を称える、という話です。

しかしながらトムには、その壮大な絵巻に込められた情感、教訓、道徳など、とんと興味はありませんでした。頭のなかは、諸侯を前にしておさな子がおこなった、素晴らしいパフォーマンスでいっぱいでした。彼の顔は輝いていました。心のなかでつぶやきました、できればあの子どもになりたい、もっともライオンが噛まない保証があれば、の話だけど。

また無味乾燥のお説教のつづきが始まりました。トムはふたたび、退屈と我慢のなかに引きずり込まれました。ふと手元にあるお宝を思いだし、取りだそうとしました。それは黒光りする大きなクワガタで、素晴らしい一対のあごをもっていました。トムはそれを「かみつき虫」と呼んでいました。彼はそれを雷管《らいかん》用ふた付きポーチに入れていました。トムがクワガタを捕まえようと、ポーチに手を入れ、探ると、たちまち巨大な顎で指をかみつかれました。ポーチから手を慌てて引き抜き、大きく振り払いました。クワガタは飛ばされて、礼拝堂の通路に仰向けになって、肢《あし》をばたつかせてもがいています。トムは噛まれた指をしゃぶりました。

クワガタは体を起こすことができず、絶望的に肢《あし》をばたつかせているだけでした。トムはすぐにクワガタが落ちている所がわかりま

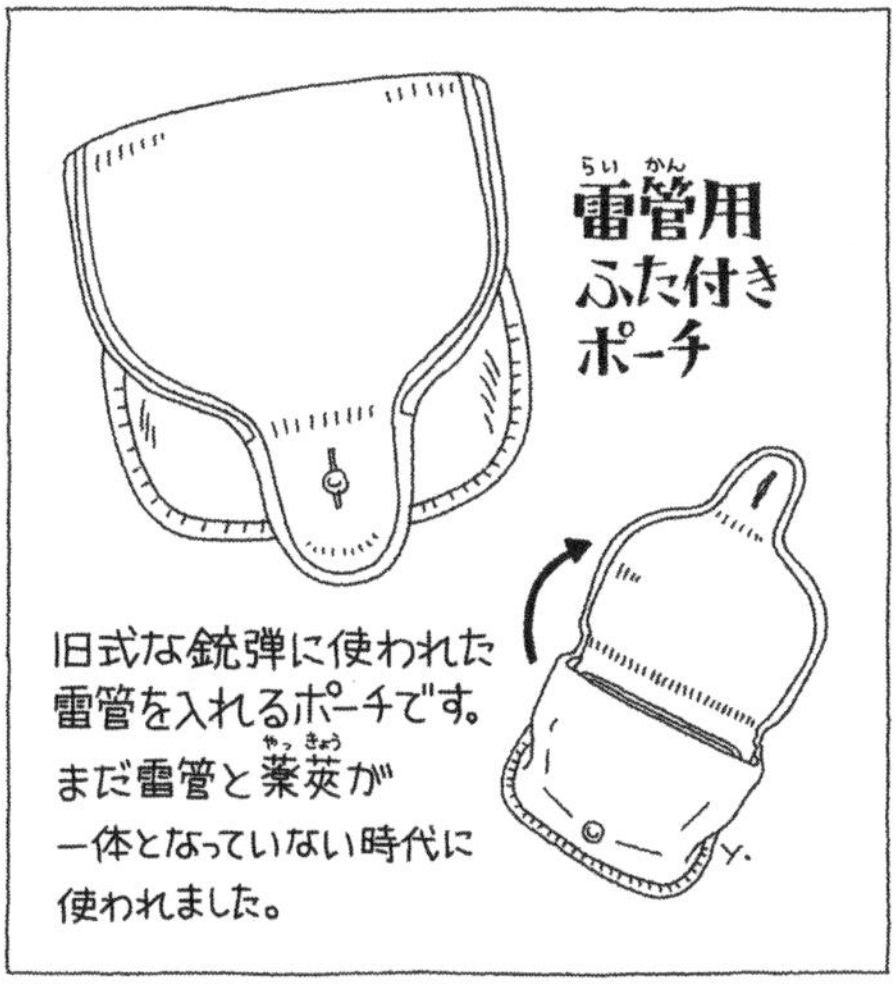
雷管《らいかん》用
ふた付き
ポーチ
旧式な銃弾に使われた
雷管を入れるポーチです。
まだ雷管と薬莢《やっきょう》が
一体となっていない時代に
使われました。

したが、そこは彼の席からかなり離れているので、拾いにいかれません。説教の間は席を立つことは許されないのです。

お説教に退屈していた参列者は、クワガタに救われました。気を紛らわせるネタが見つかったのです。

そこに、だれかが連れてきたのでしょう、プードルがのろのろとやってきました。犬はしょぼくれて、夏のけだるさと静かさで、心身ともにたるみ、飼われている身を嘆き、変化を願っているように見えました。犬はクワガタを見つけると、ちらっと盗み見しました。だらっと垂れていた尻尾はいまやピンと立ち、振られています。彼は敵を観察し、周りをぐるりとめぐり、少し離れて臭いをかぎ、また周りをめぐり、だんだん大胆になってきて、今度はちょっと近づいて臭いをかぎました。すると今度は唇で恐る恐る捕まえようとしました。もうちょっとのところで逃がしてしまいました。

もう1度、またもう1度、気晴らしとばかりに楽しみました。腹ばいになり、敵を両前肢《まえあし》の間に置き、あれこれと、おもちゃにしていましたが、だんだん面倒くさくなり、あきてきて、ついにはまったく関心がなくなって頭はこっくり、をはじめました。こっくりするたびに顎が少しずつ床に近づいてきて、ついに敵に触れてしまいました。そのとたん、敵はプードルの顎をがっちりとはさみました。

キャイーンという鋭い鳴き声と共に、プードルの頭がまるで、おどけて踊っているように振られました。クワガタはすぐ、2メートルほど飛ばされて、また仰向けに落下しました。

それを見ていた周りの参列者は体を震わせて笑いをこらえていました。なかには扇やハンカチで笑いを隠している人も。トムは大満足でした。

犬はいかにも間抜けのように見えました。たぶん自分自身でもそう感じたのでしょう。クワガタへの恨みが沸き起こり、なんとしても仕返してやる、と決めたようです。

彼はムシが仰向けになっているところへ近寄り、用心深く攻撃を始めました。ムシのまわりを、ぐるぐる廻りました。その間、ムシから数センチの床を前肢《まえあし》で叩いて脅したり、ときどき牙をむき出し、ムシすれすれに空噛みをしたとおもうと、耳があおられるような勢いでパッと飛び退く、といった攻撃をつづけました。

けれどふたたび、あきてきました。しばらくたつと今度は、ハエで遊ぼうとしましたが、面白くありませんでした。つぎは蟻をターゲットにしました。鼻を床に近づけ、追いかけて遊んでいましたが、これもまたすぐにあきてしまい、あくびをしてため息をつき、クワガタのことなどすっかり忘れていたのでしょう、そのクワガタの上にやれやれとばかりに座ってしまったのです。

キャンキャンと苦悶の鳴き声と共に、プードルは通路を祭壇に向かって疾走してゆきました。祭壇に突き当たると折れて、窓側の通路を、今度は出口側に向かって走ってゆきました。出口の両開き扉を横切って、今度は反対側の窓側の通路を、ふたたび祭壇に向かって走りました。痛みは走れば走るほど増してきました。プードルは礼拝堂から出ることができず、そのなかをまるで毛玉でできた流星のように猛烈なスピードで、祭壇と出口側を結ぶ軌道をぐるぐる回るのでした。

死に物狂いのプードルは、やっとのことで、周回軌道から外れて、飼い主の膝の上に飛び乗ることができました。飼い主はすばやくプードルを掴むと、間髪入れず窓の外に放り投げました。苦悶の声はたちまち遠ざかり、やがて遠くに消えてゆきました。その頃にはもう、礼拝堂のなかにいる人々はみな、顔を真っ赤にして笑いを押し殺して、息も詰まりそうな有様でした。説話？　すっかり置き去りにされていました。

やがて説話が再開されましたが、話はちぐはぐで、しばしば中断し、もはや説教が人々に感銘を与える可能性はなくなってしまいました。それというのも、もっとも荘重なくだりでさえ、まるで可哀想な牧師が、つまらない冗談を言ったようなときのように、ベンチの背に顔を隠した信者たちの、押し殺した、不謹慎な笑いの渦で迎えられたからです。

そういうわけで、この苦行が祝福の言葉とともに終わると、人々はほんとうにやれやれ助かった、と思ったのでした。

トム・ソーヤーは晴れ晴れとした気持ちで家路につきました。なにしろ礼拝にちょっとした味付けができたのですから。ただひとつ、残念なことがありました。プードルが「噛みつきムシ」で遊ぶのは大いに結構なのですが、持ち去ってしまうのはやりすぎ、と思ったのでした。

第6章

自己点検／歯医者さん／真夜中のおまじない／魔女と悪魔／押したり引いたり／至福のとき

月曜の朝、トムはみじめでした。いつも月曜はみじめです。なぜなら、学校での、じわりとこたえてくる責め苦の1週間がふたたび始まるからです。月曜になると、トムはいっそ週末の休みなどないほうがよかった、といつも思うのでした。なぜならせっかく1週間の責め苦から立ち直ったのもつかの間、月曜からふたたび囚われの身となり、がんじがらめにされる苦痛が、一から始まると思うと、ほんとうに気が滅入るのです。

ベッドのなかで思案していましたが、ふと、病気ならいいな、学校にいかなくてすむ、との思いが浮かびました。それで自分の体をどこか具合の悪いところがないか、頭のなかでひとつひとつ取り上げて調べました。どこも悪くありませんでした。あきらめきれずもう一度念入りに確認したところ、腹具合が悪そうなことに気がつきました。そこで確実に悪くなるように体を色々と動かし、痛みがはっきりするよう頑張りました。しかし、残念ながら痛みは反対にだんだん頼りなくなり、ついに消えてなくなりました。

トムはまだあきらめません。突然、具合の悪いところが見つかりました。上の前歯が1本ぐらぐらだったのです。ラッキー、それでまず「手始め」に痛そうなうめき声を上げようとしましたが、すぐに思い直し、歯は今のところ予備、ということにしました。

なぜ思い直したかというと、歯のぐらぐらが、学校を休む十分な理由になるかを「法廷」に持ち出したら、ポリーおばさんは法廷論争どころか、あっというにグイッと歯を抜いてしまうからです。そんな痛い目にあうのはごめんですから。

なにか他に見つからないか考えましたが、なかなか思いつきません。しばらくして、やっとある医者の話を小耳にはさんだことを思い出しました。話とは彼の患者は2、3週間入院していて、指を切除する恐れもある、といった内容でした。トムは傷のあるつま先を、シーツから、いそいで突き出し、持ち上げてどんな様子か、しげしげとながめました。トムにはどんな症状なら、指だけで2週間も3週間も入院できるのか、知るよしもありません。しかしうまくすればこのつま先で、何日か学校に行かずにすむかもしれない、試す価値は十分ある、と思ったのです。

トムはかなり大げさにうめきはじめました。しかしシドはまったく気がつく様子もなく、ぐっすり寝ています。トムはつま先がほんとうに痛くなったつもりで、さらに大げさにうめきました。シドは相変わらずです。今度は気合いを入れてあえぎだしました。ちょっと休んでは胸をいっぱいに膨らませ、見事なうめき声をつづけさまに出してみせました。

それでもシドはいびきをかいています。

トムはシドの鈍感さに腹が立ってきました。「シド、シド！」と言って体を揺すりました。今度は反応ありです。それを見るとトムはまたうめきはじめました。シドはあくびをし、伸びをし、それから鼻を鳴らしながら片肘で体を起こしました。トムをまじまじと見ました。よし、とばかりにトムはまたうめき声を出しました。

「トム、おい、トム！」［返事なし］

「ちょっと、トム！　どうしたの、トム？」そしてトムを揺さぶりながら顔を心配そうにのぞき込みました。

トムがうめき声を上げました。

「あー、やめろ、シド、ゆすらないでくれ」

「なぜ？　どうしたの？　おばさんを呼ばなきゃ」

「やめろ――じきよくなる、だれも呼ぶな」

「だけど呼ばなきゃ！　すごく苦しそうじゃないか、大変だよ、いつからだい？」

「2、3時間前からだ、いてて、そんなに動かさないでくれ、シド、死んじまうよ」

「トム、なんでもっと早く起こしてくれなかったんだい？　そのうめき声を聞くと身の毛がよだつよ、トム、いったいどうしたんだい？」

「シド、今までのことはみんな許してやるよ、［うめき声］いままでおいらにしたことを。おいらが死んだら――」

「やめてよ、死なないで、大丈夫？　やめてよ、トム、もし――」

「みんなも許してやるよ、シド［うめき声］、やつらにそう言ってくれ。シド、頼みがある、おいらが死んだら、このあいだ町から来た女の子においらのお宝の窓枠と片目の猫を渡してくれ、そして彼女に――」

その先を聞くことなく、シドは服をわしづかみすると部屋を飛び出してゆきました。トムの想像力がたくましく働き、うめき声はあまりに真に迫っていたので、自分でもほんとうに苦しくなってきました。

シドは階段を駆けおり、叫びました。

「大変だ、ポリーおばさん、来て、トムが死にそうだよ！」

「死にそう？」

「そうだよ、おばさん、なにしてるの、早く来て！」

「たわごとだよ！　そんなことあるもんかね！」

と言いながらもおばさんは階段を急いで上がっていきました。シドとマリーもあとにつづきました。おばさんの顔は青ざめ、唇は震えていました。トムのベッドまでくると、あえぎながら叫びました。

「あんた、トム、トム、どうしたんだい？」

「ああ、おばちゃん、おいら――」

「どうしたんだい、なにがあったんだい、この子は？」

「ああ、おばちゃん、おいらの痛めたつま先が腐っちゃった」

老婦人はその場の椅子にどかっと沈み込むと、ちょっと笑ったと思ったら今度はちょっと泣き、そして泣き笑いになり、ようやく落ち着いた様子で言いました。

「トム、あたしに向かってなんでこんなおどかすようなまねするんだい。寝言なんか言わずにさっさとベッドから出なさい！」

うめき声はパタッとやみ、つま先の痛みは消し飛びました。トムは我ながらちょっと間抜けっぽいと感じ、なんとか挽回しようと言いました。

「ポリーおばさん、ほんとに腐ったみたい。すごく痛いんで、歯が痛いのなんか感じなくなっちゃった」

「歯だって、へー、歯がどうしたっていうんだい？」

「1本ぐらぐらしてるんです。ほんとうにすごく痛い」

「おやまあ、だけど、それくらいであんなうめき声出すんじゃないよ、口を開けてご覧、なるほど、ぐらぐらだね。だけどこれで死ぬことはないよ。マリー、絹糸を持ってきとくれ、それから台所にいって種火（燃えている石炭のかけら）もね」

トムが言いました。

「おばちゃん、お願い、抜かないで。もう痛くなくなった。また痛くなったって我慢するよ。お願い、おばちゃん。抜くとすごく痛いよ、そしたら学校を休まなくっちゃならないよ」

「休まないと？　痛いと？　なるほど、このインチキ騒ぎは学校をサボって魚釣りにでもいくための企みだったんだね？　トム、おばさんはね、あんたのことをほんとうに愛しているんだよ、トム。それなのにあんたときたら、とんでもないことを思いついちゃ、この年寄りの心をズタズタにするんだから」

そうこうしているうちに歯を抜く支度ができました。ポリーおばさんは糸の一方をトムの歯に巻き付け、もう一方の糸の端をベッドの脚に結びました。

おばさんが突然、種火をトムの顔めがけて、焼けよとばかりに突き出しました。

歯はめでたくベッドの脚に結ばれた糸の先にぶら下がっていました。

ちょっと先の話をします。しかしながら辛いことがあれば必ずいいことがあるものです。朝食後トムは学校へ行きました。

トムは歯の抜けた間から新しい、しかも素晴らしいツバの飛ばし方を見つけたのです。学校で友だちにやって見せたところ、だれもがうらやましがりました。大勢の子がこの芸を見ようとトムの周りへやってきました。

ここでちょっとしたことが起こりました。指を怪我した子がいて、それまで、同情と尊敬を一身に受けていました。が、気がつくと、もはや彼を取り巻く子はだれもいなくなりました。彼の栄光は奪い去られたのです。彼の心は重く沈みました。さも軽蔑した風に「トム・ソーヤーのツバの吐き方？　なんてことないじゃないか」とけなすと、それを聞いた子が「負け惜しみ！」と応じました。その子はご用済みの英雄のように去ってゆきました。

ハックルベリー・フィン
ボロボロの服を着ています。だけど決していじけてませんね。

さて、話を戻して、学校へ行く途中、トムは、村の嫌われ者で、酔っ払いの息子、ハックルベリー・フィンと出くわしました。村の母親はみな、ハックルベリーのことを心底嫌っていて、恐れていました。母親たちに言わせると、彼は怠け者で無法者、卑しく、そのうえ性悪とのことでした。にもかかわらず、彼女たちの子どもはみな、ハックに憧れて、その生活スタイルをまね、あえて彼のようになりたがっていたのです。

トムもご多分に漏れず、ハックルベリー・フィンの生き方に憧れていて、その人目を気にしない風来坊ぶりをうらやましく思っていました。けれども当然ポリーおばさんからは、絶対に彼と遊んではダメと言い渡されていました。

そういうわけで、トムは、おばさんの目から逃れるチャンスがあればすぐ、ハックルベリー・フィンと遊んでいました。

ハックルベリーは、ゴミ箱から拾ってきた裾が擦り切れてギザギザになり、まるで花が開いているような大人用のシャツを着ていました。彼の麦わら帽子もボロボロで、そのツバは三日月形に大きく欠けていました。彼のコートは、着ると、かかとまでとどき、うしろ止めのボタンはお尻よりずっと下についていました。ズボンつりは1本しかありませんでした。ズボンの尻はずっと下にあるのでまるで空《から》の袋が歩いているようでした。おまけにボロボロになったズボンの裾は、たくし上げなければ泥のなかを引きずって歩くことになるのでした。

ハックルベリーは自由気ままにどこへでも行きました。晴れの日はどこかの家の軒下で眠り、雨の日は空《から》の樽のなかで寝ました。学校や教会へ行く必要もないし、ご主人と呼ぶ人もいないし、だれの言うことも聞く必要がありませんでした。

好きなときに好きなだけ泳ぎ、気が向けば好きなところで、好きなだけ魚釣りをします。だれもけんかはダメと言いません。夜、いつまで起きていてもいいのです。春には先頭を切って靴を脱ぎ捨て、指が自由になった足で飛び回り、秋に再び靴を履くのはいつも彼が最後でした。

ハックルベリーは顔を洗う必要もありませんでした。清潔な服を着る必要もありません。おまけに家族や、どこのグループの許しを得ることなく、いつでも自分の自由独立を手に入れることができました。簡単に言えば彼には、素晴らしい人生を送るためのすべての条件が揃っている、と少なくとも、規則正しい生活を送り、いたずらや夜更かしなどをしない、セントピータースバーグのよい子たちにとっては、そう思えたのです。

トムはこの現実離れした、のけ者に声を掛けました。

「よう、ハックルベリー――」

「おう、トム、これどうだい？」

「なんだ、それ？」

「死んだ猫さ」

「ちょっとミして、ハック。うへっ、けっこう硬いな、どこで手に入れたの？」

「あるやつから買った」

「なんと換えたの？」

「青のカードと畜殺場で手に入れた膀胱だ」

「青のカードはどこで手に入れたの？」

「2週間前ベン・ロジャースから、輪回し棒と取っかえた」

「あのさ、猫の死骸をどうするんだい？　ハック」

「どうする？　これでイボ、とるんだ」

「なんだ！　そんならもっといい手があるよ」

「まさか、じゃ、言ってみな」

「ホントさ、腐った切り株に溜った水さ！」

「切り株水！　そんなものあてになるもんか」

「あてにならない？　そうなのかい？　やってみたことある？」

「シたことはないさ、だけどボブ・ターナが試した」

「だれから聞いた？」

「えっと、ボブはジェフ・サッチャーに言ったんだ。ジェフはそれをジョニー・ベーカに言った。ジョニーはジム・ホリスに、ジムはベン・ロジャースに、ベンは黒人に、そして黒人がおれに話した、でそう言ったんだ」

「なんだ、そんなことか、あいつら、みんな嘘をついてるのさ、黒人以外はね。おいらはその黒人知らないからなんとも言えないけど。でもね、おいら、嘘つかない黒人なんか見たことない。まったく！　じゃボブ・ターナーがどうやったか聞かせてくれよ、ハック」

「やり方？　手を雨水の溜った切り株に浸けたんだと」

「昼間に？」

「そのとおり」

「顔を切り株に向けて?」

「そうさ、おれの知る限りはな」

「そのとき、ボブは何か唱えたかな?」

「さあ、そんなことしなかったろう、知らないけど」

「わかったよ、そんなでたらめなやり方でイボをとろうなんて、逆にバチが当たっちまうぐらいだ。それじゃとれっこないよ。やり方はこうだ、夜ひとりで森に入って、水の溜った切り株のあるところまでいく、真夜中になったら、切り株に背をもたれながら手を水に浸して、こう唱えるんだ。

大麦の粒、大麦の粒、インディアン麦のパン、
切り株水、切り株水、イボをのみこんでくれ。

そうしたら目を閉じて切り株からすぐに11歩離れるんだ。それから3回廻って家に帰る。帰り道、だれとも話したらだめ、話をしたらおまじないがおじゃんになる」

「なるほど、いいみたいだな、だけどボブ・ターナのシ方とは違うな」

「違って当たり前だよ、先輩、賭けてもいいよ、この村で一番のイボだらけのやつはボブなんだから。もし切り株水の効かせ方を知っていたら、いまごろイボなんかひとつもないよ。おいらなんか何千ってイボを、このやり方でとったんだから、ハック。なんたっておいら、よくカエルで遊ぶからイボだらけになるんだ。だから切り株水だけじゃなく、ときどき豆でとることもあるんだ」

「そうそう、豆はいいよな、おれもやったことがある」

「やったの？　どうやった？」

「まず豆をふたつに割る。それからイボを切ってちょっと血を出す。その血を割った豆の片方に垂らす。そしたらそれを新月の真夜中、十字路の真ん中に埋める。もう片っぽの豆に火をつける。すると埋めた豆は火のついた豆をじわじわ引き寄せ、取り込もうとする。同時に豆についた血がイボを引き込み、やがてイボがポロってとれるんだ」

「そうだよ、それ、正解、ハック。その通り。だけど豆を埋めるとき、『沈め、豆よ、とれろ、イボ、そして2度と私に取りつくな』って唱えればもっといいんだ。これがジョー・ハーパーのやりかたさ。あいつ、コンスタンチノーブルのそばに住んでいて、それこそいろんな所にいっている、だからあいつ、なんでも知っているんだ。

——ところで猫の死骸でどうやってイボをとるの？」

「知りたい？　じゃ教えてやろう。悪人の葬式があった夜中、猫の死骸を持ってひとりで墓場に行くんだ。真夜中に悪魔がやってくるけど、目には見えないんだ、なにか風の音のような、またはささやくような声が聞こえるだけだ。そして悪魔が死体を持ち去るとき、やつらの背中めがけて猫の死骸を投げて叫ぶ、『悪魔は死体についてゆけ、猫は悪魔についてゆけ、イボは猫についてゆけ、あばよ、イボ！』これでどんなイボも一発さ」

「なんか効きそうだな、やったことあるの？」

「いや、ホプキンスばあさんから聞いた」

「へー、それでか、なるほど、あの婆さん、魔女だっていうじゃないか」

「そうさ！　トム、あの婆さんはほんとの魔女さ、おれのトウちゃんに魔法をかけたって、トウちゃんが言ってた。ある日、あの婆さんにそこをどけって言ったら、魔法をかけようとした、それで婆さんめがけて石を投げた。婆さんが除けなかったら死んでたとこだったそうだ。話はそれからだ、その夜、納屋で酔っ払って寝ていたんだけど、土間に転げ落ちて腕を折ったんだ」

「うわ、おっかね、だけどどうしておまえの親父、婆さんが魔法をかけてるってわかったの?」

「簡単にわかるって言ってた。魔女がこっちをじっと見つめているときは魔法をかけているんだって。とくになにかブツブツ言いっているときは間違いないって。ブツブツ言ってるのは主の祈りを逆さまに唱えてるんだって」

「ところで、ハック、いつ猫を使うんだい?」

「今夜だ、ホス・ウイリアムス爺さんを連れに、今夜悪魔が来るはずだ」

「だけど爺さんは土曜に埋葬されたじゃない、もう連れてっちまったよ、遅かったね」

「おまえ、わかってないな、悪魔の魔力が、どうして土曜日の真夜中に通じるんだ? 真夜中ってもう日曜じゃないか、悪魔は日曜日にはうろつけないのさ。そうだろ」

「あ、なーるほど。そのとおりだ。わかった、おいら、ついてっていいかな?」

「いいよ、怖くなきゃな」

「怖いって! あり得ないよ。じゃ行くとき、おいらの家にきて『ニャーオ』って合図してくれっかな」

「OK、そしたら『ニャーオ』って返事してくれ、抜け出せるならな。前回、おまえが返事しないもんだからずーっと『ニャーオ』ってやってたらへイズ爺さんに『この野良猫!』と怒鳴られ、石を投げられたよ、お返しにレンガのかけらを、開いてた窓から放り込んでやったけどな。これ、言うなよ」

「もちろん、あの日はおばさんに見張られてて『ニャーオ』ができなかった。こんどは大丈夫だ。あれ、それなに?」

「なんでもない。ただのダニさ」

「どこで手に入れたの？」

「森だよ」

「なんかと換えるの？」

「いや、当分持っているつもりだ」

「ふーん、それにしてもえらく小さいダニだな」

「おっと、自分の物でなきゃなんとでも言えるさ。おれはこいつで満足だ、おれにとっては上物なんだ」

「ホント？　ダニなんてどこにでもいるじゃないか、その気になりゃ何千でも捕まえるさ、その気はないけどね」

「ふふん、その気がない？　おまえにゃ無理ってわかってるからだろ。そうさ、これは言ってみれば『初物ダニ』だ。こいつは、おれでさえ今年はじめて見たダニだぜ」

「そうか、ハック、わかった、おいらの歯と取っかえないか？」

「歯？　見せてみな」

トムは紙包みを取り出し、そっと開きました。ハックはしげしげと見ています。どうしてもほしくなってついに言いました。

「本物か？」

トムは唇をめくりあげ、歯の抜けた隙間を見せました。

「いいだろ」とハック。

「取引成立だ」

トムはダニを雷管《らいかん》用ふた付きポーチにしまいました。そう、ついこの間まで「噛みつきムシ」が囚われの身となっていたあのポーチです。ふたりはそれぞれの道にわかれました。それぞれが欲しいものを手に入れて、それぞれがハッピーでした。

トムは、村はずれにぽつんと建っている木造校舎に到着すると、ここまでずーっと急いできたように、そそくさと教室に入り、帽子を掛け、脇目もふらず、サッと自分の座席に座りました。

先生は樫の細板で編んだ、必要以上に堂々とした肘掛け椅子にどっかりと座って、うつらうつら居眠りをしていました。教室内は居眠りを誘うように、勉強する生徒たちの小声のおしゃべりが、ムシの羽音のように聞こえていました。そこへトムが入ってきて物音を立てたので、先生は目を覚ましました。

「トーマス・ソーヤー!」

フルネームで呼ばれたときはいいことがない、トムはわかっていました。

「ハイ、先生」

「立ちなさい、さて、なぜ遅刻したのかね、いつものことだが」

トムは一瞬、嘘をついてその場を逃れようとしました。けれどそのとき、金髪の2本のお下げが目に入ると、電気で打たれたように愛おしさが押し寄せ、それがだれかわかりました。しかもみると女子席ではその子の隣の席だけがあいているではありませんか! トムは即座に答えました。

「ハックルベリー・フィンと、途中、立ち話をしていました」

先生の心臓が一瞬止まりました。絶望的な眼差《まなざ》しでトムを見つめます。教室内のざわめきはピタッと止まりました。生徒たちは、トムがとうとう血迷ってしまった、と思いました。

「なに？　なにをしていたって？」

「ハックルベリー・フィンと話をしていました」

聞き間違いではありません。

「トーマス・ソーヤー、そのようなとんでもない、けしからん遅刻の理由は聞いたことがない。物差しでの罰なんかでは済まされるものではない。前へ出てきなさい、そして上着を脱ぎなさい」

先生の腕がくたびれ、木の枝の束がボロボロになるまでムチのお仕置きがつづきました。

ようやくムチのお仕置きが終わると次の罰が言い渡されました。

「さて、きみ、女子席にいって着席しなさい。そしてどんなにとんでもないことをしたかを、肝に銘じなさい」

教室じゅうにクスクス笑いが広がりました。トムは、恥ずかしくてたまらないように見受けられました。けれど実際には、これは予定の行動で、見知らぬ女の子への憧れと、おがみたくなるようないつくしみの念と、信じられないような幸運にめぐり会った、この上ない喜びの結果だったのです。

トムは松の板でできたベンチの端に座りました。するとその女の子は、プイッと横を向くと、腰を横にずらして彼から離れました。教室のあちこちで、生徒たちは、肘で突きあったり、ウインクしたり、ささやいたりしてその様子を面白がっていました。

トムはといえば座ったまま、両手を、目の前の長板机に置き、少しも動かず、集中して本で勉強しているように見えました。

次第にみなの関心は薄れてゆき、けだるい教室の雰囲気に、いつもの小声のおしゃべりが戻っていました。

トムが女の子の横顔をちらっ、ちらっと見はじめました。それに気がついた女の子は、しかめっ面をして、ちょっとの間フン、と言うように窓の方を向いてしまいました。彼女がそろそろとまた正面を向くと、桃が目の前にありました。彼女はすぐにそれを、トムの方に突き放すように押しやりました。

トムはすーっとまた桃を、その子の目の前に戻しました。彼女はまた押しやりました、今度はちょっとやさしく。トムは辛抱強くまた桃を、彼女の方へとやりました。すると彼女は桃を受け入れました。

トムは学習板に「受け取ってくれ、おいらの分はあるから」と書きました。彼女はちらっと見ましたが、知らん顔でした。

トムはまた学習板に、なにやら描き始めましたが、今度は女の子からは見えないように左腕で隠していました。しばらくは、女の子は気がついてやらない、といった風でしたが、やがてだれにでもある好奇心が、かすかなきざしではありますが、頭をもたげはじめたのが見て取れました。

トムはなにやら一心不乱に描いています。女の子は、たまたま目に入った、という風にして見ようとしました。トムは懸命に気がつかないふりをしました。ついに女の子は好奇心に負け、ためらいがちに小声で頼みました。

「ちょっと見せてくれない？」

トムはちょっと腕をずらし、絵の一部を見せました。家でした。全体は暗い基調で描かれていて、屋根は本を伏せたような形をしており、煙突からは、煙がくゆりながら出ています。

彼女はトムの筆さばきにすっかり見入ってしまい、他のことは目に入らなくなりました。

絵が完成すると彼女はトムをちょっと見つめ、言いました。

「いいじゃない、そこに男の人を描いて」

芸術家は玄関前に、クレーンのような背の高い男を立たせました。家と男のバランスは悪く、その男は屋根をひとまたぎで越えそうでした。けれど女の子は揚げ足など取らず、その巨人に満足でした。そしてまたささやきました。

トムの描いたイラストは
こんなだったに違いありません。

「格好いい男の人ね、じゃ、こんどあたしが来るとこ描いて」

トムはまず砂時計を描き、その砂時計のうえにお月様を描きました。砂時計からはワラの手足が出ていました。両手の指は開いて、これまたアンバランスな大きい扇を持たせました。

「ホント。素敵――あたしも絵がうまければなぁ」

「簡単さ」とトムがささやきました。「教えてやるよ」

「ほんと？　いつ？」

「昼休みはどう？　昼は家に戻って食べるの？」

「あなたが学校にいるならあたしも残るわ」

「よし、決まりだ。名前は？」

「ベッキー・サッチャー。で、あなたは？　あ、知ってる！　トーマス・ソーヤー」

「それは先生たちがおいらをお仕置きするときに使う名前だ。いつもはトムさ、トムって呼んでくれるかな？」

「もちろん」

トムはベッキーには見せないように、またなにやら学習板に書きはじめました。女の子は、今度はためらうことなく見せてくれない？　と頼みました。するとトムが言うには、

「え、これ、なんでもないよ」

「いいえ、なんでもないことないわよ」

「ほんとだって、見なきゃよかったって言うよ」

「そんなことない、お願い、見せて」

「絶対見なきゃよかった、って言うよ」

「言わないわよ、絶対、絶対、言うはずないでしょ」

「じゃ、だれにも言わない？　死んでも言わない？」

「言わない、だから早く見せて」

「でもな、見ない方がいいんじゃないかな？」

「そんな意地悪するならいいわよ、自分で見るから」

と言うなり、ベッキーはその可愛らしい手で、トムの手をどけようとしました。トムは懸命に見せまいとするふりをしながら、手を少しずつずらして「アイ・ラブ・ユー」の文字がだんだん見えるようにしました。

「まあ、悪い子！」とベッキーは言うと、トムの手を「オイタはだめよ」という風にぽんと叩きました。けれど口とは裏腹に、その頬はほんのりと赤くなり、うれしそうに見えたのです。

まさにそのときでした、トムは自分の耳が、不吉な指にじわーっと挟まれ、ついでグイッと強い力で引っ張り上げられるのを感じました。教室じゅうのクスクス笑いのなか、耳を引っ張られてトムは、教室の反対側の男子席まで連れていかれ、自分の席まで引きずられてくると、そこに放り出すように座らされました。

先生は着席したトムの上から覆い被さるように立っていましたが、やがて無言で自分の玉座へと戻ってゆきました。

トムはといえば、耳はジンジンと痛みましたが、胸は喜びにあふれていました。

騒ぎも収まって、トムは本気で勉強に集中しようとしましたが、体じゅうがざわめいてうまくいきませんでした。

次の授業は読み方でしたが、へまをやってしまいました。地理の授業では「湖」（たとえばミシガン、エリー）を「山」と答え、「山」（たとえばロッキー、アパラチア）を、「河」と答え、「河」（たとえばミシシッピー、ハドソン）を「大陸」と間違え、クラスじゅう大笑いとなりました。

綴り方教室では簡単な単語を立てつづけに間違えて「落第」を喰らい、ついにクラス最下位になってしまいました。その結果、ここ数か月、誇らしげに身につけていた錫のメダルを返上する羽目になってしまったのです。

第7章 条約は締結された／おませな練習／うっかりミス

教科書に集中しようとすればするほど、思いはあらぬほうへと駆けめぐるのでした。とうとう、ため息をつき、あくびをすると、教科書を読むのをあきらめました。退屈でお昼休みは永遠に来ないような気がしました。教室の雰囲気はよどんでいて、風も、そよともしません。退屈な日々のなかの、一番退屈な時間です。

25人のクラスメートのおしゃべりが、まるで蜂の羽音に忍ばせた呪文のように、トムの眠気を誘います。燃えるような日差しの彼方にある、カーディフの丘の、たおやかな緑ははるか陽炎をとおしてみると紫がかって見えるのでした。

数羽の鳥が空高くのんびり舞っています。他に見える生き物といったら、これまた居眠りをしている牛の群れくらいだけでした。

トムは逃げだしたくてうずうずしていました。もし逃げだせないのであれば、この耐えられないような退屈な時間を、なにか面白いことをやって乗り切りたいと願っていました。

もぞもぞとポケットを探すと、思わぬものを見つけ、顔が、まるでお祈りをしている人が、神様のお告げを受けたときのように、パッと輝きました。もっともトムにはお祈りも神のお告げも無縁ですが……。

トムはこっそり雷管《らいかん》用ふた付きポーチを取り出しました。なかにしまっておいたダニをつまみあげると、長板机の上に置きました。そのときのダニの喜びはたぶん、お祈りで神に救われた人の感謝の気持ちに、勝るとも劣らぬものだったでしょう。けれどその喜びもつかのま、ダニがうれしそうに動き始めるとすぐ、トムがピンで小突いて方向転換させたのです。

トムの親友が隣の席でした。彼もまたトムと同様、授業にあきあきしていました。彼はダニをピンで思いのまま動かす遊びを見た瞬間、救われた、との思いとともに、これはおもしろい、と引きつけられました。彼の名前はジョー・ハーパーです。ふたりは、平日はなにをやるにもつるんで遊び、土曜日には戦争ゲームでの好敵手なのです。

ジョーはさっそく襟に刺してあるピンを取り出し、久しぶりに広場に出た捕虜の、運動不足解消を手助けをはじめました。ふたりはすぐにこの遊びのとりこになりました。ほどなくトムが、一度にふたりがダニで遊ぼうとするとお互い邪魔になる、ジョーの学習板を机に置いて、真ん中に線を引き、提案しました。

「さて、こいつがそっち側にいるときは好きにやってくれ、おいら手出ししない。けどおまえがミスって、こいつがこっちに入ってきたら手出しはなしだ、おいらが線のこっち側から逃がさない限りはな」

「了解、やろう、ダニを放してやれ」

トムはダニを放しました。すぐに境界線を越えてジョーの陣地へ入りました。ジョーがしばらくダニを逃がすまいと突いていましたが、合間を縫ってダニはトムの陣地に逃げ込みました。このようにダニは何度も境界線を行ったり来たりしました。ひとりが逃がすまいと、必死になってダニをピンで小突き回しているとき、もうひとりは必死になってダニにこっちへ来いと応援しました。ふたりの頭は学習板におおいかぶさり、もう他のことはいっさい頭から飛んでしまいました。

最後に、ツキはジョーに味方したようです。ダニは右往左往、縦横無尽に動き回り、少年たちに負けず興奮し、あせっていました。何回となくダニはジョーをかわして、もう少しでトムの陣地に入ろうとします。そのたびにトムの指はピクピクするのですが、間一髪のところでジョーがピンを巧みにあやつり、陣地内に戻してしまうのです。とうとうトムは我慢できなくなりました。ジョーのようにダニで遊びたいという誘惑があまりにも強かったのです。

トムはジョーの陣地にいるダニをピンで逃げ道へ誘導しました。

すぐジョーは怒りました。

「トム、手、出すなよ！」

「ちょっとつっついて元気にしてやろうとしただけだよ、ジョー」

「ダメだよ、決めたとおりやれよ。おまえの番じゃないんだから」

「なんだよ、ちょっとつついただけじゃないか！」

「手出しするな、って言ってるんだ」

「やだね」

「おまえね、いいか、こいつはおいらの陣地にいるんだ」

「あのな、ジョー・ハーパー、このダニ、だれのだと思ってんだ？」

「だからなんなんだ、こいつはいま、おいらの陣地にいるんだ、だからおまえは手出ししちゃいけないんだ」

「いいか、おいらが手を出す、って言ったら出すんだ。こいつはおいらんだ、どうしようとおいらの勝手だろ！」

トムの肩を強烈なパンチが襲いました。間髪入れずジョーの肩も同じパンチを喰らいました。それから2分ばかり、ふたりの上着からはパンチがあたるたびにほこりが舞い上がり、教室じゅう、みながはやし立て、やんやの大騒ぎとなりました。

先生が忍び足でふたりの背後にやってきて様子を眺めています。それまで大騒ぎだった教室は少し前からピタッと静かになりましたが、ふたりはけんかに夢中で気がつきません。先生はこの騒ぎに仕上げの味つけをする前に、しばらくふたりの派手なけんかを見物していたのです。


昼休みになるとトムはベッキー・サッチャーのところへとんでゆき、ささやきました。

「帽子をかぶって学校を出て帰り道を家のほうへ向かってくれる？　曲がり角にきたらみんなと別れて、気づかれないように脇道に沿ってまた学校に戻ってくれるかな？　おいらもみんなをまいて別の道から戻って途中できみと会うから」

それでベッキーは女の子のグループと一緒に下校し、トムは男の子のグループと一緒に下校しました。ややあってふたりはミドーレーンの上り坂の手前で会いました。学校に着いたときはふたり以外、もうだれもいませんでした。

ふたりは学習板を置いてならんで座りました。トムはベッキーにペンを持たせると、その手を取って一緒に、また奇妙だけど楽しげな家を描きました。描くのにあきるとおしゃべりをはじめました。

トムは幸せの波に身を任せて漂うような気分でした。トムが訊きました。

「ネズミは好き？」

「とんでもない、大っ嫌い！」

「あ、そう、おいらも――いきているやつはね、でもおいらが言っているのは死んだネズミだよ。首に紐をつ

「けてぐるぐる回せるやつさ」

「だめ！　ネズミなんてどっちにしろ、いやよ。あたしの好きなのはチューインガム」

「そうか、おいらもだ。最初から訊けばよかった。しまったな、今持ってないや」

「好きなの？　あたし持ってるわよ。あげるわ、だけどすこししたら返して」

トムはもちろんOKです。それでふたりは机に腰掛け、ベンチに向けて脚をぶらぶらさせながら、かわりばんこにガムを嚙みました。ふたりとも心から満足でした。

「サーカスにいったことある？」とトムが訊きました。

「あるわよ、良い子にしていたらまた連れてってくれるってパパが言ってた」

「おいらも3回か4回ぐらい、もっとかな、観にいったことがある。教会なんかサーカスに比べたら空箱とおんなじだ。サーカスではいつもすごいことがあるんだ。おいら大人になったらピエロになるんだ」

「え、そうなの？　素敵じゃない！　上から下まで水玉模様ね、みんなが見るわ」

「そう、それだ。その上お金がたんまり稼げる。毎日1ドルにはなる、ってベン・ロジャースが言ってた。そういえばベッキー、きみ、婚約したことある？」

「なに、それ？」

「なにって、結婚する約束だよ」

「ないわ」

「じゃ、したい？」

「うん、たぶんね。でもわからない。結婚ってどんなこと？」

「どんな？　そう言われてもなにかにたとえられるもんじゃないよ。きみがだれかにむかって、彼以外はだれも愛しません、絶対に絶対です、って言ってキスする、それだけさ。だれでもできるよ」

「キス？　なんでキスするの？」

「なぜって、そりゃ、そうすれば——とにかくみんなそうするんだよ」

「だれでも？」

「え、おかしい？　愛し合えばだれでも。おいらが学習板になにを書いたか覚えてる？」

「ええ、まあ」

「なんて書いてあった？」

「言わなきゃならないの？」

「じゃ、おいらが言おうか？」

「う、うん。いつかね」

「やだ、今がいい」

「だめよ、今はダメ、あした」

「なんで？　今がいいんだ、頼むよ、ベッキー——ちっちゃい声で言うだけ、ほんとに小さい声でささやくだけだよ」

ベッキーはとまどってなにも言いませんでした。トムはそれをＯＫのサインだと勝手に思い、ベッキーの体に腕をまわすとその言葉を彼女の耳元で、ほんとうに優しくささやきました。そして言ったのです。

「じゃ、今度はベッキーの番だよ、おいらにも言ってよ、同じ言葉を」

ちょっとの間彼女は無言でした。そしてこう言いました。

「むこう向いてあたしの顔を見ないで、そしたら言うわ。だけどこれは内緒よ、だれにも言わないで。わかった？　トム、絶対よ！　どうなの？　約束できるの？」

「もちろん、絶対言わないよ、誓うよ、さあ、ベッキー」

トムは言われたとおり顔を横に向けます。彼女はおずおずと、息がトムの巻き毛にかかるほど体をかがめるとささやきました。「アイ・ラブ・ユー」

言い終わるやいなやベッキーは、はじかれたようにトムから離れると、教室じゅう、椅子や机の間を縫うように駆けずり回りました。トムはそのあとを追いかけ、やっと教室の隅で捕まえました。彼女は白い小さなエプロンで顔を隠しています。トムは両手で彼女の顔をはさみ、エプロンで隠れた顔を、自分の顔と向き合わせて頼みました。

「ねえ、ベッキー、これで全部終わったよ、全部だ、あと残っているのはキスだけだよ、なにも怖がらなくてもいいよ、なんでもないから。お願い、ベッキー」

そう言うとトムはエプロンで顔を隠しているベッキーの手を引き寄せました。手がじょじょにゆるんできて、やがて両手がおりました。彼女の顔はさきほどの追いかけっこで紅潮していました。ベッキーは顔を近づけ、トムはその紅い唇にキスして言いました。

「さあ、これでほんとうに全部終わったよ。これからはね、さっき言ったとおり、きみはおいら以外だれも愛さないんだよ、そしておいら以外のだれとも結婚しないんだよ、絶対に絶対だ、ね？」

「もちろん、あなた以外は愛さないわ、トム。あなた以外とは結婚しないわ――あなたもよ、トム。あたし以外とはだれとも、絶対に結婚しないのよ、いいわね」

「了解、当然さ、それが決まりさ、でもまだ他にも決まりはあるよ。学校に来るときも、学校から帰るときもふたりは一緒なんだ――だれも見ていないときはね。それからパーティーではきみがおいらをエスコートに選び、おいらはきみをエスコートするのを選ぶんだ。それが婚約する、ってことなんだよ」

「なんて素敵なんでしょう、知らなかったわ」

「そうだよ、これからほんとうに楽しいから、なぜわかるかって？　おいらとアミー・ローレンスは……」

大きく見開かれた眼が、トムが取り返しのつかない失敗をしたことを告げていました。トムは口を閉ざし、うろたえました。

「ちょっと、トム、じゃ、婚約したのはあたしが初めてじゃないってことね！」

ベッキーは泣き出しました。トムが言いました。

「ねえ、泣かないで、ベッキー、彼女とはもうなんでもないんだから」

「いいえ、なんでもなくないわ、わかっているくせに！」

トムは彼女の首の後ろに腕を回わそうとしましたが、彼女はそれを押しのけ、壁に向かうとまた泣き出しました。

トムは謝りとも、言い訳ともつかないことを、もごもご言いながら、一度腕を回そうとしましたが、突き返されてしまいました。

彼にもプライドはあります。トムはその場からサッと離れ、大股で外へ出てゆきました。

外へ出るとそこで立ち止まり、足踏みをしたり、体をゆすったりしてドアの方をチラチラ見ていました。もしかして彼女が思い直して、もう一度彼の許へきてくれるかも、と思っていたので。でも、彼女は現われませんでした。トムは、悪いのは自分では、と心配になり、息苦しくなりました。

自分から歩み寄っていまの状況を良くするのはプライドが許さない、だけどそうしなければベッキーには永遠に口もきいてもらえない、トムは大いに悩みましたが、自分を奮い立たせて、教室に戻りました。

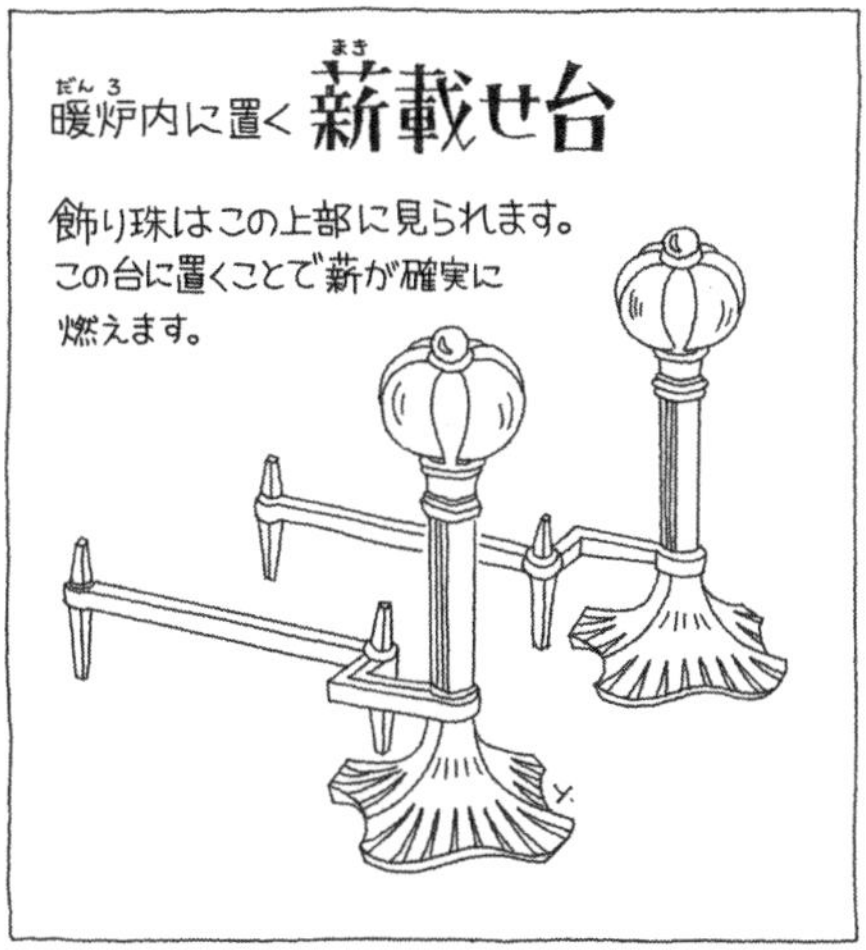
暖炉《だんろ》内に置く 薪《まき》載せ台
飾り珠はこの上部に見られます。
この台に置くことで薪が確実に
燃えます。

ベッキーはまだ教室の隅で、こちらに背を向けて立っていました。見ると壁に顔をつけてすすり泣いていました。トムの心臓は張り裂けそうでした。そばに駆け寄ったものの、どうしたらいいかわからぬまま、ちょっとの間、ただ立っていました。ようやくおずおずと言葉が出ました。

「ベッキー、きみ以外だれも好きな子はいないよ」

返事はありません。聞こえるのはすすり泣きだけです。

「ベッキー」と祈るように、

「ベッキー、なんか言ってよ」

すすり泣きの声が大きくなりました。

トムは自分の持っている一番大切なお宝、薪《まき》載せ台の黄銅製珠飾りを取り出し、ベッキーに見えるように、持った手を彼女の背中側から顔の方へ持ってゆきました。

「お願いだ、ベッキー、これ、もらってくれないかな?」

彼女はそれを床にたたきつけました。トムは憤然として校舎をでると丘をこえ、さらにその向こうへと進み、その日は学校に戻りませんでした。

今度はベッキーが心配する番です。彼女はドアへ駆け寄り、見廻しましたがトムはいません。校庭へいそいでいってみましたが、いません。叫びました。

「トム！　戻ってきて！　トム！」

耳を澄ませましたが、返事はありません。今は静かさと寂しさだけが彼女の友だちでした。彼女はその場に座り込み泣き、自分を責めました。

そうこうしているうちに昼休みが終わり、昼食を家でとった生徒たちがそれぞれ学校へ戻ってきました。

ベッキーは悲しみと癒《い》える間のない心の傷を隠して、長く、悲惨で苦しい午後の部の十字架（授業のことです）を背負いました。転入生のベッキーには、悲しみを分かちあえるような友人は、まだいませんでした。

第8章 トム、決心する／名場面を演じる

家で昼食をとって、午後の授業のため、それぞれの家から学校に戻ってくる生徒たちとうっかり出くわさないように、トムは右に左に脇道を選んで学校から離れてゆきました。そしてもう、生徒たちと出会うことはない、と安心できる所までたどりつくと、沈んだ気持ちを抱えて駆け出し、ことさら小川をいくつかわたりました。というのも、子どもたちの間では、川をわたると追っ手に捕まらないという都市伝説が広くゆき渡っていたからです。

30分後、トムはもう、カーディフの丘の上にある、ダグラス邸の彼方に消えてゆき、後方の谷間にある校舎はかすんでほとんど見えなくなりました。

トムはうっそうとした森まで来ると道からはずれて、森の真ん中に生えている大きな樫の木に向かってまっすぐ進み、大きく枝を広げたその木までたどり着くと、コケの生えたその根元に腰を下ろしました。

そこではそよとも風は吹いていませんでした。うだるような夏の暑さのせいでしょうか、鳥のさえずりさえとだえていました。森はまるで深い眠りの静かさのなかに横たわっているようでした。それを破るのはときおり、どこからともなく聞こえてくるキツツキの音だけでした。この音によって沁みわたる静寂と孤独感がさらに強く

押し迫ってくるのでした。

トムの心は深いよどみに沈んでいました。彼の感覚、感情は森の様子とぴったりでした。肘《ひじ》を膝《ひざ》に付き、顎を手のひらにのせて座ったままいつまでも物思いにふけっていました。

トムにとって人生とはせいぜいよくて面倒ごとの塊のように思えました。それで最近死んだジミー・ホッジスのことをなかばうらやましく思うことがありました。永遠に横たわり、眠り、夢見て。風は木々を渡り、草や墓に供えられた花を愛《め》でる。なにも気にすることなく、なにも悲しむこともなく、いつまでもいつまでも……。

トムは思いました。いままで日曜学校を真面目に務めていたのなら喜んで死んでやる、最後の審判だってちゃんと切り抜ける。もし、だけどダメだ、死んだらどんな罰を受けるか考えただけでも恐ろしい、と。

そうだよ、あの子だよ、おいらがなにをしたって言うんだ？　なんにも悪いことなんかしていない、それどころか世界一大切に思っていた、それなのにおいらをまるで犬みたいに扱った。そうさ、あれじゃ犬そのものだ。いつの日かあの子も気がついてごめんなさい、って言ってくるかも——そのときは手遅れかも。

あーあ、ちょっとだけ死ねたらな——

しかし、若者の柔軟で弾けるような心をガチガチの型に長い間押し込めて置くことはできません。トムの心はいま、自分では気がつかないまま、ふたたび現実の課題に取り組みはじめたのです。

もしこのままみんなに背を向けて、なにも言わずにいなくなってしまったらどうなるのだろう？　もしこのまま遠くの、海の向こうの見知らぬ国に行き、永遠に帰ってこなかったら？　そのときあの子はどう思うだろう？

そのとき、ふと、ピエロになりたい、と話をしたことを思い出しました。けれど、それは、彼の心をにがい思いで満たすことになりました。

間抜け面で、くだらないジョークを並べ、水玉模様のタイツをはいてチャラチャラする様子は、今の彼にとっては腹立たしいものでした。なぜなら、これらの軽薄なイメージがトムの、漠然とはしていますが、たとえようもなく切なく、もの悲しい心のなかへズカズカと入り込んできたからです。


そうだ、兵士になろう、長い戦いののち、故郷へ帰ってくる。戦いに疲れ、名声を得て。いや、もっといい考えがある。インディアンの仲間になる、バッファローを狩り、山のなかや西部の果て、大平原で戦う。そして遠い将来、大酋長となって戻ってくる、ある退屈な夏の日に。

そのとき頭には羽根飾り、顔は恐ろしげに隈取りし、血も凍る雄叫びを上げながら日曜学校へ飛び込んでいく。するとその様子を見る友だちはみな、抑えようのないねたみでその目を焦がすことになる。

いや、もっと格好いいのがある。海賊だ！　そうだよ。おいらの将来はこれではっきりした！

そう考えると彼の未来は想像を絶する素晴らしさで輝いてきました。

彼の名前は世界じゅうにとどろき、人々は恐れおののきます。荒海を突き進む彼の船、その名も「荒ぶる心」、黒く塗られた長く低い船体の快速船のへさきには不吉な旗がひるがえっています！

名声が絶頂となったある日、突然トムは故郷の村に現われ、教会へ静かに入ってゆきます。風雨にさらされた顔には深い皺が刻まれ、赤銅色に日焼けしています。黒のベルベット地の上着と膝上のズボンで身を固め、脚は革製のブーツをはき、真紅の帯で飾られた腰には大型拳銃がずらりとたずさえられています。罪にまみれた短剣も、もちろん腰に帯びています。目深《まぶか》にかぶった海賊帽には風にそよぐ羽が飾られています。

背中には黒地に骸骨とXに組まれた骨が描かれた旗がひるがっています。教会内の人々は彼の姿に気づくと、歓喜を抑えられず、みな、ささやきます。

「見ろ！　海賊トム・ソーヤーだ！　カリブ海の黒い復讐者だ！」

そうです、彼の将来は決まりました。故郷を離れ、海賊になるのです。明日早朝旅立つことになるでしょう。したがって、今からその準備をしなければなりません。旅に必要な物を集めなければなりません。トムはすぐそばにある朽ちた倒木に歩み寄ると、その一方の端の下をバローナイフで掘りはじめました。ほどなく木の板が現われました、その下には空間があるようです。トムは手を板の上にかざしながら朗々と呪文を唱えました。

「ここにいまだ来ざるものは今こそ来たれ、ここに在りしものはここにとどまれ！」

土を取り除くと松の板を貼り合わせた箱の上蓋でした。持ち上げると、底面も側面も松の板でできた、しゃれた小さな宝箱が出てきました。なかにはビー玉が1個入っていました。

トムは腰を抜かさんばかりに驚きました。気が狂ったように頭をかきむしるとうめきました。

「なんだ！　こんなことってあるか！　最悪だ！」

ビー玉を腹立たしげに放り出だすと、思い詰めたように立ち尽くしました。じつはトムの呪文が失敗したのです。トムも、彼の友だちもこの呪文は絶対確実、間違いなし、とそれまで信じていたのです。

この呪文を唱えてビー玉1個、土に埋め、2週間後、同じ呪文を唱えながら掘り起こすと、そこには今までになくした、たとえどんなに昔になくしても、たとえどんなにバラバラに散らばっても、すべてのビー玉がそこに集まっているはずでした。トムの心のよりどころ全体が根底からぐらつきました。この儀式がうまくいったという話を何回も聞きましたが、失敗は聞いたことがありませんでした。

じつは彼自身も幾度か試しましたが、そのたびに埋めた場所がわからなくなっていたのです。

したがって今までに儀式が、ほんとうに効き目があるか確認ができなかった、ということには思い至りませんでした。

しばらくの間トムはなにが原因で失敗したかあれこれと考えていました。たどり着いた結論は、魔女が邪魔しに現われてせっかくの呪文を解いてしまった、というものでした。

その結論が正しいと確認する必要がある、とトムは考えました。それで砂地がすり鉢状に落ち込んだ箇所がないか探し始めました。それを見つけると、そこに腹ばいになり、その凹みに口を近づけると叫びました。

「アリジゴク、アリジゴク、おいらの知りたいことを教えてくれ！　アリジゴク、アリジゴク、おいらの知りたいことを教えてくれ！」

すると砂が動き出しました。と見る間に小さくて黒い虫が一瞬頭を出しましたが、驚いたのか、またあっという間に砂に潜ってしまいました。

「アリジゴクはなんにも言わなかった！　ということは、あれはやっぱり魔女のしわざということだ。これで確認できた」

魔女をこらしめて呪文を復活させようと思ってもそんなことはとても無理だということはよくわかっています。それでビー玉を箱いっぱいにする件は残念ながらあきらめました。ふと、少なくとも、さっき腹立ちまぎれに放り投げたビー玉だけは戻せる、ということに気がつきました。すぐに懸命に探しましたが、これまた残念ながら見つかりませんでした。

なにを思ったかトムはくだんの宝箱のところへ戻り、ビー玉を投げた場所で、ビー玉を投げた姿勢を注意深く再現して立ちました。次にポケットから別のビー玉を取り出し、先ほどとおなじ方向に、おなじ姿勢で、おなじ力で投げたではありませんか！　そして叫びました。

「弟よ！　おまえの兄を見つけてこい！」

トムはビー玉の落ちた箇所を見届け、そこへゆき、見渡しました。しかしそこには今投げたビー玉だけで、お目当ての球はもっと先に転がったか手前に落ちたか、とにかく見当たりません。トムはあきらめずにさらに2回繰り返しました。そしてついに2個のビー玉が30センチほど離れてならんでいるのが見つかりました。

ちょうどそこへ、おもちゃのブリキ製ラッパの音色がかすかに森の小径から木々を通り抜けて聞こえてきました。

やにわにトムは上着とズボンを脱ぎ捨て、ズボンつりをシャツの上から巻いてベルトの代わりにしました。それから朽ちた倒木のうしろの茂みをかき分けました。そこには手作りの弓矢、木の剣それからブリキのラッパが隠してありました。トムはそれらを急いで手に取ると裸足で、シャツをひるがえして走ってゆきました。トムは大きな楡の木の下で立ち止まり、ラッパを吹いて応答しました。それから注意深く左右を見ながら忍び足で進みました。そして隣に同志がいるつもりで押し殺した声で言いました。

「止まれ、同志たちよ、合図あるまで身を潜めよ！」

そこにジョー・ハーパーが現われました。彼はトムと同じように軽装で、ベルトをしたシャツの裾をひるがえし、同じように弓矢と木の剣をたずさえていました。トムが叫びました。

「待たれよ！　我が許しなくしてこのシャーウッドの森に立ち入るはいずれの者か？」

「ギスボーンのますらおにはだれの許可も不要じゃ、そなたこそ名を名乗れ、我に――我に……」

「我にあえてそのような口をきくやからは？」とトムが促《うなが》しました。ふたりとも本に書いてある台詞をここで演じていたからです。

「そなたこそ名を名乗れ、我にあえてそのような口をきくは何者か？」

「我こそはロビン・フッドなり。どこの馬の骨かは知らぬがすぐにしかばねとなり、そのとき我が名のなんたるかを知ることになろう」

「さてはぬしがかの悪名高き無法者なるか？　おもしろい、このうるわしき森の通行券を頂くまでだ、さあ、かかって参れ！」

ふたりは弓矢とラッパを地面に置くと木の剣を手に取りました。劇の演出どおり、お互いのスタートラインにつま先を合わせ、ふたりが左右対称になるようフェンシングの身構えをとりました。おごそかにそして劇で演じるとおり注意深く戦い始めました。上で切り結んだら次は下で切り結ぶ、あくまでも左右対称をたもって演じるのです。

そこでトムが言いました。

「なあ、もう芝居はいいんじゃないか、こっからはチャンバラでいこうぜ」

それでふたりは自由に思いっきり戦いました。もうふたりとも息づかいも荒く、汗が噴き出していました。

まもなくトムが叫びました。

「おい、斬ったぞ、倒れろよ、なんで倒れない！」

「おいらが倒れるわけないだろ！　おまえこそ倒れろよ、何回も斬ったじゃないか！」

「それがどうした？　おいらに負けは無しだ。負けたら本の中身と違っちまう。本にはこう書いてある『それから返す刀であわれなギスボーンの男を斬り捨てた』って。返す刀ってなんだろう？　わかった！　ジョー、うしろを振り返れよ、そしたらおいらがその背中を斬るから」

本にそう書いてある以上逆らえません。ジョーはトムに背中を見せるとすかさずトムがバッサリと斬り捨て、ジョーはその場に倒れました。

「さあ」とジョーが起き上がって言いました。

「今度はおいらがおまえを斬る番だ、それが公平ってもんだ」

「なんで？　そんなことできないよ、本に書いてないもん」

「そうかよ、そんな汚ない手使うのかよ——もう終わりだ」

「ちょっと待てよ、ジョー。わかった、こうしよう、おまえが修道士のトラックか粉ひき小屋の息子マッチになって六尺棒でおいらの脚を痛めつける、それでもいやならちょっとの間、おまえがロビン・フッド、おいらがノッティンガムの代官、それでおまえがおいらを斬り殺す、どうだい？」


話はまとまり、ロビン・フッドごっこは再開です。ごっこは終盤になりました。トムは再びロビン・フッドに戻っています。今、裏切り者の尼僧にだまされて、ロビン・フッドは開いたままの傷口から命がながれだすにまかせています、治療してくれていると信じ込んでいたのです。

臨終に際し、嘆き悲しむ無法者の一団をひとりで演じるジョー・ハーパーはロビンの横たわるベッドを外に運び、彼の弱々しく、震える手に弓と矢を持たせました。ロビン役のトムが言いました。

「この矢の落ちたるところ、緑なる大木の下にあわれなるロビン・フッドを埋めよ」

矢は放たれ、ロビンはばったりとあおむけに倒れ、そこで死ぬはずでしたが、ばったりと倒れたところがイラクサの上だったので、背中にとげが刺さり、死体にしてはとんでもなく派手に飛び上がりました。

ふたりは身支度《みじたく》を調え、装備一式を元の場所に隠し、村へと戻ってゆきました。

道々、もうロビンのような無法者がいないことを嘆き、近代化された今の社会に、無法者の代わりに、なにか同じくらい楽しい遊びの題材があるのだろうか、などと話しあっていました。

ふたりは、永久にアメリカ合衆国の大統領でいるより、1年間無法者でいるほうがずっといい、ということで意見が一致しました。

第9章
恐ろしい状況／重大事件発生／インジャン・ジョーの説明

その夜の9時半、トムとシドはいつものように寝室へと追い立てられました。

お祈りのあと、シドはすぐに寝てしまいましたが、トムは横になってじりじりしながら待っていました。ずいぶんたった、もう明け方かな、と思ったとき、時計が10時を打つのが聞こえました！

まだ10時！　絶望感に襲われました。イライラして寝返りを打ったり、手足をばたつかせたいのですが、シドが目を覚ますとまずいので、じっと我慢をしていました。目を見開き暗闇を見つめました。すべてが淀んで静寂そのものでした。

少しずつ、その静けさのなかからかすかに物音が聞こえだし、それが次第にはっきり聞き取れるほどになってきました。時計のチクタク音がやけに耳障りになってきました。家の古い木の梁《はり》が、不気味な音と共に割《さ》けたようでした。かすかに階段のきしむ音が聞こえます。間違いなく霊が家のなかをさまよっているのです。こもったようないびきがポリーおばさんの寝室から聞こえてきます。

ものうげなコオロギの鳴き声が耳に入ってきました。不思議なことに、そいつがどこで鳴いているかは人間がどんなに頑張っても突き止められないのです。

ベッドの頭上の壁のなかにいる、シバンムシがカチカチとおぞましい音を刻みます。それを聞くとトムは身の毛がよだつのです。なぜならそれはだれかの寿命を刻む音だからです。

犬の遠吠えが夜気を伝ってきます。するとはるか遠くから、それに応えるような遠吠えがかすかに聞こえてきました。

トムは苦しんでいました。しかしついに時間は止まり、永遠が始まり、トムに安らぎが訪れました。彼自身としては不本意でしたがまどろみはじめたのです。時計が11時を打ちましたが、彼には聞こえませんでした。そしてついにそのときがきたのです。トムはなかば夢のなかで、この上なくもの悲しい猫の鳴き声を聞いたのです。

隣の部屋の窓の開けられる音でトムは夢から引き戻されました。

「あっちへいけ！　この化け猫が！」という怒鳴り声と共に、空瓶がガチャンと薪《まき》小屋の裏壁に当って割れる音で完全に目が覚めました。1分後、もうトムは服装を整え、窓から屋根の上に出ると、母屋から突き出た部屋の屋根の先端へとはってゆきました。

シバンムシ
死番虫
体長は数ミリの虫です。
乾燥した草や
木材を主に食べます。
木材を食べる時に
カチカチという音を出し、
それが不吉な感じが
するのです。

「ニャーオ」と一度、それからもう一度、屋根の先端に向かいながらトムは用心深く合図しました。先端までくると、薪《まき》小屋の屋根に飛び移り、それから地面へと降りました。そこにハックルベリー・フィンが猫の死骸をぶら下げて待っていました。

ふたりはそそくさとその場から離れ、暗闇のなかに消えてゆきました。30分後、ふたりは墓地の背の高い雑草をかき分けて、ホス・ウイリアムス爺さんの墓を目指して歩いていました。

墓は丘の上にあり、村から2キロあまり離れていました。そのたたずまいは昔、この地方でよく見られるものでした。墓地は板塀に囲まれていましたが、その板塀たるや、ある箇所は内側にかたより、別の場所は外側に傾いて、どこにもまっすぐな箇所のない、ガタのきた代物でした。墓場全体は手入れの行き届かない芝生と、伸び放題の雑草に覆われていました。古い墓は棺桶型にへこんでいました。どの墓にも墓石はなく、ただ先が丸い、虫食いだらけの板が支えもないまま、傾くに任せてかろうじて立っていました。

かつてはそれぞれの板には、だれそれを「しのんで」と書かれていたのでしょうけれど、今は文字も板と共に朽ち果ててゆき、たとえ昼間でも、もう、読むことはできません。

木々をわたるかすかな風がうめくような音を立てます。トムにはそれが静寂を乱された死に神のうめき声のように感じられ、恐ろしさで身がすくみました。

ふたりはほとんど無言でした。ときおりの話も、ひそひそ声でした。時と場所、あたりをおおう静寂と厳粛さがふたりの気持ちを押しつぶしていたのです。

やがて探していた、はっきりと盛り土の形がわかる新しい墓にたどり着きました。ふたりは墓のすぐそばに3本まとまって生えている楡の大木に、守られるように身を潜めました。

ずいぶん長い時間、沈黙のなかでふたりは待機していました。死の静寂をみだすのは、遠くから聞こえてくるホウホウという鳴き声だけです。トムは重苦しさにしだいに耐えられなくなってきました。もう、なにか話さなければ我慢できなくなり、ささやきました。

「ハッキー、死人はおれたちがここにいても気にしないかな？」

ハックルベリーが応えました。

「それはおれのほうが知ッテタイよ。ここはやけに陰気だな、なあ」

「まったくだ」

ふたりそれぞれ、この件について自問自答している間、またしばらくの静寂がありました。またトムが口を開きました。

「ねえ、ハッキー、ホス・ウイリアムはおいらたちの話を聞いてるかな?」

「もちろん、少なくとも彼の魂は聞いてるさ」

ちょっとトムが間を置いて、

「まずったな、ウイリアムさん、って言っときゃよかった。別に悪気があって呼び捨てしたんじゃないんだ。だってみんな、ホスって呼んでたじゃないか」

「最近死んだやつらについて話すときは目一杯気イつけんだな、トム」

これで話が打ち切られたようになってしまい、またしばらく会話は途切れました。

突然トムが相方の腕をつかむと言いました。

「シッ」

「なんだよ、トム?」ふたりは心臓が口から飛び出しそうになり、お互いにしがみつきました。

「シッ、まただ。聞こえただろ?」

「おれは――」

「ほら、今度は聞こえたはずだ!」

「大変だ、トム、あいつらだ、悪魔が来た、間違いない、どうしよう?」

「おいらだってわかんないよ!　あいつら、おいらたちが見えっかな?」

「見えるさ、トム、悪魔は猫みたいに暗闇でも目が利《き》くんだ。こんなとこ来るんじゃなかった」

「待てよ、心配ないって。おいらたちなんか、あいつらにとって目じゃないさ、おいらたちがちょっかい出さなきゃな。じっとしていればこっちのことなんて気がつかないんじゃないか？」

「わかった、じっとしていよう、だけど震えが止まんない」

「静かに！」

ふたりは頭を低くし、息を潜めていました。墓地の彼方から、こもった話し声が伝わってきました。

「見ろよ！　あそこだ、見えるだろ」トムがささやきました。

「あれ、なんだろう？」

「鬼火だ、トム、恐ろしいことになってきた！」

暗闇からぼんやりとした影がいくつか現われました。手には昔風の錫製ランタンを持っていました。ランタンの胴部には無数の穴が開いていて、そこから放たれる無数の光のスポットが地面を照らしていました。

ハックルベリーが震えながら小声で言いました。

「あいつら悪魔だ、間違いない。３人もいる！　トム、もうダメだ、おまえ、お祈りできるか？」

「やってみるよ。だから心配しなくてもいい、悪さはしないと思うよ。『我は横たわり眠むれり、我は――』」

「シーッ」

「どうしたの、ハック？」

「あいつら、人間だ、少なくともひとりは、あれはマフ・ポッターの声だ」

「嘘だろ、確か？　どう？」

「間違いない、静かに、動くなよ。あのおっさんならおれたちに気づくはずはないよ、鈍いし、いつもと同じで酔っ払ってる、ようだ、救いようのないおっさんだ」
「了解、静かにしているよ。お、立ち止まった、迷ってんのかな? あ、また歩きだした。こっちに来る! あ、戻った、あ、またこっちに来る! 今度は方向がわかったみたいだ。おい、ハック、もうひとり、わかったぞ、あれはインジャン・ジョーの声だ」
「ホントだ! あの混血の人殺し野郎! あんなやつらと出くわすくらいなら悪魔のほうがよっぽどましだ! あいつらこんなとこでなにやるんだろう?」

話し声は途絶え、物音ひとつしません。3人はいま、少年たちの隠れている場所のすぐそばに立っています。墓の前です。

「さあ、ここだ」と3人目の男が言い、ランタンを掲げました。顔が明かりに照らし出されました。若い医師のロビンソンでした。

ポッターとインジャン・ジョーは2本のシャベルとロープを載せた、手押し車を墓に近づけ、荷物を下ろすと、墓を掘り始めました。

医者は墓板のそばにランタンを置くと、3本の楡《にれ》の木までやってきて、その内の1本により掛かって座りました。そこはトムとハックが隠れている場所のすぐ隣で、手を伸ばせば届くほどでした。

「ほら、急げよ」と医者は低い声で言いました。
「月がいつ雲間から出てくるかわからんぞ!」

しばらくの間、聞こえるのはシャベルが腐植土や砂利を掘り出す単調な音だけでした。

ついにシャベルがゴツンという、木に当たるにぶい音がしました。棺桶を掘り当てたのです。あっという間に棺桶は地面に引き上げられました。すぐに蓋はシャベルでこじ開けられ、死体は地面に投げ出されました。

月が雲間から現われ、死体の青白い顔を照らしています。男たちは死体を手押し車に載せると、毛布でおおい、その上からロープで固定しました。ポッターは大きな飛び出しナイフを取り出し、余ってぶらぶらしてたロープを切り取ると言いました。

「さあ、ドクター、罰当たりのお品はここだ、それじゃあと五ドルを頂こうか、いやならこいつはまた穴に逆戻りだ」

「言うとおりにしな」とインジャン・ジョー。

「待て、なんの話しだ？　前払いと言われたからそのとおりしたじゃないか！」

「そりゃそのとおりだ、だがな、おまえさんにゃ、まだ貸しがあるんだよ」と言いながらインジャン・ジョーは医者に歩み寄りました。

「5年前のある晩、おまえの親父の家で、腹が減って死にそうだ、なにか食い物を、と頼んだ、それなのにおまえがおれを追っ払った、忘れちゃいないだろうな。おまけにおれがいるとろくでもないことが起こる、ってほざきやがった。それでおれが、たとえ100年かかっても仕返ししてやる、と誓ったら、おまえの親父がこのおれを浮浪者扱いして牢屋にぶち込みやがった。忘れたとは言わせねえ、無駄にインディアンの血が混ざっているんじゃねえんだ。さあ、おまえは自分の立場がわかるな、今がツケを払うときだって」

医者の顔に拳を突きつけておどしています。突然医者がジョーに殴りかかりました。不意を突かれたならず者はまともにパンチを喰らい、地面に長々と伸びてしまいました。それを見たポッターは、手にしていたナイフを放ると、叫びました。

「この野郎、仲間を殴りやがって！」

言い終わるか終わらないうちにポッターは医者めがけて飛びかかり、ふたりは組んずほぐれつの格闘をはじめました。草は踏みにじられ、地面はほじくられました。

インジャン・ジョーがガバッと飛び起きました。目がギラギラと殺気を帯びています。ポッターが放り出したナイフを手に取ると、乱闘のそばへにじり寄り、猫のように身をかがめ、その周りをゆっくりと巡りながらタイミングを見計っています。

医者がポッターを振りほどき、うしろに飛びすさると、ウイリアム爺さんの、重い木の墓板を引き抜き、ポッターの頭に一撃を加えました。ポッターはたまらずばったりと倒れ、動かなくなりました。と同時に混血の人殺しは、ここぞとばかり若い医者の心臓めがけてナイフを突き立てました。医者は数歩よろめくと、ポッターの上になかばかぶさるように倒れ込み、そのまま自分の血の海に横たわりました。折しも月が隠れ、暗闇が惨劇を覆いました。その暗闇に乗じてトムとハックは飛ぶように逃げてゆきました。


また月が雲間から顔を出しました。インジャン・ジョーは倒れているふたりのかたわらに立ち、様子を見ています。医者がなにやらつぶやき、1、2度、長い吐息をつくと、そのまま息絶えました。混血の人殺しがあざ笑うように告げました。

「これで貸しは返してもらった、クズ野郎」

ジョーは医者からめぼしい物を剝《は》ぎ取ると、凶器をポッターの、だらんと開いた右手に握らせました。それから棺桶の残骸に腰を掛けてポッターが目を覚ますのを待ちました。数分たつとポッターがもぞもぞと動き出し、うめき声を上げて目を開けました。手にはしっかりナイフが握られています。ナイフを目の前にかざし、わけがわからない、といった様子でしたが、身震いをしてナイフを振り払うようにほうり投げました。

身を起こすと医者の死体を押しのけ、混乱した様子で当たりを見廻しました。ジョーと目が合いました。

「大変だ、なにが、どうしたんだ、これは！　ジョー？」

「まずいことしたな」ジョーは身じろぎもせず言いました。

「なんでこんなことしたんだ？」とジョー。

「おれはやっちゃいねえ」

「てめえの手を見てみろ！　言い訳なんかできねえ」

ポッターは震えだし、顔面蒼白でした。

「おれはしらふのつもりだった。夕方からは飲んでなかったから。だけどまだ残っていたらしい、掘り始めた頃からのことがさっぱりだ、今はもうなにがなんだか……なんにも思い出せねえ、教えてくれ、ジョー、ほんとのことをさ、友だちだろ――これ、おれがやったのか？　ジョー。そんなつもりはこれっぽっちもなかった、誓ってほんとだ。そんなつもりはなかった。なんでこんなことになっちまったんだ、ジョー。なんてひどいことを、若くて前途ある男を」

「つまりだ、おまえら取っ組み合ってた。そしたらやつが墓板で一発おまえにお見舞いした。おまえはぶっ倒れたんだがすぐ起き上がってまた組んずほぐれつやった。やつがもう一発おまえに喰らわせるのと、おまえがナイフを拾って、ブスッとやっちまうのとほとんど同時だった――それからおまえはここに丸太みてえに転がっていた、今までな」

「なんてことやっちまったんだ、ほんとうにおれがやったんならここで死んじまったほうがましだ。これもみんな酒が残ってた上に、カッとなったせいだ。いままで得物《えもの》なんか持ったことないよ、ジョー。そりゃけんかはしたさ、だけど釘1本だって手にしたことはねえんだ。みんな知ってるよ。ジョー、言わないでくれ、だれにも言わないよな、ジョー！　おまえはいいやつだ、だから好きさ、ずーっとおまえの味方だった、そうだろ？　忘れちゃいないよな。言わない、っていってくれ、頼む、ジョー！」あわれなポッターは無表情な冷血漢の前にひざまずき、両手を組んで祈るように頼みました。

「もちろんだ、おまえはいつでもおれとまっとうにつき合ってくれた、マフ・ポッター。だからおまえを裏切るなんてことはしないさ。さあ、これで十分だろう」

「ありがてぇ、おめえは救いの神だ。このことは一生恩にきる」ポッターは安心して泣き出しました。

「さあ、わかったから、ほら、しっかりしろ。うだうだ言ってる暇はねんだ。おまえはまっすぐ家に帰れ、さあ行け、おれは後始末をする。足跡残すなよ」

ポッターはそそくさとその場を離れましたが、すぐに全力で走り去りました。混血の人殺しはそれをじっと見守っていました。

ややあって、ジョーは独り言をつぶやきました。

「酒が入っている上に、頭にポンコツ喰らってなにがなんだかわからないみてえだな、このぶんじゃナイフで足がつくなど、気がつくはずはない。たとえ気づくとしても、そんときゃ遠くに高飛びしたあとだろうし、ナイフを拾いにのこのこ戻ったら、それこそ飛んで火に入る夏の虫だ、いくらヤツでもそのくらいわかるだろ。ひとりを殺した、っていわれただけで震え上がりやがって、腰抜けが！」

2、3分後には、殺された医者、毛布に包まれた死体、蓋の開いた棺桶、暴かれた墓などを目にする者は、だれもいませんでした、月以外には。また限りない静寂が戻ってきました、今度はほんとうに。

第10章

厳粛な誓い／間違って悔い改め／ムシはムチより辛し

ふたりは逃げに逃げて、村に向かって全速力で走りました。恐ろしさでひとことも言葉が出ません。逃げている最中も、追いかけてこないか、幾度となく振り返りました。暗闇のなかで、枯れ立木が現われるたび、それが人間に見えてしまい、そのつど、心臓が止まるほどギクッとしたのです。

村はずれの農家の集落でさしかかると、気配を感じた番犬に吠え立てられ、さらに尻に火がついたように走りました。

「ぶっ倒れる前に革なめし場跡までたどり着かなかったら」と、トムがゼイゼイしながらいいました。

「おいらもう村までもたない」

ハックの答えはゼイゼイという息づかいだけでした。それからふたりは頼みの綱の廃工場を見据えながら、なんとかたどり着こうと、残った力を振り絞りました。

ゴールにやっとの思いで到着すると、ふたりは鍵のかかっていない扉を同時に押し開け、暗い工場内になだれ込み、その場にばったりと倒れました。疲れ果てていましたが、安堵《あんど》の気持ちでいっぱいでした。

やがて呼吸も心臓の鼓動も落ち着いてきました。トムがささやきました。

「ハックルベリー、これからどうしよう?」

「もし医者のロビンソンが死んだら、縛り首だな」

「そう思う?」

「違う、思うんじゃなくてそうなるって知ってんだ、トム」

ちょっとの間トムは考えていましたが、また訊きました。

「だれが言うんだ? おいらたち?」

「なに言ってんだ、そんなことしてみろ、もし、まかり間違ってインジャン・ジョーが死刑にならなかったらどうすんだよ? 見てみろ、あいつ、人殺しだけど、大手を振って村を歩いているじゃないか! あいつは絶対おれたちを殺しにくる、そしたらちょうど今みたいに、おれたち並んで死体になっちまう」

「おいらもいま、同じこと考えたんだよ、ハック」

「だれかが言うとしてもそれはおれたちじゃない。マフ・ポッターに任せよう。もしあいつがほんとのアホなら言うかもな。いっつも、ぐでんぐでんに酔っ払ってるしな」

トムはなぜか押し黙っていました。なにか考えているようでした。そして口を開きました。

「ハック、マフ・ポッターは知らないんだ、知らないことは言えないよ」

「なんでポッターは知らないんだよ?」

「頭に喰らって倒れた直後にインジャン・ジョーが医者を刺したじゃないか、マフ・ポッターがその場面、見たと思う? あいつがなんか知ってると思う?」

「あっ、そーか、そのとおりだ、トム!」

「それにさ、あの一発であいつも死んだかもしれない」

「いや、それはないよ、トム。あいつには酒が入っていた、わかるんだ、いつもだ。トウちゃんはよ、酔っ払ってれば墓板どころか教会そのものでぶん殴られてもこたえないんだ、トウちゃん自身もそう言ってた。マフ・ポッターも同じさ、だけどしらふならあれを喰らったら死ぬかもな。ま、わかんないけど」

ふたりともなにか考えているようでした。トムが訊きました。

「ハッキー、おまえ、だれにも言わないか？」

「トム、おれもおまえも、だれにも言っちゃいけないんだ。わかってんだろ、もしおれたちがさえずって、インジャンが縛り首にならなかったら、おれたちふたりとも、猫2匹よりあっさり水に沈められちゃう。そうだ、あのよ、トム。お互い誓うんだ、だれにも言わないことを誓わなきゃなんない」

「よし、それがいい。手を上げて誓えばいいのかな？」

「いや、ちがうんだ、この場合はそんなんじゃダメだ。そんなの、ちまちました、ゴミみたいな、バレても、どってことない秘密に使うだけだ、とくにネエちゃんに約束させる秘密の類いに使うだけだ。女って、たとえ誓ってもむだだろ、ちょっと頭にくるとすぐにペラペラしゃべっちまう。だけど今度のみたいに大変なことは誓いを書いとかなきゃ、血判を押してさ」

トムはハックの言うことはまったくそのとおりだと思いました。この誓いのやり方は奥深く、どす黒くおぞましいものでしたが、今の状況、この場所、時間などに似つかわしいものでした。

トムは、泥のついていない松の壁板を月明かりで見つけると、それを手に取り、ポケットから赤石のかけらを取りだしました。そして赤石をペンにして、月明かりを頼りに、下にはらうときは舌を噛み、上にはらうときは顎を緩めて誓いの言葉を、一文字ずつ、ゆっくりと板に書きました。

ハックルベリー・フィンとトム・ソーヤーは
このことについてひみつを守ることをちかいます。
もしだれかに話したらその場で死んでしまい、
くさってしまうかもしれないけど、
あえてそうなることをのぞみます。

ハックルベリー・フィンはトムの文字が上手で、その上誓いの言葉も、いかにもそれらしい文章なので、たいしたもんだ、とばかりに目を丸くしていました。トムが書き終わるとハックは襟からピンを取り出し、指を刺そうとしましたが、トムがあわててとめました。

「待って！　やっちゃダメだ。そのピン、真鍮《しんちゅう》だろ、ろくしょう（銅が酸化してできる一種のさびです）がついてるかもしれない！」

「ロクショウってなんだ？」

「ドクだよ、一度でも飲んだらえらいことになる」

トムは手持ちの針の1本を取り出すと、巻いていた糸をほどき、その針で、それぞれ自分の親指をチクッと刺して、血を絞り出しました。トムはその血を小指につけると誓いの文の下にT・Sとサインしました。それからハックにHとFの書き方を教え、誓いは完了しました。

薄気味悪い儀式とおまじないとともに、誓いの板は壁際に埋められました。これでふたりの舌は、しゃべらないように鎖でしばられ、鍵が掛けられたつもり、そしてその鍵は放り投げられたつもり、ということになりました。

そのとき、何者かが廃工場の反対側の板壁の割れ目から入りこみましたが、ふたりは気がつきませんでした。

「トム」ハックがささやきました。

「これで永久にしゃべらないことになったんだよな、どんなときでも?」

「もちろんそうさ、なにがあろうとも言っちゃいけない、言ったらその場で死ぬんだ。知らなかった?」

「いや、わかった。そのとおりだ」

しばらくふたりはなにやらひそひそ話をしていましたが、建物のすぐ外、おそらくふたりから3メートルも離れていないあたりから、犬の長く、陰気な咆吼《ほうこう》が聞こえました。ふたりは恐怖で飛びあがり、互いに抱きつきました。

「おれたちのどっち呪ってるんだろ、呪われたほうは死んじまう! どっちだろう?」ハックルベリーがあえぎながら言いました。

「わかんないよ、隙間からのぞけよ、はやく!」

「やだよ、おまえやれよ、トム!」

「できないよ、やだよ、ハック!」

「トム、頼むよ、ほら、また吠えた!」

「あれ? おい、助かった!」トムがささやきました。

「あの犬の声、聞いたことがある、あれってハービソンんちの犬だ!」

「え、そうか、よかった。死ぬほど怖かった。そう言われればそのとおりだ、絶対野良犬じゃない。野良犬じゃなきゃ、吠えたってどうってことない、呪いじゃないからな」

また、犬が吠えました。それを聞いたふたりはまた恐怖にとらわれました。

「わ、どうしよう、あれ、ハービソンの犬じゃない」ハックが小さな声でいいます。

「トム、見てくれよ」

トムは恐ろしさに震えていましたが、勇気をふるって壁の割れた所に目を押し当てました。トムが消え入るような声で言いました。

「大変だ、ハック、あれは野良犬だ！」

「それでどうなんだ、早く聞かせろ、そいつはだれのほう、向いてる？　呪ってるのはおれ、おまえ？」

「ハック、ダメだ、おいらたちふたり共だ。おいらたちぴったりくっついてるもん」

「もうだめだ、トム。ふたりともここで死ぬんだ。死んだら間違いなくおれは地獄行きだ、とんでもない悪さしてきたから」

「神様！　おいらもだ！　学校はサボったし、やるなと言われたことをわざとやってきた。その気になればシドみたいないい子にだってなれたけど、そんな気はさらさらなかった、もちろん。だけど、もし生きて家に帰れたら、今度こそ日曜学校で良い子になるよ」そう言ってトムはちょっとべそをかきました。

「おまえが悪い子だって！」ハックもべそをかきはじめました。

「悪さの加減が全然違うんだ、おまえなんか、おれにくらべりゃずっとましだ、トム、せめておまえの半分でも天国にいけるチャンスがあればな――」

割れ目からのぞいていたトムが息を詰まらせて小声で言いました。

「見ろ！　ハック、見ろ、あいつうしろ向いてるぞ！」

ハックものぞくと、心底ほっとしたようです。

「ほんとだ！　なんだよ！　はじめからうしろをむいてたのかよ？」

「うん、けど、おいら、バカみたいだけど、暗かったし、怖くてよく見なかったんだ。うしろをむいてるなんて思いもよらなかったよ。よかった。じゃ、だれを呪ってるんだろ？」

犬の声がやみました。トムは聞き耳を立てます。

「シッ、ハック」とトムが小声で注意しました。

「なにか聞こえる、ブタの鼻息みたいな、いや、だれかが寝ているんだ、トム」

「おいらにもそう聞こえる、どっからかな？　ハック」

「ここの反対っかわからみたいだ。おれにはそう聞こえる。トウちゃんもよくあスこで寝てた。ブタといっしょにな、だけどもしトウちゃんなら雷みたいな大いびきかくよ、あんなおとなしい、いびきじゃない。おまけにトウちゃんはもうこの村には戻ってこないしな」

怖いもの見たさ、いや冒険心がまたむくむくとふたりの心に湧き上がりました。

「ハッキー、おいらが先なら、あとから来る？」

「おれはやめとくよ、トム。もしかして、インジャン・ジョーかも！」

ふたりは縮み上がりました。しかし、怖いもの見たさがますますつのり、いびきの主を確かめにいくことで意見が一致しました。ただし、いびきが止まったらすぐさま逃げようと決めて。

それでふたりはひとりが前、ひとりが後ろになり、忍び足でそろそろと近寄ってゆきました。あと5歩でいびきの主、というところでトムが小枝を踏んでしまいました。パキッとするどい音がしました。いびきの主は呻いて寝返りを打ちました。するとその男の顔が月明かりに浮かび上がりました。

マフ・ポッターでした。また、もぞっと動きました、ふたりの心臓は凍りつきました、希望も一緒に。しかしそれだけで、マフ・ポッターが目を覚ますことはありませんでした。

ふたりの恐怖心はしだいに薄れ、我に返ると、抜き足差し足でその場を離れ、割れた壁板の隙間から外へ出ました。建物から少し離れたところまで来ると、そこで別れることにしました。

そのときです、またあの長く、悲しげな犬の遠吠えが、夜の空気を震わせました！　振り返ってみると、見慣れない犬が、ポッターに向かって、それもすぐ近くで遠吠えをしていたのです。

「うわ、そうだったのか、ポッターだったんだ、呪われたのは！」ふたり同時に叫びました。

「あのよ、トム、聞いたんだけど、2週間ほど前、真夜中にジョニー・ミラーの家の周りで野良犬が遠吠えした、だけどちょうどその同じ夜、夜鷹が来て、出窓の手すりにとまって鳴いた。そしたらどういうわけか、あの家ではまだだれも死んでいないそうだ」

「うん、知ってる。だけど犬が遠吠えしなきゃ、そのすぐの土曜日、グレーシー・ミラーがかまどに落っこって大やけどすることはなかった、そうだろ？」

「そう、そのとおり。大切なのはこっからだ、彼女は死ななかった、生きている。それだけじゃない、治ってきてるんだ」

「そうかな、まあ見てなよ。彼女はもう助からないさ、マフ・ポッターがもう助からない、確実に死ぬのと同じにな。そう黒人たちは言ってる。あの連中、こういう恐ろしいことはなんでも知ってるんだ、ハック」

ふたりはそれぞれの思いを抱えてそれぞれの家路につきました。

トムが窓から忍び込む時分には、夜は白々と明けてきました。シドに気づかれないよう、そーっとパジャマに着替えると、やれやれだれにもバレずに抜け出し、バレずに帰れた、と満足して横になるや、あっという間に寝てしまいました。

すやすや寝息を立てているシドは、じつは目を覚ましていたのです。トムは気づきませんでした。彼は一時間も前から目を覚ましていたのです！

トムが目を覚ましたときにはシドはすでに着替えて、寝室にはいませんでした。もう日は高く昇っていて、空気も朝のひんやりとした感じではありませんでした。

トムはギクっとしました。なぜ起こされなかったんだろう？　なぜいつものように、起きるまでしつっこく起こさなかったんだろう？　不吉な予感でいっぱいでした。

まだ目はしょぼしょぼして、体じゅうが痛かったのですが、ほんの5分ばかりで着替え、食堂に降りてゆきました。みんなはまだテーブルについていましたが、朝食はとっくに終わっていました。トムを見るとみな、目をそらしました。食卓は沈黙と重苦しさで満ちていました。トムの肝は縮みあがりました。

テーブルに着くと、トムはことさら明るく振る舞ったのですが、なんの効果もありませんでした。だれも笑わず、受け答えもしてくれません。彼の口もしだいに重くなり、ついに押し黙ってしまうのでした。そして心はずんずん沈んでゆきました。

食事が終わると、おばさんがトムをそばに呼び寄せました。お仕置きをうけて、それから許してもらえる、そしていつもにもどれる、と思い、一瞬ぱっと希望がわいたのですが、そうではありませんでした。

おばさんはトムをかたわらに呼び寄せると、さめざめと泣き、おばさんの老いた心を踏み潰すような仕打ちがどうしてできるのかい、と繰り返し訴えるのでした。そして最後におばさんに告げられました。

「もうどこへでもお行き。好きなことをやって朽ち果てるがいい、だけど忘れないでおくれ、そうなればこのあたしは悲しみに耐えられない、だからそのときは、聖書に出てくる、息子の死を恐れたヤコブと同じ、白髪のあたしを、悲しみと一緒に葬ってもらうよ。もうおまえにはこれ以上なにも言うこともないし、やることもない」

これがおばさんの言葉でした。

これはムチ打ち1000回より耐えがたいものでした。その心の痛みに比べれば、体の痛みなどなんでもありません。トムは泣いて許してほしいとおばさんにすがりました。そしてこれからは心を改めると繰り返し訴えました。おばさんはトムに、もうお行き、と言い涙をぬぐいました。おばさんはまだすべてを許しているわけでもなく、約束など当てにならないと思っています。トムにはそれがひしひしと感じられました。

トムは食堂を出ました。あまりに打ちひしがれていたので、シドへの仕返しさえ、思い浮びませんでした。さきほどシドは裏口から慌てて逃げたのですが、実際はそんな必要はなかったのです。

悲しさとつらさで学校へ行く道すがら、友だちとであっても、口をきく気分ではありませんでした。その学校では、前日、ジョー・ハーパーとつるんで授業をサボった罰で、ふたりそろってムチ打ちのお仕置きを受けました。けれどトムの心はもっと深い悲しみでいっぱいだったので、なにか遠くの、取るに足らない出来事のようにしか感じませんでした。

席に戻ることを許されると、机に両肘を置き、両手を頬にあてて、壁を見つめていました。その目は苦難に満ちたもので、はるかの彼方を見据えているのか、まるで焦点があっていませんでした。

肘の下になにやら紙に包まれた、硬いものがありましたが、トムは気がつかないようでした。しばらくたつとようやくゆっくり、そこから肘をどかし、悲しげにため息をついてそれを手に取りました。包みを開くと、トムは、消えそうで消えない、長い長い、深いため息をつきました。トムの心は張り裂けました。それはベッキーにあげた、彼の一番のお宝、薪置台の珠飾りでした！

これまでなんとか耐えてきましたが、これがとどめでした。トムの心は完全に折れてしまいました。

第11章 マフ・ポッターー、現われる／うずくトムの良心

もうすぐ正午というときでした、突然、村全体が身の毛もよだつニュースにおびえ、震え上がりました。その当時、だれも夢にさえ見なかった、電信などは必要ありません。ニュースは人から人、グループからグループへ、そして家から家へと、電信にも負けない早さで伝わっていきました。学校長はその午後、臨時休校としました。もし休校にしなかったら、村民から非難の嵐が巻き起こったでしょう。

殺害された医者のかたわらで、血染めのナイフが見つかりました。そしてそれがマフ・ポッターのものだと証言する者が現われました。ポッターが犯人、このうわさはたちまち広がりました。するとそれを聞きつけた男が現われ、その日の真夜中、1時か2時ごろ、小川でポッターが体を洗っていて、男に気づくと逃げるように暗闇にまぎれて消えた、と語りました。確かにポッターの行動はいかにもあやしいと思われました。とくに体を洗うなど、普段のポッターからは考えられないことでしたから。

村じゅうはこの「曰く殺人犯」［世間とは、とにかく早く証拠固めして、さっさと有罪にしたがるものです］のことで上を下への大騒ぎでした。しかし、ポッターは見つかりませんでした。馬に乗った男たちが、村から外へ向かう、すべての道を探しましたが見つかりませんでした。保安官は、犯人は今日じゅうに必ず捕まえる、と

断言しました。

村じゅうの人は墓場へ、ぞろぞろと向かいました。トムは午前中に受けた、あれほどの心の傷からあっという間に立ち直り、その行列に加わりました。ほかに行きたいところがないから、などという、いい加減な理由ではなく、あの恐ろしいけれど、言いようのない、殺人現場ならではの魔力に引きつけられたのです。

あのおぞましい現場に着くと、トムは小さな体をよじらせて人垣をくぐり抜け、凄惨な光景を目の前にして立っていました。数時間前、その場にいたのが、遠い昔のように思われました。だれかが腕をつねりました。振り向くとハックルベリー・フィンの目と目が合いました。そして周りの人に、その意味ありげな目つきを気づかれたら大変とばかりに、あわててふたりとも目をそらせました。

一方、村人はというと、恐ろしい光景を目の前に、ぺちゃくちゃおしゃべりに熱中していて、ふたりのことなど気にも留めませんでした。

みなは口々につぶやきます。

「かわいそうに」

「若いのにどうして?」

「これは墓荒らしの見せしめだ!」

「捕まえたらポッターは縛り首だ!」

みな口々に叫びました
牧師さんがつけ加えました。

「これは神の裁きだ。神の御手によるものだ」

トムが突然、頭のてっぺんからつま先まで震えだしました。インジャン・ジョーの、お面のような顔を見たのです。

そのとき、現場を囲んでいた人垣が崩れはじめ、雪崩を打ってあらぬ方向へ走り出しました。だれかが叫びました。

「やつだ！　やつが現われた！　のこのこやって来やがった！」

「だれだって、だれが現われた？」一斉に声が上がりました。

「マフ・ポッターだ！」

「おい！　立ち止まったぞ！　引き返す！　逃がすな！」

すると、トムのそばの木に登っている見物人が告げました、逃げようとはしてない、なにかおぼつかない様子で戸惑ってるみたいだ、と。

「悪魔顔負けの図太さだ！」と野次馬が叫びました。

「戻ってきて、じっくりてめえの仕業を眺めようなんて！　人が集まっているとは夢にも思わなかったんだろうよ」

野次馬がサッと両脇に下がり、道が開けました。そこを保安官が、手柄顔でポッターの腕をつかんでやってきました。あわれなポッターの顔はやつれてつかれきっていて、目は恐怖におののいていました。死体の前に立つと、痙攣《けいれん》したように震えました。そして顔を手で覆うと、さめざめと泣き出しました。

「みんな、聞いてくれ、おれはやってねえ」すすり泣きながら訴えました。

「誓ってやっていない」

「だれがおまえがやった、っていった？」叫ぶ声が聞こえました。

その言葉を聞いて彼はハッとしたようです。ポッターは顔を上げると、痛々しく、絶望的な眼差《まなざ》しで周囲を見渡しました。人垣のなかにインジャン・ジョーの姿を見つけると、大声で呼びかけました。

「おお、インジャン・ジョー、おまえ、約束したよな、おまえ、絶対――」

「これはおまえのナイフだな?」保安官がポッターの目の前に、死体のそばにあったナイフを突き出しました。ポッターは足もとから崩れました。周りの人たちがあわてて支えて、ゆっくり地面に座らせました。ポッターが話し始めました。

「虫の知らせで、もし取りに戻らなかったら……」ブルぶるっと身を震わせました。それから手を、もうどうでもいい、というふうに弱々しく振ると告げました。

「話してくれ、ジョー、みんなに話してくれ、もういいんだ、終わりだ」

トムとハックルベリーは、あの冷血漢の嘘つきが、穏やかな口調で、落ち着き払ってことの次第を流れるように説明するのを、その場であっけにとられて聞いていました。

ふたりはこの晴天のもとではありますが、ジョーが天罰の雷光に打たれるのを、今か今かと待っていました。けれどもなぜかいくら待ってもその気配はありませんでした。

ジョーが一部始終を説明し終わりましたが、期待に反して彼になんの天罰もくだらず、かすり傷ひとつなくピンピンしていました。

裏切られ、濡れ衣を着せられたあわれなポッターを、誓いを破ってでも助けるべき、との考えがふたりの心に芽生えていました。けれど神でさえ、インジャン・ジョーには手が出せないとわかったとたん、その気持ちは吹っ飛びました。なぜなら明らかにこの悪党はサタンに魂を売り渡し、神でさえ手が出せないような力を得ている、そんなやつにちょっかいをだしたら大変なことになる、と判断したからです。

「なぜ逃げなかった？　戻ってきてなにをするつもりだったんだ？」と野次馬のひとりがたずねました。

「どうしても戻ってきたかった、自分でもとめられなかった」ポッターはうめくように答えました。

「逃げたかった、だけどここ以外にはどこにも行ってはいけない、とおれの心が言いつづけるんだ」そしてまたすすり泣きました。

死体の検分が終わると、インジャン・ジョーが宣誓をして、ふたたび白々しく状況説明をしました。ここに至っても神様は、稲妻を発しかねているので、トムとハックは、ジョーがサタンに魂を売り渡したのでは、と思ったのはやはり間違いじゃなかった、と確信したのでした。

インジャン・ジョーは、今やふたりにとってこれまで見たこともない、ものすごい興味の対象となったのです。ふたりとも怖いもの見たさで彼の顔から目を離すことができませんでした。ふたりは、夜、チャンスがあればいつでもインジャン・ジョーのあとをつけよう、と申し合わせました。うまくすればやつのご主人である、サタンをおがめるかもしれない、と思ったのです。


インジャン・ジョーが死体を荷車に載せるのを手伝っていました。死体を動かしたはずみで、傷口からまた血が少し流れました。周りにいた村人が突然震えだし、口々に、「見ろ！　傷口からまた血が流れはじめた、犯人がそばにいるんだ！」と騒ぎはじめました。そうです、その頃はまだ、中世ヨーロッパの迷信で、犯人が死体に近づくとそこから血が流れるという、いわゆる神の裁決が信じられていたのです。トムとハックは、いいぐあいにジョーが死体に近づいたので血が流れた、これでポッターの疑いは晴れ、嫌疑はジョーに向くと喜んだのです、けれどそれもつかの間、数人の野次馬が「マフ・ポッターが死体に近づいたとたん、血が流れだした！」と大発見のように騒ぎました。それでふたりは、誓いの重荷をおろすことができなくなってしまいました。

おそろしい秘密と良心の葛藤で、あの事件から1週間たった現在でも、トムはまともに眠れませんでした。ある日、朝食のテーブルでシドが文句を言いました。

「トム、夜中、ガバッと起きたり、大声でなにか言ったり、どうなってんだよ、おかげで寝た気がしないよ」

トムは一瞬青ざめ、視線を落としました。

「そりゃよくないね」とポリーおばさんが顔を曇らせて言いました。

「トム、なにか人に言えないことがあるんじゃないのかい？」

「そんなことないよ、なにも知らないよ」と言いましたが、言葉とは裏腹に、彼の手は震え、コーヒーをこぼしてしまいました。

「気味の悪いこと、絶対言ってた」とシドがつづけます。

「昨日の晩は、『血だ』、『あれは血だ』、って何度も何度も叫んで、『そんなに責めないで、言うから！』ってつづけて叫んだんだ。言うってなんだよ、一体なにを言わなきゃならないんだよ？」

トムは目の前がクラクラしてきました。これから先、どうなっちゃうんだろう？　ところが幸運にもポリーおばさんの心配そうな顔が、パッと明るくなると、トムに助け船を出したとはつゆ知らず、こう言いました。

「そりゃそうだよ！　ありゃ身の毛もよだつ事件だよ。おばさん自身だってほとんど毎晩あの夢を見るよ。ときどき夢んなかであたしが犯人になるときさえあるよ」

マリーも、「あたしもほんとに同じ」と相づちを打ちました。それを聞いてシドは納得したようです。トムはその場から、逃げたと悟られないよう精一杯平気なふりをして逃げ出しました。

その晩から1週間、歯が痛い、と言って毎晩包帯であごを縛って寝ました。そしてトムはその対策が無駄だったとは夢にも思いませんでした。

シドが寝たふりをして見張っており、トムが寝ついた気配を察すると、包帯をゆるめ、片肘を付きながらトムの寝言をたっぷりと聞き、聞き終わるとまた包帯を元に戻したのです。

やがてトムの苦悩も薄らいでいき、包帯も次第にわずらわしくなって放りだしました。シドが、とりとめもない寝言を聞いて、ことの次第がつかめたかは疑問です。もしかしたらわかったのかもしれませんが、シドはそれについてなにも言いませんでした。

学校では死んだ猫を使っての審問ごっこがはやりました（死んだ猫を使って、定められた儀式と共に審問をすれば真犯人がわかる、という迷信でした）。トムには、この遊びが果てしなくつづくように思え、それを見るたびに、あの惨劇が脳裏によみがえるのでした。シドは、この遊びで、トムが一度として検視官をやらないことに気づきました、いつもなら新しい遊びが始まれば必ず主役をやりたがるトムには考えられないことでしたから。それだけではありません、目撃証人にもならないのです、これも変です。さらにシドは、トムが明らかに、この遊びが嫌でたまらないようで、できる限り避けていることを見逃しませんでした。シドは不思議でなりませんでしたが、だれにも言いませんでした。そのうちさすがにあれだけはやった遊びも下火になり、トムの良心も責められることがなくなりました。

この遊びがはやっている間、ということは良心が責められている日々、トムは2日に1度、できれば毎日、濡れ衣を着せられたマフ・ポッターが入っている牢屋へ行き、そのきしむ窓から自分のできる精一杯の差し入れを投げ込んで、良心を癒《いや》していました。

牢屋は村はずれの沼地にあり、レンガ造りの小さなものでした。村には番人を雇う余裕もないので無人でした。もっとも、滅多に使われることもないので番人は不要でした。だからトムの良心を癒《いや》すにはほんとうに好都合でした。

村人のだれもが、インジャン・ジョーを墓荒らしの罪で、体じゅうタールを塗り、羽をまぶした上で、棒にのせて村じゅうを引き廻したいと願いました。けれど彼の恐ろしさにみな怖じ気づいて、先頭に立って彼の悪事をあばこうとする人はだれもいませんでした。というわけで、ジョーが墓荒らしの件でとがめられることはありませんでした。

インジャン・ジョーの状況説明は、死体検分の前と後におこなわれましたが、2回ともずる賢く、話は医者とマフ・ポッターの争いの場面から始まり、その前におこなわれた、墓を暴いた事実には触れませんでした。したがって、いまの時点では墓荒らしの件は裁判にはかけないことが賢明だとの結論に達したのです。

第12章 トム、慈しみの心を示す／ポリーおばさん、降参する

墓場の惨劇につづく一連の事件も、頭の端へ押しやられました。その理由のひとつは、彼にとって、新たに重要な事柄が発生したからです。ベッキー・サッチャーが学校にこなくなったのです。

トムは2、3日の間、様子を見にいきたいという気持ちと、あんなベッキーは放っておけ、とささやく自分のプライドとが綱引きをしていましたが、結局プライドが負けました。気がつけばトムはほんとうに惨めな気持ちになりながらも、夜な夜なベッキーの家の周りをうろついていました。彼女は病気だったのです。もし死んでしまったらどうしよう！

心は千々に乱れました。今は大平原での戦いも、海賊への憧れもどこかへとんでいってしまいました。クリケットに使うゴールやバットもお蔵入りでした。もはやなにもわくわくするものがなくなったのです。

ポリーおばさんは、そんなトムが心配でした。あらゆる手立てでトムを治そうとしました。じつはおばさんは薬マニアで、体にいい、あるいは病気を治す、といった特許薬や、新しく開発されたと称する体調管理方法などがあると、すぐ夢中になるのでした。

おまけにおばさんはなにか新しいものがでると、すぐ実験したがるのです。といってもおばさん自身で試すのではなく、だれか身近にいる人が実験台にされるのでした。なぜか？　それは、おばさんは病気になったことが

ないからです。

おばさんは「健康」と名のつく雑誌はすべて定期購入していましたし、それどころか怪しげな「骨相学」なる雑誌も取っていました。これらの雑誌には迷信のような、非科学的な記事や、詐欺まがいのインチキ記事であふれていました。けれどそんな記事でもおばさんにとっては鼻で吸う空気同様、無くてはならないものでした。

雑誌は「ゴミ」記事であふれています。いわく換気について、眠り方、目の覚し方、なにを食べればよいか、なにを飲めばよいか、運動の加減、心の持ちよう、どんな種類の服装が健康にいいか、これらたわごとすべてがポリーおばさんにとっては、まさに神のお告げでした。

それにくわえてこれらの雑誌は決まって前月号ですすめたさまざまな健康法を、今月号ではすべてぼろくそにけなした上で、また新たなたわごとを悪びれることなくすすめるのです。しかしながらポリーおばさんは、そのことにまったく気がつきません。彼女は底抜けに正直者で人を疑うことを知らないお人好しでした。ですからこのような、いかさま雑誌からみれば願ってもないカモなのです。

おばさんはだれかが病気になると、インチキ雑誌とインチキ薬を合体させて治療をします。病人にとっておばさんは、まるで死の武器をたずさえ、青白い馬に乗り、地獄を連れてやってくる死に神のように思えました。しかしおばさんは、自分こそは身近にいる病人にとって、救いの天使であり、聖書に出てくる香薬の生まれ変わりであると信じて疑いませんでした。

最新号の雑誌に、水療法なるものが紹介されていました。それは元気のない人に有効と記されていました。ふと見るとトムは元気がなく、なにやら塞ぎ込んでいる様子です。おばさんは心のなかでラッキーと叫びました。おばさんは、夜明けを待ってトムを薪《まき》小屋に連れて行き、冷水を、溺れるほどトムの頭から浴びせました。それから紙やすりのようにザラザラしたタオルでゴシゴシ拭き、終わったら家に連れ戻しました。家に戻るとおばさんはトムをお湯で湿らせたシーツでぐるぐる巻きにして、その上に毛布を何枚もかぶせ、魂が清められるまで暖めました、もっともトムが言うには、「毛穴から魂の黄色い汗が最後の一滴がしみ出るまで」でした。

おばさんの最新療法にもかかわらず少年の顔色はますます悪くなり、憂鬱になり、落ち込みました。それでおばさんは新たに、お風呂、腰湯、シャワー、さらには飛び込みまで付け加えました。しかしながらトムは、霊柩車のように陰気なままでした。おばさんは水療法に加え、さらにいくつか怪しげな治療方法を始めました。水みたいに薄いオートミルを食べさせたり、絆創膏をべたべた貼ったりしました。

それに加えて、まるでポットに目一杯水を入れるように、トムの気分も、おなかの具合も、味の好き嫌いもいっさい関係なく、目一杯いかさま万能薬を、それも毎日飲ませました。

それまで、この拷問のような治療をするたびに、嫌がったり、怖がったり、苦しそうにしていたトムが、やがてどんな治療にもなんの反応も示さなくなりました。これにはさすがのおばさんもなんかおかしい、なにか恐ろしいことが起きている、とあわて出しました。

この無表情、無反応をなんとかしなければ、とあれこれ思案しているなか、「痛み止め」という薬があることを聞きつけました。おばさんはさっそくこの「痛み止め」を山ほど買いました。試しになめたおばさんの顔が思わずほころびました、大満足です。それは水薬でしたが、なめると、ものすごい刺激で舌が焼けるようでした。おばさんは水療法を含めたそれまでの治療方法をすべて放り出して「痛み止め」一本にしぼりました。

「痛み止め」をトムに飲ませ、かたずをのんで様子を見ました。おばさんの心配はいっぺんに吹き飛びました。安堵の思いがどっと押し寄せました。

素晴らしい反応でした。たとえ尻に火がついてもこれほどは、と思うほどトムは百面相のように表情を変えながら、手足をばたつかせました。

もうこれくらいにしよう、とトムは考えました。今のような八方塞がりの状況では、おばさんに心配をかけて、手をわずらわせるのは、かわいがってもらっているようで心地良かったのです。でもそんな毎日も、次第に心が癒《いや》されることはほとんどなくなり、反対にあれこれとんでもないことが身にふりかかってきたのです。

そこでこの状況から抜け出す手立てをあれこれ考えました。そしてたどり着いたのが、「痛み止め」が好きでたまらないふりをすることでした。そういうわけで、トムはしょっちゅうおばさんに「痛み止め」がほしいと訴えました。はじめは喜んでいたおばさんも、だんだんわずらわしくなって「ほしかったら自分で飲みなさい、もうあたしに頼むこたぁないよ」とトムに告げました。

もしこれがシドだったらおばさんは素直に喜んだでしょう。けれど、とにかく相手はトムです、心の隅になにかが引っかかるのです。それでおばさんはこっそり薬瓶を見張っていました。すると確かに水薬は日を追って減っています。おばさんはやっと安心しました、まさかトムが、自分を治す代わりに居間の床のひび割れを、それを注いで「治して」いたとは夢にも思いませんでした。

ある日、トムが床のひび割れに「痛み止め」を流し込んでいると、おばさんの黄色い猫がやって来て、喉をゴロゴロと鳴らしながら物欲しげにスプーンを眺めました。

トムが注意しました。

「ピーター、面白半分に味見、なんてつもりだとすりゃ、やめとけよ」

けれどピーターはそんな中途半端じゃなく、ほんとうになめたいという仕草をしました。

「ほんとうだな？」

ピーターはそのとおり、とうなずきました。

「おまえが頼んだんだぞ、だからやることにする。おいらはおまえの言うとおりにしただけで、なんの悪気もないんだ。もしまずくてもだれのせいでもないぞ、責めるなら自分自身を責めろよ」

ピーターは承知のようでした。それでトムは猫の口をグイっと開くと、「痛み止め」をその口に流し込みました。

ピーターは2メートルほど飛び上がり、インディアンのような叫び声と共に、部屋じゅうを駆け回りました。家具にぶつかるわ、植木鉢をひっくり返すわで、部屋じゅう、大混乱を引き起こしました。つづいてうしろ足で立ち上がり、こんな楽しいことは初めてとばかりにのけぞりながらぴょんぴょん跳ね、湧き上がる幸福感を抑えきれない、といったふうに鳴きつづけました。それからふたたび家じゅうをひっかき廻しました。猫のとおったあとはぐちゃぐちゃで、あちこちに壊れた調度品が転がっているありさまでした。

ポリーおばさんが入ってきたとき、ちょうどピーターが、幾度か二重宙返りを披露して、雄叫びを上げ、花瓶のかけらをくわえて窓から飛び出していくところでした。

老婦人はあっけにとられ、金縛りに遭ったように立ち尽くし、めがね越しに呆然とその様子を眺めていました。トムは死ぬほど笑い転げていました。

「トム、一体全体、猫になにが起こったんだい？」

「知らないよ、おばさん」と少年は笑いの余韻の荒い息づかいで答えました。

「じゃ、どうしてなんだろ、あんなの見たことないよ、なんのしわざなんだろう?」

「ほーんと、知らないよ、ポリーおばさん、なんかうれしいことがあると、猫っていつもああなるんだよ」

「へえ、そうかい、楽しいとああなるのかい」おばさんの声の調子に尖ったものを感じたトムはギクッとしました。

「そのとおりです。おば様。そう思います」

「そう思うんだね?」

「はい、奥様」

老婦人が腰をかがめました。一体なにを始める気なのだろう? この先おばさんは一体なにをするのか、不安と好奇心が同時に湧き上がりました。遅すぎました! おばさんの仕草がなにを「意味」するかを読むのが遅かったのです。ベッドカバーの下からスプーンの柄がちょっと見えていました。ポリーおばさんはその柄をつまみ、スプーンを目の前にかざしました。トムはげんなりした顔をして目を伏せました。おばさんは使い慣れた取っ手、すなわち耳をつまんでトムを引き起こすと、指ぬきでトムの頭を、コツンといい音が聞こえるほど強く叩きました。

「さて、おまえさん、あのあわれでなにもわからない子をどうする気だったんだい?」

「ピーターがかわいそうだから飲ませました。だってあいつにはおばさんがいないからです」

「おばさんがいない? このうすらトンカチ! それとこれと一体どんな関係があるっていうんだい?」

「むちゃくちゃあります。もしやつにおばさんがいれば、『痛み止め』を飲ましてやつを焼いちゃいます! 猫だと思うと残酷だけど、人間だと思えば、はらわたまで焼いても、ただ、可愛がってることになるんです!」

おばさんは雷に打たれたように悔恨のするどい痛みを覚えました。そんなふうに考えるなんて思ってもみませんでした。そうです、猫にとって残酷な仕打ちは、トムにとっても同じように残酷なものだったのです！　おばさんの体から力が抜け、目には涙が光りました。かわいそうなことをした、と心のなかでつぶやきました。トムの頭に優しく手をやると、おだやかな声で言いました。

「あたしゃよかれと思ってやったんだよ、トム。それでトム、効いたじゃないか、あれは」

トムはしおらしげな態度を取りながら、ちらっといたずらっぽい目でおばさんのすまなそうな顔を確かめて言いました。

「わかってるよ、おばさんは一番いいと思ったからやったんだ。おいらも同じさ、ピーターにはあれが一番いいと思ったんだ。それに効いたじゃない、あんなにはしゃぎまわるピーターは見たことないよ、今まで――」

「バカ言いなさい！　またあたしを怒らせる気かい、さっさと出ておいき。もう一度いい子になれるよう、よく反省しなさい。そしたら薬はもう飲まなくてよくなるからね」


トムはいつもより早く学校に着きました。そんなことはめったにありませんでしたが、ここ最近、この異変が毎日のように起きています。今日もトムは早く着くと、友だちと遊ぼうとはせず、校門でぶらぶらしていました。おいらは病気だ、とみんなに言っていました。実際そう見えました。

校門のそばに立ってゆったり周りを見渡しているようなふりをしていましたが、ほんとうは通学路をしっかり見張っていたのです。そこへジェフ・サッチャーがやってきました。トムの顔がパッと輝きました、ベッキーと一緒かも、がそれも一瞬、がっくりとジェフから目をそらしました、彼だけでした。

ジェフが校門までくると、トムは声をかけ、それとなくベッキーの様子を聞き出そうとしました。けれど何事にもちゃらんぽらんなジェフは、そんな微妙な訊き方などがつうじるはずはありませんでした。

トムは通学路を、目をこらして見ていました。ワンピースの女の子がやってくるたびにベッキー？　と期待をするのですが、そうでないとわかったとたん、その子が憎らしく思えてしまうのでした。

ついにワンピースを着た子の登校も途絶え、彼は失望の淵に沈みました。まだだれもいない教室に入ると、退屈で身動きならない授業を受けるために、はやばやと席に着きました。

そのときです、もうひとり、ワンピースの女の子が校門を入ってきたではありませんか！　トムの心は飛び上がりました。次の瞬間、トムは校庭に飛び出し、まるでインディアンのように叫び、高笑いをしながら友だちを追いかけ廻し、それから下手をすると命にも関わりかねない、高い塀の飛び越し、とんぼ返りを繰り返し、挙げ句の果ては頭で逆立ちまで――思いつくかぎりのパフォーマンスを演じました。ベッキー・サッチャーは気づいたか、だれにもさとられないように目だけはその間ずーっと彼女に注がれていました。

けれど彼女は一向に気がつかないふうでした。そんなことがあり得るのか？　今度はベッキーの目の前でパフォーマンスを始めました。インディアンの戦いの声を上げながら、友だちの帽子をひったくると、それを校舎の屋根へ放り上げました。それから男の子のグループに飛び込むと、ばたばたとみんなを倒し、そして自分もベッキーの鼻先でひっくり返ってみせましたが、あやうく彼女まで巻き添えにするところでした。

ベッキーはプイとそっぽを向き、ツンと鼻を上に向けてトムに聞こえるように言いました。

「サイテー！　自分じゃ格好いいと思ってる人っているのよね、いつもチャラけてるわ！」

トムは恥ずかしさで真っ赤になりました。立ち上がるとすごすごと教室に引き上げていきました。打ちひしがれて、山の頂上から谷底に一気に突き落とされた気分でした。

第13章 若き海賊たち／集合場所へ／キャンプ／たき火を囲んで

今やトムの心は決まりました。彼はとことん落ち込んでいて、もう何事もどうでもいい、という気分になっていました。自分はみんなに見捨てられて、友だちもいない、孤独だ、そう自分に言いきかせました。独り言をつぶやいています。「みんなの仕打ちのせいで、おいらがどんなゆく末たどるかを知ったら、可哀そうなことをした、と後悔するだろう。おいらは正しいことをしようと頑張ったし、仲良くやっていこうともした。だけどみんなはそういうふうに見てもくれなかったし、わかろうともしてくれなかった。追っ払うほうが手っ取り早いので、そうしたんだ、なんにも考えずに。

おいらがこれからどんな人間になっても、みんなは自業自得っていうんだ、そう思いたければ思うがいいさ、どうせおいらみたいなひとりぼっちには、文句なんか言う権利なんかないんだから。そして、どん詰まりまでおいらを追い立てるんだ。そう、おいらは最後には、人にうしろ指さされる人生を送るんだ、それ以外に道はないんだ」

ミドーレーンをはるかに下ってきたとき、トムの耳にかすかな「授業開始」を告げる学校の鐘の音が届きました。あの、懐かしい、聞きなれた鐘の音を聞くのはこれが最後だ、もう二度と聞くことはない、けっして、と思うとトムの目から涙があふれました。身を切られる思いでした。けれどみんなに、冷たい世間へと追いやられた以上、それがさだめなのです。彼はそれに従うよりほかありませんでした。しかし、トムはみんなを許してあげようと心に決めたのです。トムは激しくしゃくりあげて泣きはじめました。

ちょうどそこで、心の友、ジョー・ハーパーに出会いました、いま彼はいつになく厳しい目つきをしています。彼もまた明らかに壮大で悲壮な思いを心に秘めていました。これは「魂はふたつだが思いはひとつ」のあかしでした。

トムは袖で涙をぬぐうと、涙声で、とぎれとぎれに、家でのつらい仕事や、家族の思いやりのなさから逃れる決心をしたことを打ち明けました。そして見知らぬ世界へと放浪の旅に出て、もう戻ることはない、けれどジョー、おまえはおいらのことを忘れないでくれ、とつづけました。

しかし、いまトムの話したことは、まさにジョーがトムに伝えようとしたことでした。それを伝えるためにトムをここまで追いかけてきたのです。ジョーは、味はおろか、あることさえ知らなかった「クリーム」を親に隠れて飲んだとして、理不尽にも母親にムチでお仕置きをされたのです。

ジョーの目には、母親は、ジョーにすっかり愛想をつかし、どこへでも消え失せてほしいと願っているように映りました。もし母親がほんとうにそのように思っているとすれば、もうそうせざるを得ません、そうすればジョーとしても、お母さんがハッピーになり、このあわれな息子を無情な外界に押しやって、そこでその子が塗炭の苦しみの果てに野垂れ死にしても、後悔などしないことを願うばかりでした。

ふたりはそろって家での辛い思い出を背負いながら歩いていきました。ふたりは互いに助け合い、兄弟として、死がふたりを苦悩から解き放つまで、その絆は固く結ばれる、という新たな誓いを立てました。そして、これか

ミシシッピー河
河幅は広いのですが、中流のセント・ピータースバーグ村付近の流域では河原がほとんどなく、水際まで森が迫っています。

らの計画を話し合いました。

ジョーの当初の計画では、世捨て人になって、どこか地の果ての洞窟に住み、最後には飢えと寒さと嘆きのなかで息絶えるつもりでした。けれどトムの案を聞いたところ、犯罪者の生活のほうが明らかに楽しいことを知り、海賊になることに賛成しました。

セントピータースバーグ村から5キロほどミシシッピー河を下ると、河幅は1・6キロばかりに広がり、そこには長細い、木の生い茂った島がありました。その上流側の先端には砂州があり、そこは格好のデート場でした。島は無人で、深い森が間際まで迫った岸はどこまでも長く伸びていました。

その島はジャクソン島でした。そういうわけでふたりはその島を海賊の隠れ家としました。しかしながら海賊となってだれを狙うかは、まだそこまで考えがおよびませんでした。それからふたりはハックルベリー・フィンを探し出し、誘いました。ふたつ返事で仲間になりました。ハックにとって海賊だろうと浮浪者だろうと関係なく、無頼生活であればまったく同じでした。

いったん3人は解散し、みなの都合のいい時間、つまり真夜中に、村から3キロ余り上流の土手の、人目につかない場所で落ち合うことにしました。そこには小さな丸木を組んだ筏がありました。それを海賊船にするのです。各自は釣り糸、針、それから無法者にふさわしい、もっともよこしまで、謎めいたやりかたで手に入れた食料を持ち寄ることにしました。

すべての準備は夕方前に完了しました。それから村じゅうの子どもの間に「もうじきちょっとしたニュースが伝わる」、といううわさをまき散らしました。彼らはしめしめ、とばかりに満足感に浸りました、なぜなら「絶対に言っちゃだめ、黙って待って」と念を押して数人の子に話をしたところ、見込みどおりあっという間に村じゅうに広まったからです。

真夜中近く、トムはゆでハムと、少しずつかき集めた、いろいろな食べ物を持って集合場所が見渡せる、草の茂った小さな崖の上までやってきました。星が輝いていました。静寂そのものです。大河は海のようにゆったりと横たわっていました。耳を澄ませましたが静けさを乱すような音は聞こえませんでした。

トムが低い、けれどもそれとわかる口笛を吹きました。すると崖下から応答がありました。さらに2回合図をします。すると同じ2回の応答がありました。それから見張りが問いただします。

「そこをとおるのはだれか?」

「カリブの黒き復讐者、トム・ソーヤーである。そなたらはだれか? 名を名乗れ」

「血塗られた手のハック・フィン、こちらは海をかける恐怖、ジョー・ハーパーである」トムがそれぞれの呼び名をお気に入りの物語から借りてきたのです。

「いいだろう、では合言葉は?」

2組はかすれ声で同時に不吉な言葉を陰気な夜気に向かって放ちました。

「血潮!」

合言葉を確認するとトムはハムを崖から転がし、自分もそれにつづきました。岸辺に降り立ったときには服は破け、体も傷だらけでした。崖から岸辺へは安全でなだらかな道があるのですが、そこを通っては残念ながら、海賊が高く評価する、難しさや危なさを乗り越えるという機会は得られないのでした。


「海をかける恐怖」はベーコンを片身ブロック丸ごと手に入れてきましたが、この重い収穫物をここまで運んでくるのでへとへとになっていました。「血塗られた手」は、フライパンと、かなりの量の熟成途中のタバコの葉を盗んできました。それからパイプ用のトウモロコシの軸も手に入れてきました。けれど彼以外、海賊のなかにはタバコを吸ったり、噛んだりする者はいません。

「カリブの黒き復讐者」が言いました、

「なにはともあれ、火を起こさなきゃはじまらない」そのとおりです。この頃はまだマッチというものは世に知られていませんでした。100メートルほど上流に、大きな筏船があり、そのかまどにまだ火があるのが見えました。3人はその場へ忍び寄ると火種を頂戴してきましたが、そこで彼らは、わくわくする冒険を味わいました。ときおり「静かに!」と合図し、あるいは突然止まって唇に指を立てるジェスチャーとともに「持っているつもり」の短剣の柄を掴みます。そして恐ろしげな声音でささやくのです、

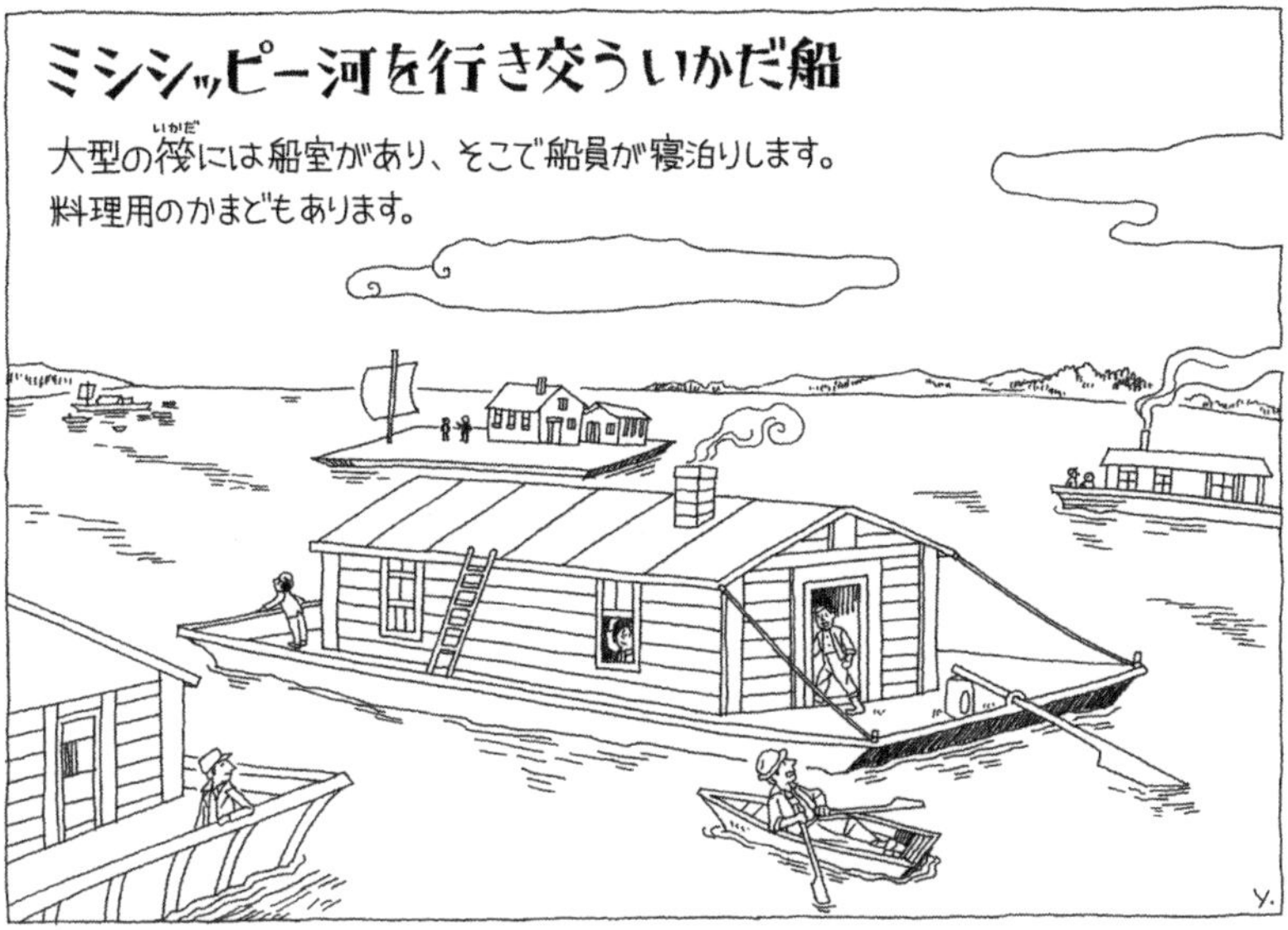

ミシシッピー河を行き交ういかだ船

大型の筏《いかだ》には船室があり、そこで船員が寝泊りします。
料理用のかまどもあります。

「敵に気づかれたら柄まで深く突き刺せ」なぜなら「死人に口なし」だからです。

じつは3人とも、船員はみな、村の商店街に買い出しにいっているか、飲んで騒いでいるかで、筏船にはだれもいないのは先刻承知でした。しかしそうだとしても、海賊にはあるまじき、安易な手段で火種を手に入れることなど許されるはずはありませんでした。

3人は筏を河に押し出しました。トムは指令役です。ハックは後方のサオ、ジョーは前方のサオを担当します。トムは両腕を組んで筏の中央に立つと、眉を寄せ、ことさら陰鬱な表情で、小さく、低く、冷たく、厳しい声で命令を出しました。

「船首を風上に向け風に乗せろ！」（ほんとうは、船首を風下に向け、が正解なんですけど！）

「よーそろ！　船長」

「そのまま前進、ゼンシーン！」

「そのまま前進、よーそろ！」

「角度1ポイント川下へ！」（1ポイントは22・5度です）

「1ポイント川下、よーそろ！」

実際はただまっすぐ、河中央へと筏を進めるだけのことでしたから、これらの指令は「ごっこ」にすぎず、特別意味を持たないことは3人ともよくわかっていました。

「揚っている帆を報告せよ！」

「大横帆、第2接マスト（帆柱）帆、それに先斜マストの三角帆！　船長」

「上部横帆も張れ、マスト先端まで帆を上げろ、そこの6人、正面中央の補助帆を上げろ、今すぐ、急げ！」

「よーそろ！」

「メインマストの先端帆を広げろ！　張ったらロープと留め金で帆をしっかり固定しろ、わが仲間よ、頼んだぜ！」

「よーそろ！」

「船首を風上に、そうだ、下手舵――取り舵いっぱい！　風が吹くまで待機！　取り舵、取り舵だ！　いまだ！　それ！　気合いを入れろ！　針路維持！」

「針路維持、よーそろ！」

筏は河の中央を越え、イリノイ岸寄りにきました。そこで筏を川下に向けて、サオを引き上げました。河の流れは穏やかで、せいぜい時速4、5キロほどでした。それから45分ほどはだれもが無言でした。今、筏は対岸のはるかむこうにあるセントピータースバーグ村を通り過ぎるところです。村の明かりがふたつかみっつ見えたので、それとわかります。水面に星のきらめきを映してとうとうと流れる大河のはるか向こうで、これから起こる、とてつもない事件のことを知るはずもなく、村は平和な眠りについています。

「黒き復讐者」は、数々の楽しい思い出と、それにつづく苦悩の日々を過ごした、あの村もこれで見おさめだ、と感慨深げに筏の上で腕を組み、たたずんでいました。そして今、荒海に乗り出し、ひるむことのない心で、危険と死に立ち向かい、唇の端に不敵な笑みを浮かべながら己の運命をひた走るこの自分の姿を「あの子」が見てくれていたら、と思うのでした。

筏は河の流れに任せ、やがて村はジャクソン島に隠れてしまいましたが、「黒き復讐者」にとって、頭のなかで島を消し去ることは簡単でした。悲しみとともに、あきらめがつくまで村を眺めていました。残りのふたりの海賊たちも同じでした。3人ともいつまでも見えない村を見つめていたので、筏はあやうくジャクソン島からはずれてしまうところでした。

ギリギリのところでそれに気づき、おおあわてで態勢を立て直し、なんとか島を目指すよう筏をむけることができました。午前2時ごろ、草木に覆われた島の下流側の端から200メートルほど先の砂浜に上陸しました。そこから隠れ家と定めた茂みまで、歩きにくい砂地を何往復もして、荷物を運びました。筏の備品のなかに古い帆があったので、茂みの隅に積んだ荷物の上にそれを広げ、雨よけにしました。彼ら自身は季節もよかったので、無法者にふさわしく、星空の下で寝ることにしました。

鬱蒼《うっそう》とした森を20、30歩入ったところに巨大な丸太が転がっていました。それを格好の風よけとして火をおこし、フライパンで、半身ブロックからスライスしたベーコンを炒めました。夕飯はベーコンとトウモロコシパンでしたが、パンは、持ってきた半分も平らげてしまいました。前人未到の無人島、それも原生林のなかで野性的に、仲間と火をおこし、調理し、作法など気にせず食べる、なんと素晴らしい、もう二度と文明社会になんて舞い戻るものか、と3人は口々に言いました。

立ち昇る炎は3人の顔を照らし、森の神殿の柱である木々の幹と、つややかなその葉、加えて木々に絡みついている、花と葉で飾られたつる草を赤々と浮かび上がらせていました。

カリカリに焼いたベーコンの最後のひと切れがなくなり、トウモロコシパンの、今日の割り当て分をむさぼり食べると、3人は草の上に仰向けになりました。満足感でいっぱいでした。涼しいところに移ることもできましたが、調理をしたあと、ロマンチックなキャンプ・ファイヤーとなった焚火から離れることはできませんでした。

「おい、最高じゃない？」とジョー。

「信じられないよ！」とトム。

「おいらたち見たら、クラスのやつらなんて言うかな？」

「なんて言うか？　言葉より先に、死ぬほどここに来たがるよ、――どうだ、ハッキー」

「おれもそう思う、とにかく、ここはおれにピッタリだ。もうなんもいうことはない、こんな腹いっぱい喰えないしな、いつもは。それに、シトのあらなんかさがして意地悪するやつらもここまで来ないしな」

「おいらにもぴったりの生活だよ」とトム。

「朝、起きる必要もない、学校へいく必要もない、それに顔を洗うとか、おいらに難癖つけるネタになる、あほらしい習慣はみんなやらなくていいんだ。ジョー、海賊って陸にいるときはなにもする必要がないんだ。だけど隠者はしょっちゅう祈らなきゃならないし、なんの楽しみもない、そしてずーっとひとりぼっちだ」

「そう、まったくそのとおりだ」とジョー。

「あんときはあんまりよく考えていなかった。海賊になったのは正解だったよ。やってみてはっきりわかった」

「それにな」とトム。

「今は、昔ほど隠者だからってえらいとは思われないいんだ。そこいくと海賊はいつだって一目置かれるさ。それに隠者はわざわざ一番寝心地の悪いところを探して寝たり、雨の日は頭に荒布をかぶり、その上に灰を振りかけてじっと立っていたり、それから――」

「なんで荒布をかぶって灰をふりかけるんだよ?」とハック。

「わかんない。だけど隠者ならみんなそうしなきゃいけないんだ。おまえが隠者ならおまえもそうしなきゃ」

「なったとしても、そんなことやんないよ」

「ふーん、じゃ、なにすんだ?」

「わかんない、だけどそんなことはしないよ」

「なんでだよ、ハック。やらなきゃ、どうやってやらないで済ますんだ?」

「なんでだって? いやだからだよ、どうやって? さっさと逃げるだけさ」

「逃げる! そんなことしたら、おまえ、隠者の面汚しのさいたるものになって、破門されちゃうよ」

「血塗られた手」はこの話題に興味を失ったようで黙ってしまいました。やることがあったのです。彼はトウモロコシの軸の芯をきれいにくりぬき、軸の横に草の茎を差し込んで、パイプを作り、タバコを詰めました。それから赤く燃えている石炭のかけらでタバコに火をつけました。香しい煙の雲を吹き出しながら、彼はこの上なく贅沢な満足感に浸っています。

残りのふたりの海賊は、その厳しくもゆったりとした悪習がうらやましくてたまりませんでした。それですぐにでもタバコを手に入れようと決心しました。ふとハックが訊きました。

「海賊ってなにやるんだ?」

トムが答えます。

「え、そりゃ面白おかしく過ごすだけさ。――船を襲って金を奪い、隠れ家のある島の恐ろしい場所に財宝を埋めて、海賊の幽霊や、海の怪物に見張らせるんだ。船のやつらはみな殺しだ、船べりから突き出した板を歩かせて海に落とすのさ」

「女どもは島に連れてゆく」とジョー。

「海賊は、女は殺さない」

「そのとおり」とトム。

「女は殺さない、海賊は誇り高いんだ、それに女はいつも美しいじゃないか」

「服装だってすごいんだ、すべてが金、銀、ダイヤで飾られている！」とジョーが興奮して言いました。

「だれが？」とハックが訊きました。

「だれって、海賊だよ」

ハックは自分の服を、しげしげと眺め、寂しそうな顔をしました。

「おれが着てるナ海賊にぴったしとはおもえない」と残念で悲しげな声で言いました。

「だけど服はこれっきゃないしな」

すぐさまふたりは口をそろえて言いました、冒険が始まったら服なんかあっという間にそろうさ、と。裕福な海賊は伝統的にそれらしい服装を整えてから船出をするのですが、ふたりはハックに、はじめは、みすぼらしいぼろでも気にすることはないと、納得させせました。

次第に会話は途切れがちになり、眠気が小さな宿無し児の瞼《まぶた》に忍び寄りました。

「血塗られた手」の指からパイプがぽとりと落ちました。彼には良心の呵責《かしゃく》はなく、神に許しを請う必要もなく、また感謝する必要もないので、あっという間に泥のように眠りに落ちました。

「海をかける恐怖」と、「カリブの黒き復讐者」はそうはいきません。なかなか寝つかれませんでした。ここには彼らをひざまずかせ、声を出すよう命じる人はいないので、ふたりは心のなかでお祈りをしました。ほんとうはお祈りなんて考えたくもありませんでしたが、もしさぼったら、天からふたりだけを狙う稲妻を招いてしまうのでは、と恐れたのです。

お祈りが済むとすぐに眠気が訪れ、ふたりは眠りに落ちる間際のつかの間、その狭間に漂っていました。そこへ侵入者がやってきました。そして立ち去ろうとしないのです。その侵入者とは良心でした。ふたりは、家を飛び出してきてみんなが心配しているのでは、という漠然とした不安を感じ始めました。それから貴重なハムとベーコンを盗んだことを思い起こしました！　いまやふたりの良心はキリキリと痛みました。今までも菓子やリンゴを失敬したじゃないか、なぜ今回だけ？　と自問自答しましたが、そんな都合のいい屁理屈で良心がなだめられるはずはありません。お菓子を失敬するのは、ほんの「くすねる」程度のことで、一方ベーコンとかハムなどの貴重品を盗むのは、「汝盗むなかれ」という聖書の教えに明らかに反している、という結論に達しました。そこで「海をかける恐怖」と、「黒き復讐者」は心のなかで、今後彼らの海賊行為が「盗む」罪によって二度と汚されることはありません、と誓いました。これにより良心は責めることを一旦やめたので、奇妙な矛盾を抱えたふたりの海賊はようやく平和な眠りにつくことができました。

第14章 隠れ家の生活／思わぬ展開／トム、隠れ家から抜け出す

トムが目を覚しました。自分がどこにいるのか？　起き上がって目をこすり、あたりを見渡しました。そしてようやく思い出しました。いまはほのかに夜が明けはじめた、涼しい朝です。森の染み渡るような穏やかさと静けさのなか、この上ない平和と安らぎを感じました。

葉はそよがず、大自然の瞑想を乱す音もありません。朝露さえ落ちるのをためらい、木の葉や草の上にとどまっています。白い灰が残り火を覆っていて、そこからうっすらと白い煙がまっすぐに立ち上っていました。ジョーとハックはまだ寝ていました。

いずこからか鳥のさえずりが聞こえます。するとそれに応える鳥の声が届きました。キツツキの木を叩く音が森にこだまします。涼しく、薄暗い朝が次第に白んできます。それにつれてさまざまな音が聞こえだし、生き物が姿を現しはじめました。

眠りから覚めた自然が、そのパノラマに見入る少年の前に、その素晴らしい、さまざまな姿を次々と繰り広げてくれたのでした。

緑の小さな尺取り虫が露に濡れた葉にやってきました。ときどき止まっては体の3分の2を起き上がらせ、「周

囲の臭いを嗅ぎまわり」、また動き出します。彼は距離を測ってるんだ、とトムは思いました。そして尺取り虫が、なりゆきでトムの方へ向かってきました。そこでトムは石のようにじっと動かずに、虫がこちらに近づくと、そうだ、その調子だと期待を膨らませ、虫が脇にそれると、あーあ、とがっかり。そんなことを繰り返していました。ついに虫は鎌首を上げたような形で体を起こすと、じりじりするトムを尻目に、しばし考えていましたが、思い切ってトムの脚の上にポトリと落ちると、トムの上を進み始めました。

トムは飛び上がらんばかりに喜びました。なぜならこれは新しい服が1着手に入ることを意味するのです。そして服とは疑いもなく派手な海賊の制服です。

今度は蟻の行列がどこからともなく現われ、仕事場へと向かいます。そのなかの1匹が自分の5倍もある、死んだ蜘蛛を豪傑さながらによいしょ、と抱えると、木の幹をまっすぐ登ってゆきました。

茶色の斑点のあるテントウ虫が、虫にとっては目もくらむような高い草の葉にとまっていました。トムは腰をかがめてテントウ虫にむかって言いました。

「テントウ虫、テントウ虫、おうちへお帰り、おうちが火事だよ、子どもたちが大変だ」虫は慌てて羽を広げ、家のようすを見に飛んでゆきました。トムはテントウ虫が彼の言葉を真に受けたことに驚きませんでした。なぜならこの虫が火事というとすぐ真に受けることは前々から知っていたのです。実際テントウ虫の、このだまされやすさにつけ込んで遊んだことが、一度ならずありました。今度はフンコロガシが現われました。フン玉をしっかりと抱えています。トムはそいつの背中を突っつきました。思った通りフン玉をほっぽり出し、肢《あし》を体にピタッと押しつけて、死んだふりをしました。

この頃になると、鳥が起き出して騒がしくなります。北米モノマネ鳥、別名ネコマネ鳥がトムの頭の上の木に止まって、モノマネが楽しくてたまらない、とばかりに隣の鳥の鳴き真似をしていました。

それから青い炎が一閃すると、けたたましい鳴き声とともに、カケスが舞い降りました。みるとトムの手が届きそうな枝にとまっています。首をかしげ、好奇心旺盛な目で、見知らぬ闖入者を眺めていました。

灰色リスとその仲間の、大きなキツネリスがちょこちょこと近寄ってきて、少年たちからすこし間を取って、ちょこんと座り、彼らをしげしげ眺めたり、話しかけたりしました。たぶん、彼らは人間を見たことがなく、恐れた方がいいのかどうか、という疑問さえ思い浮かばないのでしょう。

今、大自然はすっかり目を覚まし、生きるとし生きるものはみな、躍動感にあふれています。幾筋もの、槍のような陽光が生い茂った木々の隙間から差し込み、そこを蝶の群れが舞うのでした。


トムは仲間の海賊どもを揺り起こしました。3人は歓声をあげて走り去り、1、2分もすると服を脱ぎ捨て、白い砂州の透き通った浅い水のなかで、追いかけっこをしたり、転げ回ったりしていました。3人には、もはやこの壮大な、見渡すかぎりの大河の彼方に眠る小さな村に、未練はありませんでした。

たまたま河の流れが変わったのか、あるいはわずかに水かさが増したせいなのか、筏が流れ去ってしまいました。けれどそれはただ、彼らを喜ばせるだけでした。なぜなら言ってみればそのことは、彼らと文明社会をつなぐ橋が焼け落ちたようなものでしたから。


3人はこれまでにないほど身も心もリフレッシュされ、心を弾ませ、腹ぺこでキャンプへ戻ってきました。それから残り火に枯れ枝をくべて、またキャンプ・ファイヤーを燃え上がらせました。ハックが近くに、澄んだ、冷たい水の湧く泉を見つけました。彼らは幅広樫やヒッコリーの葉をコップにして水を飲んでみると、自然に育まれた木の香りが甘みとなって十分コーヒーの代わりになると感じました。

ジョーが朝食用にベーコンをスライスしていました。トムとハックは、火にかけるのを少し待ってくれと言い、かねてから目をつけていた河岸のよどみへ行き、釣り糸を垂れました。たちまちヒットしました。ジョーが待ちかねる間も無く、ふたりは、大家族にでも十分な獲物、立派な川スズキの一種を何匹か、サン・パーチを2匹、それに小さなナマズを持ち帰ってきました。

魚はさっそくベーコンの脂でフライにしました。みな、その、今まで食べたことのないおいしさにびっくりしました。彼らは、淡水魚は捕ったら、早く調理すればするほどおいしい、ということを知りませんでした。それに加えて露天で眠り、大自然のなかを走り回り、水泳で体の汚れをすっかり落し、それに空腹という最高の材料がいやが上にも味を引き立てたことに、思いがめぐりませんでした。

朝食の後、みんなで日陰に入って寝そべり、ハックはタバコを吸いました。それから全員で森へ探検です。朽ちた倒木を越え、絡み合った下草を通り抜け、荘重な森の君主である大木の間を、その冠から地面まで垂れ下がる王の紋章を示すブドウの蔓をかき分けて、3人は元気よく、陽気に森の奥へと進みました。ときおり芝生が絨毯のように敷き詰められ、花が宝石のようにちりばめられた心地よいスポットにいき当たりました。

探検の結果、楽しいものはいろいろ見つけましたが、驚くようなものはありませんでした。島は長さが約5キロ、幅が800メートルで、対岸に一番近いところはイリノイ州側の岸まで180メートルもないことがわかりました。3人は1時間ごとに泳いで遊んだので、隠れ家に戻ったのは、午後も半ばを過ぎていました。腹が空き過ぎたので魚を釣る余裕もなく冷たいハムを豪勢に、思い切り食べました。食事が終わると、木陰に入って寝そべり、話し始めましたが、ほどなく途切れ途切れとなり、そしてみな、押し黙ってしまいました。

静寂、森が醸し出す荘厳さ、そして孤独感が少年たちの魂にじわりとしみこんできたのです。みな物思いにふけっています。漠然とした、なにかを恋い焦がれる思いが、彼らの心に忍び寄ってきました。今、それがぼんやりですが、なにかわかってきました――ホームシックの芽生えでした。「血染めの手」のフィンですら、ねぐらにしている家々の戸口や、空の大樽を懐かしんでいました。けれどみな、そんな心の弱さを恥ずかしいと思い、だれも口に出すことはありませんでした。

しばらく前から、少年たちは、遠くから伝わってくる、奇妙な音が、なんとなく気になっていました。それはちょうど時計のチクタク音が、気にすれば聞こえる、気にしなければ聞こえない、といった様子と同じでした。しかしいまやその謎の音は、はっきりと、嫌でも聞こえるようになりました。少年たちはぎょっとして顔を見合わせ、みな、耳をそばだてました。しかしまた深く、永遠とも思える静寂が戻ってきました。あ、また遠くから深く、押し殺したようなドーンという音が伝わってきました。

「なんだ、あれは!」とジョーが息を殺して叫びました。

「なんだろ?」とトムがうめきました。

「雷じゃないよな」とハックルベリーが怯《おび》えて言いました。

「だって雷なら――」

「聴けよ!」とトム。

「静かに、黙って」

3人は耳を澄ませ、永遠とも思えるほどじっと待っていました。するとまた、くぐもったドーンという音が、独特の調子で森の静寂さを乱して聞こえてきました。

トム、ハック、そしてジョーの三人は
捜《とう》索《さく》を眺めます。
ここからも河幅の広さがわかりますね。

「よし、いって確かめよう」

彼らは飛び起きると、村の見える岸辺へと急ぎ、土手の藪をかき分けて河を見渡しました。

小さな蒸気フェリー船が村から2キロ足らず下流を、流れに乗って漂っていました。その幅広の甲板には、大勢の人が群がっているようでした。フェリー船を取り囲むように、驚くほどたくさんの小舟が、流れに乗ったり、漕いでまわったりしていました。大勢の大人たちがなにをしているのか、皆目見当がつきませんでした。そのときです、フェリーの船べりから、白煙の大噴流が吐き出され、それが膨らんで雲となり、のったりと立ち上るなか、あの、同じ調子の鈍いドーンという響きが、再び彼らの耳に達しました。

「わかった！」とトムが叫びました。

「だれかが溺れたタんだ！」

「それだ！」とハックが応じました。

「去年の夏もやってた。ビル・ターナーが溺れたときだ、大砲を河面に撃つと死体が浮き上がってくるんだ。そうだよ、そ

れからパンに水銀を入れて水に浮かべると、溺れたやつがどこに沈んでいようと、そこまで流れていってそこでとまるんだ」

「おいらも聞いたことがある」とジョー。

「なんでパンにそんなことができるんだろう?」

「パンがなんかするわけじゃないよ」とトム。

「パンを河に浮かべる前に唱える呪文が大切なんだよ」

「だけどなにも言わなかったよ」とハック。

「ビル・ターナーのときも見てたんだ、呪文なんか言ってなかったよ」

「へー、そいつは変だな」とトム。

「たぶん胸の内で唱えるんじゃないかな、絶対そうだよ。大人の間じゃ常識かも」

トムの説明にジョーとハックはなるほど、とうなずきました。なぜなら、ただのパンの塊が、呪文の力なしに、そんな重大な使命を首尾よく果たせるとは考えられないことでしたから。

「チックショ、あすこにいたらよかったのにな、いま」とジョー。

「おれもだ」とハック。

「だれが溺れたか、なんとかわかんないかな?」

少年たちはことのなりゆきを、目を皿のようにして、聞き耳を立てて眺めていました。

突然トムの頭に真相がひらめき、叫びました。

「おい、みんな! だれが溺れたかわかった! おいらたちだ!」

それに気がついたとたん、3人ともヒーローの気分になりました。身のとろけるような勝利でした。少年たちはかけがえのない子どもであり、溺れてしまったいま、みなは悲しみ、心は張り裂け、涙を流しているのです。あわれな少年たちに対する、数々の冷たい仕打の記憶が、自責の念と共に浮かんでいるのです。取り返しのつかない後悔と心の痛みが消えることはありません。なによりも素晴らしいことは、村じゅう、彼らの旅立ちの話で持ちきりになったこと、それによって、クラクラするほど有名になった自分たちを、村の悪童どもがねたんでいることでした。結局のところ、海賊になったことは大正解でした。

夕暮れが近づくと、フェリーは日常の仕事に戻ってゆき、小舟の群れも消えました。海賊たちも隠れ家に戻りました。3人とも、新たに注目の的になったことと、自分たちがまき散らしたうわさがひきおこした大騒動によって、彼らの虚栄心がこの上なく満たされ、大喜びでした。

魚を釣り、夕飯を作り、食べ、ひと息つくと、村人が自分らについて、一体なにが、なぜ、どこに、と思い悩み、語り合っているかを、3人は口々にしゃべりました。彼らが思い描く村人の悲しみは、心地よく、満足のいくものでした――彼らの立場からの話ですが。

しかし夜の帳《とばり》が降りると、いつしか黙り込んでしまい、それぞれが無言でたき火を見つめていました。彼らの心はどこかあらぬところをさまようのでした。

興奮はすっかりさめました。トムとジョーは、この素晴らしい遊びを彼らほどは楽しめない家族の顔が、頭に浮かんでくることを、どうしても抑えることができませんでした。

不安が訪れました。彼らは次第に、この先どうしていいか迷い、もの悲しくなってきたのです。いつの間にか、ため息がひとつ、またひとつ、漏れます。しばらくしてジョーがおずおずと、文明社会に戻ることについてふたりがどう見ているか、意を決して、それも遠回しに――すぐってわけじゃなく、いつか、と探りを入れました。

トムがその迷いをあざけました！　ジョーはくしゅん、となってしまいました。ハックはまだ気持ちが定まっていませんでしたので、とりあえずトムに賛成しました。迷える海賊は慌てて「言い訳」をし、女々しいホームシックが表にでるのを懸命に抑えて、その場を切り抜け、ほっとしていました。反乱はとりあえず体制側の思うように鎮圧されたのです。


夜も更けてきました。ハックはこっくりとしだし、いまはいびきをかいて寝ています。ジョーも彼につづきました。トムは寝そべって頬杖をつき、しばらくの間じっとふたりを見つめていました。ついに膝を立て、用心深く起き上がり、キャンプ・ファイヤーが投げかける、ちらちらとする炎を頼りに、草の茂みを探り始めました。

半円筒形をした、大きくて薄いプラタナスの白い樹皮を何枚か拾い上げ、そのなかから、気に入ったものを2枚選びました。それからトムはたき火のかたわらに立て膝をつくと、ポケットから赤石のかけらを取り出し、2枚の樹皮それぞれに、苦労してなにやら書き込みました。一枚をくるくると巻いて自分のポケットへしまい、もう1枚をジョーの帽子に入れ、その帽子をジョーから少し離れたところへ持ってゆきました。そしてその帽子のなかへ、男の子にとってかけがえのない宝物、白墨、天然ゴムのボール、釣り針が3本、「本物の水晶」として有名なビー玉を入れました。それから、忍び足で、ふたりに足音が届かないと思うところまで、そろそろと木々の間を進み、そこから砂州に向かってまっしぐらに駆け出しました。

第15章 トム、聞き耳を立てる／騒ぎを知る／海賊仲間への報告

数分後、トムは村のあるミズリー州側岸とは反対側ですが、砂州から本土が一番近い、イリノイ州側岸に向かって河のなかを歩いていました。半分まで歩くと水が胸まできて、流されそうになりました。それで、そこからは、残りの100メートルほどをしっかりとしたペースで泳ぎ始めました。川の流れを計算し、45度斜め上流に向かって泳いだのですが、思ったより流れが速かったので、かなり下流に流されました。計算外のこともありましたが、ついにイリノイ州側岸に泳ぎ着きました。そこから少しの間、低い河岸が見つかるまで流れに身を任せ、首尾よく上陸しました。

ポケットに入れた樹皮があるのを確かめると、ずぶ濡れの服を着たまま、森のなかを、河にそって上流へと歩き始めました。夜、10時少し前、河越しにセントピータースバーグ村が望める空き地に出ました。木々と高い土手の陰に、栈橋に係留されているフェリーが見えました。

星のまたたく夜です、動くものはなにひとつなく、静けさそのものです。トムは土手をずるずるとすべり降り、注意深くあたりを見渡すと、音を立てぬよう、そっと水に入りました。2、3回水をかいて泳ぐと、フェリーの船尾につないである「お使い用」のボートに手をかけました。ボートによじ登り、漕ぎ手用座席の下に体を横た

え、ゼイゼイ息をしながら、時を待ちました。

やがてひびの入った鐘が鳴らされ、「出航」という声が聞こえました。1、2分後にはボートの船首が、フェリーの起こす波で高々と持ち上げられました。フェリーが動き出したのです。トムは、もくろみがうまくいったのでうきうきしました。この船が夜の最終便であることを知っていて、間に合うよう、計算していたのです。

長い長い12、13分が過ぎました。外輪が止まり、フェリーはセントピータースバーグ村の桟橋に着いたのです。トムはボートからするりと水のなかに入り、万一にも、もたもたと遅れて下船する人がいても見つからぬよう、暗闇のなか、桟橋から50メートルほど河下まで泳いでから、陸に上がりました。

トムは、人がめったにとおらない道を走り、ほどなく家の裏塀まで来ました。塀をよじ登ると、ただ一つ明かりが灯っている、建屋の角にある居間の窓辺に忍び寄り、のぞき込みました。そこにはポリーおばさん、シド、マリーそしてジョー・ハーパーのお母さんが集まっていて、なにやら話し込んでいました。みんなはテーブルを囲んでいて、玄関のドアとテーブルとのあいだにはベッドが置かれていました。

トムは、家の裏から正面へ周り、ドアまでくると、両ひざをついて背をかがめました。ドアの掛け金をそっと外し、ゆっくり押しました。ギシッと音がしました。音がするたびに身が縮む思いをしましたが、それでも身体を滑り込めるほどドアをあけ、まず恐る恐る頭から、それから膝歩きで……。

「なんでロウソクの火がこんなに揺れるんだい?」とポリーおばさんが言いました。トムは急いで室内に入りました。

「へんだね、玄関のドアが開いてるんだよ、間違いないよ。へんだね、そうとしか思えないよ。ここんところおかしなことばかり、シド、いって閉めといで」

シドがやってきましたが、からくもトムはベッドの下に潜り込むのに間に合いました。息を整えるとトムは、もう少しでおばさんの脚に触れそうなところまで忍び寄りました。

「けどね、前にも言ったように」とおばさんがつぶやきました。

「あの子は決して悪い子じゃないんだよ。よく言う、ただのいたずらっ子なんだよ。ただ体も頭も年じゅうくるくる動き回って、突拍子もないことをしでかすだけなんだよ。わかるだろ、子馬が飛び跳ねるのと同じなんだ、それ以上責めることはできないよ。あの子に悪気はないんだ、あんな心の優しい子はいないよ、ほんとうのところ」と言っておばさんは泣きました。

「あたしのジョーもほんとうに同じなんです。いつもいたずらしたくてうずうずしているんです。だからどんないたずら話にでもすぐ飛びつくんです。でもあの子は、あの子なりにわがままは抑えるし、人には親切なんです。それなのに私は罪作りにも、クリームをなめたといってあの子をムチで叩いてしまいました、酸っぱくなったんで、捨てたのをすっかり忘れていて……。もう金輪際ジョーとは会えないのね、決して。身も心も傷ついたかわいそうなあの子に！」ハーパー夫人は心が張り裂けたようにすすり泣きました。

「トムがさ、いまいるとこで、良い子にしてるといいね」とシド。

「だけどここにいるときさ、もちっといい子にしてれば――」(シドは、トムは絶対に地獄におちた、そこでも悪さをするはずだから、ひどい目に遭ってる、生きている間に良い子にしていればそもそも地獄にはいかなかった、自業自得、と思ったのです)

「シド！」トムには見えませんでしたが、老婦人の目がギラっとシドを睨みつけるのがわかりました。

「あたしのトムに向かって悪口はダメだよ！　あの子は神に召された。これからは神があの子を守ってくれる——シド、あんたがとやかく言うことはないよ、わかった！　あぁ、ハーパーの奥さん、あたしゃどうしてもあの子をあきらめられないよ、あきらめるなんて無理だよ！　あの子がいると、ほのぼのとするんだよ、もっとも、たいていはこの年寄りの心を痛めつけていたんだけど」

「主は与え、主は奪う。主の御名に祝福あれ！　だけど辛いの、あぁ、なんて辛いんでしょう！　ほんの先週の土曜日でした、あたしのジョーが、私の鼻先で爆竹を鳴らしたんです。それで力一杯叩いたらあの子は床にひっくり返りました。そのとき、夢にも思いませんでした、こんなに早く別れが——もし、もう一度あの子が同じことをしてくれたらありがとうって、抱きしめるわ」

「そうよ、そうですよ、そのとおり、あなたの気持ちはあたしと同じ、奥さん。どんな思いでいるかほんとうによくわかるんです。あたしの場合もほんの昨日の昼でした。あたしのトムが猫に『痛み止め』をたっぷり飲ませたんです。猫は気が狂ったように暴れ回り、家じゅうをズタズタにするんじゃないかと思うほどでした。それでトムの頭を指抜きで思いきり叩いてしまいました。かわいそうな子、かわいそうな、死んでしまった子、でもいま、あの子には平穏が訪れたんだ、もう苦しむことも、悩むこともないの。そしてあたしが聞いたあの子の最期の言葉は、私が理不尽な——」

ここまで話すと、ポリーおばさんはその場に泣き崩れました。あのときの、気がつかないままトムを苦しめていた記憶は、この老婦人にとってはあまりにも辛いものでした。

それを聞いていたトムはしゃくり上げて泣いていました。トムのことを一番あわれだと思っているのはだれでもない、トム自身でしたから。マリーも泣きながら、おばさんとハーパー夫人との、話の合間合間に、トムを愛おしむ言葉で、相づちを打っていました。聞けば聞くほど、トムは、おいらってほんとうはすごくいい子なのでは、と思いはじめました。まだ海賊をつづけるつもりではありましたが、おばさんの悲しみに、この上なく心を揺さぶられ、いっそのこと、この場で、ベッドの下から飛び出していって、おばさんを死ぬほど喜ばせたいという衝動に駆られたのでした。このドラマのクライマックスのような場面は、目立ちたがり屋のトムにとってたまらない誘惑でした。けれどもなんとかそれに打ち勝ち、ベッドの下でじっとしていました。

断片的に聞こえてくる話をつなぎ合わせると、どうやら次のような次第でした。

当初、少年たちは泳ぎにいって溺れたと考えられていた。それから小型の筏がなくなっていることがわかった。村の少年たちの証言で、トムたちが「近々村になにかが起きる」と話していたことがわかった、このふたつの事柄から考えて、トムたちは筏で河を下ったと判断し、そのうち、下流の村に現われるだろうと希望が出てきた。ところが昼ごろ、セントピーターースバーグ村から9キロから10キロほど下流の、ある村の近くの河岸に、その筏が無人で漂着しているのが見つかった。それで希望的観測は打ち砕かれた。そして少年たちは溺れ死んだと判断された。というのも、もし子どもたちが生きていれば腹を空かせ、どんなに遅くとも夕刻までには家に戻ってくるから。溺死体が見つからないのは、ふたりは泳ぎがうまいから、河の真ん中まで行って溺れたのだろう、河の真ん中は流れが速いから遠くに流されてしまった、そうでなければ岸に泳ぎ着いているはずだ。今は水曜日の夜、もし日曜までに死体が見つからなければすべての望みは絶たれたことになるので、日曜日の午前中に教会で葬式がとりおこなわれる、——と、大体以上のような話でした。トムは身震いをしました。

ハーパー夫人はすすり泣きながらおやすみなさい、といって立ち上がりました。すると、それが合図のように、子どもを失ったふたりの婦人はお互いの腕のなかに飛び込み、慰め合いながらさめざめと泣きました。ポリーおばさんは、ハーパー夫人が帰ったあと、シドとマリーに、自分でも驚くほど優しい調子でおやすみなさい、と言いました。シドはちょっと涙ぐんでいましたが、マリーは心の底から泣いていました。

ポリーおばさんはひざまずき、トムのために祈りました。それは、年老いた震える声で、限りない愛情をその言葉に込め、聞く者の胸を激しく揺さぶり、切々と訴えるような祈りでした。トムは、お祈りを聞いている間じゅう、ほとんど泣いていました。

おばさんがベッドに入ったあとも、トムはしばらく身じろぎもせず、声も出さずにいました。なぜならおばさんは、悲しげな声を幾度となくほとばしらせ、身の置き所がない様子で何度も寝返りをうっていたからです。それでもしばらくたつと、おばさんはやっと寝つきましたが、夢でも見ているのでしょうか、しくしく泣いていました。トムはそろそろとベッドの下からはいだし、その脇に立ち上がると、ロウソクの明かりを手で隠して、おばさんの寝顔をじっとみつめていました。トムは、おばさんが心からかわいそうになりました。そしてポケットからプラタナスの皮を取り出して燭台の脇に置きました。そのときなにか思いついたのでしょうか、しばらくそこで考え込んでいました。そして、良いプランが見つかったのでしょう、トムの顔がパッと明るくなりました。彼は急いで樹皮をポケットに戻し、身をかがめて、おばさんの色あせた唇にキスすると、きびすを返してそっと外に出、玄関のドアの掛け金を戻しました。

トムは、桟橋へと来た裏道を戻りました。その辺にうろうろしている人がいないことを確認すると、大胆にもフェリーに乗り込みました。彼は、もう乗客はだれもいないこと、それから見張りはひとりいるけれど、いつもこの時間には寝床で、丸太で彫ったトーテムポールのように寝ていることも知っていました。船尾へ行き、ボートをつないでいるロープをほどくと、するっと乗り込み、上流に向かって用心しながらこぎ出しました。1キロ半ほど村から上流をさかのぼると、今度は45度斜めに下流に向かって船首を向け、力強くイリノイ州側岸の桟橋に向かって漕ぎ始めました。

計画通り、対岸の桟橋につきました。彼にとってこのように計画を立て、実行するのはお手のものでした。トムはこのボートを頂戴したいという誘惑に駆られました、というのもこのボートを船に見立てれば海賊にとって、うってつけの戦利品だったからです。けれど、もしボートを徹底的に探されたら、ボートともども、彼らの隠れ家も見つけられてしまうのは、火を見るより明らかです。それでボートは桟橋つなぎ、陸に上がると森へと入ってゆきました。

森に入ると、トムは座り込み、ともすれば眠りに落ち込むのを懸命にこらえながら長い間休みました。やおら立ち上がると、島の砂州の対岸に向かって、最後の10キロを河に沿って歩き始めました。進む際にも、跡を残さないよう注意をしました。ボートを見つけた人が、跡をたどって隠れ家まで来ないよう、念を入れたのです。

夜は明けてしまい、島の砂州の対岸にたどり着くころには、もうすっかり朝となっていました。そこでふたたび、河面がお日様に黄金色にそめられて、ギラギラ輝くころまで休み、それから河に飛び込み、180メートル先にある砂州を目指して泳ぎました。

いま、トムは水をしたたらせたまま、隠れ家の入り口に立っています。ジョーの声が聞こえてきました。

「そんなことないよ、おいらとトムは助け合う仲だ、ハック。帰ってくるって、見捨てたり、裏切ったりしないさ。裏切ったら海賊の名折れってことを十分承知している。そんなことはあいつのプライドが許すわけないよ。なにか考えがあるんだ。だけど一体なにを企んでるんだろ?」

「そうかい、だけどまだ姿を見せないってことは、トムがどんなに誇り高くても、高くなくても、なに考えたとしても、置いてったお宝はもうおれたちのもんだ、そうだろ?」

「ほとんどな、けどまだそうと決まったわけじゃない、トムが書いてるじゃないか、『もし朝飯までに戻ってこなければ、お宝はふたりのもの』だって」

「で戻ってきたのだ!」と叫んで、トムは最高の劇的効果で隠れ家に登場しました。

ほどなく、ベーコンと魚の、豪華な朝飯が用意されました。食べているあいだ、トムは冒険談を一部始終「かなり盛って」語りました。話が終わった頃には彼らは誇り高く、自信に満ちた英雄軍団となっていました。トムは昼まで寝ようと日陰に身を隠し、他の海賊たちは魚釣りと探検に出かけました。

第16章

海賊、楽しみが一杯／トム、秘密を明かす／海賊、痛い目に遭う／真夜中の急襲／インディアンの戦い

たっぷり昼飯を食べたあと、悪ガキどもは揃って亀の卵を採りに、砂州へと出かけました。砂を棒で突いてやわらかい所を見つけると、膝をつき、手で砂をかきだすのです。ときとして1か所で50個、60個もの卵が採れます。卵は真ん丸で白く、大きさはちいさいクルミほどです。夜は名物の、亀の卵の目玉焼きを腹一杯食べ、金曜の朝もつづけて卵を食べました。

朝食後、みなは歓声を上げて砂州へ飛び出していきました。ぐるぐると追いかけっこをしながら服を脱ぎ捨て、浅瀬に駆け込みました。はしゃぎながら水しぶきを上げ、流れが急になるのもお構いなしに、どんどん河のなかに入っていき、ときおり、流れに足を取られ水中に投げ出されましたが、そのスリルが楽しさを倍増させました。それから、3人は大きな輪になってかがみ込み、手で水をしゃくっては、お互いの顔に思い切り掛け合います。顔をそむけて水を除け、徐々に輪を縮めてゆきます。顔をそむけていますからどのくらい相手に近づいたかは見えません。だれかに触れるやいなや、お互い取っ組み合って沈めにかかります。最後まで立っているのが勝者です。

この遊びが終わると次は我慢競争です。互いに手と手をつなぎ、白い脚と脚をからめて一斉に水に潜り、一番

初めに苦しくなった子が、ほかのふたりの手を引っ張り、一緒に水面に出るのがルールです。もちろんほかのふたりは立ち上がらせまいと頑張ります。結局一斉に立ち上がると、一斉にプーと息を吹き出し、ツバを吐き、笑いそして一斉に大きく息を吸うのでした。

くたくたになるまで遊んだら、乾いた、熱い砂の上に大の字になり、それから体に砂をたっぷりかけるのです。体が温まって元気になると、再び水に向かって駆け出し、先ほどの遊びをもう一度、はじめからくり返すのでした。

そうこうしているうち、なま白かった自分らの脚が日に焼けて、見事な赤い、ぴったりとしたタイツをはいているように見えることに気がつきました。そこで砂に円を描き、そこをサーカスに見立てました。でも、そのサーカスには、おかしなことにピエロが3人もいます。というのもだれもが一番目立つピエロの役を譲らなかったからです。

次はビー玉を持ち出しました。一対一で当てっこしたり、3人で砂に描いた円からはじき出すゲームでビー玉の取りあいをしました。ゲームにあきるとジョーとハックはまた泳ぎにいきましたが、トムは気が進まない様子で、水には入りませんでした。それにはわけがありました。足首に着けていた、ガラガラヘビの尾でできたお守りがなくなっていることに気づいたからです。朝、泳ぎにいこうと、走りながら勢いよくズボンを蹴《け》って脱いだので、そのときいっしょに外れてしまったのでしょう。そしてあの神秘的なお守りの庇護がないまま、どうしてあんなに長い間、脚がツらなかったんだろうと不思議でなりませんでした。

お守りがようやく見つかったころには、ふたりは遊び疲れて、河から上がってくるところでした。3人はしだいに散らばってゆき、塞ぎ込んでしまうのでした。そして気がつくと3人とも広い河のはるか向こう、お日様の下でまどろんでいるようなセントピータースバーグ村の方を、胸に迫る思いで見つめていました。

ハッと気がつくとトムは足の親指で砂の上に「ベッキー」と書いているではありませんか。あわててかき消すと、自分の弱さに腹が立ちました。けれどまた書いてしまいました。どうしても書きたくなってしまうのでした。また砂をならすと、その誘惑を払いのけるために、ふたりを呼び寄せて景気づけをしようとこころみました。けれどもジョーは、とことん沈み込んでいて、なにを言っても乗ってきませんでした。彼は家が恋しくなり、寂しさに耐えられなかったのです。涙がこみ上げてきました。ハックも塞ぎ込んでいます。トムの気持ちもしぼんでしまいましたが、気取られないよう精一杯明るく振る舞いました。

トムには秘密の計画がありましたが、いまはまだ話すときではないと思っていました。けれどもし、この3人の絆を壊しかねない、暗く淀んだ気持ちがつづくようなら、秘密にしていた計画を今話すべきだと考えました。トムはことさら陽気に振る舞いながら言いました。

「あのさ、みんな、おいら思うに、この島には昔、絶対海賊がいたと思うんだ。だから探検しないか？　やつらはこの島のどっかに宝を隠した。おいらたちが金や銀がいっぱい入った、さびだらけの箱を見つけるってどーヨ、なあ、どうした？」

けれどふたりが見せたのは、あいまいな笑顔で、それもすぐ消えてしまいました。それでトムはみんなが飛びつきそうな別の計画をひとつ、またひとつ持ち出しましたが、どれもうまくいきませんでした。トムはがっかりしました。ジョーはしゃがみ込み、無言で砂を木の枝で意味なく突いています。この上なく暗く、寂しげです。ついにジョーが言いました。

「なあ、みんな、もうやめよう、おいらは家に帰りたい。ここは寂しすぎる」

「なんだよ、だめだよ、ジョー。寂しいのは今だけさ、そのうちなれるさ」とトム。

「ここでの魚釣りのことだけ考えてよ」

「釣りなんかどうでもいい、おいらは帰りたい」

「だけど、ジョー、ここより楽しい泳ぎ場なんかないぜ」

「泳ぎなんか楽しくない。だれかが、『泳いじゃダメ！』って言わない泳ぎなんかつまんない。おいらは家に帰るんだ」

「うっへ、まいったな、赤ちゃん、ママに会いたいんだ」

「そうさ、おいらは母さんに会いたいんだ。おまえだっておなじだ、もしお母さんがいたらな。おいらのこと赤ん坊っていう、おまえこそずーっと赤ん坊さ」というとジョーは鼻をずるっとすりました。

「それじゃ、むずかる赤ちゃんはママのところへ帰してやるか、いいだろ、ハック？　マミーが恋しいって？　そんならそうしてやろうじゃないか。おまえはここが好きだよな、ハック、そうだろ？　おいらたちはここにいるよな、そうだろ？」

ハックが言いました、心ならずも。

「えーまあ」

「もう金輪際おまえなんかと口をきかないからな」と立ち上がりしなにジョーが言いました。

「これまでだ！」彼は不機嫌そうに立ち去ると服を着はじめました。

「勝手にしろ！」とトム。

「おまえなんかいなくたってへでもない。おうちに帰って笑われるがいい。ご立派な海賊さんよ。ハックとおいらは赤ん坊じゃない。おいらたちはここにいるんだ、なあ、ハック。あいつが帰りたきゃ帰ればいいさ。あいつがいなくてもなんの問題も無いさ、たぶん」

けれどトムは不安でした。そしてジョーが無言で身支度を調えているのを見て、彼が本気だとわかり、愕然としました。くわえてハックがジョーの身支度を羨ましそうに眺め、不気味に押し黙っている様子に、ますます不安がつのりました。

ジョーは支度が終わり、別れも告げずに、イリノイ州側岸に向かって河に入ってゆきます。トムの心は沈みました。ハックに目をやると、ハックはその視線に耐えられずに、目を落とし、トムに告げました。

「おれも帰りたい、トム。ここんとこ、なんだかたまらなく寂しくなってきてたんだ。ジョーがいなくなったら、もうどうにもなんない、帰ろう、おれたちも、なあ、トム」

「おいらは嫌だ、帰りたきゃ帰れよ。おいらはここにいる」

「トム、悪いことは言わない、帰ろう」

「じゃあ行けよ、だれも止めないよ」

ハックは脱ぎ捨ててあった服を手に取ると言いました。

「トム、おまえも一緒に帰って欲しいんだ。おまえだってわかってるだろ、もう終わりだって。イリノイ岸に着いたら待ってるからな」

「じゃ、おまえら、そっから先には進めないことになる、そういうことさ」

ハックは悲しげに去っていきました。トムはその場に立ち尽くし、彼を見送っています。建前を一旦グイッと引っ込め、プライドを抑えてふたりのあとを追いかけたい、という思いでいっぱいでした。

ふたりが戻ってくれたら、と願いましたが、ふたりはゆっくり対岸に向かって河のなかを歩いています。気がつくとトムは、たったひとりで静寂のなかに取り残されていました。やっとプライドをなだめると、ふたりのあとを全速で追いかけ、叫びました。

「待って、待ってくれ！　話がある、聞いてくれ！」

ふたりは立ち止まり、振り向きました。ようやく追いつくと、温めていた秘密を話し始めました。ふたりは暗い顔で聞いていましたが、トムが最後にその秘密の「狙い」を明かすと、ふたりは同時に「すげーっ！」とまるでインディアンみたいな雄叫びを上げました。そして、はじめから言ってくれれば、そもそも帰る気なんか起きなかった、とトムをなじりました。トムはもっともらしい言いわけをしましたが、ほんとうのところは、この秘密でさえ、じき熱が冷めてまたぞろ家に帰りたい、と言い出すことを恐れていたのです。それでこれを最後の切札としてギリギリまでとっておいたのです。


少年たちはウキウキと戻ってきて、また、何事もなかったように、無心に遊び回りました。その間ずーっとふたりはトムの素晴らしい計画について夢を語り、その天才ぶりを持ち上げました。

卵と魚のグルメな昼飯が終わると、トムがタバコを吸ってみたい、と言い出しました。ジョーも飛びつき、おいらもやってみたい、と言いました。そこでハックはパイプを作り、タバコの葉を詰めました。初心者たちはこれまで、やたらと舌が「ぴりぴり」するブドウの「葉巻」しか吸ったことがありませんでしたし、そんなものを吸ってもちっとも大人っぽくは見られないのです。

さて、ふたりは肘をついて寝そべり、おぼつかない様子で、こわごわ、ぷかり、とやりました。タバコは嫌な味がしてちょっとむせました。そんなことはおくびにも出さず、トムは言いました。

「なんだ、全然平気だ、こんなもんだってわかってたら、ずっと前からやってたよ」

「おいらだって」とジョー。

「どうってことないな」

「ちぇ、みんなが吸ってるのを見ちゃ、おいらもやってみたい、っていっつも思ってたんだ、こんなにすんなりいくなんて、思ってもみなかった」とトム。

「おいらもおんなじだ、そうだろ、ハック？　おいらがタバコを吸いたいって言ってたの聞いたよな——ハック。嘘だと思ったらハックに聞けよ」とジョー。

「間違いない、何度も何度も聞いた」とハック。

「おいらだって言ってた」とトム。

「そうだよ、数え切れないほどな。ほら、畜殺場にいったときだって、覚えてるだろ、ハック？　ボブ・ターナーがいた。ジョニー・ミラーも、ジェフ・サッチャーもいた。覚えるよな、ハック、おいらが言ったのを」

「うん、そうだったな。あれは攻撃用の白ビー玉を負けて取られた次の日だ、いや、その前の日だっけな」

「ほら、言ったとおりだろ」とトム。

「ハックが思い出したよ」

「おいら、1日じゅうだって吸ってレるよ」とジョー。

「気分なんか悪くならない」

「おいらだって」とトム。

「その気になりゃ、1日じゅう吸ってられるさ。だけどジェフ・サッチャーには絶対無理だ。賭けたっていい」

「ジェフ・サッチャーだって！　スパスパって2回やっただけですっくら返るよ。1回吸わせようぜ、見ものだな！」

「絶対だ。それからジョニー・ミラーだよ、あいつがやせ我慢して吸うとこ、なんとか見レないかな？」

「そりゃ　ダメだよ」とジョー。

「あいつはヤワだからちょっと嗅いだだけですぐ参っちまうよ」

「確かに。ジョー、学校のやつらに今のおいらたちを見せてやりたい」

「まったくだ」

「そうだ、このこと、だれにも言わないんだ、そしてタイミングを見て、みんながたむろしている所に、おいらがおまえに近づいて『ジョー、パイプある？　一服やりたいんだけど』って訊くんだ。そしたらおまえが、ごく普通に、どうってことない感じで言うんだ、『ああ、おれ愛用のやつと、あと1本ある。だけどモクは上等じゃないぜ』って。そしたらおいらがこう応える。『気にしないさ、ガツンとくりゃそれでいい』って。それからおまえがパイプを2本取り出し、ふたりして悠然とタバコに火をつける、それをみんなの目の前で見せてやるんだ」

「すげえ！　そいつは格好いい。今すぐでもやりてぇ！」

「おいらもだ！　で、こう言うんだ、村から離れて海賊になったときおぼえた、ってな。みんなはおいらたちと一緒に来たかった、って思わないかな？」

「決まってるよ、絶対うらやましがるよ」

　こんなやりとりがしばらくつづきましたが、話は次第につまらなくなり、とりとめがなくなってきました。話が途切れ途切れになり、その間隔が広がりました。そのうち、トムとジョーはおしゃべりどころではなくなってきました。激しく咳き込み、絶え間なくツバを吐き出します。口のなかのあらゆるところが噴水となりました。あふれる唾液を懸命に吐き出すのですが、間に合わず、喉の奥に流れ込み、そのたびにゲエっと吐いてしまうのでした。ふたりの少年は顔が真っ青になり、みじめそのものでした。ジョーのパイプが、感覚を失った指の間から落ちました。つづいてトムのパイプも。

どちらの噴水も猛烈に噴き出し、どちらのポンプも死に物狂いで汲み出していました。

ジョーが弱々しく言いました。

「ナイフをなくしたみたいだ、行って探してくる」

トムが震える唇で、忙しくゲエっとやったり、ツバを吐く合間々々言いました。

「おいらも探すよ。おまえはあっちを探すんだ。おいらは泉のあたりを見てくる。いや、おまえは来なくていいよ、ハック——おいらだけで探せる」

それでハックはいったん上げた腰をまた下ろし、1時間ほど待ちました。だれも戻ってきません。急に寂しくなり、仲間を森に探しに出かけました。ふたりはそれぞれまったく別々の場所にいるではありませんか、ふたりとも真っ青な顔でぐっすり寝ていたのです。でもその様子を見てハックには、ふたりが、なにか具合の悪かったとしても山場は越えた、ということがわかりました。

その晩、ふたりは夕食のときもあまり喋りませんでした。ふたりにかつての威勢の良さは微塵《みじん》もありませんでした。ハックが食後に一服とパイプを取り出し、ふたりにもタバコを用意すると、ふたりとも、「いや、やめとく、あまり調子がよくない——昼、食べたものが合わなかったみたい」と断りました。

真夜中、ジョーは目を覚まし、ふたりをゆり起こしました。なにかが起こる予兆のような陰鬱な重苦しさが空気中に漂っていました。まとわりつく大気のじとじとした不吉な暑さで息が詰まりそうでした。けれども3人は、さらに暑くなるのもいとわず、明るさと優しさを求めて、焚火まで駆け寄り、身を寄せ合いました。じっと座り、気を張り詰めてこれから起こる、なにかとんでもなく恐ろしいことを待ちました。重苦しい静かさがつづきました。焚火の向こうは、すべてが漆黒の闇のなかに呑み込まれていました。やがてひきつったような光が一瞬木々の葉をぼんやり浮かび上がらせ、そして消えました。もう1回、さらにまた、閃光は次第に強くなってきます。また光りました。

森の木々をぬって、かすかなうめき声が聞こえたと思うと、今度は少年たちはほおに一瞬吐息がかかったような気がしました。夜の精霊がかすめていったのではと、3人とも身の毛がよだちました。ふと静寂が戻ってきました。と思うまもなく、不気味な閃光が走り、一瞬、暗黒を、真昼の明るさにかえ、それが3人の足もとに茂る雑草の葉1枚1枚をはっきりと照らし出しました。それと同時に、3人の、恐怖とショックに怯える白い顔を浮かび上がらせました。低くとどろく雷鳴が天から襲いかかり、くぐもったゴロゴロという音を響かせながら遠方へと消えてゆきます。サッと一陣の冷気が通り過ぎました。木々の葉はざわめき、たき火の灰が吹雪のように舞い上がりました。

またすさまじい閃光が森全体を照らした、と次の瞬間、少年たちの頭上の木々のこずえを引き裂くような、衝撃と轟音があとにつづきました。稲妻のあとの暗黒のなか、恐ろしさで3人は互いにしがみつきました。大粒の雨が葉を打ちだしました。

「みんな、急ごう、テントに行こう!」とトムが叫びました。

3人はテントに向かって飛び出してゆきました。行く手には暗闇のなか、木の根、蔓草が待ち受けていて、つまずいたり、絡まったり、おのおのがさまざまにもがきながら走りました。猛烈な風がごうごうと森を突き抜け、それに従い森が合唱しているようでした。

目もくらむような稲妻が次々と襲いかかります。耳をつんざく雷鳴がとどろきました。土砂降りの雨が降り注ぎ、巻き上がる風が地面から雨のしぶきを吹き上げ、それがカーテンのように彼らの行く手をさえぎりました。

少年たちはお互いはぐれないように叫び合いましたが、落雷の轟音と、ごうごうたる風の音にすべてかき消されてしまいました。悪戦苦闘の末、ついにひとり、またひとりとテントへたどり着き、身を隠しました。みな、寒さに震え、おびえ、全身からは水がしたたり落ちていましたが、このみじめで恐ろしい目に遭っているとき、仲間がいるのはほんとうにありがたいと思うのでした。雨を除けているテントが風であおられ、気が狂ったように、はためいてきました。ほかの音ならなんとか我慢できるのでしょうが、耳元で、しつっこくバタバタされるので、彼らは話しもできませんでした。嵐はますます激しくなり、とうとうテントの結び目が解け、強風に乗って飛んでいってしまいました。3人はお互いの手をしっかりと握り合うと駆け出しました。途中、何度も転び、体じゅう傷だらけになりましたが、河岸に生えている樫の大木の下に逃げ込みました。

戦いは今、最高潮となりました。夜空を焦がす、絶え間ない稲光で地上のものすべてが、くっきりと、影もなく輝いて見えました。暴風にたわむ木々、白く泡立ち、のたうつ大河、岸に打ち寄せる波からの水しぶき、ちぎれた雲の合間や、斜めに打ちつける豪雨のベールの間から、ぼんやりと垣間見える対岸の絶壁。森のそこかしこで、巨木が次々と嵐との戦いに敗れ、断末魔の音と共に若木の間に倒れます。絶え間ない雷鳴が耳をつんざく爆発音と共に襲いかかります。それは突き刺さるような、強烈で、言いようのない恐ろしさでした。

嵐は何者もあらがえない、強大な力となりました。その力はまるでいちどきに、すべてをひとまとめにして、島全体を引きちぎり、焼き尽くし、それから木のこずえまで水没させ、吹き飛ばし、そして島にいる、すべての生き物から音を奪ってしまうように思えるのでした。すみかを失った子どもたちにとっては耐えられない夜でした。

しかしついに戦いは終わりました。暴風雨は、ときおり思い出したように勢いを取り戻したり、うなりを立て、雷鳴を轟かせてはいましたが、次第次第に弱まり、そして平和が戻ってきました。少年たちは、この自然の猛威に、心の底から恐怖と壮大さを感じながら、隠れ家に戻ってきました。しかし隠れ家に着くと、そんな恐ろしい体験のなかにあっても、ありがたいことが起こっていたことがわかりました。彼らの寝床を守ってくれていたプラタナスの大木が雷に打たれて引き裂かれ、打ち倒されていたのです。言うまでもなく、この惨事が起こったとき、3人はここにはいなかったのです。

隠れ家に置いてあった品々、すべてはずぶ濡れでした。もちろんたき火もです。というのも彼らは同世代の若者同様、「転ばぬ先の杖」の格言とは無縁の少年でした。それで雨に対する備えなど思いもよらないことだったのです。たき火を含めてすべてが水浸しになったことは、彼らにとって大問題でした。なぜなら3人ともずぶ濡れで寒さに震えていたからです。3人は、どんなに恐ろしかったか、これからどうするか語り合いました。そんなおり、彼らは素晴らしい発見をしました。たき火の風よけに用いた巨大な丸太に火が移り、それが丸太の芯奥深くまで広がっていたのです。さらに丸太の曲がった箇所が地面から離れていたために、濡れずにすんで、その部分に一握りほどの火種が残っていたのです。そこで、彼らは丸太の下側、乾いた箇所から樹皮を剝《は》ぎ、木片を削り取って焚き付けとし、慎重に、粘り強く火種を育て、燃え上がらせました。それから大ぶりの枯れ枝をその上に盛大に積み上げ、ごうごうと燃えさかる炉に仕立てると、みなにウキウキした気分が戻ってきました。

ゆでハムを乾かして、それでおなかを満たすと、たき火を囲んで深夜の冒険がいかにすさまじかったか、それからその嵐を、いかに3人が機知と勇気で切り抜けたかを朝まで話していました。なぜ朝までかというと、付近には寝床となるような、乾いた場所がどこにもなかったからです。

土曜日の朝です。太陽が昇り始めると、眠気が訪れました。3人は砂州へと向かい、そこに横たわって眠りました。しかし、すぐに太陽にじりじりと焼かれ、寝ていられなくなりました。寝不足のため、しょぼくれた気持ちで朝飯のしたくにかかりました。食事が終わりました。皮膚は日焼けでざらつき、身体の節々はぎしぎしと痛みました。そしてまたぞろホームシックが頭をもたげ始めました。

トムはその気配を察すると、海賊たちを、あの手この手で元気づけようと頑張りました。しかしビー玉も、サーカスも、水泳も、なにを言っても効き目はありませんでした。

そこでトムは昨日説明した素晴らしい秘密の計画を再度持ち出すと、彼らの顔にかすかに明るさが戻りました。それを見てとると、トムはすかさず、新しいアイディアをだして、ふたりの気持ちをつなぎ止めました。アイディアというのは、しばらく海賊ごっこはお休みして、インディアンになろう、というものでした。ふたりは乗ってきました。善は急げです。彼らはすぐに素っ裸になると全身泥を塗りたくり、縞模様を描きました。そう、シマウマのように。その模様は酋長の印ですが、もちろん3人とも酋長を譲る気などありません。それから森を駆け抜けて、イギリス人の入植地を襲撃に向かいました。

ほどなく、3人は互いに敵対するインディアンの3部族に別れました。互いに待ち伏せをし、恐ろしい雄叫びと共に襲いかかり、殺し合い、頭の皮を剝《は》ぎ、各部族はそれぞれ数千名もの戦死者が出たのです。まことにおぞましい日でした。したがって彼らは大満足でした。

夕飯の時間となり、3人は隠れ家に戻ってきました。みんな空腹で、幸せいっぱいでした。しかしここで問題が発生しました。敵対するインディアン同士は、まず始めに和平を結ぶ必要がありました。和平なしに、友好のパンを分かち合うことはできないのです。そして和平を結ぶ唯一の手段は、平和のパイプを分かち合うことでした。だれも他の方法など聞いたこともありません。野蛮人のうちふたりは、こんなことならずーっと海賊をやっていたほうがよかった、とここにきて半ば後悔しました。けれどもう遅い、やるっきゃないのです。ふたりは観念すると、精一杯楽しげに振る舞ってパイプを廻してもらい、手に取り、インディアンのしきたりにならって、ぷかり、とやったのです。

するとどうでしょう、ふたりは、野蛮人になったことを喜びました。なにかが変わったのです。そう、いまやタバコを少しばかり吹かしても、「ナイフをなくしたので探しに行きたい」などと言う必要がなくなっていたのです。つまりあのひどい症状に悩まされるほど具合が悪くはならなかったのです。

ふたりは、この素晴らしい手がかりを無駄にするようなことはありませんでした。食後、用心深くタバコを吸う練習をしました。結果は思った通り成功でした。ふたりはこの夜、幸せいっぱいでした。この新しい能力が備わったことで、ふたりはこの上なく幸せで、自分を誇りにおもいました。たとえインディアンとなってモホーク族をはじめとする6部族全員の頭の皮を剝《は》ぎ、赤裸にしても、これほどの幸せと誇りは得られなかったでしょう。

しばらくは好きなようにタバコを吸い、おしゃべりをし、自慢し合わせてあげましょう、今日はこれ以上3人に登場願う場面はありませんので。

第17章 今は亡き英雄たちの思い出／トムの秘密はこのため

その同じ静かな土曜日の午後です。小さなセントピータースバーグ村には、休日の華やぎはありませんでした。ハーパー家、それとポリーおばさんの家族は悲しみの涙にくれて、喪に服そうとしているところでした。もともと村は静かなたたずまいでしたが、今はほんとうに、異様な静けさが、村を支配していました。村人はそれぞれの用事をおこなっていましたが、いずれもうわの空で、口数も少なく、ため息ばかりついていました。

楽しいはずの土曜の休日も、今日は子どもたちにとっても辛そうでした。遊びにも身が入らず、始めてもすぐにやめてしまいました。

ベッキー・サッチャーは悲しくてたまりませんでした。それでだれもいない午後の校庭を、暗い気持ちであてもなくさまよいました。でも、慰めになることはありませんでした。

はっきりと独り言が聞こえました。

「あぁ、あの薪《まき》置台の珠飾りがもう一度この手に戻ってきたら！　今となっては彼の思い出となるものはなにもないんだわ」そして泣きじゃくりを抑えて、つづけました。

「ちょうどここだったわ、あぁ、もしもう一度ここでやってくれたら、あんなこと言わない――どんなことがあっても絶対に言わない。だけどもうあの人は死んでしまった。もう決して会えないんだわ」

その思いが彼女を打ちのめしました。ベッキーは涙が頬をつたうにまかせながら校庭をあとにしました。


それから男の子のグループ、女の子のグループと、何組かのグループが一団となってやってきました。みな、トムとジョーの遊び仲間です。校庭にやってくると、囲んでいる柵をながめながら、彼らが、最後にトムを見たとき、彼があれをやった、これもやった、それからジョーが、なにやら意味のない、つまらないこと言った「そこには恐ろしい予言が込められていたことを今、ようやく彼らはわかったのです！」などと、まるで有名スターを語るように、先を争うような勢いで、口々に話すのでした。そして話すときは、だれもが、そのとき、トムやジョーが立っていた場所を指さし、こうつけ加えるのでした。

「おいらちょうど今みたいに立ってた。おいらがここで、あいつがちょうどおまえの所にいた、そう、おいらのすぐそばに立ってた、ほほえんで。そのとき、なんかしらないけど、からだじゅうがぞくっとしたんだ。なんかこう、おっかないような。そのときはなぜだか、どうしてか不思議だった。けどこのことだったんだ！」

それからこの一団のなかで、彼らの生きている姿を最後に見たのはだれか、ということで議論が盛り上がりました。あちこちのグループから、悲しいけど、その名声は自分のものだと、証拠と共に名乗りを上げました。もっともその証拠とやらはグループの仲間の「証人」によって、多かれ少なかれ都合のいいように色がつけられていましたが。

そして最終的に、旅立ったふたりを、ほんとうに最後に見たグループ、それから彼らとほんとうに最後に言葉を交わしたグループが決定すると、これらの幸運なグループは、なんとなく自分たちが神聖で偉くなったような気になり、周りからは注目され、ねたまれたのです。

これといって自慢できるネタを持たない子が、かなりはっきりと誇らしげに思い出を語りました。「ねえ、聞いてよ。あのトム・ソーヤーがおいらを殴ったことがあるんだ」

しかし、このネタで注目を浴びようとの試みは失敗でした。なぜならそこにいた男の子ならたいてい同じことが言えたのです。だからそのネタにはまったく価値がありませんでした。一団は失った英雄について、その思い出を、恐ろしげに、またうやまうような声で語り合いながら校庭でぶらぶらと過ごしていました。

翌日、日曜学校が終わると、教会の鐘がいつもとは違い、カーン、カーン、と間をおいて鳴りました。弔いの鐘です。この上なく静かな安息日です。悲しげな鐘の音は、あたりを包み込む黙想にふさわしい静けさと調和しているように思えました。

村人がしだいに集まってきました。礼拝堂前のロビーで少しの間たむろし、今回起こった悲しい出来事について、ひそひそ話をしていました。しかし、一旦教会の礼拝堂に足を踏み入れると、口を開く人はいません。静けさを乱すのは、ご婦人たちが着席するときに聞こえる、かすかな喪服の衣擦れの音だけでした。この小さな教会に、これほどの人が集ったことはありませんでした。

ようやく式が始まります。参列者がかたずをのんで待っています。そこへポリーおばさんが現われました。つづいてシド、マリー、それからハーパー一家が入場しました。

みな黒い喪服に身を包んでいます。村人も長老の牧師も等しくつつしんで起立し、遺族が最前列に着席するまで、身じろぎひとつしませんでした。

着席すると、悲しみを分かち合うような静けさが、礼拝堂を満たしました。ときおり、むせび泣きが聞こえてきました。式が始まりました。牧師様が両手を広げ、祈りました。次に心を揺さぶられる賛美歌が歌われました。

そして聖書のヨハネ伝の一節、信じるものは死者でもよみがえるという「私は復活であり、命である」が読み上げられました。

式が進み、牧師様は、今はなき少年たちの優しさ、人を引きつける魅力、輝かしい未来を言葉で描きました。それを聞いただれもが、そのとおりだった、それなのにいままであわれな少年たちの過ちや、欠点ばかりを、しつっこく見とがめ、牧師様の描いたような彼らの良さには、意地でも目をつむっていた、と胸に鋭い痛みを感じるのでした。

牧師様は、彼らの日頃の振るまいでの、心を打つ多くの出来事について物語りました。その出来事は、彼らの優しさ、おおらかさを余すことなく伝えていたのです。それを聞いた参列者はみな、それぞれの逸話が、このうえなく気高く、美しいことが初めてわかり、悲しみと後悔とともに、ことが起こった当時は、また悪童どもがしでかした、革のムチで叩いてやりたい、と憤慨していたことを、思い出したのです。悲しい話が進むにつれ、参列者は悲しみと感動の波にのまれ、ついには我を忘れて悲嘆にくれる遺族と一緒になり、いっせいにすすり泣き始めました。牧師様も、自分自身の言葉に感動してしまい、説教台で泣いていました。

礼拝堂の出入り口扉の上に設置された、本来聖歌隊が陣取るバルコニー付近でガサゴソと音がしました。けれどだれも気がつきません。ややあって礼拝堂の扉がギギィ、と音を立てました。それに気づいた牧師様が、ハンカチを目に当てたままそちらを上目遣いで見ると、ぎょっとして凍りつきました。一対の目、そしてまた一対の目が牧師様の視線を追い、それから参列者がいっせいに立ち上がり、驚きの眼が集まるなか、死んだはずの3人の少年が扉から、通路を祭壇に向かって行進してきたのです。

トムが先頭で、次がジョー、そして、ぼろをまとったずだ袋そのもののようなハックがおずおずと、きまり悪そうにつづきました。彼らは、今は使われなくなったバルコニーに隠れて、自分らの葬式の一部始終を観ていたのです！

ポリーおばさん、マリー、そしてハーパー一家は、一旦は諦めたそれぞれの少年に飛びつくと、息つく間もないキスを浴びせ、そして神様にありったけの言葉で感謝しました。一方、ハックはというと、この招かざる客を見る、大勢の視線に、どうしたらいいかも、どこに隠れたらいいかもわからず、ただただ、ばつが悪そうに立っているだけで、ほんとうに居心地悪そうでした。かわいそうなハックは、ちょっとためっていましたが、こそこそと立ち去ろうとするところでした。トムはハックの腕をつかんで訴えました。

「ポリーおばさん、こんなのおかしいよ、ハックが生きて戻ってきたことも喜んであげるべきだよ」

「そのとおりだよ、彼が戻ってきてうれしいよ。かわいそうな母なし子が！」

ポリーおばさんの惜しみない、愛情のこもった言葉で、ハックはもう逃げ出せなくなり、ますます居心地が悪くなりました。

突然、牧師様が頭のてっぺんから叫びました。

「すべての祝福のみなもとたる神を称えよ、さあみなさん、歌いましょう、心を込めて！」

参列者は「すべての祝福の～」と賛美歌第百番を高らかに歌いだしました。賛美歌は喜びにあふれ、大合唱となり、その声は教会の天井をも揺るがせました。そんななか、トム・ソーヤーは、そばにいる少年たちを見廻し、みんながねたましげに自分を見ているのを確認すると、心のなかで、「おいらの人生でこの瞬間が最高だ、最高に誇らしい！」とつぶやきました。

「踊らされた」参列者がぞろぞろと教会から出てきましたが、口々に、あんなに素晴らしい百番が歌えるなら、また一杯食わされてもいいくらいだ、言っていました。

その日、ポリーおばさんの心は、死ぬほど心配したこと、神への感謝、トムへの愛情、とんでもない人騒がせのお仕置きと、激しく揺れ動き、おかげでトムはその日曜の午後だけで一年分より多く、ビンタを喰らい、そしてキスを浴びました。トムとしては、ビンタが神様への感謝と彼に対する愛情をあらわしているのか、それともキスのほうなのかどうにも判断がつきかねるのでした。

第18章

トムの本音が探られる／素晴らしい夢／ベッキー・サッチャーなんてなんでもない／トム、嫉妬に燃える／どす黒い復讐

トムが絶対に種明かししたくないこと、それは彼と、その海賊仲間が、島を出発してから村へ戻り、自身の葬儀に出るまでの、計画の全体像でした。

土曜日の夕刻、彼らは丸太に乗って、ミズリー州側岸に向けてこぎ出し、村から8~9キロ下流に上陸しました。そこから村に向かって森のなかを歩き、村のそばまでくると、森からは出ずに、そこで明け方まで眠りました。日曜、朝早く起きると、人目を避けて、裏道や小道を選んで教会にたどり着き、バルコニーに上がって、乱雑に積まれている、お払い箱となった長椅子の間でしばしの睡眠をとったのです。

月曜日、朝食の席では、ポリーおばさんとマリーは、ことのほかトムに優しく、トムのわがままにも耳を傾けてくれました。そして朝食なのに、いつになく話が弾みました。話の流れでポリーおばさんが言いました。

「いいかい、あたしゃね、1週間近くも、みんなを辛い、悲しい日に遭わせて、その分、おまえらが楽しむのが必ずしもとんでもなく悪い冗談とは言わないよ。ただね、あたしが悲しむのを、おまえが、へとも思わないってのが、なんとも残念なんだよ。丸太に乗って自分の葬式にやってこられるくらいなら、途中でちょこっと戻ってきて、死んじゃいない、ちょっと出かけてるだけ、って、なんかの合図くらい、くれたっていいじゃないか」

「そうよ、そうすべきだったわ」とマリー。

「でも私思うの、もしおばさんが悲しんでいることを知っていたなら、トムは絶対そうしたわ」

「そうなのかい？　トム」おばさんの顔が希望でパッと輝きました。

「言っとくれ、あたしが悲しんでることがわかったなら、そうしたかい？」

「えーと、わかんない、だって、そんなことしたらみんなおじゃんになっちゃう」

「そうかい、トム。あたしゃ、トムはなにをおいてもこのおばさんのことを大切に思ってくれると信じたかったんだけどね」とおばさんが嘆きました。それを聞いてトムは、なんともばつの悪い思いをしました。

「もしおまえがあたしを安心させるため、合図を送ろうと思ったのなら、それだけであたしゃ喜んださ、ほんとには送らなくても」

「ねえ、おばさん、そんなにふうに思わないで」マリーがかばってくれました。

「トムはただ夢中になって走り回っていただけなの。いつも遊びを思いついたらまっしぐら、あとさきなんか考えないの、それだけ」

「なお悪いじゃないか。シドならちゃんと考えてくれたよ、シドなら戻ってきて合図してくれたよ。トム、おまえいつか後悔する日がくるよ、もう少しおばさんのことを気にかけてればって、もう少し早く、心が耐えがたく痛む前にって。でもそのときはもう手遅れさ」

「待ってよ、おばちゃん、おいらがおばちゃんのこと、大事に思っているの知ってるでしょ」とトム。

「それらしくしてくれてたら、もっとよくわかってただろうよ」

「おばちゃんのこと、考えればよかった」と悲しそうにトムが言いました。

「だけどおいら、おばちゃんのこと、夢に見たよ。これって嬉しくない？」

「どうってことないじゃないか——猫だって夢くらい見るさ——だけど一切頭に浮かばないよりましだね、で、どんな夢だったんだい？」

「ええっと、水曜の夜、おばちゃんはベッドの脇に座っていて、シドは薪箱《まき》のそば、マリーはこいつの隣だったよ」

「そうさ、いつものとおりにね。夢にまで私たち全員のことをだしてくれて有り難いこったよ、ご丁寧に座り場所までね」

「それからジョー・ハーパーのお母さんもいた」

「なんだって、確かにいたよ！　それからなにを見たんだい？」

「ええと、いろいろ、でもわかんない、もう忘れた」

「いいかい、思い出してみな、さあ」

「なんだろう、なんか、風が——風がこう吹いて——あの——」

「よく考えて！　トム、確かに風が吹いたんだよ、それでどうなったんだい、ほら！」

おばさんがじりじりするなか、トムは額に指を押しつけ、しばし考えて言いました。

「わかった、そう、見たんだ。風がロウソクの炎を揺らしたんだ！」

「まさか、そんな！　それから？　トム、それからどうなったんだい！」

「おばちゃんが言ったみたい、『変だね、玄関の扉が——』」

「それから、トム！」

「ちょっと考えさせて、待ってよ、わかった、おばちゃんはこう言ったんだ『変だね、玄関の扉が開いてるんだよ、間違いないよ』って」

「そのときもここに座ってた。わたしゃそう言ったんだ、聞いてたでしょ、マリー！　つづけて！」

「それから、そして、ええと、よく覚えてないな、でもなんかシドどっかに行ってどうのこうのみたいな……それから――」

「ほら、ほら、シドになにをしろって言った、トム、あたしはシドになにをさせたんだよ！」

「おばちゃんはシドに――おばちゃんは――そうだ、扉を閉めさせたんだ」

「いったいこんなことがあるのかね！　生まれてこのかた、こんなすごい話聞いたことないよ。もう夢なんてしょせんは夢、なんの意味もない、なんて言わせないよ。ハーパーの奥さんに、すぐにでも知らせたいよ、ウズウズするね。神秘的な言い伝えなんてたわごと、って言ってるあの奥さんがこの話を聞いたら、どうこじつけるか楽しみだよ。それから、トム！」

「はい、だんだんまっ昼間みたいにはっきりしてきました。次におばちゃんが言うには、おいらはみんなが言うほど悪くない、よく言う、ただのいたずらっ子だ。突拍子もないことをしでかすだけで、なんだっけ、そうだ、子馬が飛び跳ねるのと同じとか、なんとか」

「そのとおりだよ！　どうなってんのかね、それから？　トム！」

「それから、おばちゃん、泣き始めた」

「そう、そうだよ。でも初めてじゃないよ、それから？」

「ハーパーのおばさんも泣き始めました。ジョーもおいらとおんなじ、悪い子じゃないって。ハーパーさんは、クリームを、自分で捨てたのを忘れてジョーにお仕置きしたのが悔やまれる、可哀そうなことをしたって泣いていました。クリームは――」

「トム、おまえに精霊が舞い降りたんだよ、おまえは預言者になったんだよ。えらいこった、さ、その先は、トム！」

「それからシドが言ったんだ。シドは――」

「ぼく、なにも言った覚えなんかないよ」とシド。

「いいえ、言ったわ」とマリー
「黙って！　トムの邪魔をしないの！　トム、シドはなんて言ったのかい？」

「こいつ、おいらが行かされたところで、良い子にしてるといいね、だけど、ここにいるときさ、もうちっといい子にしてれば――って言ったと思う」

「それだよ、聞いたろ！　一言一句そのままだよ！」

「そしたらおばちゃんがこいつを叱って黙らせたんだ」

「賭けたっていいよ、間違いなく叱ったよ。絶対天使が見てたんだね！　天使があの場にいたんだよ。居間のどこかに！」

「それからハーパー夫人が、ジョーが彼女を爆竹で驚かせた話をしてた。そしたらおばちゃんはペーターと『痛み止め』の話をして――」

「間違いない、あたしが、あんたらのおばさんだってことくらい間違いない！」

「それからおいらたちを探すための河さらいについてずいぶん話していたよ。日曜日の葬式の話も。最後におばちゃんとジョーのお母さんが抱き合って泣いて、そして彼女は帰っていったんだ」

「まさにあの場面そのままだよ。あたしが今、この場に座っているくらい確かだよ、トム、たとえおまえがほんとうに見たとしても、こんなにきっちり正しく説明なんかできっこないよ。それからどうしたのかい、さあ、トム！」

「それからおばちゃんは、おいらのためにお祈りをしたと思う——お祈りしているおばちゃんの姿が見えたし、お祈りの一言一言がはっきり聞こえた。それから寝床についたのが見えた。おいらはおばちゃんが、どうしようもなく気の毒になり、許してもらいたくなったんだ。それでプラタナスの皮に『おいらはおばちゃん、おいらたちは死んでない——海賊になるために出てっただけ』って書いて、テーブルのロウソクのそばに置いた。そしたらおばちゃんは安心したのか、すっと眠りについたみたい。それでおいらはベッド脇にいき、かがみこんでおばちゃんの唇にキスしたんだ」

「そうだったのかい、トム、そうだったの！　今度のことはなにもかも許すよ！」

おばさんはトムを息が詰まるほど抱きしめました。おばさんがなんの疑いもなく感激してくれているので、トムは、自分が罪深い最低の恥知らずみたいだと、うしろめたい気持ちでいっぱいでした。

「みんな許しちまうなんて、ほんとに甘いな、ただの夢なのに」シドが聞こえよがしにつぶやきました。

「シド、お黙り！　人はね、夢だろうと起きていようと、いざとなったときの考えかた、動きかたは同じなんだよ。トム、ほら、大きなマイラム・リンゴだよ。いつかきっとおまえは帰ってくると思って、とっておいたのさ、大丈夫だよ、日持ちするんで有名だからまだみずみずしいよ、学校に持ってきなさい。長い間苦しんだあたしにトムを戻してくださった神様や、ご先祖様すべてに感謝します。そして神を信じ、その言葉を守ってきた人々に、またその値打ちもないあたしにさえ、お慈悲をくださったことを感謝します。

だけどね、その値打ちのある人だけが、神のお慈悲に恵まれ、苦しいときに神のご加護があるとしたら、幸せになれる人なんてほとんどいないよ。そしてその日が来たとき、天国にいける人もいなくなっちまうよ。さあ、シド、マリー、トム、一緒に学校へいきなさい、早く、いつまでも座ってないで。思わずおまえさんたちに長々つきあっちまったよ、まったく」

3人は学校へ行きました。ポリーおばさんは、さっそくハーパー夫人に、トムの素晴らしい夢の一部始終を語って、迷信なんかたわ言、という夫人に、人知を超えた出来事ってほんとうにあることをわからせようと、いそいそと出かけました。

シドは家を出るとき、ふとある考えを思いつきましたが、賢明にもあえて口に出さないことにしました。その考えとは次のようなことでした。「もしほんとに夢なら、一言一句ぴったりなんて、そんなことあるのかよ!」

今やトムは英雄そのものでした! いつものように登校中、飛んだり跳ねたりしません。みなの視線を感じながら、威風堂々と闊歩する、海賊となっていたのです。実際、彼は注目の的でした。トムは道ゆく人、学校へ向かう生徒が、じろじろ見たり、ひそひそささやき合ったりしているのを、気がつかないふりをしていましたが、ほんとうのところ、みんなの視線やうわさ話は、トムの虚栄心と満足感を、ますます膨らませるかてとなったのです。

下級生たちは、トムのうしろに、1列となってぞろぞろとついてきました。トムの同意を得て一緒にいるところをみんなに見られることが誇りなのです。トムはまるでパレードの先頭をゆく鼓笛隊長か、サーカスの動物を先導して町を練り歩く、ゾウのようでした。

同じ年ごろの子どもたちは、そもそもトムが冒険に出かけていたことなど、ちっとも知らなかった、というふりをしていましたが、じつのところ、うらやましさで、目もくらみそうだったのです。彼らとしても、トムのような、浅黒い日焼けと、褒められないけれど、輝かしい名声が手にはいるのなら、どんなお宝とでも交換したでしょう。一方トムとしては、たとえサーカスの券でどうだ、といわれてもどっちか片一方とさえ交換なんかに応じるはずはありませんでした。

学校では、みながトムとジョーをさかんにもてはやし、惜しみない賞賛の眼差《まなざ》しをふたりに注ぎました。それでふたりはあっという間に鼻持ちならない「威張りん坊」になったのです。ふたりは冒険談を、むさぼるように聞こうとする友だちに語り始めました。そして話は一旦始まると、いつまでたっても終わりそうもありません。というのも、ふたりの旺盛な想像力によって、話が際限なく盛られていったからです。

そしてついに、ふたりはパイプを取り出し、ゆったりとタバコをくゆらせて見せました。ふたりのもくろみどおり、周りからの賞賛、憧れ、ねたみ、驚きは、頂点に達しました。それでふたりは、ほんとうに自分らは偉いんだ、と思い込んだのです。

トムは、こうなったらもう、ベッキー・サッチャーなんかのことで、うじうじ悩まない、と決めました。栄光のために生きるんだ、おいらは別格なんだ。ベッキーは仲直りしたがるだろう、うん、そうしたけりゃすればいい――けどそのときは、あの子は、おいらが「どちら様でしたっけ」ってそぶりをするのを見ることになるんだ。

いよいよベッキーが登校してきました。トムは気がつかないふりをしました。そしてベッキーから離れて、男の子と女の子が一緒のグループの所へいって、話に加わりました。

そうするうちにも、トムは、ベッキーがほおを紅潮させ、目をクリクリさせて、縦横無尽に走り回るのを観察していました。彼女は鬼ごっこに夢中で、だれかを捕まえるたびにキャーと叫び、笑い声をあげていました。しかし、トムは、彼女が、だれかを捕まえるときは、いつもトムのそばで、おまけにそのつど、トムのほうに、気になる視線を投げかけるのを、見逃しませんでした。けれどそれは、トムの心に巣くう、貪欲な虚栄心をただ喜ばせただけで、さらにその虚栄心は、もっと知らんぷりしろ、とトムにささやいたのです。その結果、彼は、勝ったのだからもう彼女と仲直りすればいいのに、それどころか、彼女を気にしていることを、絶対悟られないようにしよう、と決めたのです。

とうとうベッキーは、トムの気を引くことを諦め、あたりをぐずぐずと所在なげに歩き、冷たくしたことの後悔と、仲直りを願うような眼差《まなざ》しで、ときおりため息をつきながら、トムのほうをこっそり見ていました。そうしているうちに、トムが、だれよりもアミー・ローレンスと楽しげに話していることに、気づきました。ベッキーの心に、鋭い痛みが走り、心は乱れ、一気に不安に襲われました。彼女はその場から離れようとしましたが、足は思いに反して、グループへ向かってしまったのです。

ベッキーはトムのすぐ脇にいる女の子に、ことさら弾むように問いかけました。

「あら、マリー・オースチン！　あんたって悪い子、どうして日曜学校にこなかったの？」

「行ったわよ、見てなかったの？」

「なんで、見てないわよ！　いたの？　どこに座ってた？」

「ペータース先生のクラスよ、いつものとおり。そうよ、あんたを見たわ」

「え、見たの？　へー、おかしいわね、あたしはあんた見てないのに。あのさ、あんたがいたらさ、ピクニックの話がしたかったの」

「あら、楽しそう、どこのお呼ばれ？」

「お呼ばれじゃないの、ママがプレゼントしてくれるの」

「まあ、いいわね、あたしも連れてってくれるかしら？」

「そうね、大丈夫だと思うわ、ピクニックはあたしが頼んだの。だからあたしが来て欲しい人はママも賛成よ、もちろんあんたにも来て欲しいの」

「素敵！　それでピクニックはいつ？」

「そのうち、たぶんお休みのころ」

「わー、楽しそう、女の子だけじゃなくて男の子でもいいの？」

「もちろん、あたしの友だちだったらだれでも、それに友だちになりたいって人でもいいのよ」と言いながら、トムをそっとうかがいました。けれどトムはアミー・ローレンスと、島での嵐の話で盛り上がっていました。話はちょうど、雷がプラタナスの大木を引き裂き、「木っ端《こぱ》みじんに」した、そしてその木はトムのいたところから「ほんの1メートルしか離れていなかった」とのくだりでした。

「あの、あたしもいいかしら？」とグレース・ミラー。

「いいわ」

「じゃ、あたしは？」とサリー・ロジャース。

「いいわよ」

「あたしもいいかしら？」とスージー・ハーパー。

「それとお兄ちゃんのジョーも？」

「いいわよ」

ピクニックに誘われたい子が、「いいわよ」と言われるたび、互いに、喜びのハイタッチをし、ハイタッチのリレーは行きたい子全員が「いいわよ」と言われるまでつづきました。でもトムとアミーはそのリレーに入りませんでした。それからトムは冷たく背を向け、アミーと話しながら、ふたりしてその場を去ってしまいました。

ベッキーは唇を震わせ、涙があふれてきました。でも必死に抑えて、ひたすら明るく振る舞い、おしゃべりをつづけました。けれど、もはやピクニックは色あせてしまいました。ピクニックだけでなく、ありとあらゆるものが、ベッキーにとっては色あせ、味気ないものとなってしまいました。

話にちょっと合間ができると、すぐにベッキーはその場を逃げ出し、人目につかないところまで行き、女性がよく言う「さめざめと」泣きました。それから始業のベルが鳴るまで、傷ついたプライドと、暗澹《あんたん》とした気持ちを抱えてそこに座っていました。

ベルを合図に立ち上がると、目に復讐の影をやどし、おさげ髪をさっとひと振りするとつぶやきました。

「あたしが泣くだけの子だと思ったら大間違いよ、なにが効くかぐらい、わかってるわよ！」

トムは、ベッキーに勝った、とウキウキと休み時間にも、これみよがしにアミーとぴったりと寄り添っていました。そしてアミーと一緒のところを見せつけて、ベッキーをもっと悲しませてやろうと、ふたりして歩き回りました。

ようやく彼女を見つけました。けれどその瞬間、今までの勝ち誇った気分は奈落の底へ落とされました。

ベッキーは、アルフレッド・テンプルと、校舎裏にある小さなベンチに腰掛けて一緒に絵本を読んでいたのです。よほど夢中になっていたのでしょう、ふたりは顔が触れそうなほど近づき、この世になにが起ころうとも、ちっとも気にならない、といった様子でした。

トムは、体じゅうの血管を、真っ赤な熱い嫉妬が駆けめぐるのを感じました。せっかくベッキーが仲直りの手を差し伸べてくれたのに、それを冷たく振り払ってしまった自分が許せなくなりました。トムは自分に、ありったけの悪口を浴びせました。腹立たしくて泣きたいぐらいでした。

肩を寄せ合って歩いているアミーは、幸せそうにあれこれとトムに話しかけてきます。彼女の心はルンルンなのです。一方トムは舌もこわばり、アミーの話なんかもう、うわの空でした。彼女が、ねえ、そうでしょ、とか、トムはどうなの？　とか問われると、口ごもった、あいまいな口調で、ただ、うん、とか、そうだね、とか応じるだけでした。その合いの手も、たいていはトンチンカンでした。

トムは校舎の裏を幾度となく行ったり来たりして、そこで展開されている、耐え難い情景で目を焦がしました。見るのはつらかったのですが、どうしても見てしまうのでした。

トムの目には、ベッキー・サッチャーが、彼なんてはじめっからこの世に存在するなんて思ったこともないように映り、気が狂いそうになりました。

ところがベッキーは、絵本を読んでいるふりをして、しっかり見ていたのです。そしてトムの様子から、狙い通り、彼に「勝利」したことを確信しました。さっきまで彼女が悩み、苦しんだように、今、彼が悩み苦しんでいる様子に、すっかり溜飲を下げたのでした。

アミーの幸せいっぱいなおしゃべりが耐えられなくなりました。トムはそれとなく、もういかなくちゃとか、ちょっとやることがあるとか、もう時間がなくて、などとやんわり、おしゃべりを終わりにしようとしましたが、全然通じず、アミーのぺちゃくちゃは止まりませんでした。トムは心のなかで、自分自身に文句を言いました、

「参ったな、黙らせろよ、なんでだらだらつき合ってんだよ」

ほんとにもういかなくっちゃ、と言ってやっと彼女から離れることができました。別れ際、アミーは無邪気に、

学校が引けたら待ってるからね、と言うではありませんか。トムはその場を逃げるように去りました、彼女の言葉に「ぞっ」としたのです。

「よりによって！」トムは歯ぎしりをして、つぶやきました。

「村のやつならともかく、あのセントルイスのキザ野郎だけはゆるせねえ、しゃれた服着てお高くとまりやがって！ そうだよ、おまえが初めて村に来た日にボコボコにしてやったよな、ならまたやってやるよ！ 待ってろよ、おまえを見かけたらとっ捕まえて――」

そして彼は架空の敵を打ちのめす、一部始終をやってみたのです――パンチを立てつづけに打ち込み、蹴っ飛ばし、目玉をえぐります。セリフつきで、「おい、やるのか、え？ あれ、泣き声だけはいっちょまえだな、どうだ、少しはコリたろ！」とそんな具合にエア・ファイトはトムの満足のいく結果に終わりました。

昼休みになると、トムは家に逃げるように帰りました。当て馬に使ったアミーの、幸せそうに喜ぶ様子を、これ以上見るのは良心の呵責《かしゃく》に耐えられないし、おまけに今は嫉妬で頭がいっぱいで、これ以上アミーの話に、おつき合いする余裕など、まったくなかったからです。

一方、勝利を確信したベッキーは、昼休みにまた、アルフレッドと絵本読みのつづきを始めました。しばらく仲良く読んでいるふりをしていましたが、なぜか嫉妬に駆られて様子を見にくるはずのトムが、姿を見せないのです。勝利の確信は疑念に変わりました。絵本にも、アルフレッドにも、興味がなくなりました。気持ちは沈んでゆき、放心状態となり、そして憂鬱になりました。2、3度足音がしたような気がして、耳をそばだたせましたが、いずれも空耳でした。

ダシに使われたとは知らないアルフレッドは、ベッキーがなぜ急に冷たくなったかわからず、可哀そうに、気を引こうと、あれこれ懸命に話しかけました。

「ほら、これ楽しそうだよ、見てごらん！」などなど。ベッキーはもうそれどころでなくなり、とうとう言ってしまいました。

「ねえ、もう、ほっといてくれない？　絵本なんて読みたくないのよ！」そういうとどっと涙があふれだし、ベンチから立ち上がり、その場を離れました。

アルフレッドはあわててあとにつづき、ベッキーを慰めようとしましたが、

「あっちいって、あたしにかまわないで、あんたなんか嫌いよ！」と言うではありませんか！

彼は呆然とたたずみ、一体ぼくのなにが悪かったんだろう、昼休みにまた、一緒に絵本を読みましょう、と誘ったのはベッキーだった、それなのに今は泣いていってしまった。どう考えてもわかりませんでした。

傷ついたアルフレッドは、考え込みながら、ひと気のない教室に入っていきました。彼のプライドは傷つき、怒りがこみ上げてきました。それで、これまでのことを、順を追って思い出してみると、簡単にことの真相がわかってきました――ぼくはダシに使われたんだ、ぼくはベッキーが、トム・ソーヤーに恨みを晴らすための道具にすぎなかったんだ。

トムのせいでひどい目にあったと思うと、前の一件についてはそれほど根に持っていませんでしたが、ここで一挙に憎しみが燃え上がりました。なんとかばれないように、トムを困らせる手はないか思案しました。ふと目を落とすとトムの机の上に、書き取りノートがありました。おあつらえ向きだ。アルフレッドは今日の午後提出予定の、宿題のページを開き、そこへインクをドボドボとかけました。

彼が背にしていた窓から教室内をのぞいていたベッキーが、アルフレッドの行動を見ていました。彼女は気づかれないようにその場を離れ、トムの家へと向かいました。昼食から学校へ戻ってくる彼を途中で見つけ、このことを告げるつもりでした。そうすればトムは感謝してくれて、これまでのぎくしゃくも解消すると思ったのです。

しかし途中で考えが変わりました。あのピクニック話の際に、トムが自分にした仕打ちが、灼熱《しゃくねつ》の炎のように脳裏によみがえり、そのときの、身もすくむ恥ずかしさにふたたび襲われたのです。ベッキーは決めました。「先生にムチで叩かれればいい、宿題をやるかわりに、ノートにインクをかけてごまかした罪よ。まだ気が済まないわ、そうよ、ついでに永久に憎んでやる」

第19章 トム、真相を語る

トムは惨めな気持ちで家にたどり着きました。ところがおばさんの開口一番を聞いて、悲しんでいる場合なんかじゃないって気配を感じました。

「トム、おまえの生皮を引っ剝《ぱ》がしてやりたいよ！」

「おばちゃん、おいらがなにやったっていうの？」

「なんだって！　おまえはやりすぎたんだよ！　いいかい、あたしはアホづらさげて、セラニー・ハーパーのところまで、ノコノコ出かけていったんだよ。おまえに聞かされた、夢がどうのこうのって与太話を信じてもらうつもりでね。それでどうなったと思う、彼女はジョーを問いただして、もう、すっかり知ってたんだよ、あの晩おまえがここまできて、なにを見て、なにを聞いてたかってことをね。トム、そんな真似をする子が将来どうなるかは知らないよ、だけどね、あたしがセラニー・ハーパーと話したら、あたしがどんなみっともないことになるか、そんなこと、百も承知のはずさ、だけどひとこともいわず、おまえはあたしをハーパーさんちにいかせた。それを考えるとはらわたが煮えくりかえるんだよ」

思いがけない展開でした。朝、食卓での夢の話は、だれも思いつかない、しゃれた、上出来な冗談だと内心得意になっていました。が、今となってはそれが浅ましくて卑怯《ひきょう》に感じられるのでした。トムはうなだれて、とっさにはなにも言うことが思いつきませんでした。

「おばちゃん、あんなこと言わなきゃよかった――こんなことになるなんて思わなかった」というのがやっとでした。

「そうとも、トム、おまえは自分さえよけりゃあとはなにも考えないんだ。だけど、おまえは、ジャクソン島からあの夜、はるばるここまでやってきて、みんなが嘆き悲しんでるのを笑ってやろう、なんてことはなぜか思いつくのさ。それからあたしの夢を見た、なんてたわ言でだます企みは、考え出せるんだよ。だけどあたしたちが可哀そうとか、悲しみから救おうなんて思いやりは、これっぽっちもないんだよ」

「おばちゃん、ひどいことしちまったって、今、わかったよ。だけどそんなつもりはなかったんだ。ほんとだよ。それにここに来たことだって、みんなを笑いに来たんじゃないよ」

「じゃ、なんで来たんだい？」

「おいらたちのこと、心配しなくていい、溺れちゃいない、って伝えに来たんだ」

「トム、ねえ、トム、おまえにそんな優しい心があるなんて信じられたら、あたしはこの世で一番の幸せ者だよ。だけどそんな心根は、これっぽちもないこと、自分でわかってるだろ。あたしだって百も承知だよ、トム」

「ほんとにほんとだよ、おばちゃん、おいらおばちゃんに安心してもらいたかった――いっそ、ほんとのこと、いわなきゃよかった、こんなにオタオタしなくてすんだかも」

「なんだい、トム、嘘つくんじゃないよ！　やめなさい、嘘をつけば百倍あたしを怒らすことになるんだからね！」

「嘘なんかついてないよ、おばちゃん、ほんとのことを言っているだけだよ。おばちゃんを悲しませたくなかった、ただそのために、あの夜、帰ってきたんだ」

「おまえの言うことを信じたいよ、信じさせてくれるなら、もうなんでもほしいものをやるよ。もしほんとうだったら、おまえの心に巣食う悪魔が封じ込められた、ってことだよ、トム。あたしはね、おまえがどっかへいっちまって、さんざん悪さをしたとしても嬉しいくらいだよ、それってておかしいだろ、けど、おまえが無事ならそれでいいんだよ。それなのになんで教えてくれなかったんだい、この子は」

「なぜって、あのさ、みんながお葬式の話をしているのを聞いてたら、3人でこっそり戻ってきて教会に隠れ、村じゅうを驚かすプランを思いついたんだ。このプランをどうしてもダメにしたくなかった、だから木の皮はポケットにしまったままにして、言わないことにしたんだ」

「木の皮ってなんだい？」

「おいらたちは海賊になるために家出した、って書いた木の皮だよ。今から思えばおいらがおばちゃんにキスしたとき、目を覚ましてくれればよかった。そう思うよ、ほんとに」

厳しいおばさんの表情が和らぎ、さっと目には優しさが戻りました。

「あたしにキスしたのかい、トム？」

「なんで訊くの、うん、したよ」

「確かかい？　トム？」

「なんで、そうだよ、したよ、おばちゃん、しっかりキスしたよ」

「なんでキスをしたんだい、トム？」

「だっておばちゃんが大好きなんだもん。それに寝ていても、しくしく泣いて、すごくかわいそうだったから、謝りたくて」

トムの言葉は真に迫っていました。

「もう一度、キスしておくれ、トム！──そしたら学校へ行きなさい。これ以上あたしを煩《わずら》わせるんじゃないよ」おばさんは言いました、声が震えていました、隠そうとしても無理でした。

トムが家を出るや否や、ポリーおばさんは、クローゼットへ走ってゆき、トムが海賊ごっこで着ていた、ぼろぼろの上着を取り出しました。けれど上着を手に取ったまま、そこで、はたっと止まりました。そしてつぶやきました。

「やっぱり、確かめちゃいけないよ。可哀そうな子、木の皮なんてきっと嘘だよ──だけどあれは優しさのせいさ、優しくなきゃ、あんな嘘はつけない。あの嘘でどんなにあたしの心が癒されたか。神さまも──神さまもきっとあの子をお許しになる、だってあんな優しさが、あの子にあったからこそのことだから。あれが嘘だってことなんか確かめたくない、だから服のポケットのなかは見ないことにするよ」

おばさんは上着をクローゼットに戻し、しばしそこに立って考え込んでいました。それからまた上着を取り出し、とおもうとまたしまいます。そんなことを二度も繰り返しました。

また思い切って上着を取り出しました。こんどは覚悟を決めたようです。

「この嘘はあたしのためだったんだ、あたしのためについたんだよ。だから嘘だとわかっても悲しむことはないんだよ」

そして上着のポケットを探りました。

おばさんは木の皮の書置きを、流れる涙で曇る眼で読み、つぶやきました。

「あの子を許すよ、たとえ百万回いたずらしても許すよ！」

第20章 ベッキーの迷い／トムの騎士道精神

ポリーおばさんのキスには、不思議な力がありました。おばさんにキスしてもらったとたん、トムの落ち込んだ心はいやされ、心も軽く、晴れ晴れと、幸せな気分になりました。

午後の授業のため、学校へ向かいましたが、途中、幸運にもベッキー・サッチャーとミドーレーンの緩やかな坂を登り切ったところであいました。彼の態度はいつも、そのときの気分と直結しています。

ベッキーを見るとすぐに駆け寄って言いました。

「朝、おいらすごく意地悪だった、ベッキー。ごめん、もうぜったいあんなことしないよ。仲直りしてくれないかな、頼むよ」

ベッキーは立ち止まると、あからさまに軽蔑した様子でトムを見て言いました。

「少し遠慮してくだされば感謝するわ、ミスター・トム・ソーヤー。あなたとは二度と口きく気はありませんので」

少女はぷいっと横を向くと、さっさといってしまいました。トムはあまりのことにあぜんとして口もきけませんでした。しばらくして、「ではご自由に、ミス気取りやさん」と言い返えす言葉が浮かんだのですが、もちろん、もうあとの祭りでした。

結局トムはなにも言いませんでしたが、猛烈に腹を立てていました。

トムは惨めな気持ちで校庭へやってきました。道々、ベッキーが男の子だったらよかったのに、と思いました。男の子だとしたら、どうやって、こてんぱんにやっつけるか、あれこれ頭のなかに描いていました。

校庭でまたベッキーと出くわしました。すれ違いざま彼女に、刺すような一言を投げつけました。ベッキーも負けずに同じような言葉をトムに投げつけ、ふたりの仲たがいは決定的になりました。

恨みに燃えるベッキーは、午後の授業が始まるのが待ちきれませんでした。トムが、綴り方ノートをだめにした罪でお仕置きをされるところを、一刻も早く見たかったのです。

彼女の心のどこかに、あれはアルフレッド・テンプルの仕業と告げるべきか、との迷いがあったかもしれません、けれどトムの刺すような悪口が、その迷いを吹き飛ばしたのです。

可哀そうなベッキー、彼女は自分自身に災難が、今まさに降りかかってこようとは夢にも思っていませんでした。

先生のドビンス氏は中年に達していましたが、いまだかなわぬ野望をもっていました。

彼の一番の望みは医者になることでした。けれど貧しさがゆえに、村の教師になるのがやっとでした。彼は毎日、授業中、生徒に課題を与えて時間ができると、机から怪しげな本を取り出し、それに読みふけっていたのです。本は机の引き出しにしまわれ、鍵がかけられていました。

その本をたとえひと目でも見られれば死んでもいい、くらいに思っていたのはひと握りの悪ガキだけでなく、学校じゅうの生徒全員も同じでした。けれどそんな機会は訪れませんでした。女の子も男の子も、それぞれ本の中身について、もっともらしくあれこれ言っていましたが、みんなバラバラで、ひとつとして同じ見解はありませんでした。いずれにしろ真実を知る手立てはなかったのです。

今、ベッキーが教室に入ってきました。ドアを入ってすぐの、先生の机を通りぎわに、その机の引き出しに鍵がついたままになっているのが目に入りました。またとない機会です。あたりを見渡すとだれもいません。首尾よく本を取り出しました。本の題目は——なんとか教授著、解剖学——ベッキーにはなんのことかさっぱりわかりません。そこで机に本を置き、開くと、すぐに、見事にカラー印刷された口絵が目に飛び込んできました。人体、それも真っ裸でした。

ちょうどそのとき、ベッキーが開いているページに人影がさすと、トム・ソーヤーが教室に入ってきました。彼が人体写真をちらっと見たのです。ベッキーは、あわてて本を手元に引き寄せ、閉じようとました。ところが不運なことに、引き寄せた拍子に、口絵のページを真っぷたつに破いてしまったのです。ベッキーは本を引き出しに押し込み、鍵をかけると、恥ずかしさと恐ろしさでわっと泣き出しました。

「トム・ソーヤー、あんた、なんていやらしい子なの！　こっそり人のそばに忍び寄ってきてなにを見ているか探ろうなんて！」

「なんでおいらが、おまえがなんかを見てる、なんてわかるんだよ？」

「あんた、恥ずかしいとは思わないの、トム・ソーヤー！　あんたはあたしのこと言いつけるのよ。もうどうしよう、どうしたらいいの、絶対ムチでぶたれるわ、今まで学校で、ムチでぶたれたことなんかないのに」

それから彼女は怒りで足を踏み鳴らしながら言いました。

「告げ口して最低なやつになりたければなればいいわ！　あんたにもとんでもないことが起きるの知ってるわ。どうなるか楽しみにしてれば！　嫌い、大っ嫌い！」——ベッキーはまた激しく泣き出すと、教室から飛び出していきました。

トムはぼうぜんとそこに立っていました。突然の猛攻撃を受け、なにがなんだかわかりませんでした。今、独り言を言っています。

「女ってやつはなんとも奇妙なアホだな！　学校でムチの罰を受けたことない！　それがどうした、偉いのか？　ムチ打ちなんかへみたいなもんじゃないか。だいたい女はやけに怒りっぽいし、なんかっちゃすぐビビる。そうさ、あのチビのアホ娘のことを、口やかましいドビンスに言いつけようなんて気はさらさらないさ。お返しする手は別にちゃんと考えてる、もっとスマートにな。

ところで本の件はどうする？　口うるさいドビンスは、まずは本を破いた子は名乗りなさい、と命じるさ、もちろんだれも答えない。そしたらやつは、いつもの手を使う。やつはひとりひとり順番に訊いてゆく、そしてあの子にまでいき着くと、あの子が犯人だって、やつにはわかっちまう、ひとこともいわなくても。ドビンスは顔の表情で見破れるんだ。女はなんでもすぐに顔に出ちゃうからな、ガッツがないんだよな。というわけで彼女はムチで打たれる羽目になる。ベッキー・サッチャーはもう袋のネズミだ、逃げようがない」

トムはベッキーの運命をしばし考えていましたが、ふと、思い出してつぶやきました。

「いい気味だけど、まてよ、ベッキーは、おいらがあの子と同じ様な目に遭うのを見るのが楽しみだって言ってたな、まあいいや、まずは破れた口絵が、今日ばれるか明日か、あいつには、ばれるその日まで、ずっとおびえててもらおうじゃないか！」

校庭に出るとトムは、ふざけ回っている生徒の群れに加わりました。ほどなく先生が現われ、午後の授業が始まりました。トムは授業にはあまり興味がありませんでした。教室の女子席側を、ときおりちらっと盗み見するのですが、そのたびにベッキーの暗い表情がどうも気になってしまうのです。これまでのことを思い返すと、彼女をかわいそうだとは思いたくありませんでしたが、どうしても気遣ってしまうのでした。ベッキーがお仕置きを受けるのがわかって、本来、ざまあみろ、と喜ぶべきところですが、なぜか、そんな気持ちになれません。

そうこうしているうちに、綴り方ノートの問題の方が発覚しました。それからはもう、ベッキーどころではなく自分のトラブルだけで精一杯でした。

ベッキーはお仕置きの怖さで心ここにあらずでしたが、ノートの件が発覚すると、俄然元気になり、先生がトムを追求する様子に、目が釘づけになっていました。彼女は、トムがいくらノートをインクで汚したのは自分じゃないと訴えても、信じてもらえないことをわかっていました。そしてそのとおりになりました。言い張れば言い張るほどトムの立場は悪くなったのです。ベッキーは、まさにこの場面を見て、ざまあみろ、と喜ぶのを夢見ていました。そして今、この場面を見て、自分は喜んでいる、と信じたかったのです。けれどなんとも言えない複雑な気持ちでしかないことに気がつきました。

先生の詰問がつづき、トムはどんどん追い込まれ、今や最悪の事態になってきました。ベッキーは立ち上がって「やったのはアルフレッド・テンプルです」と叫びたい衝動に駆られました。しかしぐっとこらえて、声を出すことはありませんでした――なぜならベッキーは自分自身にこう言い聞かせたのです。「あいつは絶対、口絵を破いたのはあたしだってバラすわ、だからあいつを助けるためになんか、ひとことだって口にするもんですか！」

トムはムチの罰を受け、席に戻りました。けれど「無実」で罰せられた割には元気でした。というのも、もしかしたら遊んで飛び跳ねているうちに、鞄のなかでインクがノートにかかったかもしれない、と思っていたのです——彼が否認したのは、それが先生と生徒のやりとりの定石で、習慣でした。だからトムはその原則にしたがい、ガンとして認めなかったのです。

まる一時間がいつの間にか過ぎました。先生は「玉座」に座ってうつらうつらしています。あちこちから、課題をこそこそ話し合う生徒の声が聞こえ、教室内は眠気を誘う空気で満ちていました。しばらくしてドビンス先生は背伸びして立ち上がるとあくびをし、机の鍵を開けて、あの本に手をかけました。けれど取り出すか、どうか迷っているようです。みなはまたかよ、というふうに、うんざりした目でその様子を見ていました。けれどそのなかで先生の動きを、かたずをのんで見つめる子がふたりいました。ドビンス先生はしばらく所在なげに本を指で触っていましたが、やおら取り出すと、机に置いて椅子に座ったのです！　トムは素早くベッキーを見ました。彼女はまるで追い詰められ、頭に銃口を突きつけられたウサギのようでした。その瞬間、トムの頭からベッキーとのけんかのことは吹っ飛びました。急げ！　なんとかしなくちゃ、間髪入れずに！　しかしこの差し迫った危機で頭が真っ白になり、なにも考えられません。そうだ！——アイディアが浮かびました！　走っていって本をひったくって逃げるんだ。しかし一瞬躊躇《ちゅうちょ》しました。それでチャンスは失われてしまいました——先生が本を開いてしまったのです。時を巻き戻せたら！　万事休す！　もうベッキーは助からない、トムはつぶやきました。

本を開くとすぐ、先生は教室全体を睨みつけました。その眼差《まなざ》しに、教室内のだれもが目を伏せたのです。そこには、いい子でさえ恐れおののく、なにかが宿っていました。十数えるくらいの沈黙がありました。

先生のなかで怒りがどんどんこみ上げてきたのです。

おもむろにみなに向かって問いかけました。

「だれがこの本を破いたのかね?」

教室はシーンと静まりかえりました。たとえ針1本落としても聞こえたでしょう。だれもひとことも声を発しません。先生は、生徒の顔をひとりひとり眺め回し、表情に犯人の手がかりを探りました。

「ベンジャミン・ロジャース、本を破いたのはきみかね?」

答えはいいえ、でした。ひと息つくと、

「ジョセフ・ハーパー、本を破いたのはきみかね?」

答えはまた、いいえ。このじわじわと責める、拷問のような先生のやり方に、トムの不安と心の動揺は、耐えられないほど激しくなっていくのでした。

先生は男の子の列をぐるりと見渡し、考えている様子でした。すると今度は女の子の列を向いて訊きました。

「アミー・ローレンス、本を破いたのはきみかね?」

頭を横に振りました。

「グレーシー・ミラー?」

同じく、

「スーザン・ハーパー、やったのはきみかね?」

またいいえ、のサイン。次はベッキー・サッチャーです。トムはじわじわと迫った責め苦が頂点となった恐怖と、ベッキーはもう助からないという絶望感で、頭のてっぺんから足の先までガタガタと震えました。

「レベッカ・サッチャー」[トムは彼女の顔をちらっと見ました。恐怖で真っ青でした]（レベッカはベッキー

の正式名称です）

「本を破いたのは——こら、ちゃんとわたしの顔を見て」「ベッキーはもう降参、罰は受けます、というふうに両手を挙げました」

「本を破いたのはきみかね？」その瞬間、トムに、ある考えが稲妻のようにひらめきました。はじかれたように立ち上がると叫びました。

「ぼくがやってしまいました！」

自ら名乗り出るなんて、先生も生徒もみな、この前代未聞、原則破りの血迷った行為を目にして、あっけにとられてトムを眺めました。

恐怖、憐憫《れんびん》、勇気、その他あらゆる感情でごちゃごちゃになった心を落ち着け、お仕置きを受ける心構えをするため、トムはちょっと足をとめました。そしてムチ打ちを受けるため、教壇へ向かいました。ベッキーの、トムを見る目には、驚き、感謝、それと憧れにも似た愛情があふれていました。それを見たトムは、これで百回ムチで叩かれても悔いはない、と心から思いました。

トムは、自分を犠牲にしてベッキーを救ったのが、なんともかっこよく思えてきました。

ムチ打ちはドビンス氏自身でさえ、記憶にないほどの残酷で容赦ないものでしたが、ここで泣いたり、わめいたりしたら、せっかくのかっこよさも台無しになると思い、トムは声ひとつ立てずに懸命に耐えたのです。それに加えて非情にも放課後2時間の居残りを命じられましたが、これもトムは眉ひとつ動かすことなく受け入れました。なぜなら、校門で、無罪放免になるまでトムを待っているのがだれかを知っていたからです。だからこの退屈な2時間をむだなどとは思わなかったのです。

トムはその晩、寝床につくと、アルフレッド・テンプルをどうしてくれよう、と思いをめぐらせました。ベッキーが恥ずかしさと後悔から、一部始終を、自分のトムへの裏切り工作も含めて話したのです。気がつくと、つのるアルフレッドへの復讐心さえ、あの甘美な思い出に取って代わられていました。そして眠りに落ちるそのとき、ベッキーの最後の言葉が夢うつつのうちに彼の耳元でふたたびささやかれたのです――

「トム、あなたって、なんてノーブルなの！」

そう、その日、ベッキーにとって、トムはお姫様を救うためならどんな自己犠牲もいとわない気高《ノーブル》い騎士《ナイト》だったのです。

第21章

若者らしい語り／うら若い乙女のエッセ／長ったらしい幻影／少年たちの復讐達成

夏休みが近づいてきました。ドビンス先生はいつも厳しいのですが、この時期、さらに厳しく、口やかましくなるのでした。というのも、先生は、父兄を集めて、これまでの学習成果を披露する「おさらい会」を大いに盛り上げ、賞賛されたいのです。そういうわけで先生のお仕置きの道具である、杖と長尺物差しは大活躍でした――少なくとも年少組に対しては。最上級生の男子生徒と、18、20歳の女性だけはお仕置きを免れました。ドビンス氏の体罰は、ほんとうに骨身にこたえるものでした。彼はピカピカのつるっ禿で、いつもカツラをつけていましたが、年はといえば、やっと中年にさしかかったばかりで、彼の筋肉には、衰えのかけらもありませんでした。

学期末におこなわれる「おさらい会」の日が近づくにつれ、先生のなかにある凶暴性が表に出はじめ、ほんの些細なあやまちや、間違いに対しても厳しい罰を与えては、どす黒い喜びに浸ったのです。その結果、年少組の生徒はこの時期、昼は恐怖とお仕置きにさらされ、夜はその仕返しをたくらむ日々でした。彼らは、隙あらば先生にいたずらで仇を返そうとしました。けれど先生に、つねに一歩先を読まれてしまうのです。たまに先生への復讐が成功しても、ドビンス氏のお返しはすさまじく、徹底的だったので、子どもたちはその戦いで、いつもコテンパンに痛めつけられて、すごすごと手を引くのでした。

そこで今回は、みなで知恵を寄せ合い、周りからも拍手喝采を受けるような、大勝利確実な計画を立てました。彼らは看板屋のせがれに、絶対裏切らない、と誓わせた上で計画を説明し、仲間に入れて手助けを頼みました。ところがその子はその子で、計画に喜んで参加する理由がありました。ドビンス先生は看板屋に間借りをしていましたが、親にその子のできの悪さや行儀の悪さを逐一話すので、その子はドビンス氏を心底憎んでいたのです。

ここ2、3日じゅうに、先生の奥さんは自分の実家に帰る予定なので、この計画の妨げとなる要素はまったくありませんでした。先生はいつも、したたかお酒を飲んで「おさらい会」の準備をするのでした。看板屋のせがれの段取りは、次のようなものでした。「おさらい会」当日の夕方、先生が具合のいい状態（酔ってうたた寝をはじめる状態）になったら、間借り人（先生のことです）が居眠りをしている間に「仕掛け」をする、それからギリギリまで待って先生を起こす、すると先生は身支度するまもなく、あわてて会場に向かう、とまあ、そういうぐあいです。

いよいよお楽しみの日となりました。今、夜の8時です。学校の講堂は明るく照らされ、花輪や、花と葉で編まれた花綱が、連結した首飾りのように、壁や天井を飾っています。先生は1段高いステージの大きな椅子に、黒板を背にしてどっかとばかりに座っています。

先生はほろ酔い加減でした。両サイドには、壁に沿って3列ベンチがそれぞれ並べられていて、加えてドビンス氏の正面にはベンチが6段置かれ、村の名士や父兄が座っています。先生の左手に備えられた名士、父兄席のうしろには、この日のために広い壇が設けられ、そこには、これから「おさらい」に参加する生徒たちが座って

KNOWLEDGE IS POWER.
THE PEN IS MIGHTIER THAN THE SWORD.
INDUSTRY MUST THRIVE.
おさらい会の会場
壁には「知は力なり」、「ペンは剣よりも強し」、「工業は発展すべし」などの言葉が飾られているそうです。トムには興味ありませんよね。

います。顔をきれいに洗って、我慢できないほどきちんとした服を着せられた、小さな男の子の列、図体ばかり大きくて落ち着かない様子の男子上級生の列、それから会場を華やかにするため、女の子や若い女性は、いくつかのグループに分けられ、そこここに配置されています。彼女たちは軽い麻や綿の衣装で、そのむき出しの腕、おばあさんからの年代物の装飾品、ピンクや青いリボン、さらには花で飾った髪を思い切り見せびらかせています。その他の席は「おさらい」に参加しない生徒でいっぱいです。

「おさらい」が始まりました。最初に年端もいかない少年が立ち上がり、おずおずと「ぼくみたいな年の子がステージの上で、みなさんに話しかけるなんて思いもかけなかったでしょう」うんぬんかんぬん。まるで機械に操られるように——残念ながらその機械はちょっと調子が悪そうでしたが、——痛々しくなるほど正確な、けれどもぎこちない身振りで暗唱しました。死ぬほどビクビクしながらもスピーチを無事終えて、これまた機械人形のようなお辞儀をして退場すると、会場からの拍手喝采を受けました。

つづいて、はにかみ屋の女の子が登場し、舌足らずながらも「メリーさんの羊」を歌い、いかにも少女らしい、かわいらしい仕草のお辞儀で締めくくりました。会場からはまたもや拍手喝采がおこり、女の子は頬をあからめ、嬉しそうに着席しました。

トム・ソーヤーが、必要以上に自信に満ちた態度で舞台に上がり、何者にも抑圧されない、何者にも損なわれないという、独立戦争を鼓舞した、「我に自由を、しからずんば死を」の演説を、燃えさかる炎のような勢いと、猛々《たけだけ》しい身振り手振りで朗々と始めましたが、途中でパタッと止まってしまいました。突然「あがり症状」が彼を襲ったのです。両足はガタガタ震え、息は詰まりそうでした。トムには会場からの同情が痛いほど伝わってきました。と同時に会場は水を打ったような沈黙が支配しました。トムにとって、沈黙は同情より耐えがたいものでした。先生が眉をひそめました。これでトムの大失敗が決まりました。それでも少しの間、落ち着こう、思い出そうとあがきましたが、どうにもなりません、打ちひしがれてすごすごと退場しました。会場からは、まばらな拍手が起こりましたが、それもすぐに途絶えました。

それから英仏海戦での悲劇をうたった詩「少年は燃え立つ甲板に立っていた」が暗唱され、つぎは聖書に記されている、アッシリアによるエルサレム包囲戦での奇跡をよんだ詩「アッシリア軍の襲来」などなど、魂を揺さぶる珠玉の名作が何編かつづきました。暗唱の次に朗読、そして書き取り競争がありました。少人数のラテン語のクラスは誇らしげに学習成果を披露しました。

そしていよいよ今宵のメイン・イベントです。若い女性たちによる、自作のエッセーの発表です。彼女たちは順番がくると、ひとりずつステージの先端まで進み出て、咳払いし、かわいいリボンを結んだ原稿を取り出すと、やりすぎと思えるほどの感情表現と、息継ぎ箇所に気を配って読み上げるのでした。テーマといえば、昔、おなじような「おさらい会」で、今彼女たちの目の前に座っている母親たちが取り上げた題目とまったくおなじでした。それどころか、お母さんのお母さん、いやもっとさかのぼれば十字軍の時代のご先祖様〔もちろん女性〕のころから、まったく変わっていません。「友情」は代表的なテーマです。「過ぎし日の思い出」、「歴史における宗教」、「夢の国」、「教養の意義」、「政府体制の比較対照」、「メランコリー」、「親への愛」、「切なる憧れ」などなど。

彼女たちのエッセーにはいくつかの共通する特徴がありました。ひとつには、どのエッセーも哀愁を帯びているのですが、その哀愁たるや、甘ったるく、大げさなものでした。それから美辞麗句が、むやみやたらにちりばめられおり、さらには古今の名言名句が、耳にたこができるほど頻繁に、しかも意味なく引用されていました。そしてひときわ彼女たちのエッセーをだいなしにする共通の癖がありました。それはピクリとも動かないシッポのような、古くさく、鼻持ちならない教訓を、例外なくその締めくくりにつけ加えることでした。

どんな題目であれ、どのエッセーも等しく、道徳家や信心深い人に、なかなかいいことをいう、と感心してもらうように、小さな脳みそを絞ってつづられていました。

エッセーを教訓で締めくくるという定型パターンを、学校から追放する理由として教訓話が白々しいということだけでは不十分でした。今日でもそれは変わりませんし、たぶんこれから先もずーっと同じでしょう。女学生が、作文を教訓で締めくくらなければ、とのプレッシャーを感じない学校は、我が国には存在しないのですから。そしてもっともあさはかで、もっとも信仰とは縁遠い女学生のつづる教訓が、つねに一番長たらしく、この上なく立派で、敬虔《けいけん》なのです。

もうこのくらいにしておきましょう。美談から外れた真実はつねに不快なものなのですから。

さて話を「おさらい会」に戻しましょう。
最初に発表されたエッセーは、「これって人生かしら?」という題目です。そのあらすじを紹介しますのでしばらくのご辛抱をお願いします。

「だれでも人生の歩みのなかで、若いときには、気持ちは弾み、おりおりに訪れる華やかな行事での出来事を待ち望んでいることでしょう! 夢は限りなく膨らみ、バラ色に彩られた楽しい出来事が次々と描き出されます。夢のなか、社交界の花形の彼女は、いつも華やいだ人々に囲まれています、それは『仰ぎ見る大勢に太陽と称えられた女性』(劇『ハムレット』中、オフィーリアの台詞を引用)と表現してよいでしょう。純白のドレスがひときわ似合う彼女の優美な姿は、ダンスを楽しむ男女の間を、舞うように縫っていきます。華やいだ人々のなかでも彼女の目はもっとも輝いていて、彼女の踊りはもっとも軽やかなのです。このような素晴らしい夢を見ているうちに時は熟し、夢に描いていた、至福の世界へいよいよ足を踏み入れるときがくるのです。夢に酔いしれた彼女の目にはなにからなにまでがおとぎの国のように見えるのです!

めくるめく楽しい日々は、今日は昨日より素晴らしく、明日は今日よりも魅惑的でした。しかし、それも長つづきはしません。この魅惑的にみえた事柄も、その裏にはすべてて、虚栄とむなしさがあることに気づき、かつては魂を溶かすようなお世辞も、今はただ耳に、ざらざらと不快に響くだけでした。舞踏会は色あせ、そして健康は失われ、心は惨めになり、現世の快楽では魂の求めを満たすことはできない、という思いに至り、それまでの日々に背をむけるのです!」うんぬんかんぬん。

朗読の間、満足そうなうなずく声が何度も聞こえ、「なんてかわいいの!」とか「それになんと爽やかな語り口!」あるいは「ほんと、そのとおり!」などのささやきが発せられました。そしてその朗読が、ひときわムシズの走る教訓で締めくくられると、賞賛の拍手が湧き上がりました。

次に、痩せて、暗い顔をした少女が登場しました。彼女は、錠剤と消化不良による〝そんじょそこらでは見ない〟青白い顔をしていました。詩を詠みましたが二節ほど紹介すれば十分でしょう。

ミズリーの乙女、アラバマとの別れ

さらば　アラバマ！　愛しの汝よ
しばしとはいえ　今、汝と別れん
悲しみよ、汝を想う悲しみに我が心は張り裂けんばかり
燃ゆる追憶は我が額に迫る！
我、嘗て汝の花に満ちたる森を散策し
タラポーサのせせらぎに遊び、書を読めり。
タラッセの逆巻く激流に耳を傾け、
クーサの川辺にて朝日を希求せり

このあふるる心に耐えがたきを我ははばかることも
涙あふれるまなこで振り返るのに恥じてほおを赤らめこともなし
我の別つのは見知らぬ土地でなく

我が別離の吐息を漏らすのは見知らぬ人の為でない故
この地にてぞ、我は迎えられ安らぐ
我は汝の谷を去り、汝の峰々はとく、我から薄れゆく
そのとき、我がまなこから、慈しみは消える他なし、心からも、そしてかんばせからも
愛しのアラバマよ、我寂しさにくれ、汝を振り返るとき!

聴衆のなかで「かんばせ=顔」がどんな意味を持つか、わかる人などほとんどいませんでした。とはいえみな、彼女の詩に十分感動していました。

次に登場したのは浅黒い肌、黒い瞳で黒髪の若い女性でした。自分の姿を聴衆の目に焼き付けるように、ふと立ち止まり、ついで悲しげな表情をおびると、ゆっくりと厳粛な口調で読み始めました。

「幻影」
暗く、猛々《たけだけ》しい夜でした。天空の玉座の周りには、またたく星はひとつとしてなく、恐ろしい稲妻が、天上の雲の群れを貫き、怒りに任せて駆け回る間じゅう、激しい雷鳴の深い轟きが絶え間なく耳を揺るがせていました。それは、かの有名なフランクリンによって、その恐怖に対し、講じられた策をも、せせら笑うように思えました! ごうごうとうなりを立てる風はその秘密の根城からこぞってやって来て、嵐の夜を雷光と共に、さらに荒れ狂わそうとするように吹きすさびました。
このとき、あまりにも暗く、あまりにも荒涼として孤独なので、私の魂は人の暖かい心を乞い願いました。し

かしその代わりに、

「私の最愛の友、助言者、私の慰安者であり導き手――私の悲しみのなかの喜び、私の二番目の至福の喜び」が訪れたのです。彼女の立ち振る舞いは、若いロマンチストによって描かれた、陽光あふれるエデンの園を散策する、はつらつとした天使のようで、彼女自身は、震えるほどのかわいらしい面影を宿した、飾り気のない美の女王でした。彼女の足取りは優しく、足音さえ立たないのです。そして彼女が優しく触れることによって、身体を駆け巡る魔法のような戦慄がなければ、多くの控えめな美しい娘と同様、だれにも気がつかれることなく、また求められることもなく通り過ぎてしまうのでしょう。その彼女が今、外で荒れ狂い相争う嵐と雷光を指し示し、その双方が存在する意味を考えなさいと命じました。見ると彼女には奇妙な悲しみが宿っていました。それは12月の外衣に落ちる冷たい氷のような涙に似ていました。

この悪夢は原稿用紙10ページにも及び、その締めくくりは祈ればだれでも救われると信じている人々にとって、すべての希望を打ち砕くような教訓が述べられていました。この教訓部分が功を奏して、このエッセーは最優秀賞に輝いたのです。実際この朗読は今回の「おさらい会」での最高傑作と認められました。村長は、黒髪の女性に賞を授与する際、一席ぶって、この作品は彼が聴いたなかで「もっとも表現豊かで感銘を与えた」、さらに演説の名手である、ウエブスター国務長官でもこれを聴いたら彼女を誇りに思うでしょう、と褒めそやしました。ちなみに多くの作品に「麗しい」という単語がやたらとでてくる一方、人の経験を「人生の一ページ」と表現した作品はそれほど目立ちませんでした。

いまドビンス先生は、ことのほか機嫌がよく、笑顔がこぼれんばかりでした。先生はやおら椅子を引くと聴衆に背を向け、黒板にアメリカの地図を描き始めました。これから始まる地理の「おさらい」の準備でした。しかしながら先生のアルコールで震える手で描くアメリカは、へろへろで、いびつな形になってしまいました。会場に忍び笑いが、さざ波のように広がりました。自分でもこれはまずいと思った先生は、立て直しにかかりました。おかしな部分を消して描き直しました。

けれどその結果、事態はさらに悪化し、アメリカはなんとも珍妙な形になってしまいました。いまや大っぴらにクスクス笑いが会場を満たすほどになりました。先生はこの笑いの渦にも決してめげずにやり遂げる、とばかりに全神経、全能力を、地図を描くことに注ぎました。

会場じゅうの目が自分に注がれているのを感じました。自分では今度はうまく描けてきた、と思いましたが、クスクス笑いはなぜかやみません、やむどころか次第に無遠慮な笑い声まで聞こえるようになってきました。それもそのはず、会場となっている講堂の上には屋根裏部屋があり、天井には屋根裏部屋に通じる保守用の四角い穴が、ちょうどドビンス先生の頭上にありました。

そして今、その穴から紐で吊された猫が降ろされてきたのです。猫は、胴のあたりをヒモでくくられ、頭と口は、鳴き声をたてぬよう、ボロ布がかぶされ、縛られていました。

猫は徐々に下ろされてきます、その間にも猫は、身を上向きにそらすと、その爪で紐をひっかき、とこんどは下向きに弓なりになると、むなしく虚空を、その爪でひっかき廻しました。クスクス笑いはますます大きくなりました。今や猫は、地図に没頭しているドビンス氏の頭上15センチにまで迫ってきました。猫は狂ったように爪で空を引っ掻いています。まだそろりそろりと猫は降りてきます——まだ降りてきます——と、虚空をかきむしっていた爪に、先生のカツラが引っかかり、髪が爪に絡みつきました！　次の瞬間、猫はその戦利品とともにあっという間に引き上げられ、保守用穴へと消えてゆきました！

先生のはげ頭から発する光の、なんと輝かしいことか！　それもそのはず、看板屋のせがれが、ドビンス先生のはげ頭を金ピカに仕上げていたのです！

これにておさらい会はお開きとなり、少年たちはめでたく仕返しをはたし、かくして学校は夏休みに入ってゆきました。

――著者註釈――

本章に掲載されたエッセーと称される文章はいずれも「西部（ミシシッピー河流域諸州）在住の女性による散文と詩」という題の本から、なにも手を加えずに引用したものである。その内容はいずれも典型的な女学生の文型と内容を踏襲しているので、たんなる、それらしい文章を改めて書き起こすより遙かに適切であると考えている。

第22章 裏切られたトムの信念／天罰を観念

トムは、カッコいい制服にひかれて、新たに設立された少年節制訓練団に入りました。団員である以上、タバコを吸ったり、噛みタバコを噛んではやたらにツバを吐いたり、罰当たりな言葉を口することをつつしむと誓約しました。

そこで彼は新たな発見をしました。それは、人にあることをしない、と約束させることは、とりもなおさず、その人に、まさにそのことをどうしてもやりたいと思わせる、もっとも確実な方法である、ということでした。トムはすぐに、タバコを思い切り吸い込んだり、悪態をぶちまけたりしたくてたまらなくなりました。禁断症状はどうにも抑えられないほどひどくなりましたが、なんとか脱落せず、退団しないで持ちこたえられたのは、ただただ、7月4日の独立記念日の祝典に、肩から真紅のリボンを掛けた晴れの姿をみんなに見せびらかしたいがためだけでした。

独立記念日はもうすぐです。けれどトムには、7月4日までとても持たないことがわかりました。節制を始めて48時間もたたないうちに、もう我慢できなくなったのです。――そして彼は治安判事の老フレーザー氏にすべてを賭けることにしました。治安判事は重い病の床にあることがおおやけになっていました。そして死亡した場合には、その地位にふさわしく、村を挙げての葬式が盛大にとりおこなわれるのです。つまり治安判事が死んでくれたら、独立記念日を待たずに、肩から真紅のリボンを掛けた晴れの姿を、みんなに見せびらかすことができるのです。

ここ3日間、トムは治安判事の容態が気になって仕方がなく、些細なことでも、判事の病状に関するニュースがあればなんでも飛びつきました。判事のことが頭に浮かぶたびに、期待はふくらみ、ついには礼服を引っ張り出してきて、鏡の前で行進の練習をするほどでした。

しかし判事の病状は一進一退を繰り返し、なかなかトムの期待に沿うような方向には向かいませんでした。その挙げ句、判事は持ち直したとの情報がはいり、次いで判事の、病気からの回復が発表されました。トムはげんなりし、またどうにもならない、いらだちと腹立たしさを禁じえませんでした。もうこれで希望は絶たれたと、トムはすぐさまに退団届を出しました。——その夜、治安判事の病状がぶり返し、そのまま死んでしまいました。トムは、もう、このたぐいの人たちの動向は決して信用しない、と心に決めました。

葬式は盛大にとりおこなわれました。少年節制訓練団の行進は華やかで、しかもピシッと決まっていて、それを見る元団員は嫉妬で心を掻きむしられたのです。

トムはふたたび気ままな自分に戻ったのです——けれどもなにかおかしいのです。もう、おおっぴらにタバコは吸えるし、悪態だってつき放題です。けれど驚いたことにぜんぜんそんな気がおこらないのです。やりたいときにやりたいことができる、という簡単な事実が、その魅力と、それに対する欲望を消し去ったのです。

トムは、首を長くして待ち望んでいた夏休みが、いざ始まってみると、持て余し気味に思えてきたのがなぜかわかりませんでした。それで暇つぶしに日記を書くことにしました。けれど始めて3日間、なにも起こらず、なにも書くことがありませんでした。それであっさり日記は諦めました。

夏休みに入って初めての行事がありました。黒人による「黒塗りおちゃらか演芸団」(普通は白人が黒人に扮して演じます)が村にやってきたのです、村じゅうがお祭り騒ぎとなりました。トムとジョー・ハーパーはさっそく仲間を集め、顔を黒く塗り、バンドを編成し、それから2日間、おちゃらか演芸団ごっこでおおいに楽しみました。


7月4日の独立記念日がきましたが、結局パッとせずに過ぎてしまいました。というのも当日は雨がひどく、パレードも中止になったからです。一番がっかりしたのはこの世でもっとも偉大な[トムが思うに]上院議員のベントン氏についてです。うわさでは氏の背丈は優に7メートルはあるとのことでしたが、実際に見ると、7メートルなんてカスリもしない背丈でした。


それから村にサーカスがやって来ました。本物は一日興業でしたが、それから3日間、子どもたちは、ぼろの敷物類でテントを作り、サーカスごっこをしました——入場料は、男の子は「お宝」(といってもビー玉、ドアノブ、ピン、割れた瓶、ナイフの柄などガラクタです)3個、女の子は2個でした——しかしやがてサーカスごっこもあきられました。

骨相学者と催眠術者もやって来ました——これも一日の興業を終えて去りました。残された村は、今までにもましてどんよりと、退屈に感じられました。

若い男女のパーティーも開かれました。出席者にとって夢のような楽しい会でしたが、何しろ開かれる回数がほんとうに限られていたので、心を焦がすパーティーが終わってから次のパーティーまでの長い空白の期間、待ち焦がれる若者にとって一段とつらく感じられるのでした。

ベッキー・サッチャーは夏休みの間、コンスタンチノーブルの両親の元に帰ってしまいました――だからトムにとって夏休みじゅう、それからは、もうなにもパッとするようなことはなくなったのです。あの殺人事件の恐ろしい秘密は、つねにトムの心に重くのしかかっていました。それはまさに消えることのない苦痛に満ちたガンそのもののようでした。

それからハシカがはやりだしました。


2週間の長きにわたって、トムはまるで囚人のように、世の中と、その営みからまったく隔絶されて寝込んでいました。ほんとうに具合が悪く、どんなことにも興味がもてなくなりました。ある日、ようやくのことで起き上がり、ふらつく身体で村の目抜き通りまでいってみると、今までとは様変わりして、見る人だれもが、見るものすべてが陰鬱な影を宿していました。

村では「信仰の復活」が起こっていました。すなわちだれもが、大人だけでなく、年端のいかない男の子や女の子まで「信仰心に目覚めた」のです。トムはもしかして、無信心丸出しの人がいないか、だめもとでそのあたりを歩き回ってみましたが、どこへいっても失望させられ、げんなりしたのです。ジョー・ハーパーが聖書を読んでいるのを見つけてしまいました。彼のそんな様子を見るのは悲しかったので、声も掛けず、そっとその場を離れました。ベン・ロジャースを探しました。ベンは貧しい人たちを訪れては、カゴに入れた教会のパンフレットを配ってまわっていました。ジム・ホリスを見つけましたが、彼はトムに向かって、ハシカにかかったのは神さまの思し召しによる警告なんだよ、ありがたく思わなくっちゃ、と偉そうに説教するのでした。

その後も出くわす友だちのだれもが、彼の憂鬱な心にそれぞれ一トンずつ重しをのせたのです。そして最後のあがき、望みの綱、とばかりにハックルベリー・フィンの胸元に飛び込んだのですが、トムを迎えるのに、あのハックの口から聖書の引用句が飛び出したのです。トムは失意のどん底に突き落とされ、はうようにして家にまでたどり着くとベッドに潜り込みました。村じゅうで迷える者は自分だけ、未来永劫さまようんだ、とトムはつぶやきました。

その夜、すさまじい嵐がやってきました。横殴りの豪雨、耳をつんざく雷鳴と、目もくらむような雷光でした。トムは頭から寝具をすっぽりかぶり、不安と恐れにおののきながら天のさばきを待ちました。なぜならこの嵐は、トムを罰するために天がよこしたものと信じて疑わなかったからです。彼は、自分は神の寛大さをいいことに、我慢ならないところまで神を否定しようとした、そしてその結果がこの嵐だと思い込んだのです。

砲兵一個大隊を動員し、その威光と砲弾をもって、たった一匹の虫を殺すのは、トムにすれば、なんとも無駄と思えたかもしれません。けれど、広い芝生の下の、どこに隠れているかわからない、彼のような虫けら一匹を成敗しようとすれば、このような大がかりな雷雨を動員して芝生全体を絨毯爆撃（無差別に、一帯に爆弾の嵐を見舞うこと）するのは、まったく不合理ではないのです。

しだいに嵐も消耗してきて、ついにその目的を達することなく力尽きました。真っ先にトムの頭に浮かんだのは、なんとか生き延びたうれしさと、これを機に悔い改めようとの思いでした。

つぎに思い浮かんだことは、いや、ちょっと待て、様子を見よう、でした。なぜならもう嵐は来そうもなかったからです。

翌日医者が往診にきました。トムのハシカが再発したのです。それから永遠と思える3週間、トムは寝たきりでした。

ようやく病も癒えて表に出られるようになったのですが、トムはちっとも嬉しくありませんでした。というのも、信心深い村人のなかで、自分ただひとりが（信仰心に目覚めていない）、異端者で、友だちもなく、孤独で、わびしいことを思い出したからです。

トムは当てもなく通りを下っていくと、ジム・ホリスが少年裁判所の判事役をやっていました。犠牲者を目の前に置いて、といっても小鳥でしたが、猫を、殺害の容疑で裁判にかけていたのです。ジムは猫を痛めつける楽しみはもちろん、その「正当な理由」をでっち上げることも楽しんでいたのです。

ジョー・ハーパーとハック・フィンが路地奥で、畑から盗んできたメロンを食べているのを見つけました。しょうがない連中ですね！　彼らは――もうトムと同類です――（無信仰が）再発したのです。

第23章 マフ・ポッターの友だち／法廷のマフ・ポッター／マフ・ポッター、助かる

ついに眠ったような村の雰囲気がかき立てられるときがきました——それも激しく。あの殺人事件の裁判が始まったのです。たちまち村はその話題で持ちきりになりました。

トムはこの件から逃げることはできませんでした。事件についてのうわさが耳に入るたびに心臓を棒で突かれるような気がしました。というのも、この件についてはひどく良心にさいなまれ、また恐ろしい思いをしたので、人々が、わざとトムに聞こえるようにうわさをして、トムがどう反応するか探りを入れているんだ、と思い込みそうになるのでした。自分がこの殺人についてなにかしら知っている、などとはだれも思っていないことは頭ではわかっていました。それでもこのうわさ話の渦中にいるのは、なんとも気が落ち着かないのです。うわさ話を聞くたびに、悪寒と震えにみまわれるのでした。

トムは例の件について相談するために、ハックをひと気のない場所に誘いました。少しの間だけでも舌の封印を解いて、その苦痛と重荷を同じ悩みを持つ友とわかち合うのは心の安らぎになると思えたのです。それにもまして、ハックもまたきっちり秘密を守っていることを確認したかったのです。

「ハック、おまえ、だれかにしゃべった、あの件について?」

「あの件ってなんだ?」

「わかってんだろ」

「ああ、もちろんだれにも」

「ひとこともか？」

「ああ、墓のハの字もな。おい、どうした？　なんだってそんなこと訊くんだ？」

「ちょっと、おいら、おまえの口が心配になったんでさ」

「なんでだよ、トム、もしバレたらおれたち2日と生きちゃいらんない、わかってんだろ」

トムはようやくすこし安心しました。ちょっと間をおいて言いました。

「ハック、インジャン・ジョーを吊したいやつらが、だれかを使っておまえにしゃべらそうとするかもしれない、大丈夫だよな？」

「おれにしゃべらす？　なに言ってんだ、もしもだよ、おれが、あの混血の悪魔に溺れさせてもらいたくなったら、そんときゃしゃべってやるよ。それ以外しゃべるなんてありえない」

「わかった、そんならいいんだ。お互い黙っている限り、おいらたちふたりは安全ってことだ。だけどさ、もう一度誓わないか？　問題ないだろ、そうすりゃもっと確実になる」

「いいよ」

というわけでふたりは恐ろしいほどの厳粛さで2度目の誓いを立てました。

「おまえのまわりで例の話は出てんのかい、ハック？　おいらんちの界隈では盛んにうわさが飛びかってるよ」

「話？　出てるさ、もうマフ・ポッター一色だよ。どこいっても、いつでもマフ・ポッターでもちきりだよ。耳にするたびに冷や汗が出てくる、だからできればどっかに隠れちまいたい」

「おいらのまわりの連中も同じだ。もうマフ・ポッターは助からないよ。あいつのこと、可哀想とおもわないか？　ときどきは？」

「いっつもだ——頭から離れない。あいつはろくでもない、吹けば飛ぶようなおっさんだ、だけどいままで人を傷つけたことなんかただの一度だってナイかった。あいつの殺生といったらちょっと魚を釣るだけさ、酒代の足しにするためにさ。まあ酔っ払ってあちこちうろつくのは感心しないけど。だけど、ほんと言って、そりゃみんながやってることさ——百歩譲っても大概のやつはやってるさ、牧師さんだって例外じゃない。それにちいっといいとこもあるんだ。あのおっさん、やっとひとり分ぐらいの大きさの魚なのに、半分おれにくれたことがあった。それだけじゃない、おれが困っているとき、いくどとなくおれの味方になってくれた」

「そうだよ、あいつ、おいらの凧を直してくれたことがある。それだけじゃない、釣り針に糸を付けてくれた。おいらたちであいつを牢から出してやれないかな？」

「なに言ってんだ！　そんなことできるか、トム。それにそんなことしてもなんにもなんないよ、どうせみんなはまたあいつをつケまえるさ」

「うん、そうだよな。だけど、おいら、連中が、マフ・ポッターのこと、めちゃめちゃ極悪人みたいに言ってるのを聞くのがつらいんだ、ほんとは、やっちゃいないのに」

「おれも同じだ、トム。クソ！　やつらマフ・ポッターのこと、このあたり一番の血まみれの悪党って言ってる。おまけにこれまでなんで縛り首にならなかったか不思議だ、なんていうんだ」

「そのとおり、みんなそんなことばっかり言ってるよ。年じゅうだ。おまけに連中、もし、万一マフ・ポッターが裁判で無罪放免になったら自分らで縛り首にしてやる、って息巻いてた」

「そうさ、連中のことだ、やるさ」

ふたりは長いこと話していましたが、彼らの心の葛藤を解きほぐすような結論は得られませんでした。夕暮れがやってきて、ふと気がつくと村はずれにある、小さな牢屋のそばまでやってきていることに気がつきました。たぶんその心の葛藤を解決するなにかが起こりはしまいか、との漠然とした期待もあったのでしょう。けれどもなにも起こりませんでした。運に見放された囚人などを気にかけるような天使も妖精もいないようでした。

ふたりはこれまで、ときおりおこなってきたことを今回もやりました。鉄格子の間からポッターにタバコとマッチを差し入れたのです。ポッターは1階の檻房に入れられていて看守はいませんでした。これまで差し入れのたびに聞かされるポッターの感謝の言葉に、ふたりの良心はガツンと殴られたような痛みを感じていましたが、今回はそれどころでなく、その言葉で良心が切り裂かれる思いがしました。そしてふたりに向かって語った言葉を聞くと自分らがこの世で一番の臆病者で、裏切り者になった気がしました。ポッターは言いました。

「トム、ハック、おまえらほんとうにおれによくしてくれた――村のだれよりもだ。おれはこの恩は忘れねえ、絶対。おれは自分に向かってよく言うんだ、言ってやるんだ『おれは子どもたちの凧や遊び道具をよく直してやったもんだ、魚の釣れるポイントだって教えてやった。できるかぎり子どもたちにはあれこれ面倒をみてやってきた、だけどどうだ、おれが泥沼に落っこちたとたん、みんなこの老いぼれマフのことなんか忘れちまった。だけど、トム、おまえは違う、ハック、おまえも違う、ふたりはおれのことを忘れていない、おれもふたりのことは忘れない』って。なあ、坊主ども、おれはとんでもないことをしちまった――あんときゃ酔っ払っておまけに頭がおかしかったんだ――そうとしか説明のしようがねえんだ――で、おれは吊されるだけだ。それでいい、それが正義なんだ。一番さ、そう思いてえ。おっとすまんな、こんな話するつもりはなかった。おまえたちに気の滅入るような話はしたくねえんだ。せっかくおまえら、おれによくしてくれたのに。けどな、ひとつ言っておきたいことがある、絶対酔っ払っちゃいけねえ――そうすりゃこんなとこに入らずに済む。

ところで、もちっと西寄りに立ってくれるかな、そう、そこだ。首まで肥だめに沈んでるような、このおれを気に掛けてくれるおまえらの顔を見るのは、なによりの慰めだ。ここへなんか来てくれるのはおまえたち以外、だれもいないさ。おまえらの顔、いい顔だ、友だちの顔だ。顔を触らせてくれないか、ひとりずつ交代に、ひとりがもう片っぽの背中に乗って窓の所まで顔を寄せて、そうだ、そうやるんだ。握手させてくれ、鉄格子から手をこっちに入れてくれ、おれの手はでかくて鉄格子から出せないんだ。おお、ちっちゃな手だ、力もない――だけどおまえらの手がこのマフ・ポッターに力をくれたんだ、それにもし、このちっちゃな手にもっとできることがあればきっと、このマフ・ポッターをもっと助けてくれる」

トムは惨めな気持ちで家路につきました。その夜、悪夢に一晩じゅう、うなされました。翌日も、そしてその次の日も、裁判所のまわりをうろつきました、そしてなかに飛び込んでいきたくなる衝動に駆られましたが、かろうじて抑えました。ハックもまったく同じ経験をしていました。ふたりは互いに用心して出会わないようにしました。ふたりともときおり、あてもなくあちこち歩き回っていましたが、法廷の陰鬱な引力によってつねに引き寄せられていたのです。裁判所からぶらぶらと口の軽い人が出てくるたびに、トムは耳をそばだたせましたが、聞こえるのはどれも彼の心を苦しめる話ばかりでした――縄の輪は容赦なくあわれなポッターの首に巻きつき、じわじわとその輪を狭めていたのです。

公判2日目の終わりには、村人の意見は、インジャン・ジョーの証言に矛盾がなく、揺るぎないこと、そしてこれから出される判事の裁決には微塵の疑問の余地がない、というものでした。

トムはその日、夜が更けてから家を抜け出し、帰りは窓から寝室に入り、ベッドに潜り込みました。彼は異常なほど気持ちが高ぶっていました。ベッドに入ってから何時間も寝られませんでした。

次の朝、待ちきれないとばかりに村民が群れをなして裁判所へ向かいました。今日こそが待ちに待った評決の日なのです。傍聴席は満席で、傍聴人は男女だいたい同じくらいの割合でした。長い間待たされましたが、ようやく陪審員たちがぞろぞろと入廷してきて陪審員席に着きました。それからほどなくして、鎖につながれたポッターが連れてこられ、好奇心満々の聴衆のだれもがよく見える席に座らされました。彼は青ざめ、やつれはてていて、おびえ、絶望に打ちひしがれていました。インジャン・ジョーも、ポッターに負けないほど目立つ席に陣取っていました。その顔はいつもどおり岩のように無表情でした。

ややあって裁判官が入廷してきました。それが合図のように、保安官が開廷を宣言しました。お決まりの弁護士同士、それから新聞記者たちの小声でのやりとりがつづきました。これらの一部始終と、それによる弁論開始の遅れが、それを待つ間の雰囲気をなんとなく厳かに、そしてなにかゾクゾクするものに仕立てるのでした。

ようやく最初の証人が喚問されました。彼は殺人事件の発覚した日の早朝、マフ・ポッターが小川で身体を洗い、男の気配を感じるとすぐに、こそこそと逃げ去った、と証言しました。いくつか質疑応答ののち、検事が「反対尋問をどうぞ！」と言いました。ポッターは期待に目を上げましたが、彼の弁護士の「質問はありません」との発言を聞いて力なく視線を落としました。

次の証人は死体のそばでナイフを見つけたと証言しました。検事が「反対尋問をどうぞ」と言いましたがポッターの弁護士は「質問はありません」と応じました。

3番目の証人が立ち、そのナイフをポッターが持っているところを幾度か見た、と証言しました。

「反対尋問をどうぞ」

ポッターの弁護士は彼への質問も拒否したのです。傍聴席の人々の顔にはしだいに怒りといらだちが浮かんできました。この弁護士は依頼人の命を、なんの努力もせずに放り出すつもりなのか？　何人かの証人が、ポッターが墓地に現場検証のため連れてこられたとき、彼の、犯人ならではの言動について証言しました。彼らもまた反対尋問を受けることなく証人台から降りることを許されました。あの朝、墓場で起こった、ポッターに不利な状況の詳細が、何人かの信頼できる証人によって述べられました。もっとも、陪審員は全員、それらを聞くまでもなく、鮮明に記憶していました。しかしポッターの弁護士はひとつとして反対尋問をおこないませんでした。

法廷内に戸惑いと不満を表すつぶやきや、ざわめきが、そこここからおこりました。裁判長から静粛にするよう注意が発せられました。ここで検事が発言しました。

「つねに簡潔で正直に話をする市民の宣誓により、この恐ろしい犯罪は疑いもなく、ここに出廷している不幸な囚人に責を帰すべきものであると断定いたします。これにて検察側の申し立てを終わります」

可哀想なポッターからうめき声が漏れました。彼は顔を両手に埋めると、ゆっくり身体を前後に揺らせました。法廷内はこれでいいのか、という沈黙が支配していました。多くの男たちは動揺し、多くの女性は同情を涙で表しました。

ポッターの弁護士が立ち上がり、発言しました。

「裁判長、弁護側冒頭陳述で、われわれは、あのようなおぞましいできごとは、被告の飲酒により引き起こされた、盲目と、責任の取りようのない妄想の影響下でおこなわれた、と立証する所存である、とあらかじめ申しました。しかしながら考えが変わりました。弁護側はここにその陳述を撤回いたします」「それから事務官に向かって」

「トム・ソーヤーをここへ！」

法廷じゅうのだれもの顔に、ポッターさえ例外でなく、一体何事が起こったのかと驚きの表情が浮かびました。トムが事務官にうながされて立ち上がり、証人台に着くと、法廷内全員の好奇の視線が彼に注がれました。少年はひどく取り乱しているように見えました。彼は死ぬほどおびえていたのです。

宣誓がおこなわれました。

「トーマス・ソーヤー、きみは6月17日、真夜中ごろ、どこにいたかね？」

トムはインジャン・ジョーの鋼のような顔をちらっと見ました。すると彼の舌はもう意思に反して固まってしまいました。法廷内のだれもが、かたずを飲んでトムの言葉を待ちました。しかし言葉は出ようとしません。数呼吸おくと、ようやく少し気力を取り戻してきました。そして戻った気力を振り絞ってやっと蚊の鳴くような声を出すことができました。

「あの墓場にいました」

「もう少し大きな声で、さあ、怖がることはないよ、きみは――」

「あの墓場にいました」

せせら笑いのような表情が一瞬インジャン・ジョーの顔に浮かびました。

「きみはホス・ウイリアムスの墓の近くにいたかね？」

「はい」

「声を上げて、もうちょっと大きな声で。それで、どのくらい近かったのかね？」

「今のぼくとあなたぐらい近かったです」

「きみはどこかに隠れていたのかね？　それともそばにただ、立っていたのかね？」

「隠れていました」

「どこに？」

「墓の端にある楡の木の影です」

インジャン・ジョーはほんのかすかですがギックとしました。

「ほかにだれかと一緒だったかね？」

「はい、一緒だったのは——」

「待って、ちょっと待ちなさい。今一緒だった人の名前を言うことはありません。しかるべきときがきたらその人を証人として呼びますから。墓場にはなにか持っていきましたか？」

トムはたじろいで困った様子でした。

「言ってご覧なさい、坊や、堂々と、真実はつねに受け入れられるのですよ。それでなにを持っていったのかね？」

「えーと　死んだ猫、だけです」

クスクス笑いがさざ波のように法廷に広がりました。裁判長は静粛《せいしゅく》に、と注意しました。

「のちほどその猫の頭骨を証拠品として提出します。さて、坊や、そこで起こったことをすべて話してごらん、いつもどおりの話しかたでいいですよ、なにも省かないで、怖がることはありませんよ」

トムは話し始めました。初めはおずおずと、しかし話に熱が入ってくると次第に言葉もなめらかに出てくるようになりました。すると法廷内は静まりかえりました。すべての瞳がトムに釘づけになりました。人々は口をなかばポカンと開けたまま、息を詰め、時間のたつのも忘れて彼の一言一句を聞き逃すまいと耳を傾けました。

「――医者が墓板でぶん殴るとマフ・ポッターは倒れました。そのとたん、インジャン・ジョーはナイフに飛びつき、そして――」

ガチャン！　電光石火、混血の殺人犯は席を蹴って、あわてて彼を捕まえようとするみなの手を振り切り、窓を破って走り去ってしまいました。

第24章 トム、村の英雄／栄光の日々と夜な夜なの恐怖／インジャン・ジョーを追え

トムはまたしても輝かしいヒーローとなりました。大人たちは褒めそやし、子どもからはねたまれました。村の新聞が大々的にトムを書き立てたので、彼の名は不朽のものとなりました。村民のなかには、トムは大統領になるかもしれない、と言う者まで現われました、もっとも、もし縛り首にならなければ、とつけ加えられましたが。

お決まりのとおり、気まぐれで理不尽な世間は、裁判前にはマフ・ポッターに罵声《ばせい》を浴びせ、石をもって追う様なまねをしていましたが、今度は手のひらを返したように、彼をそのふところに抱くと惜しみなくいつくしみ、いたわりました。しかしこのようなおこないは世界共通のことですので、とくに目くじらを立ててけなすことはありません。

トムにとって昼間は、めくるめく栄光と歓喜の日々でした。しかしながら夜は恐怖の時間でした。夜な夜な殺気を帯びた目のインジャン・ジョーがすべての夢に現われるのでした。そういうわけで、日が落ちたあとは、どんな楽しそうな誘いがあっても外へ出ることはありませんでした。

可哀想なハックも同じようにみじめさと恐怖にさいなまれる日々を送っていました。なぜなら記念すべき裁決の日の前夜、トムがポッターの弁護士にすべてを話したからです。インジャン・ジョーが裁判の途中に逃げ出してくれたおかげで、証人台に立つことだけはまぬがれましたが、それでも自分も目撃者であることがバレはしないかと、心配でたまらなかったのです。

彼は弁護士から秘密を守るとの約束は取りつけました。けれど、それがなんだというのでしょうか。あれほど不吉で恐ろしい言葉で誓いを立てたにもかかわらず、トムの良心は、痛みに耐えかねて彼の足を弁護士の家に向かわせ、その口から、あのおぞましい出来事を絞り出してしまったのです。ハックの人類に対する信頼感はほとんど消し去られてしまいました。

マフ・ポッターの感謝の言葉を思い出すたびにトムは、やはり証言をしてよかった、と思うのでした。しかしそれは昼間でのことで、夜になると、なんで舌に封印をしなかったんだろうと悔やみました。インジャン・ジョーがもし捕まらなかったら、と不安でした。それと同時に、捕まるのも不安でした。なぜなら今までも捕まってはそのつど無罪放免になっていたからです。

結局のところ、ジョーが死んで、トムがその目で死体を確認できるまで、心の安まる日はないことを思い知りました。

懸賞金が設けられ、この地方および近隣の隅々まで捜索がおこなわれました。しかしジョーは見つかりませんでした。知ったかぶりと見かけ倒しで有名な、摩訶不思議な職業のひとつ、探偵がセントルイスからやってきました。あちこちうろつき廻り、ときに考え深げに首を振り、ときにさも賢そうに振る舞うのでした。そのうち、この手の連中の常套手段である、素晴らしい成果を挙げたのでした。すなわち、「手がかり」を見つけたのです。もちろん「手がかり」を殺人罪で縛り首にすることはできません。探偵はお決まりの手順をひと通りやり終えると、セントルイスに帰りました。結局、トムの不安は以前と少しも変わりませんでした。

月日はゆっくりとすぎてゆきました。そして日を追うごとにほんの少しずつですが、不安と恐れが薄らいでいったのです。

第25章 王様とダイヤモンド／財宝探し／死人と幽霊

まともに育った少年にならなら、隠された財宝を探しに出かけたいという、突き上げるような思いがこみ上げてくるときが必ず来るのです。その願望は、ある日突然トムに訪れました。トムは勇んでジョー・ハーパーを探しにゆきましたが、見つかりませんでした。それではと、ベン・ロジャースをあたりましたが、もう魚釣りに出かけたあとでした。そうこうするうちに、「血塗られた手」のハック・フィンに出くわしました。ハックなら乗ってくるでしょう。トムはハックを人目につかない場所に連れてゆき、絶対秘密だ、と言い聞かせて計画を打ち明けました。ハックはふたつ返事で承知しました。彼は面白くてしかも金がかからない話ならなんでも喜んで乗ってくるのでした。なぜならハックには、なんの足しにもならない時間がうんざりするほど有り余っていたのですから。

「で、どこ掘るんだ?」とハックが訊きました。

「え、どこでもいいんだ」

「どういうこと? 宝はそこら辺どこにでも埋めてあんのかよ?」

「いや、そんなことはないよ。財宝ってのは、ごく特別な場所にだけ隠してあるんだよ、ハック――たとえば島とか、古い枯れ木の枝の先、真夜中にその影が落ちる場所に朽ちた宝箱が埋められているとかね。だけどほとんどは幽霊屋敷の床下に埋められているんだ」

「だれが隠したんだ?」

「なんでそんなこと訊く? 盗賊だよ――だれだと思ったんだ? 日曜学校のセンセだなんておもったのかよ?」

「さあな、でもおれだったらそもそも隠したりしないな、パッと使って楽しくやるな」

「おいらだってそうさ。だけどあいつらは違う。あいつらはいつも隠してそっとしておく」

「隠してそれっきりにすんのかよ?」

「そうじゃないんだ、あいつらだってあとで取りにくるつもりはあるんだ。だけど、だいたいは目印を忘れちまったり、さもなければ死んじまったりするんだ。いずれにしろ財宝は埋められたまんま、長い間忘れ去られ、さびだらけになる。やがてだれかが、目印の見つけ方が書かれた、古い黄ばんだ紙を見つける――見つける方法が書いてあるとはいえ、解読するのに1週間近くかかるんだ、とにかく、書いてあるのは記号と象形文字だけだから」

「ショー? なんだそれ?」

「ショウケイモジ――絵だとか模様だとか、そんなもんだよ。ちょっと見、なにか意味があるなんて思えない代物だ」

「それで、おまえ、その黄ばんだ紙を持ってんの?」

「持ってないよ」

「じゃ、どうやって宝を埋めた目印を見つけんだよ?」

「目印なんか要らないよ。財宝は島か、幽霊屋敷か、でなきゃ1本枝を突き出した立ち枯れ木の下にあるんだ。

あのさ、このあいだ、ジャクソン島をちょっと探したじゃないか、もう一度探すのもいいかも。スティル・ハウス川の上流には古い幽霊屋敷があるじゃないか。それに枝の突き出た枯れ木はどこにでもある、山ほどあるさ」

「どの枯れ木の下にも宝があるのかよ？」

「なに言ってんだ！　そんなわけないだろ！」

「じゃ、どうやって宝の木を見つけんだよ？」

「かたっぱしから探すんだ！」

「なんだって、トム、そんなんじゃ、それだけで夏が終わっちまうよ」

「そうだよ、おまえ、ほかになんかやることあんのかよ？　考えてもみろよ、おまえは真鍮の壺を見つける、なかには100ドル入っているんだ。それとか、さびだらけで灰色の金属の箱、そうじゃなければ朽ちた木箱、開けてみるとダイヤがいっぱい、どうだい？」

「そいつはすげえ！　おれにはすごすぎる。おれに100ドルだけくれ、それで十分だ、ダイヤは要らないよ」

「いいとも、だけどおいらは絶対ダイヤを手放さない、物によっちゃ1個20ドルもする。そんな上物はめったにないけど少なくとも1個75セントから1ドルは堅いよ」

「まさか！　ホントかよ？」

「もちろんさ――だれに訊いたってそう言うよ。見たことないの、ハック？」

「見た覚えねーな」

「そうかい、王様はみんな手のひらですくえないほど持ってるよ」

「へー、おれ、王様なんてひとりも知ッテないよ、トム」

「そりゃそうだろ。だけどヨーロッパにいってみ、王様なんかうようよしてるよ」

「そいつら、虫みたいに集まってもぞもぞしているのか？」

「参ったな、行けば見れる、って意味だよ——もちろんうようよなんてしてないよ——なんで王様が虫みたいに集まるんだい。おいらはただ、ヨーロッパに行けば王様はどの国にもいるから普通に見られる、って言ってるんだ、劇で見る、ねこ背のリチャードみたいに」

「リチャード？　もう片っ方の名は？」

「もう片っ方はないよ、王様はみんな名前しかないんだ、名字はない」

「ないの？」

「そうさ、ない」

「へー、それでそいつらがいいってんなら、トム、いいさ、だけどそんならおれとしては王様なんかにゃなりたくないな、なんしろ名字はなくて名前だけなんて、まるで黒人だ。それはそうと——どっから掘り始める？」

「えーっと、どっからがいいかな、スティル・ハウス川の向こうにある丘の枝の枯れた古い木から始めようとおもうけど、どう？」

「いいよ」

そこでふたりはガタのきたツルハシとシャベルをかついで、５キロの遠征に出発しました。ようやく丘にたどり着いたときにはふたりとも息はゼイゼイ、体じゅう汗だくでした。すぐにそばにあった楡の木陰に転げ込んで休み、ひと息つくとタバコを吸いました。

「これ、気に入った」とトムが言いました。

「うん、おれも」

「あのさ、ハック、ここで財宝見つけたら、それでなにする？」

「そうだな、まず毎日パイを喰ってソーダ水飲むな。それから村にやってくるサーカスは必ず全部見にいく。楽しいこと請け合いだ」

「それで、おまえ、少しは貯めないの？」

「貯める？　なんのために？」

「そりゃ、日々の生活のため、なんか買うだろ、そのためさ」

「いやいや、そりゃダメだ、トウちゃんがそのうち、村に戻ってくる。もし金なんか少しでも残してたらすぐに巻き上げられちまう、そして間違いなくあっという間につかっちまうよ。それでおまえはどうするんだ、トム？」

「おいらは新品のドラムと本物の剣、それから赤いネクタイ、ブルドックの子犬を買う。そしたら結婚するんだ」

「結婚だって！」

「そうさ」

「トム、おまえ、気は確かかよ？」

「まあ待てよ、そのうちわかるって」

「なあ、そりゃ思い切りあほな考えだ。トウちゃんとおれの母さんを見てみろ、けんかだ！　年がら年じゅう夫婦げんかだ。はっきり覚えてるさ」

「大丈夫だよ、おいらが結婚する子はけんかなんかしないさ」

「トム、女なんてみんな同じだよ、あいつら口を開けば顔洗え、髪の毛とかせ、きちんと服を着ろ、靴をはけ、とにかくうるさいんだ。おまえ、いいのか？　そこんとこよく考えろよ。ところでそのネエちゃん、なんて名前？」

「ネエちゃんじゃないよ、女の子だよ」

「おんなじさ、ネエちゃんと言ったり女の子と言ったり、どっちも正しい、ぜんぜんおなじだ。で、その子、なんて名だ、トム?」

「そのうちな、今はちょっとな」

「わかった、じゃそうしな。だけどよ、おまえが結婚しちまったら、おれ、ますますひとりぼっちになっちゃうな」

「そんなことないよ、おいらんとこきて一緒に住めばいい。さて、それはそうと、掘らなきゃ」

ふたりは30分ほど汗をかきかき掘りました。なにも出てきませんでした。さらに30分がんばりました。やっぱり結果はおなじでした。

ハックが訊きました。

「宝ってほんとにこんな深く埋めてあるのかよ?」

「そういうこともある、もっと浅いこともある。場合によるんだ、どうやらここじゃなさそうだな」

ふたりは新たな場所を選んで掘り始めました。掘るペースはだいぶ鈍ってきましたが、それでも結構はかどりました。しばらく無言で頑張っていましたが、とうとうハックが腰を伸ばし、シャベルに寄りかかりながら、額からしたたる汗を袖でぬぐうと訊きました。

「次はどこ掘るんだ、もしここがハズレだったら?」

「思うに、カーディフの丘を越えたところの未亡人の家の裏手に古い木がある、あれがいんじゃないかな?」

「そういえばそれらしい木がある、了解だ。だけど宝が見つかっても、あの未亡人のダグラスさんに取られちまわないか? あすこは未亡人の土地だろ」

「ダグラスさんが取っちまうって！　そりゃよこせって騒ぐかもしれないさ、だけどだれだろうと、宝を見つけたら、宝はそいつのものさ、どの土地に埋まってようと関係ないんだ」

それでハックは納得し、また作業を再開しました。やがてハックがまた口を開きました。

「くそ！　やっぱりここ、またハズレなんじゃないか、どう思う？」

「どう考えてもおかしいよ、ハック。理屈に合わない。ときどき魔女が邪魔することがある、これだけ掘って見つからないのは魔女のしわざかも」

「ちょっとよう、昼間、魔女にはなんの魔力もありっこないさ」

「うん、言われてみればそうだ。おっと、気がつかなかった。なにが問題かわかったぞ！　そうか！　おいらたちはとんだ大間抜けだ。掘るのは枝の影が指す場所だよな、じゃいつできる影だ？　昼じゃないさ、真夜中だよ。真夜中に枝の影が示す場所を掘らなきゃなんないんだ！」

「なんだよ、こんだけやったのが丸々ムダってことか。さっさと店じまいしてまた夜中戻ってこなくっちゃ。ここまでとんでもなく遠いよな。おまえ、夜、家、抜け出せんの？」

「もちろん、それより今夜やらなきゃ、もしこの穴を見たらだれだってすぐになんのためかわかるさ、そしたらそいつらにお宝をもってかれちゃう！」

「わかった、今夜、おまえんちの軒下でニャーオってやるよ」

「わかった、じゃ、道具をそこの藪に隠そう」

その夜、ふたりは真夜中近く戻ってきて、木陰に座ってそのときを待ちました。そこは人里離れた寂しい場所でした。この時刻になると、いにしえからのお約束通り、あたりは重々しく、厳粛な雰囲気に包まれました。葉の擦れ合う音とともに精霊がささやきます。幽霊がぼんやりとした隅に潜んでいます。猟犬の低い遠吠えが遙か彼方から伝わってきます。それにフクロウがまるで墓場から漏れてくるような、不吉な鳴き声で応えます。ふたりはこの雰囲気に気押されて言葉も出ません。やがて、今が真夜中の12時、と見計らうと、枝の影が地面に指し示す箇所に印をつけ、そこを掘り始めました。希望はわき上がり、財宝の夢は膨らみました。それとともに掘る手にも力がますますこもっていきました。穴は深く、さらに深くまで掘られました。シャベルやつるはしがなにかに当たって、カチンと音がするたびに彼らの心臓は飛び上がりました。けれどそのたびに、まるでそれが初めての空振りのように、心底がっかりするのでした。音の正体は石ころかレンガのかけらでした。とうとうトムが口を開きました。

「これ以上無駄だ、ハック、また場所が違ったようだ」

「んー、だけど間違えるなんてあり得ないよ、枝の影が指した点をドンピシャで掘ったんだからな」

「そのとおりだ、だけどなんかが違ったんだ」

「なんかって、なんだよ?」

「そうか、時間だ、真夜中の12時って勘で決めたよな、だけどそれがまずかったんだ。早すぎたのかもしれないし、遅すぎたのかもしれない」

ハックはシャベルを置きました。

「それだ」と言いました。

「それでだめだったんだ。もうこの方法はあきらめるしかない、正確な時間なんかおれたちにゃわかんない。おまけに薄気味悪いったらありゃしない。ここは、夜中のこんな時間には魔女が飛び回ったり、幽霊がうろつきまわってる。なんか、そいつらがおれのうしろにいるような気がしてなんない。だけどうしろを振り向くのも怖いんだ、うしろを見てだれもいないと、ほっとしてまた前を向いたとたん、そいつらが目の前にいるかもしれないから。ここに来てからずーっと背筋がぞくぞくする」

「おいらもだ、ハック。財宝を埋めるとき、死人を一緒に埋めるんだよ、そいつに見張り番させるんだ」

「ほんとかよ！」

「そうさ、埋めてるよ、みんなそう言っている」

「トム、おれは死人の埋まっているとこなんかほじくり返したくないよ。絶対そいつにタタられちまう」

「おいらもそいつらを起こしたくない。考えてもみろよ、掘ってたら骸骨がヌッと出てきて呪いの言葉を！」

「やめろ、トム！　ビビるじゃないか」

「うん、そうだな。ちっと薄気味悪いよな」

「よう、トム、こんな場所じゃなくてもっとほかをあたらないか？」

「わかった、おいらもそれがいいと思う」

「で、どこ探す？」

トムはちょっと考えて言いました。

「幽霊屋敷、そうだよ、あそこがいい！」

「待ってくれ、幽霊屋敷は苦手だ、トム。なんたって、大きな声じゃ言えないけど、やつら死人より始末が悪い。死人は喋るかもしんね、だけどそれだけだ。それにひきかえ幽霊はどうだ、白装束着て、気がつかないうちに音もなく、スーっと近づいてきて突然肩越しに顔をのぞきこんでギシギシ歯を鳴らすんだ。おれ、そんなの、とっても耐えらんない、トム。平気なやつなんていないよ」

「そのとおりだ。けどな、ハック、幽霊がうろつくのは夜だけじゃないか、だから昼ならおいらたちが掘るの

いないよ」

「うん、まあな。だけどおまえもよく知ってるだろ、昼だろうと夜だろうとあの幽霊屋敷に近づくやつなんていないよ」

「そのとおりだ、昔あそこで人が殺されたんだ。だからそんなところにはだれもわざわざ行かないんだよ。な、とにかく、その事件のあと、あの家の廻りでおかしなことなんかなにも起こってない、夜は別だけど――青い光がスーっと走るのが窓越しに見えたらしい――幽霊とは違うよ」

「そうかな? 青い光がちらちらしてるってことはよ、トム、そのすぐうしろには必ず幽霊がいるってことだ。これにはちゃんと理由があるんだ。青い光なんてだれも使わない、使うのは幽霊っきゃいないからだ」

「そのとおりだ、だけどいずれにせよ、昼は出てこない、だから心配してなんになるんだよ」

「うん、わかった。それほど言うなら幽霊屋敷を掘るとスっか。昼はでてこない方に賭けるっきゃないな」


さてそれからふたりは丘を下り始めました。彼らの眼下には月明かりに照らされた谷があり、そこに幽霊屋敷が見えました。その周りにはなにもありません。屋敷を囲む柵はとうの昔に跡形もなくなり、生い茂った雑草が玄関の階段を完全におおいつくしていました。煙突は崩れ落ち、窓ガラスはすっかり割れて跡形もなく、屋根の一部はひさしから陥没していました。

ふたりはしばらく幽霊屋敷を、目を凝らして見ていました。もしかしたら青い光が窓をチラリと横切るのが見られるかもしれないと、なかば期待して。それからこの時間と雰囲気にふさわしく声をひそめてなにかしら話しあうと、幽霊屋敷に近づかないよう、右手方向へ大きく廻り道して、カーディフの丘の裏手にある森を通って家路をたどりました。

第26章

幽霊屋敷／眠たがりの幽霊／箱一杯の黄金／ツキがなかった

翌日の昼近く、ふたりは前日の夜中に穴を掘った、枯れ木のある場所に戻ってきました。つるはしとスコップを取りにきたのです。トムは幽霊屋敷に行きたくてうずうずしていました。ハックはどちらかといえば渋々、しかも——とそのとき、ハックが突然言いました。

「ちょっと待った、トム。今日って何曜日だと思う？」

トムは頭のなかで曜日かなんて考えもしなかった、ギクッとしてハックを見ました。

「アッ、曜日かなんて考えもしなかった、ハック！」

「うん、おれもそうさ、だけどなぜか突然、今日は金曜だって頭に浮かんできた」

「まいったな、そうだよ、なんかするときはすっごくいろいろ考えなくっちゃな、ハック。こういうことって、もし金曜にやったらえらい目に遭ったかもしれない」

「かもしれない、だって！　そうじゃない、間違いなくえらい目に遭ってた、だよ。日和のいい日はあるさ、だけど金曜はだめだ」

「そんなことだれでも知ってるさ、べつにおまえが言い出したことじゃない、ハック」

「おれがそんなこと言ったかよ、言ってないだろ。それに今日がまずい、ってのは金曜だからだけじゃない。

きのうの夢見が悪かった——ネズミどもが出てきたんだ」

「大変だ、そりゃ確かに嫌なことが起こる前触れだ。そいつらけんかしてた?」

「ううん」

「あーよかった、ハック。けんかしてなきゃ、落とし穴があるから気をつけろ、って意味だよ。おいらたちは目を光らせて、落とし穴を避ければいいのさ。今日は宝探しはやめて遊ぼう。ロビン・フッドって知ってる、ハック?」

「知らない、だれだ、ロビン・フッドって?」

「そうだな、イギリスの、歴代の偉人のひとりだ。そんなかでも最高だ。彼は盗賊なんだ」

「変わってんな、おれもなりたいな。どっから盗んだんだ?」

「代官、司教、金持ち、それに王様とか、そういう人たちからだけ。絶対貧しい人たちには迷惑をかけないんだ。彼は貧しい人の味方さ、金持ちから奪ったものは貧しい人たちに平等に配ったんだ」

「そうか、いいやつだったんだな」

「絶対そうさ、おいらもそう思う。それにさ、彼ほど気高い人はそれまでも、それからもいないんだ。ああいう人は二度と現れない。彼は片手をうしろに縛ったままでイギリスじゅうのどんな男だろうと殴り倒せた。それにイチイ弓を持たせれば、2キロ先の10セント玉を射止めることだってできたんだ」

「すげえな、イチイ弓ってどんな弓だ?」

「おいらもわかんない。とにかく弓の一種だよ。話にはつづきがあってさ、もし矢が10セント玉の端をかすめただけだったとするだろ、そしたらロビンはガクッと膝をついて泣いてくやしがるそうだ。なあ、ロビン・フッドごっこしようよ、ほんと、楽しいよ。遊びかたはおいらが教えるからさ」

「よし、やろう」

それから午後いっぱい、その場でロビン・フッドごっこをして過ごしました。そうして遊んでいるさいちゅうにも、ときおり、眼下に望む幽霊屋敷に、物欲しげな眼差《まなざ》しを投げかけ、翌日の段取りや、財宝が見つかったときのことについて、たがいの思いを交わすのでした。太陽が西に沈み始めると、ふたりは木々の長い影に沿うように、家に向かって歩き始めました。そしてすぐにカーディフの丘の森へと消えてゆきました。

翌土曜日、正午を少しまわったころ、ふたりはまた、あの枯れ木の場所までやってきました。木陰でふたりはしばし夕バコを吸い、他愛もない話をしました。それから2番目に掘った穴をさらに掘り始めました、もっともそれほど期待はしていませんでしたが。ではなぜあえて掘ったかというと、それはトムがこう言ったのです。「今までに、あとほんの15センチで財宝、というところまで掘ってあきめたところ、別のやつがやってきて初めのひと掘りで大当たり、ってことがよくある、だから念のため」と。

案の定、なにも見つかりませんでした。ここまでやれば運不運に左右されないよう、宝探しでやるべきことは、きっちりおさえた、と確信してふたりは道具を肩に、その場を去りました。

幽霊屋敷までやってきました。灼きつくような太陽の下、あたりはあまりに不気味で、恐ろしい気配に満ち、静けさに支配され、その上その場の孤独さと悲惨さがあまりにも重くのしかかったので、ふたりは一瞬、足がすくんでしまいました。ドアまでこわごわ近寄ると、震えながら隙間からなかをのぞき込みました。床はすっかり抜け落ちて地面には雑草が生えています。壁の漆喰も剝《は》がれ落ちていました。古風な暖炉、ガラスが割れた窓、

崩れかけた階段、それからそこらじゅう、ぼろぼろのや、垂れ下がったやつとか、あるいはうち捨てられたような、さまざまな蜘蛛の巣がいたるところに張りめぐらされていました。

　ふたりは今、ようやく屋内に入ったところです。心臓がドキドキしています。話すときはささやくように、どんな小さな音でも聞き逃さないよう、耳をそばだて、全身を緊張させ、いざとなったら秒速で逃げ出せるように身構えていました。

　しだいにその場になれてくると、怖さもうすらいできて、ふたりは室内をなにも見落とすまいと、くまなく、興味深く調べました。そんな自分らの大胆さに、われながら感心し、またどうしてそんな大胆になれたのかと不思議に思いました。つぎに2階を調べたくなりました。

　2階に上がれば、なにかが起こったとき、もう逃げられません。けれどたがいに2階は止めておこう、とは意地でも言い出せません。結果は明らかです。ふたりは部屋の隅に、つるはしとシャベルを立て掛けると、階段を昇ってゆきました。2階も1階と同じような朽ち果てた状態でした。部屋の角になにやら謎めいた戸棚がありました。しかしなにやらはなんでもありませんでした。なかは空っぽでした。

ここにきて、ふたりとも勇気が湧いてきて平静を取り戻しました。これから1階に降りてゆき、本格的に財宝探しを、とそのとき――

「シッ！」とトム。

「どうした？」恐怖で青ざめたハックがささやきました。

「シッ！　ほら、聞こえるだろ？」

「ほんとだ！　やばい！　逃げよう！」

「静かに！　じっとして！　だれかがドアに向かってくる」

ふたりは床にはいつくばって、恐怖におののきながらも、床板の節穴に目を押しつけて待っていました。

「あ、止まった……いや、入ってくる……ほらきたぞ。もう小声も出すなよ、ハック。参った、こっから逃げたい！」

男がふたり、入ってきました。トムとハックは同時に同じことをつぶやきました。

「あ、あいつは言葉がまるっきり通じない、口もきけないスペイン人の爺さんだ、最近村で1、2度見かけた。もう片っ方は見たことないやつだ」

「もう片っぽ」はぼろを着た、髪もひげも伸び放題の男で、いかにも不景気な顔をしていて、そこにはなんの感情も見られませんでした。スペイン人は幅広の肩掛けで身を包み、もじゃもじゃの白い頬髭をはやしていました。ソンブレロ帽の下からは長い白髪が肩まで届き、緑色の色眼鏡を掛けていました。

屋内に入ってくると「もう片っぽ」の男が低い声でなにやら話し始めました。ふたりはドアを正面にして地面に座り込みました。男は自分の意見か、あるいは説明なんでしょう、話をつづけました。はじめは用心している様子でしたが、話が進むにつれて次第にリラックスしてきたようです。それにつれ、だんだんなにを言っているかがわかってきました。

「ダメだ」と男が言いました。

「もう決着はついていると思ってた。そいつは気にくわねえ、危険だ」

「危険だって！」と言葉の通じないはずのスペイン人がうめくように言いました——それを聞いたトムとハックは飛び上がらんばかりに驚きました。

「腑抜けが！」

その声にふたりは息をのみ、ガタガタと震えました。それは紛れもなく、インジャン・ジョーの声でした。インジャン・ジョーがつづけました。

「こないだのヤマはマジやばかった。だけどうまく収まったじゃねえか」

「そいつぁ違う、あれはずーっと河の上流で、周りには家なんかなかった。それにとにかく、やり損なったんだからバレることはあり得ねえ」

「じゃ、真っ昼間に、ここにやってくるより危ないことってあるのか！　だれかに見られたら必ず怪しまれるに決まってる」

「そりゃわかってる。だけどあの失敗のあとじゃ、ここ以外に手頃な場所はねえんだ。こんなあばら屋、早くずらかりてえ。ほんとは昨日おさらばするはずだった。だけど丘の上でじゃれてるあのくそガキどもに丸々見られ、騒ぎにでもなったらそれこそやっかいだからな」

「くそガキども」はそれを聞き、昨日もこのふたりがこの場にいたことを知って、また骨の髄から震えました。それと同時に、あのとき、金曜ということを思い出し、1日待ったのがなんとも幸運だったと胸をなでおろしました。と同時に、できれば1日ではなく、1年待てばよかった、とふたりとも思わず残念がりました。

インジャン・ジョーたちは食べ物を取り出し、昼食を始めました。長い沈黙があり、何やら考え込んでいましたが、インジャン・ジョーが口を開きました。

「こうしよう、相棒。おまえは上流のてめぇの村に戻ってろ。おれから連絡があるまでじっとしてるんだ。ちょっとヤバいけどおれはもう一度村を偵察してくる。村の様子を見て、うまくいきそうなら、この『危険』な仕事を、おまえに手伝ってもらって片づける。そうしたらふたりしてテキサスへいこう」

相棒は納得したようでした。ふたりはあくびをしはじめました。インジャン・ジョーが言いました。

「死ぬほど眠い！　見張りを頼む」

そう言うと草の上に横になり、身を丸めるとすぐにいびきをかき始めました。相棒が彼を2、3度揺り動かすといびきはやみました。やがてその相棒もこっくりこっくり始めました。まもなくふたりともいびきをかいて寝てしまいました。

トムとハックは安堵のながい息をつきました。トムがささやきました。

「今がチャンスだ、逃げよう！」

「できないよ、あいつらが目を覚ましたらそれだけでおれは死んじまうよ」

トムはハックの背中を押しましたが、ハックはびくとも動きませんでした。ついにトムひとり、身を起こし、こっそりと動き出しました。しかし、はじめの一歩を踏み出したとたん、今にも崩れそうな床から、ぞっとするきしみ音が絞り出されました。トムは恐怖のあまり死んでしまったようにその場にへたり込みました。もう、ふたたび逃げる気にはまったくなりませんでした。ふたりは遅々として進まない時間を数えながら床に伏せていました。時間はもはや意味を失い、有名な詩で詠われる「花は色あせ、白髪にならぬは永遠のみ」といわれるその「永遠」でさえ白髪になってしまうほど長く感じられました。

ついに太陽が沈み出したことに気がつき、希望がわいてきました。

そのとき、一方のいびきがやみました。インジャン・ジョーが身体を起こすと周りを見渡しました。膝の間に頭を埋めて寝込んでいる相棒を見ると、片方の口元が引きつったような笑いをちらっと浮かべました。片足で寝ている相棒を小突くと言いました。

「おい！　見張りはどうした？　おまえだろうが！　まあいい。なにごともないようだ」

「あれ！　いつの間にか寝ちまった」

「まあ、ちょっとの間だ、ちょっとだ。まあいい。それよりそろそろ出かけなきゃな。ところで少し残ってるアガリはどうする？」

「どうするって——いつものとおりここに置いとくしかないだろ。テキサスに行くまでは持っててもしょうがねえだろ。銀貨で650ドルは持ち歩くには重すぎる」

「うん、そのとおりだ——もう一度ここに戻ってくるのはたいした手間じゃないしな」

「そうさ、けどこれは言っておく、戻ってくるのは夜だ、いつものとおり。そのほうが安全だ」

「わかった、だがな、あの仕事にかかれるチャンスがいつくるかわからねえ。それに思わねえことが起こることだってある。第一この場所は金を置いとくのにうってつけとはとても思えねえ。もし置いとくとしたらいつものとおり、埋めるんだ、それも深くだ」

「合点だ」と相棒。

彼は部屋を横切り、暖炉のそばまで行くと片膝をつき、奥の炉床石を取り外すと、袋を取り出しました。その袋からはなんとも心地よい、じゃらじゃらという音色が聞こえました。彼は袋から20、30ドルをつかみ取り、ポケットに入れると、また同じほど取り出してインジャン・ジョーに手渡し、それから袋も預けました。ジョーは部屋の隅に行き、大型ナイフで穴を掘り始めました。

トムとハックに取りついていた、すべての恐怖、不運に対する嘆き、悲惨な思いはあっという間に消し飛びました。目をギラギラ輝かせ、ジョーの一挙手一投足を見逃すまいと、すべてを見つめていました。幸運！　それも想像をはるかにこえた素晴らしい幸運でした。６００ドルといえば半ダースもの子どもたちを金持ちにするに十分な額でした！　最高のツキに恵まれた宝探しです――なにしろどこを掘っていいかわからない、などといううわずらわしさがないのですから。ふたりはお互い、何度も何度も肘で突き合っていました――肘の突き合いの意味は明白でした。それは「ほら、結局ここに来て正解だったじゃん！」ということでした。

ジョーのナイフがなにかにあたりました。

「あれ！」ジョーがつぶやきました。

「どうした？」と相棒。

「腐りかけた板かな――いや、こいつは箱だ、間違いない、手を貸してくれ、なにがあるか調べよう、いや、大丈夫だ、穴があいた」

インジャン・ジョーは開けた穴から箱に手を入れてなにかをつまみ上げました。

「おい、こいつぁ金だ！」

ふたりは手のひらいっぱいのコインをじっと見つめていました。金貨でした。2階でその様子を床の節穴から眺めていたふたりも、1階のふたりに負けず劣らず興奮し、喜んでいました。

ジョーの相棒が言いました。

「早いとこ掘り出そう。錆びた古いつるはしがあったんだ。向こうにある暖炉の端の草んなかに、さっき見たばっかだ」

彼は少年たちのつるはしとシャベルを取ってきました。インジャン・ジョーはつるはしを手に取ると、しばし丹念に眺め、よくわからんと言わんばかりに首を振り、なにやらぶつぶつ言うと、ようやく掘り始めました。箱はすぐに姿を現しました。箱はそれほど大きなものではありませんでした。箱には鉄帯が施され、長い年月をへて朽ちる前は、非常に堅牢なものだったと思われます。ふたりの男は幸せをかみしめながら、無言で財宝をしげしげと眺めていました。

「相棒、数千ドルはあるな」とインジャン・ジョー。

「ある夏、マレルの一団がこの辺りに出没してた、ってよく昔から言われてたな」見知らぬ男がそれとなく言いました。

「知ってる」とインジャン・ジョー。

「これはやつらのもんだ、たぶんな」

「おい、これがあればもう、例の仕事はしなくていいんじゃないか？」

混血の悪党は顔をしかめ、むっとしてこう言いました。

「おめえ、おれのこと、わかってねえな、いや、少なくともあの件についちゃ、おめえが知らないことがあるんだ。ただ盗んで金が手に入ればいいってもんじゃねんだ、目的は復讐だ」邪悪な光が彼の目に燃え上がっていました。

「それにはおまえの助けが要る。例の仕事が終わったら、そしたらテキサスだ。おまえは女房とガキが待ってる家に帰んな。そのうち連絡する」

「そうか、おまえがそう言うんならな。ところでこれはどうする？　埋め戻すか？」

「うん、そうだな」「2階のふたりにとってめまいがするほどの喜びでした」。

「ダメだ！　大酋長の名にかけてダメだ」「2階はこの上ない落胆でした」。

「うっかり忘れるとこだった。あのつるはしには真新しい土がついてた！」「とたんに2階は恐怖におののきました」。

「そもそもなんでつるはしとシャベルがここにあるんだ？　なんで真新しい土がくっついてんだ？　だれがこへ持ってきたんだ――それで、そいつらはそれからどこへ行っちまったんだ？　なんか物音聞いたか？　だれか見たか？　どうするんだ！　金を埋め直して土丸見えの跡を残すのか？　そいつらが戻ったとき、ここ掘ってください、と言わんばかりに。冗談じゃねえ、冗談じゃねえって言ってんだ。金はおれの隠れ家に持ってゆく」

「そりゃ、もちろんだ！　ハナから言うべきだった。ところで持ってくって、1号にか？」

「いや、2号だ、あそこの十字の下に隠そう。1号はだめだ、あそこは人が多すぎる」

「わかった。もうだいぶ暗くなってきた、出かけよう」

インジャン・ジョーは立ち上がると、窓伝いに用心深く外をうかがいました。確かめ終わると、言いました。

「いったい、だれがあの道具をここに持ち込んだ？　おまえ、そいつらがまだ2階にいるとは思わねえか？」

2階にいるふたりの呼吸が止まりました、あえいでも息が吸えません。インジャン・ジョーの手がナイフにかかりました。ふと立ち止まり、ちょっと考えたようですが、階段へと向かいました。ふたりは戸棚に隠れようと思いましたが、身体がこわばって動けませんでした。

一歩一歩階段を踏みしめるごとに、ギシッギシッと踏板のきしみ音が聞こえてきます。もう絶体絶命です。ふたりは背に腹は代えられぬ、最後の手段とばかりに、戸棚に隠れるべく飛び出そうとした、とそのときです、腐った階段の踏板が割れる、派手な音がして、インジャン・ジョーが地面に散らばった階段の残骸の真ん中に墜落しました。彼はなにやらいまいましげにつぶやきながら、のろのろと立ち上がりました。彼の相棒がなだめるように言いました。

「なあ、だれかいるかどうかなんて、どうでもいいじゃねえか。もしいてもよ、そいつらは2階だ、そのまま2階にいさせりゃいいんだ、だれも気にしやしねえ。もし今、そいつらがあえて飛び降りてきて面倒を起こすつもりなら、上等だ、やってもらおうじゃねえか」

「もう15分もすりゃ外は真っ暗だ——そいつらがおれたちの跡をつけたきゃ好きにさせればいい。だけどよ、シャベルだのつるはしだの担いで、こんなとこまで来るのがどんなやつか知らねえ、だがな、おれたちを見たとたん、もうとっくに尾っぽ巻いて逃げちまってるさ、おれたちを幽霊か悪魔のたぐいだと思って肝をつぶしてな、まだ震え上がってら、間違いねえ」

ジョーはしばし、ぶつくさ言っていましたが、相棒に、もうじき日が沈む、明るいうちに手早く出かける準備をしたほうがいい、とさとされ重い腰を上げました。

まもなくふたりはお宝の箱を抱え、暮れゆく夕闇のなか、幽霊屋敷をあとに、河へと向かってゆきました。

トムとハックは床から起き上がりました。体からは力が抜けてしまっていましたが、安堵感でいっぱいでした。丸太壁の隙間から、ふたりのうしろ姿を見つめました。あとをつける？　いいえ。ふたりは首の骨を折ることなしに地面に降りられたことで満足し、丘をこえて家路につきました。道中ふたりはほとんど口をききませんでした。ふたりはそれぞれあとの祭りを悔やむことで頭がいっぱいでした。なんであんなところにつるはしとシャベルを置いたんだろう！　もしそんなことをしなければ、インジャン・ジョーが怪しむことは絶対になかった。怪しまなければあの幽霊屋敷に、金貨と一緒に銀貨も隠し、「復讐」を果たすまでそのままにするはずだった。そしておもむろにお宝を手にしようと戻ったら、きれいさっぱり消えているのを見て、自分の不運を嘆くはずだった。最悪だ、あそこに道具を持っていったなんてあり得ない不運だ！

ふたりはあのスペイン人が復讐のチャンスをうかがいに村に来たら、絶対目を離さないようにしてあとをつけ、彼の言う「2号」を突き止めよう、と決めました。そのときです、トムの脳裏に世にも恐ろしい思いが浮かびました。

「復讐？　もしかしておいらたち、ハック！」

「え、やめろ！」ハックは卒倒しそうでした。

それからはもっぱらその「復讐」についての話ばかりでした。そして村に着くころには、復讐の相手はたぶんだれか他の人だろう、最悪の場合でも証言をしたトムだけ、という結論になりました。

トムにとって狙われるのは自分だけ、という結論はなんの慰めにもなりませんでした。道づれがいたらどんなに嬉しいか、と思うのでした。

第27章 夢かうつつか／ふたりの若き探偵

昼間の冒険はその夜、トムの夢にしっかり現われました。夢のなかで、彼は4度、財宝を手に入れました。けれどそのたびに、眠りに見放されて目が覚めてしまい、財宝は指から消え失せ、不運だったという厳しい現実に引き戻されるのでした。

早朝、ベッドに横になって、あのとんでもない冒険の場面のひとコマひとコマを思い返していました。すると不思議なことに、あのときの場面場面がしだいにおぼろになり、遠ざかっていくような感覚を覚えたのです――それはあたかも、まったく別の世界で起こった出来事のようであり、また遠い昔のことのようにも思えるのでした。そうしているうちに、ふと、あの大冒険そのものが、夢だったんじゃないか！　との思いが頭に浮かびました。この考えを裏打ちする、ある重大な論拠がありました――それはトムが見た金貨の量は現実だとしたらあまりにも膨大だったのです。トムは生まれてこのかた、50ドル以上のまとまった現金は見たことがありませんでした。それに彼は、似た境遇の同年代の少年と同様、数百ドルとか数千ドルとかは、話のなかでの大金を表すたとえや、言い回しに使われるだけであって、現実には存在なんかしていない、と思い込んでいたのです。

そのようなわけで、トムは、数百ドルもの大金が、現実にだれかの手元にある場面に出くわすなどとは、一瞬たりとも思ってもみませんでした。トムの思い浮かべる財宝とはどんなものか、彼の頭に分け入ってみたとすれば、それはたぶん、両手にあふれるほどの10セント玉と、ただ漠然と、素晴らしく、数え切れないほどの銀貨、というところがせいぜいでしょう。

それで、あれはあんまり財宝のことばかり考えていたのでほんとうの出来事と思い込んじまったんだ、と自分に言い聞かせると、今度は逆にあの冒険の場面、場面が鮮やかによみがえってくるのです。あれは結局夢ではなく、実際に起こったことなんだ、と思い始めていることに気がつきました。

あれは夢だったのか、ほんとうのことなのかをはっきりさせなきゃ、とトムは朝食もそこそこに、ハックを見つけに出かけました。ハックは、はしけの船縁に腰掛けて足を水につけて、所在なさげにぶらぶらさせていました。彼の表情は暗く、うち沈んでいました。

トムはハックから話の口火を切り出してもらおうと決めました。もしハックが冒険について触れなかったら、あれはやっぱりただの夢だったということが証明されるのです。

「よお、ハック」

「よお、トム」

しばしの沈黙。

「トム、あのくそシャベルとつるはしを枯れ木んとこに置いたまんましときゃ、金はおれたちのもンだった、最悪だ！」

「え、そんじゃ、あれは夢じゃないんだ。夢じゃない！　おいら、なんでか夢かな、なんて思った。だれでもそう思うよ、ハック」

「夢じゃないってなんのことだよ？」

「あれさ、昨日のことさ。まだ、半分夢かなって」

「夢だって！　もし、階段が崩れなかったら、おまえの言う『夢』がどんなにおっかねえもんだったか骨身にしみたはずだ！　おれなんか一晩じゅう、うなされた。どの夢にもあの片目眼帯のスペイン人の悪魔がおれをどこまでも追ってくる——もうくたばってくれ！」

「待てよ、あいつに死なれちゃ困る。あいつを見つけるんだ！　金を探すんだ！」

「トム、あいつのことは忘れよう。人間、あんなでかいヤマにめぐりあうなんて一生に一度だ——おれたちはそいつを逃がしちまった。それにあいつをもう一度見ようもんなら震え上がっちまうよ」

「そんなこと言えばおいらだって同じだ——だけどとにかくジョーを見つけるんだ。ジョーの跡をつけて——2号を見つけるんだ」

「2号——そうだったな。2号ってなんだろうってずっと考えてたんだけどわかんなかった。おまえ、なんだと思う？」

「わかんないな、見当もつかない。たとえば、ハック、家の番号かもしれない！」

「なるほど！……いや、そうじゃない、トム。もしそうならそいつはこのちっぽけな村にはない。この村の家には番号なんかないもんな」

「うん、言うとおりだ。ちょっと待てよ、そうだ！　部屋の番号だ——宿屋の、そうだろ！」

「うん、いいとこ目ぇつけた。村には宿屋は2軒しかない。すぐ見っかんな」

「おまえ、ここにいてくれっかな、ハック。すぐ戻ってくるから」

トムはひとりですぐにその場をあとにしました。彼は村人にハックと一緒のところを見られたくなかったのです。30分ほどで戻ってきました。

村一番の宿屋の2号室は若い弁護士がかなり以前から借りていて、いまでもその部屋に住んでいるとのことでした。次のやや地味な方の宿屋の2号室は、なにやら謎めいていていました。宿屋の若い息子が言うには、2号室はいつも鍵が掛けられていて、夜以外はその部屋に出入りする人を見たことがない、それにどうしてそんな状態になっているのか彼も知らない、彼としても、なんとなくおかしいとは思っていたけれど、特別気にかけることもなく、勝手に2号室は「幽霊の部屋」と決め込んで楽しんでいた、とのことでした。それから前夜、室内に明かりが見えた、とも言っていました。

「以上、おいらが調べた結果だ、ハック。あの2号室こそ、おいらたちの探していたところだと思う」

「おれもそう思う、トム。これからどうする？」

「ちっと考えるよ」

しばらく考えていましたが、おもむろに言いました。

「そうだ、こうしよう。2号室の裏口へは、宿屋と古いレンガ屋に挟まれた細い路地から入る。おまえはあるだけドアの鍵をかき集めて持ってきてくんないかな、おいらはおばさんの持っている鍵を全部持ってくる。曇りの夜か新月の晩、どっちか、とにかく暗い夜、あすこ行って、持ってきた鍵をかたっぱしから試すんだ。そうだ、言っとくけどさ、インジャン・ジョーには気をつけないと。あいつはこう言ってた、復讐の機会をうかがうために、もう一度村に戻って嗅ぎまわるって。もしあいつを見かけたらあとをつけるんだ。もしあいつがあの2号室にいかなかったら、そこには財宝はないってことさ」

「やだよ、おれがあいつのあとをつけるなんてまっぴらだ」

「なんで？　あとつけんのは夜だよ、絶対。だから見られることなんかないよ。それに万が一見られてもあいつがおまえを気にかけるはずはないさ」

「んー、もしほんとに真っ暗だったらやるよ。でも、できっかな——不安だな、やってみっか」

「大丈夫だって、つけられるよ、暗ければ、ハック。そうだ、あいつが復讐は無理だとわかったとしよう、そしたらまっすぐ金をとりにいくに違いない」

「そうだよ、トム。そのとおりだ、つけてくよ、ぴったりうしろから、絶対に！」

「そうこなくっちゃ、弱気は禁物だ、ハック。おいらも頑張るからさ」

第28章

2号はここか／ハック、見張りをする

　その夜、トムとハックは次なる冒険への準備を万端整えました。ふたりは夜、9時過ぎまで宿屋の付近にとどまり、ひとりは路地を見張り、もうひとりは宿屋の入り口を見張っていました。路地に出入りする人はいませんでした。例のスペイン人に似たような人物はだれも宿屋に出入りしませんでした。その夜はどうやら夜通し、雲もなく、月も出ていて明るいようなので、トムは家に帰りました。もし予想とちがい、そのあと暗い夜になったら、ハックが間違いなくやってきて「ニャーオ」と軒下で合図するはずです。そうしたら家を抜け出し、宿屋の裏口で鍵を試す算段でした。しかしその夜は快晴で月明かりがあたりを照らしていたので、12時ごろには、ハックも見張りを切り上げて、空《から》の砂糖用大樽に潜り込んで寝ました。

　火曜日、やはりツキがなく、晴れた月夜でした。水曜日も同様でした。しかし、木曜日は待望の暗い夜となりました。トムはおばさんの古いランタンを、大きなタオルで包み、それを脇に抱えて早めに家を抜け出しました。ランタンをハックの大樽に隠すと、見張りを始めました。11時になると宿屋は店じまいをし、明かりを消しました「その付近ではこの時間、明かりが灯っていたのは宿屋だけでした」。あのスペイン人は現われませんでした。路地を往来する人もいませんでした。

すべてが順調です。漆黒の闇があたりを支配し、完全な静けさを乱すものといえば、ときおり聞こえてくる遠い雷鳴だけでした。トムはランタンを取り出し、大樽のなかで明かりを灯すと、それをタオルで巻いて明かりを隠し、それからふたりの冒険少年は暗闇のなか、宿屋に忍び寄りました。ハックは宿屋の正面を見張り、トムは路地奥へと、手探りで入ってゆきました。

待てば神がなんとかしてくれる、という人もいるけれど、ハックは違います。じりじりと待ち遠しく、そして期待と不安が山のように重くのしかかってきました。そうしているうちに、ランタンの灯がチラリとでも見えたら、と願うようになりました——突然明かりが見えたら肝が縮むでしょう、けれどそれで少なくともまだトムは生きているということがわかります。トムが路地へと消えていってからもうずいぶんたちます、なんの音沙汰もありません。気絶してしまってるに違いない、いや、死んじまったかも、それとも恐怖と興奮で心臓が破裂してしまったのか。ハックは不安に駆られて、気がつけば少しずつ路地の入り口へと近づいていました。ハックの頭は、ありとあらゆる恐ろしい想像でいっぱいになり、ふと、なにかとんでもない災難が降りかかり、息の根が止まってしまうのではないか、という思いに取りつかれました。

もっとも、息の根が止まるかも、といっても今とあまり変わりはありません、なぜならもうすでに、ハックは恐ろしさで、ほんの浅い息しか吸えなくなっていたのですから。心臓も激しく鼓動しているので、じきに疲れ果てて止まるのではないかと思われました。

突然明かりがチカッと見えました。トムが大慌てで、走ってきて叫びました。

「逃げろ！」

「逃げろ、死ぬ気で走れ！」

くり返す必要などありません、一度で十分でした。トムの二度目の叫びが耳に届いたときは、もうハックは時速50、60キロのスピードでダッシュしていました。ふたりは河下側の村はずれにある畜殺場跡まで息をもつかず、走りつづけました。建屋に駆け込むと同時に嵐が襲いかかり、土砂降りの雨となりました。荒い呼吸が収まるとすぐトムが言いました。

「ハック、おいら、怖かった！ 鍵を2本まで試した。ほんとうにそっとやったつもりだった。だけど二度とも信じられないようなガチャガチャ音がでた。震え上がって息が止まっちまった。2本とも鍵穴には入ったけど回らなかったんだ。その間に、知らず知らずドアノブをつかんでた。そしたらドアが開いたじゃないか！ 鍵なんかかかってなかったんだ。なかに入ってランタンからタオルを取って周りを照らすと、とんでもない化け物がいた！」

「なんだ！ なに見たんだよ、トム？」

「ハック、おいら、危うくインジャン・ジョーの手を踏んじゃうとこだった」

「まさか！」

「ほんとだよ！ あいつ、横になっていた。床の上でぐっすり寝込んでいた。片目にはパッチが当たってて、両腕広げて大の字になってた」

「うへ、それでおまえ、どうしたの？ あいつ、目、覚ました？」

「ううん、ぴくりとも動かなかった。酔っ払ってたんだと思う。おいらはタオルを拾って一目散に逃げたよ」

「おれだったらタオルなんかほっといて逃げんな、絶対！」

「だけどさ、そうはいかないんだ。あれなくしたらおばさんにバッチリ怒られちゃう」

「そうだ、トム、あの箱見たか？」

「ハック、なんたって部屋をまっさきに見渡したよ。あの箱は見なかった、十字も。見たのはインジャン・

ジョーの脇に転がっている酒瓶とブリキのコップだけだ。うん、あと、あの部屋には酒樽ふたつと結構たくさん酒瓶があった。あのお化け部屋って一体どうなってるんだろ、おまえどう思う?」

「どうって?」

「なんでだろう、あのお化け部屋はウイスキーだらけだ! ひょっとして禁酒宿屋ってどこもウイスキーでいっぱいのお化け部屋を持っているのかも」

「うん、そうかもしれないな。だれも禁酒宿屋に酒が山ほどあるなんて思いつかないしな。まてよ、トム、もしインジャン・ジョーが寝てるんなら、あの箱を取ってくる絶好のチャンスじゃないか?」

「そう言われればそうだ! じゃ、おまえ、いってこいよ!」

ハックは身震いしました。

「うーん、だめだ、おれは気が進まない」

「おいらだってそうさ、ハック。酒瓶たった1本、インジャン・ジョーの脇に転がっているだけじゃ心許ないよ。3本ほど転がってて、あいつが正体なく酔い潰れてるんなら、おいらがやってもいいけど」

しばらくなにやら考えていましたが、やがてトムが口を開きました。

「あのな、ハック、インジャン・ジョーがいないって、はっきりするまであの部屋には近づかないことにしないか、ヤバすぎるよ。こうしよう、毎晩見張りをする、そしたらあいつが出かければ絶対わかる。そこで例の箱を頂いて稲妻みたいに逃げる」

「うん、それがいい。おれが一晩じゅう見張る、毎晩な。もしおまえがあとの仕事を引き受けてくれんならな」

「よし、決まりだ。あいつが出かけたこと見届けたら、フーパー通りを100メートルほど走ってきておいらんちの軒下でミャオ、と鳴く、おまえの仕事はそこまでだ。もしおいらが眠ってるようなら窓に砂利を投げる、それでおいらは目を覚ますから」

「わかった、それで言うことないよ」

「じゃ、ハック。嵐も収まったようだし、おいらは家に帰る。もう2時間もすりゃ夜が明ける。おまえ、宿屋に戻って、あと2時間見張ってくれっかな、いい？」

「おれはな、トム、やるって言ったことはやるさ。たとえ1年かかったたって毎晩あの旅館に張りついてやるさ！昼は寝て夜じゅうしっかり見張るよ」

「そうしてくれ。で、どこで寝るんだい？」

「ベン・ロジャースんちの干し草小屋だよ。あいつ、いい、って言ってくれたし、あの家にいる黒人のアンクル・ジェークもいいって言った。アンクル・ジェークに水くみを手伝ってくれって頼まれれば、おれはいつだってふたつ返事で引き受けてるからな。それからおれが、なんか食い物が欲しい、というと、あいつって自分の食い物をギリギリ切り詰めて、なにかしらひねり出せればそれ、くれるんだよ。ほんとにいい黒人さ、トム。あいつはおれが気に入ってるんだ、おれは一度だって白人風ふかして、上から目線で話しなんかしないからな。あいつと並んで座って一緒に飯喰ったこともあるさ。でも人に言うなよ。ほんとに腹が空いたときはさ、普段はやりたくないことだってやらなきゃなんないときってあんだよ」

「わかった、昼、用がないかぎり、起こしにいかないよ。邪魔はしないさ。その代わり、夜、なんかあればすぐ、フーパー通りのおいらんちの前にやってきてニャーオってやってくれ」

第29章 ピクニック／ハック、インジャン・ジョーを追跡／「復讐」のやり方／未亡人を守れ

金曜日の朝、トムが一番に聞いたのはうれしいニュースでした――サッチャー判事一家が前の晩、村に戻ってきたのです。それでインジャン・ジョーと財宝の件は少しの間、最重要課題から一歩下がり、ベッキーが最大関心事となりました。

トムはベッキーと久しぶりに会うと、級友たちをまじえて「かくれんぼ」や「陣取り合戦」でくたくたになるまで遊びました。その上、その日の終わりには、とても素晴らしい知らせが待っていました――ベッキーがお母さんにせがんで、とうとう翌日の土曜日、待ちに待ったピクニックに行くことになったのです。ベッキーはもう有頂天でした。トムの喜びようもベッキーに負けていませんでした。ピクニックの招待状は日暮れまでにはいき渡り、村の子どもたちは、すぐに準備に夢中になり、期待に胸をふくらませました。トムもうれしくて夜更けまで寝つけませんでした。同時にハックの「ニャオ」の合図が今夜聞こえて欲しい、といまかいまかと待っていました。明日のピクニックで、ベッキーに財宝を見せてびっくりさせたいのです。けれどそうはいきませんでした。その夜、「ニャオ」は聞かれませんでした。

なにはともあれ土曜の朝がきました。10時ごろから子どもが集まりだし、11時にはサッチャー判事の家の前

は、喜んではしゃぎ回る子どもたちでいっぱいでした。みなはいまにも出発したい様子でした。

立派な大人たちが付き添ってピクニックに水を差す、などという習慣はありませんでした。20歳前後の若い男女がそれぞれ数人ずつ同行すれば、子どもは安心してピクニックにいかせることができるのです。今回は古い蒸気船のフェリーが貸し切りで用意されていました。


やがて大通りを、ごちそうの詰まったバスケットを手にした、喜色満面の子どもが列をつくって進んでゆきました。シドはちょうどそのとき、病気で参加できませんでした。マリーはシドの面倒を見るため家に残りました。サッチャー夫人がベッキーに最後に言ったのは、

「帰りは夜遅くなるんじゃない？　できればだれか、栈橋のそばに住んでいる女の子の家に泊めてもらったほうがいいわ、どう？」

「それじゃ、あたし、スージー・ハーパーの家に行くわ、ママ」

「それがいいわ、いい子にしているの、わかった？　ご迷惑掛けちゃダメよ」

トムがベッキーと並んで歩きながら言いました。

「あのね、こうしないか、ジョー・ハーパーの家には泊まらないで、丘を上がって未亡人のダグラスさんの家にいくんだ。あの家にはアイスクリームがある！　あのおばさんはアイスを切らしたことがない。ほんとだよ。おいらたちにも喜んで食べさせてくれるよ」

「まあ、素晴らしいわ！」

でも、ベッキーはちょっと考えて言いました。

「だけどママにどう言えばいいかな？」

「お母さんに知れるはずはないよ」

ベッキーはトムの誘いをどうしたものか考えていましたが、やがて残念そうに言いました。

「やっぱりダメだと思うわ――だけど――」

「なんでだよ！　お母さんになんかバレないさ、それでも具合の悪いことってある？　おばさんはきみの安全だけが気がかりなんだ。賭けてもいい、もしおばさんがダグラスさんのことが頭に浮かんでたら彼女の家にいけって言ったと思うよ。絶対そう言うはずだよ！」

ダグラスさんの素敵なおもてなしは、なんともあらがいがたい誘惑でした。けっきょくトムの説得と、アイスクリームの誘惑が勝ちました。それでふたりは、だれにも夜の計画について話さないことにしました。ここにきてトムは、ハッと思い出しました。ハックがもし今夜やってきてニャオ、と合図したら？　そう考えると楽しみで膨らんだトムの心はいっきょにしぼんでしまいました。とはいえ、ダグラス家で過ごす楽しみをあきらめることはできません。そもそもなんであきらめる必要があるんだ？　自分に問いかけました――昨日も合図はなかったじゃないか、だからって昨日より今夜のほうが、合図がある可能性が高い、なんてどうして言えるんだ？　財宝の件はまだこのさき、どう転ぶかわからない、それより確実な今夜の楽しいひとときのほうを取るべきだ。そしてトムは、男の子はみんなそうですが、目先一番気乗りしていることを選ぶことにして、宝の箱のことは、その日は考えないことにしました。

村から5キロほど河を下ったところにある、木の茂った谷間の入り口、「ケープホロー」でフェリーは停泊しました。子どもたちはぞろぞろ列をつくって陸にあがり、やがて森の奥やゴツゴツした岩山のあちこちから叫び声や笑い声が響き渡りました。おのおのがそれぞれの好きなように思い切り遊び、疲れ果て、やがてつぎつぎとおなかをすかせて倒れ込むようにしてキャンプに戻ってきました。それからご馳走を平らげました。

食事が終わると、樫の木影での休息とおしゃべりの憩いの時間となりました。そのうち、だれかが叫びました。

「洞窟に行く人！」

みなが手を挙げました。ロウソクが配られると、ひとり残らず、まっすぐ丘を飛び跳ねるように上がってゆきました。洞窟の入り口は丘の中腹にありました――その形はアルファベットの「A」のようでした。入り口には、見上げるような、樫板の扉がありました。錠前はかかっていませんでした。扉のすぐ奥には、小さな部屋ぐらいの空間があり、氷室のようにひんやりとしていました。周りは自然が作り上げた、冷たく結露した石灰石の壁でした。その場の深い暗闇に立って、外の陽光に輝く緑の谷を眺めるのは、なんともロマンチックで、加えてなんとも不思議な気がしました。しかしその感動的な素晴らしさにもすぐになれてしまい、ふたたび子どもたちはガヤガヤと騒ぎ出しました。だれかがロウソクを灯すと、その持ち主に向かってみながいっせいに消しにかかります。必死に消されまいと頑張りますが、すぐに吹き消されたり、はたき落とされたりしました。するとはやし立てるような叫び声や笑いが沸き起こります、そしてあらたにともったロウソクを消しにかかります。

しかしながら何事にも終わりがあります。やがて子どもたちは一列となって洞窟の急な本道を下ってゆきました。ゆらめくロウソクの火の列が壁面の岩をぼんやり照らし出します。三角形の洞窟の頂点は20メートルも上でした。本道といっても道幅はせいぜい3メートル弱です。そして数歩進むごとに高く、狭い裂け目のような横穴が左右交互に口を開けています――というのも、マックドウガル洞窟は巨大な迷路であり、無数の曲がりくねった道がたがいに交差し、また別々の方向へ分岐してゆき、結局どこにも通じていないのでした。この洞窟については次のように言われています。昼夜ぶっ通しで何日も、複雑にからみあった、壁の裂け目のような別れ道や、路面に口を開けている狭い坂などをくまなく探検しても、洞窟の一番奥までたどり着くことはできない——洞窟を下に向かってどこまでも進んでも、地の底まで降りていっても、なんにも変わらない、そこはまた迷路。迷路の下にまた迷路があり、それに終わりはない。洞窟の「全貌」を知っている人はだれもいない、とのことでした。

洞窟を隅から隅まで知る、などということは不可能なことでした。少年の多くはある程度洞窟のことを知っていました。そしてその知っている範囲をおおきく越えて洞窟を探検することは滅多にありませんでした。トム・ソーヤーもそうでした。

ピクニック隊の行列は、主道を1200メートルほど進み、それから数人のグループにわかれて気の向くまま、そこここに口を開けている横穴へと入ってゆきます。陰鬱な横穴を走っていくとまた主道に出てきて、おたがいにびっくりさせあうのでした。このようにして、それぞれのグループは洞窟内の勝手がわかる範囲で、30分ほどたがいに逃げ回ったり、びっくりさせたりして遊んでいました。

そうしているうちに、グループが次々と洞窟の入り口まで足を引きずるように戻ってきました。みな、ゼイゼイ息を切らせながらも、はしゃいでいました。その様子といえば頭のてっぺんからつま先までロウソクの脂でギトギト、おまけに全身泥まみれでした。そしてみな、素晴らしい日だったことを喜んでいました。

子どもたちは、それまで時間のたつのをまったく忘れていて、気がつくとすでに夕闇が迫っているのでびっくりしました。

フェリーの出航を告げる鐘は、じつは30分前から鳴っていました。けれども日帰り冒険の、このような終わりかたはロマンチックなので、文句を言う子はだれもいませんでした。ようやく、フェリーが騒がしい一団を乗せて谷間の口から本流へと押し出ました。遊びすぎて時間を無駄にしたことなど、だれも気にしませんでした、もっともフェリーの船長は別でしたが。

フェリーのライトがチカチカと桟橋を過ぎる時分には、もうハックは見張りを始めていました。彼の耳にはフェリーからなんの音も届きませんでした。子どもたちはみな死ぬほど疲れていたので、おとなしく、じっとしていたのです。あのフェリーはなんだろう？　どうして桟橋に停まらないんだろう、ハックは首をかしげました――でもすぐにフェリーのことは置いて、自分の役目に集中しました。その夜は雲がしだいに出てきて暗くなりました。10時を回ると乗り物の音も途絶え、ちらほら灯っていた明かりも消えました。ぶらぶら歩いていた人たちもみな、いなくなりました。小さな見張り人に静寂と幽霊を残して村は眠りにつきました。11時になりました。宿屋が消灯しました。あたりはもう真っ暗です。ハックはうんざりするほど長い時間見張っているような気がしました。なにも起こりません。彼の信念は揺らいできました。こんなことして、なんになるんだ？　ほんとにこんなことで金が手に入るのか？　さっさとあきらめて寝ちまおうか？

なにやら音が聞こえました。そのとたん、ハックの全神経が張りつめました。宿の裏口がゆっくり閉じたのです。ハックは路地の入り口、レンガ屋の角へと飛んでゆきました。次の瞬間、ふたりの男がハックのすぐ脇を通り過ぎたのです。ひとりがなにかを脇に抱えています。宝箱に違いない！　あいつらは財宝をどこかに移すんだ。トムを呼ぶべきか？　そいつはまずい――あいつらは箱を持って逃げてしまい、二度と見つけることはできない。あいつらのたどる道筋から離れずにあとをつけるべきだ。この暗さならつけてるのはばれないと思っていいだろう。そう自分に言い聞かせると、ハックは店の角からすっと離れ、ふたりの背後に猫のように忍び寄り、見

ヌルデの木

ヌルデは漆《うるし》の一種ですが、漆は背が高く、
大木となりますが、ヌルデは低く、
横に枝は張り出しています。

失わないギリギリの距離を保ちながら、はだしで尾行を始めました。ふたりは河沿いの道を300メートルばかり上流に向かって進むと、左に曲がり、横道に入りました。その道をまっすぐ進み、カーディフの丘の登り口までやってきました。ふたりは丘を登り始めました。丘の中腹にはウエールズからの移民の家がありましたが、ちらりと目をくれることもなく、さらに上へと登ってゆきました。

いいぞ、とハックは心のなかでつぶやきました、あいつらは宝を古い石切場に隠すんだ、と。予想に反して、ふたりは石切場でも止まらずに通り過ぎていき、頂上へと向かっています。突然ふたりはヌルデの灌木《かんぼく》の茂みの奥に向かう小径にひょいっと入り、暗闇へと消えてゆきました。ハックは距離をつめ、あとを追いました。この茂みの暗さでは見つかる恐れがありませんから。ハックはしばらく早足で進みました——それからペースを落としました、近づきすぎたのでは、と思ったのです。一歩進んではとまり、耳をそばだてました。なにも聞こえません。ほんとうになにも、自分の心臓の鼓動が聞こえているような気がしたことを除けば。フクロウの鳴き声がホーホーと、丘の向こうから聞こえてきます——なんと不吉な音でしょう！　それでも足音は聞こえません。参った！　見失ってしまった！　ハックが一目散にもときた道を戻ろうとしたそのとき、咳払いが聞こえてきました、1メートルも離れていません！　ハックの心臓は喉から飛び出しそうになりました。かろうじてそれを呑み込みました——それから棒立ちになり、まるで6回分の3日熱に一挙にかかったようにガタガタと震え、全身から力が抜け、もう地面に倒れるほかない、と観念しました。

ハックは自分がどこにいるのかわかっていました、ダグラス未亡人邸の、低い柵をまたぐ、柵越え階段までほんの5歩くらいのところにいたのです。上等だ、と彼は胸のうちでつぶやきました。宝はこのあたりに埋めてくれ、じき見つけてやる。

すると、声がしました。地の底からのような低い声です——インジャン・ジョーです。

「くそ、あの女、だれか客がいるようだ——明かりがついている。こんな遅くに」

動物（野性動物、家畜《かちく》）は出入りできず、人だけが階段で出入りします。
どこでも簡単に設置できるのが利点です。
柵《さく》越し階段

「おれには見えない」

もう「片方」の声です——幽霊屋敷にいた、もう片方の男です。

ハックの心臓が凍りつきました——それじゃ、これが、インジャン・ジョーの言っていた「復讐」なんだ！　真っ先にハックの頭に浮かんだのは、逃げろ！　でした。けれども次に頭に浮かんだのは、ダグラスさんが一度ならずハックには親切にしてくれたことでした。そしてあのふたりは彼女を殺すかもしれないのです。なんとか勇気をふるって彼女に知らせたい。けれどもそんな勇気はないことはわかっていました、そんなことをしたらここにいるのがバレて捕まってしまいます。ハックの頭に、ここまでの考え、その先のことが、インジャン・ジョーとその相棒もやりとりの間に、駆けめぐったのです——そのやりとりとは次のようなものでした――

「藪越しじゃ見えるはずねえ、こっち来てみろ。ほら、見えっだろ？」

「うん、やっぱり客がいるみてえだな。ここはあきらめて引き上げよう」

「引き上げる？　あっさりここから永久におさらばしろってか！　あきらめたらもう二度とチャンスはこねえかも知れねんだ。前にも言ったが、もう一度言うぜ、おれは金目のものはどうでもいい――欲しけりゃくれてやる。おれはあの女の亭主には痛めつけられた。何回も痛めつけられた――治安判事ってのを笠に着やがってお
れを牢屋にぶち込んだ、浮浪者だからってよ。それだけじゃねえ、その件なんておれへの仕打ちの万分の一にもならねえ。あいつはおれを馬用ムチで打たせやがった――牢屋の前で、このおれを黒人奴隷みてえによ！　村の連中が見物している前で！　馬ムチの刑！　それがどんなものかわかるか、おまえ？　あいつはおれを判事選挙に向けての人気取りに利用したうえ、おれが仕返しする間もなく死んじまった。だから女房に借りを返してもらうんだ」

「ええ、女は殺すなよな！　そんななぁごめんだ！」

「殺す？　だれが殺すって言った？　亭主が生きてりゃそいつを殺すさ、だけど女房なんか殺さねえ。だれだって女に復讐するときゃ殺したりゃしねえ――アホ言うな！　やるのは見てクレだ。まあ小鼻の両方に切れめを入れて広げるか、豚にやるように、耳に三角刻みを入れるのが相場だ」

「うわ、そいつあ――」

「おまえの意見なんかききたかねえ！　黙ってるほうが身のためだ。女はおれがベッドに縛りつける。血流して死んじまう？　可哀想だっておれに涙を流せってのか？　そうなってもおれの知ったこっちゃねえ。なあ、相棒、手を貸してくれるよな、頼むぜ――そのために来てもらったんだ――おれひとりじゃうまくいかないかもし

れねえからな。ビビったらおまえを殺さなきゃならねえ。わかるだろ？　それで、もしおまえを殺したら、女も始末しなきゃならねえ。そしたらだれの仕業か、だれにも知りようがなくなるって寸法だ」

「そうか、やんなきゃならねえ。やんなきゃならねえなら、ほら、やっちまおう。早いほうがいい――震えが止まんねんだ」

「すぐやる？　客がいるのにか？　おまえ、仕事のイロハも知らねえのか？　ダメだ。明かりが消えるまで待つんだ。急ぐこたぁねえ」

ハックはこの先ずっと沈黙がつづくと読みました――その沈黙はどんな恐ろしい人殺しの相談を聞いているより身の毛のよだつものでした。それでハックは息を止めて、恐る恐る後ずさりを始めました。片足を上げ、右に左によろけそうになり、危うく転びそうになるのを、バランスを取り、それから注意深くうしろへと足を地面に下ろし、そこでしっかりと身体を立て直しました。それからもう一方の足を上げ、さきほどと同じように慎重に、危なっかしく後ろへと足を地面に下ろしました。つづけて右足、左足、右、左――地面に足が着いたとたん、パキッと小枝の折れる音がしました。息をひそめて聞き耳を立てます。なんの音もしません。まったく静かです。ハックはこの上もなく安心しました。それからヌルデの壁の間で、ハックはまるで船のように慎重に１８０度向きを変えると素早く、しかも音を立てないようにさっき来た道を戻りました。

石切場まで来ると、やっと安心して自慢の足で駆け出しました。飛ぶように丘をどんどん駆け下りました。ウエールズ移民の家にたどり着くと、扉をドンドンと叩きました。すぐに老人とふたりの屈強な息子があちこちの窓からいっせいに顔を出しました。

「何事だ？　だれだ、おまえは？　なんの用だ？」

「扉を開けて――早く！　大変なんです！」

「なにが？　おまえの名は？」

「ハックルベリー・フィンです――早く開けて！」

「ハックルベリー・フィンだと、なるほど！　その名前の持ち主にゃ滅多に扉なんか開けられない！　けど、おい、おまえたち、その子を入れてやれ、なにが起こったか聞こうじゃないか」

「おれが話したってだれにも言わないでください、お願いです」部屋に通されるやいなや、ハックは言いました。

「絶対言わないでください、バレたら殺される、間違いなく――だけどあの未亡人は折りにふれておれに親切にしてくれた、だから助けたいんです。絶対、だれにもおれがしゃべったって言わないで、そしたら全部説明します」

「驚いたな、この子はなにか大変なことを言おうとしている。そうじゃなきゃこんなまねするはずはないわい！」老人が言いました。

「話してみな、ここにいる者はみな、秘密は守る」

　3分後には老人とふたりの息子は、しっかり武装して丘を登ってゆき、ヌルデの灌木《かんぼく》の小径まで来ると武器を構え、忍び足で入ってゆきました。案内をしてきたハックはそこに留まり、巨岩の影で耳を澄ませました。不安な静けさがつづきます、と突然、暗闇に銃声が1発響き渡ると叫び声がそれにつづきました。ハックはなにが起こったかなど、知ろうともしませんでした。その場をはじかれたように離れると、丘を、両足が引きちぎれんばかりの全速力で駆け下りました。

第30章

ウエールズ人の報告／ハック、しどろもどろ／広まる話／大問題発生／潰《つい》え去る希望

日曜の朝、夜明けのきざしがかすかに見えると、ハックはまだ暗い道を手探りでたどってふたたび丘を登り、ウエールズ人の家の扉を、今度はおだやかにノックしました。一家じゅうまだ寝ていましたが、その夜の活劇のお陰で、みな、神経が高ぶっていて、針の落ちる音でも目が覚めてしまうような状態でした。

窓から声がしました。

「だれだ！」

ハックのおびえた声が低く応えました。

「お願いです、入れてください。ハックルベリー・フィンです！」

「その名を聞いたんじゃ、夜だろうが昼だろうが扉を開けないわけにゃいかないな、坊主！　よく来たな！」

浮浪者のハックの耳にはまったく聞き慣れない言葉でした。こんな心地よい言葉は今まで耳にしたことはありませんでした。「よく来たな」などとは生まれてこのかた、言われた記憶がありません。すぐに扉が開き、部屋に入ると椅子をすすめられました。老人とふたりの背の高い息子はすばやく身を整えました。

「さて、坊主、元気で腹も減ってればいいんだが、日が昇ったらすぐ朝飯になる、熱々の焼きたてパンもあるぞ——思い切り喰ってくれ！　わしたちはあのあと、おまえさんがここに来て泊ればよかったのに、と話して

たんだぞ」

「あのとき、もう死ぬほど怖かったんです」とハック。

「それで走ったんです。銃声がしたとたんに逃げ出して、5キロくらいは突っ走りました。こうして戻ってきたのは、あのあとどうなったか知りたくて、どうしても。夜が明ける前に来たのは、あの悪魔どもに見られたくなかったからです。たとえあいつらが死んでるとしても」

「そうか、かわいそうだったな、おまえさんにとっちゃ、きつい夜だったようだな——朝飯を喰ったら眠るがいい、ちゃんとベッドを用意するから。ところでやつらだが、死んじゃいない。まったく残念しごくだ。おまえさんの説明でやつらがどこにいるかは、しっかりわかっていた。だからわしらは足音を忍ばせて、やつらから5メートルくらいまで近づいた——ヌルデの木の小径は地下室みたいに真っ暗だった——そのときだった、突然くしゃみが出そうになった。運としては最低最悪だった。なんとか押し戻そうとした、でも無駄だった。出物腫れ物所構わずだ、盛大にやっちまった。わしは拳銃を構えて先頭を進んでいたが、くしゃみを聞いた悪党ども、ガサガサと藪のなかに飛び込んで逃げようとした、それでわしは『撃て』と叫ぶと同時に音がしたところを目がけて立てつづけに撃った。せがれたちもつづいて撃った。だがあの悪党ども、あっという間に逃げちまった。わしらも茂みのなか、やつらを追いかけた。

あの調子じゃやつらは無傷だったと思う。逃げる間際に、やつらも撃ち返してきた、弾はかすめたけどだれにも当たらなかった。やつらの足音が聞こえなくなったんで追うのはやめ、丘を下って保安官を起こした。保安官は自警団を組んで土手を見張り、夜が明けたら山狩りをする手はずになっている。うちの息子ふたりも自警団に加わって山狩りに行く。あの悪党どもがどんな風態か、なにか手がかりがあるといいんだが——そうすればえらく助かるんだがな。だけどおまえさん、やつらは見えなかったろうな、なにしろ暗かったから、そうだろ？」

「大丈夫です、おれはあいつらを商店街で見かけてあとをつけてきたんだから」

「そいつぁすごい！　教えてくれ、それでどんなやつらだ、坊主」

「ひとりは言葉の通じないスペイン人の爺さんです、商店街で2、3度見かけました。もうひとりはみすぼらしいやつで、ぼろを着て――」

「そこまでわかれば十分だ、坊主、わしもそいつら見たことがある！　未亡人の家の裏手の茂みで見かけたやつらだ。こっちに気がついたらスーっといなくなった。よし、おまえら、行って保安官に今の件、話すんだ――朝飯は明日にしろ！」

ウエールズ人のふたりの息子は、老人の言葉も終わらないうちに出発しました。ふたりが部屋を出ようとすると、ハックが追いすがって叫びました。

「あの、お願いです、あいつらのこと告げ口したのはおれだって、だれにも言わないでください、お願いです！」

ふたりが出ていくと老ウエールズ人が言いました。

「息子らもわしも言いやしないよ。だけど、なぜ秘密にしたいんだね？」

ハックは、ふたり組のひとり、スペイン人はもう幾度か商店街で顔を合わせていて、彼になにか不利なことを知ってることがばれたら絶対に殺される、とだけ説明しました。老人は、秘密は守ると再度約束してくれましたが、どうも腑に落ちないというふうに訊きました。

「だけどなんでやつらをつけたりしたんだ、坊主、いかにも怪しい様子だったのかね？」

ハックはすぐには答えず押し黙っていましたが、もっともらしい答えを慎重に組み立ててあげると、やおら口を開きました。

「なんというか、わかるでしょ、おれは不幸な星のもとに生まれたんです——少なくともみんなはそう言います、おれは特に、そんなことはない、なんて言い張ることもしません——だけど、ときどきは我が身を思って、なんとかこんな境遇から抜け出せる手はないかと、いろいろ考えて眠れないときもあるんです。昨日の晩もそうでした。どうしても寝つけないので真夜中ごろ、目抜き通りにやってきました、あれこれ考えながら。そして禁酒宿の隣の古いおんぼろレンガ店まで来ると、壁により掛かってまた考えていました。ちょうどそのときでした、あのふたりがやってきておれのすぐ脇をすり抜けていったんです。見るとなにやら小脇に抱えていました。盗品に違いない、と思いました。一方はタバコを吸っていて、もう片方が火を貸せ、と言いました、ふたりはおれの目の前で立ち止まり、葉巻に火がつきました。ふたりの顔が照らし出されました。大柄の方は言葉の通じないスペイン人でした、白髪の頬髭で片目パッチだったから間違いありません。もうひとりはしょぼくれた、ボロを着た悪魔でした」

「葉巻の火でボロ服まで見えたのかね？」

ハックは一瞬たじろぎました。

「えーと、わかりません——だけど見たような気がするんです」

「それでやつらはまた歩き出したんだね、それでおまえさんは——」

「あとをつけました——はい。そうです。あいつらがなにを企んでるか知りたかったんです——あいつらはヌルデの木の小径をこっそり進んでいきました。おれはニボー人ん所の柵越え階段までつけていきました。そこまでいって暗闇のなかで様子を見ました。するとボロ男がニボー人を殺さないよう頼んでました。するとスペイン人は彼女の顔を必ず台無しにしてやるって、もうみなさんに話したとおり——」

「なんだって！　言葉の通じないやつがそれ全部話したのか！」

ハックはまたしても、致命的なミスをおかしてしまいました！　ハックは、あのスペイン人の正体を絶対に悟られないように細心の注意をはらってきたつもりでしたが、その努力もむなしく、彼の舌は、自身を面倒に巻き込もうと決めたようでした。このままではどんどん追い込まれます、この状況から抜け出すため、ハックはあれこれあがきましたが、老人の目はハックをしっかり見据え、つぎつぎと問いただすので、ハックの話はすぐにボロが出て、そのボロを隠そうとしてまたボロが出てしまうのでした。やおら老人が言いました。

「坊主、怖がらなくてもいい。おまえさんに危害を加えようなんて、どんなことがあっても毛ほども考えない。その逆だ――わしはおまえさんを守ろうとしてるんだ――守ろうとな。そのスペイン人は、言葉はわかるし、もちろん言葉もしゃべれる。おまえさんはそのことをうっかり話しちまった。いまさら取りつくろうなんて無理だ。そのスペイン人について、そっとしておきたいことがまだあるんだろ？　ほら、わしを信じなさい――言ってごらん、大丈夫だ――おまえさんを裏切るようなことはしないから」

ハックは老人の真摯な眼差《まなざ》しを一瞬のぞき込むと、身をかがめてその耳にささやきました。

「あれはスペイン人じゃないんです――インジャン・ジョーです」

老ウエールズ人は椅子から飛び上がらんばかりに驚きました。すぐに我にかえり、言いました。

「それで合点がいった。なるほど。耳に三角の刻みを入れるとか、小鼻を切るなんて話はおまえさんが勝手にでっち上げたに違いない、と思っていた。なぜって我々は復讐にそんなたぐいの手は使わない。だけどインディアンとなると！　話はぜんぜん別だ」

朝食のテーブルに着いてからも話はつづきました。その流れのなかで老人が語りました。あのあと、寝る前に、もう一度ランタンを持って現場に戻り、柵越え階段の付近に血痕がないか確かめにいった。血痕は見つからなかったけれど、なにやら分厚い包みを確保した……

「包みって、なんの！」

たとえその言葉が稲妻だったとしても、ハックの蒼白になった唇から、そのときほどぎょっとするような唐突さで飛び出さなかったでしょう。眼は大きく見開き、息を詰めて――老人の答えを待ちました。老ウエールズ人はギクっとして――ハックを見つめ返しました――3秒、5秒、10秒、やおら答えました。

「泥棒用の道具一式だ。なぜだ、いったいなにがあったと言うんだ？」

ハックはいっぺんに力が抜けて椅子に沈み込み、深く吐息をもらし、口で言い表せないほどほっとしました。老ウエールズ人は険しい、同時にけげんな目つきでハックを見つめて――言葉をつづけました。

「そうとも、泥棒道具だった。おまえさん、それを聞いてなんかものすごくほっとしたようじゃないか。だがなんであんなにショックを受けたんだね？　わしらがいったいなにを見つけたと思ったんだね？」

ハックは窮地に追いこまれました――好奇心と疑いの混ざった眼が注がれていました――もっともらしい答えができるようなネタのためならなんだってやる――でもなにも浮かびません――疑いの目はさらに深く、詮索するように迫ってきます――バカみたいな答えが浮かびました――もう四の五の考える余裕などありません、それでハックは破れかぶれで、そのまま答えました――弱々しい声で。

「日曜学校の本、じゃないかなって」

可哀想にハックはこのバレバレの答えのあと、いったいどうなるかと絶望的となり、ごまかしの笑みを浮かべる余裕もありませんでした。

ところが老人は大声で笑い出し、楽しそうに、頭のてっぺんから足先まで体じゅうのありとあらゆる箇所を揺すって笑ったのです。笑いが収まるといいました。こんな笑いは小遣いをもらったようなもんだ、なぜって身体にいいから医者に払う金をバッサリ削れる、と。それからつづけて、

「かわいそうだったな、考えてみればおまえさんはおびえてその上疲れ切っている――ちょっと調子がわるいんだ――話がとんちんかんだったり、ビクビクするのも道理だ。でも大丈夫、じきよくなる。ゆっくり休んで寝ればよくなるさ、そうとも」

ハックは、間抜けにも不審がられるような興奮ぶりを見せてしまったと思うと、自分自身にいらだちを覚えました。なぜなら柵越え階段でのふたりの会話を聞いた時点で、あの包みは財宝では、という見込みは捨てたのです。けれど、あれは財宝ではない、と思っただけで――財宝ではない、という事実は知りませんでした――だから包みを確保したと聞いたとたん、なかはなんだ、知りたい、という衝動を抑えるのはハックの自制心には荷が重すぎたのです。

しかし、結局、あれはあれでよかったのです。なぜならもう疑いの余地なく、あの包みは「お宝」ではないことが判明したのですから。ハックの気持ちは安らぎ、すっかりくつろぎました。実際、今や、すべてがよい方向へと向かい始めているように思えました。財宝はまだあの2号室にあるにちがいない、あのふたりは今日じゅうに捕らえられ牢屋に入れられるだろう、夜になったらおれとトムは財宝を楽勝でいただける、当然なんの障害もなく、邪魔される恐れもないから。

朝食を終えたちょうどそのとき、扉をノックする音が聞こえました。ハックは飛び上がって身を隠しました。昨夜の事件と関わりがあることを、ほんのかすかでも知られたくなかったのです。老ウエールズ人は扉を開け、何人かの紳士と、ご婦人を招き入れました、ダグラス未亡人もいました。また開いた扉からは、村人が群れをなして丘を登っていくのが見えました――柵越え階段を見物に。そう、もうニュースは村じゅうに伝わっていたのです。老ウエールズ人は来客に昨夜の出来事を、ハックのことは抜きで説明しなければなりませんでした。未亡人は、身の安全を守ってもらったうれしさを、周りにはばかることなく、思い切り老人に伝えました。

「お礼なんて、言うには及びません、奥さん。じつはね、奥さんには、わしや、わしの息子どもなんかよりもっと感謝しなきゃならない人がいるんですよ。だがわしはその人物の名前を言うのを止められているんですわ。そもそもその人物がいなけりゃ、わしらはあの場にはいってなかったんですよ」

当然のことながら、来客のあいだでは、この謎の人物の話で大いに盛り上がり、本題はほとんど脇に追いやられてしまいました――しかし老人は客の想像のおもむくまま、話がふくらむまま、そして村じゅうに広まるままにしました。なぜなら彼はそれ以上、詳しい話はしませんでしたし、彼らの意見になにもコメントをしませんでしたから。

謎の人物を除いて、事件の全貌が明らかになり、老人の話が終わると、未亡人が尋ねました。

「昨晩はベッドで本を読んでそのまま寝てしまい、そんな騒ぎにはちっとも気づかなかったわ。なぜ起こしてくださらなかったのかしら?」

「もう声を掛けるほどのこともないと思ったんですよ。やつらが戻ってくることはまずありえんですからな――なにしろ連中にはもう、泥棒七つ道具がないんですから。そんな状況であんたを起こして、死ぬほど怖がらせてもなんにもならないでしょ。それに念のため、うちの黒人3人に、朝までお宅を見張らせておきました。3人は今しがた戻ってきたばかりなんですわ」

さらに何組もの客が訪れました。客が来るたびに話は繰り返し繰り返し語られ、2時間ほどつづきました。

学校が夏休みの間は、日曜学校はありません。それで普段は10時まで子どもで一杯の礼拝堂は空いていました。というわけで、村人はみな早くから礼拝堂に集まり、礼拝が始まる前、この騒動についてみな口々に意見を交わし、盛り上がっていました。そこに、犯人のふたり組の足取りはつかめていない、というニュースが伝わりました。

礼拝のあと、サッチャー夫人が、通路をぞろぞろ出口に向かう人並みのなかにハーパーさんを見つけると近づいてゆき、尋ねました。

「すいません、奥様。うちのベッキーはまだ寝ているのでしょうか？ あの子、死ぬほど疲れたのかしら、と思って」

「お宅のベッキー？」

「はい」と驚いた様子で――

「あの子、昨晩お宅に泊まりませんでした？」

「いいえ、どうして？」

サッチャー夫人の顔色がみるみる青ざめ、ベンチに崩れるように座りこみました。ちょうどそこへ、友人とおしゃべりをしながらポリーおばさんが通りかかりました。

「おはようございます、サッチャーさん、おはようございます、ハーパーの奥さん。朝見たら、うちの子が帰ってなかったんですよ、トムはお宅――どちらかのお宅に泊めていただいたんでしょ。教会に直接来てると思ったけど、怒られるのが怖くてさぼったのね、しっかりお仕置きをしなくちゃ」

サッチャー夫人は弱々しく首を横に振り、ますます顔が蒼ざめました
「いいえ、泊まりませんでしたよ」とハーパーさんが不安そうに応えました。ポリーおばさんの顔にさっと不

安の影がよぎりました。

「ジョー・ハーパー、あんた今朝、トムを見なかったかい?」

「いいえ、おばさん」

「それじゃ、最後にトムを見たのはいつだい?」

ジョーは思い出そうとしましたが、はっきりとしたことは言えませんでした。

帰りかけていた人々が足を止めました。ささやきは波紋のように広がり、みな、一様に最悪の事態になったら、と不安な表情を浮かべました。子どもたちに必死に訊いて回りました。同行した若者たちにも。答えは一様におなじでした、帰りのフェリーにトムとベッキーが乗っていたかどうか定かではない、とのことでした。もう暗かったし、見あたらない子はいないか確かめよう、など思い浮かばなかった、と言うのです。

ついに同行した若者のひとりが内心恐れていたことを思い切って声に出しました、ふたりはまだ洞窟にいるのでは! と。

サッチャー夫人は気絶してしまいました。ポリーおばさんは泣き崩れ、祈るように両手を握りしめていました。

子どもがふたり帰ってこない、というニュースは口から口へ、グループからグループへ、街角から街角へと伝わり、ものの5分もしないうちに警鐘が打ち鳴らされ、村じゅうが総動員体制に入りました! カーディフの丘の事件は、あっというまにどうでもよくなり、盗人どもは忘れ去られ、馬にはサドルが置かれ、ボートがこぎ出され、フェリーはキャンプ地へ向かいました。恐ろしい知らせが伝わってから、ものの30分もしないうちに、200人もの捜索隊が陸路と水路との両方で洞窟に向かいました。

長い長いその日の午後、村は空っぽになり、死んだように静かでした。女性たちはポリーおばさんかサッチャー夫人のいずれかを慰めようと訪れました。彼女たちはふたりと一緒に涙を流しました、ふたりにとってどんな言葉より慰めになりました。

長くよどんだ夜のあいだ、村じゅうは吉報を待っていました。けれど永遠と思われた夜がつき、夜明けが訪れても、聞こえてくる言葉は「もっとロウソクを――もっと食料を」だけでした。サッチャー夫人はもう、気も狂わんばかりでした、ポリーおばさんもおなじでした。サッチャー判事は洞窟から希望と勇気を込めた言葉を送ってきましたが、ほとんど元気づけになりませんでした。

老ウエールズ人は夜明けに戻ってきました。ロウソクの脂でベタベタになり、粘土にまみれ、疲れ果てていました。部屋に入ると、ハックが、前日用意したベッドにまだ寝ており、熱でうなされていました。医者はみな、洞窟へとかり出されたので、ダグラスさんがやってきて看病をしていました。彼女はできる限りのことはする、なぜなら、いい子でも悪い子でも、普通の子でも、子どもは神の思し召しだから。神の思し召しであれば、おろそかにしていいなんてことはあり得ない、と言うのでした。老ウエールズ人は、ハックにはいいところもある、と言いました。すると未亡人がこう応じました。

「そこを信じればいいのですよ。それこそが神の思し召しのなによりの証拠です。神はだれひとりとして、ないがしろにはしません、絶対に。神の手によって命を授かった生き物にはすべて、そのどこかに神の思し召しの証拠があるのです」

早朝には何組もの捜索隊が疲れ切って村に戻りはじめました。それでもまだ体力のある者は捜索をつづけました。これまでに届いたニュースといえば、前人未踏の奥深くの洞窟まで調べる。洞窟の隅々まで、あらゆる隙間も徹底的に調べる、もしこの迷路のどこかをさまよっている人がいたら、必ず遠くのあちらこちらにチラチラする光を見るはずだし、注意をひくための叫び声や銃声のこだまは、暗い迷路の奥にいる人の耳にまで届くはずだ、ということだけでした。

普段洞窟見物に来る人が訪れる区域から、はるかに離れた場所で、岩の壁面に、油煙で書かれた「ベッキー&トム」という文字が見つかり、そのすぐそばに土とロウソクの脂で汚れたリボンが見つかった、との知らせがとどきました。サッチャー夫人はひと目見るなり、リボンはベッキーのもの、と泣き崩れました。これは娘との別れの形見です。そしてあの子の形見としてこれほど大切な品はありません、なぜなら恐ろしい死が訪れたそのときまで、生きているあの子と一緒だったリボンですから、と述べたのです。

洞窟内を探索している人から、何度か、遠くに小さな明かりがちらちら見えた、と報告が届きました。すると歓声が上がり、そのたびに20人ばかりが隊を組んでうつろな洞窟を駆け下ってゆきました――そしてそのあとにいつも、やり場のない失望が訪れたのです。ふたりはいませんでした。明かりは別の捜索隊のものでした。

おぞましい三日三晩のあいだ、なんの進展もないまま、のろのろと時間が過ぎてゆきました。だれもが無力感に襲われ、意気消沈していました。

ひょんなことからある不正が発覚しました、禁酒宿屋の主が、その宿に酒を蓄えていたのが発覚したのです。本来なら大事件なのですが、このニュースで盛り上がる人はほとんどいませんでした。

ハックは依然として病気で寝込んでいましたが、たまたま頭がはっきりしたときに、それとなく宿屋の件に話を向け――最後に、最悪の事態を聞かされるのでは、と漠然と恐れながら――自分が寝ている間、禁酒宿屋でなにか見つかったものがありますか？　と訊きました。

「あったのよ！」と未亡人が言いました。

ハックはギクッとしました。異様な目つきになりました。

「なに？　なんだったんですか？」

「お酒よ！――もうあの宿屋は閉められたわ――さあ、横になって――びっくりしたじゃない！　おどかさないでよ、どうしたの？」

「お願いです、ひとつだけ教えてください――ひとつだけ――お願いです！　見つけたのはトム・ソーヤーですか？」

未亡人の眼から涙がどっとあふれ出ました。

「もう話しちゃダメ、黙って、いい子だから。静かに！　言ったでしょ、話さないように。あなたは重い、重い病気なのよ」

結局、見つかったのは酒だけ。もし財宝が見つかっていたら大騒ぎになっていたはずだ。だから財宝の行方《ゆくえ》は永遠に謎――永遠に！　だけどダグラスさんはなにが悲しくて泣いているんだろう？　なんでこの人が泣く必要があるんだろう？　このような疑問が、とりとめもなくハックの心をかき乱しました。まだハックは疲労から回復していなかったので、あれこれ考えているうちにまた眠りにつきました。ハックが眠ったのを見届けると未亡人は独り言をつぶやきました。

「ほら、もう寝てしまったわ、かわいそうにまだ悪いのね。トム・ソーヤーが見つける、ですって！　残念だわ、だれかがトム・ソーヤーを見つけてもよさそうなのに！　そう、今となってはもう見つかるのも望み薄になったわ、みんな疲れて捜索できる人もわずかしか残っていないし、心当たりの場所はほとんど探し尽くしたわ」

第31章

探検／恐怖の始まり／洞窟に迷い込む／真っ暗闇／ぬか喜び

さて、トムとベッキーの、ピクニックでの行動に戻るとしましょう。ふたりはみんなと一緒に暗い洞窟を進み、そこここにある、よく知られた名所をめぐりました。それぞれの名所には、やや大げさなニックネームがつけられていました。たとえば「接見の間」とか、「大聖堂」とか、「アラジンの宮殿」などなど。

それから大はしゃぎのかくれんぼが始まりました。トムもベッキーも夢中になって遊びました。けれど次第に隠れる場所を探したり、隠れている子を見つけたりするのが面倒になってきました、あきてきたのです。ふたりはロウソクを高く掲げながら、曲がりくねった道を、あたりを見渡しながら下ってゆきました。見ると両側の岩の壁には、ところ狭しと名前、日付、住所、座右の銘などがロウソクのススを下地に書かれていました。

ふたりはおしゃべりをしながら、ぶらぶらと、さらに奥へと進んでゆきました。そのころには周りの壁にはもう、落書きが一つも見られなくなっていましたが、ふたりはそれには一向に気がつきませんでした。せり出している岩棚の下の壁を、ロウソクの煤でいぶし、指でふたりの名前を書いて、さらに奥へと向かいました。

やがて、石灰岩を溶かし込んだ小さな水流が、岩棚の幅一杯に広がってしたたり落ち、ゆっくりと長い時間をかけて、キラキラときらめく、朽ちることのない石でできた、レースのような薄く、ひだのついたナイヤガラの滝を作り上げている場所にやってきました。トムは、滝を裏から明かりで照らしてベッキーを喜ばそうと、小さな身体をそこに押し込みました。すると滝のカーテンの裏に、狭い洞穴があり、その奥は天然の急階段のようになっていました。そのとたん、トムは、その奥を突き止めてこの洞穴の発見者になりたい、という思いに取りつかれました。

ベッキーはトムの呼びかけに応え、滝の裏に回って、そこにススで目印を付けると、ふたりは探検を開始しました。あるときはこちら、あるときはあちらと、曲がりくねった道を、果てしない奥へと向かいました。分岐に行き当たると目印をつけて、この先の様子を見極めて友だちに話してやろうと、その分岐へと入ってゆきました。しばらく行くと、ふたりの前に広々としたドームがあらわれました。天井からは大人の脚の長さと太さほどもある、きらきらとした鍾乳石が何本もつるさがっていました。

ふたりは、その素晴らしさに感嘆したり不思議がったりしながらドーム内をくまなく歩き回っていましたが、やがてドームにある数え切れないほどの横穴のひとつに入ってゆきました。ほどなくふたりの前に、また別のドームが開け、その中央には幻想的な泉がありました。水をたたえているその底は、きらびやかな結晶の幾何学模様でおおわれていました。そしてドームは、数世紀にもわたって絶え間なくしたたり落ちる水滴の傑作である、巨大な鍾乳石と石筍とが合体した、数多くの、目を見張るような柱で支えられていました。

ドームの天井にはおびただしい数のコウモリの群れがいました。全部で数千匹はいたでしょう。ロウソクの灯りで眠りを覚まされたコウモリは、数百匹が一団となって金切り声をあげながら、狂ったように明かりをめがけて飛んできました。トムはコウモリの習性をよく知っていたので、この動きは危ないとすぐにわかりました。トムはあわててベッキーの腕をつかむと、一番近い横穴に走り込みました、けれど間に合いませんでした。ベッキーが横穴に逃げ込む一歩手前で、手に持ったロウソクを、コウモリの羽で叩き落とされました。コウモリの群れはふたりを執拗に追ってきました。必死に逃げるふたりは、わき道が目に入るとすぐそこに走り込み、逃げ回りました。やっとのことで、あの危険な生き物を振り切ることができました。

さらに先を進むと、ほどなく地下の湖に出ました。その薄暗く細長い水面は暗闇に溶け込んでしまうほど伸びていました。トムは湖の周りを調べたいと思いましたが、まずは座ってしばらく休んだほうがいいと思いなおしました。

ここに至って初めて、地中奥深くの静寂が、じっとりと湿ったその掌を、ふたりの心のうえにかぶせてきました。ベッキーが言いました。

「あら、気がつかなかったけど、みんなの声が聞こえなくなってからずいぶんたったみたいだけど」

「そういえば、ベッキー、ここはみんながいるところから、ずーっと下だ。それにどのくらい北に行った、南か、東か、どっちへ行ったか、わからない。みんなの声も聞こえないよ」

ベッキーはとたんに心細くなりました。

「どのくらいこの洞窟にいたのかしら、トム？　もう戻ったほうがいいわ」

「うん、おいらもそう思う。そのほうがいい」

「帰り道、わかる、トム？　あたしにはどこもぐにゃぐにゃ曲がりくねった道とだけしか思えないの」

「わかると思うけど——あのコウモリがやっかいだな。またロウソクを叩き落とされたら真っ暗でどうにもならない。あそこを避けて別の道を探そう」

「そぉ、でも道に迷いたくないわ。迷ったら大変なことになるわ！」

ベッキーはこの先起こるかもしれない、恐ろしい事態を思い浮かべて身震いしました。

ふたりはいくつかある横穴のひとつを選び、長い間ひとことも言葉を交わすことなく歩きつづけました。歩きながら横穴があると、もしや見慣れた道では、と必ず入り口付近をのぞき込むのですが、どれも見たことのない道でした。トムが入り口の壁を見まわすたびにベッキーは、トムの顔に希望が灯るかを見つめましたが、彼は明るくこう言うのでした。

「そんな顔しないで。問題ないよ。えーっと、ここは違った、だけどそのうち帰り道は見つかるよ！」

けれど次々と調べる横穴が次々帰り道でないとわかり、そのたびにトムの希望は削り取られていったのです。

そしてなんとか帰り道を見つけようと、ワラにもすがる思いで、あちこちで枝分かれしている横道に手あたり次第入ってゆきました。それでもまだ「問題ない」とは言っていましたが、トムの心には計り知れない心配と、恐れが重くのしかかっていたので、「モンダイナイ」という言葉のリズムが狂ってしまい、それが「モウダメダ！」に聞こえてしまうのでした。ベッキーはおびえ切ってトムの脇にすがりつき、怖さであふれそうな涙を必死にこらえていましたが、無理な話でした。とうとうトムに言いました。

「ねえ、トム、コウモリなんか気にしないわ、元来た道を戻るのよ！　このままだと、どんどん深みにのみ込まれる一方だわ」

「静かに！」とトムが言いました。

圧倒的な静けさです。あまりの静けさで、ふたりの呼吸する音さえ耳障りなほどはっきり聞こえるのです。

トムが叫びました。その声は、そこここに、ぽっかりと口を開けている迷路に反響しながら伝わってゆき、やがてはるか彼方でちょっと嘲笑《あざわら》うようにも聞こえる、かすかな音となって消えてゆきました。

「うわ、やめて、トム、すごく気味がわるいわ」

「うん、確かに気味が悪い、だけどやったほうがいいんだよ、ベッキー。だれかの耳に届くかもしれない、そうだろ」と言うとまた叫びました。この「かもしれない」という言葉は、あの気味の悪い笑い声よりもっと身の毛のよだつものでした。なぜならその言葉は希望が失せたことを意味しているのですから。ふたりは身じろぎもせずに立って、耳を澄ませていました。なにも聞こえません。トムは踵《きびす》を返すと来た道を急いで戻りました。トムの戸惑った様子からすぐ、ベッキーは新たな恐るべき事実を悟りました——帰り道が見つからない！

「ねえ、トム、あんた、目印付けなかったの！」

「ベッキー、おいらなんて馬鹿なんだ！　大馬鹿だ！　引き返すなんて思いもよらなかった！　ダメだ——どう行っていいかわからない。どこもここもみんな同じに見える」

「トム、ねえトム、あたしたち迷ったんだわ！　迷ったのよ！　もう、この忌まわしい洞窟から出られない！　ねえ、なんであたしたち、みんなと離れちゃったの！」

ベッキーはしゃがみ込むと、火がついたように泣き出しました。トムはその様子を見て、彼女が死んでしまうのでは、あるいは正気を失ったのでは、との思いに襲われ、背筋が凍りました。トムは彼女のかたわらに座ると、彼女を抱きかかえました。ベッキーはトムの胸に顔を埋め、しがみつき、どんなに怖いか、また今となってはどうしようもないことをあれこれ後悔するのでした。そしてその訴えは、からかうような嘲笑《ちょうしょう》の反響音となってふたりに舞い戻ってきたのです。

トムは彼女に、もう一度希望を奮い起こして、と頼みました、が駄目でした。思い返してみると、こんな悲惨な状況に彼女を追いやったのは自分のせいなのだと、我とわが身をさいなみ、責めました。これが良かったようです。もう一度希望をもつようやってみる、そして、二度とあなた自身を責めるようなことをしないなら、トムの行くところならどこまでも一緒に行くわ、とベッキーが言ったのです。つづけて、なぜってあなただけが悪いわけじゃなくてあたしも一緒だったじゃない、と言ってくれたのです。

ふたりはまた歩き出しました——目指すところもなく——当てもなく——できることはただ歩くことだけで、歩きつづけることだけでした。しばらくの間はまた希望がよみがえってきました——特になにかがあったから、というわけではありません、希望というものの性質として、年老いたり、あるいはやることなすことみなダメで、しくじりに慣れっこになることによってその復元力がなえてしまうまで、希望は何度でもよみがえるのです。

ほどなくトムは、ベッキーのロウソクを手にすると、それを吹き消しました。ロウソクの節約、それは恐ろしく深刻な状況、ということを意味するのです！

もう説明はいりません。ベッキーはすべてを悟りました。彼女の希望はまたついえました。ベッキーは、トムはポケットに、ロウソクを、まだ新品を1本、それに使い掛けを3、4本持っていることを知っていました——それでもロウソクを節約しなければならないのです。

次第に疲れが頭をもたげ、いい加減に休んだらどうかと、あからさまに迫ってくるのでした。ふたりはこの誘惑に負けまいと気を引き締めました。なぜなら時間がとてつもなく貴重になった今、座って休もうなどと考えるのは恐ろしいことなのです。歩きつづける、ある方向に向かって、いやどんな方向であっても歩きつづける限り、今の状況を変えることになり、もしかしたら、いい結果が得られるかもしれないのです。けれど腰を下ろしてしまったら、それはとりもなおさず死を招くことであり、しかもそれを早めることになるのです。

とうとうベッキーの華奢《きゃしゃ》な脚がいうことをきかなくなりました。座り込んでしまいました。トムも一緒に休み、家のこと、友だちのこと、ふかふかしたベッドのことについて語り合いました。それからなによりも明かりについても！　ベッキーが泣き出しました。トムはなんとか慰める手立てはないか、あれこれ考えましたが、思いつく言葉はもう何回も使っていて、もしまた口にすると、かえって皮肉っぽく響くようなたぐいのものばかりでした。

ベッキーはよほど疲れていたのでしょう、ちょっとまどろんだかと思うと眠り込んでしまいました。トムはほっとしました。ベッキーの疲れた顔をのぞき込むと、ベッキーは楽しい夢でも見ているのでしょうか、その顔はだんだん穏やかに、いつものベッキーに戻っていき、やがて微笑みが浮かび、笑顔になったのです。ベッキーの穏やかな寝顔はトム自身の気持ちのなかに、いくばくかの安らぎといやしをもたらしました。そしていつのまにか、過ぎ去ったときと、夢のような思い出にひたるのでした。トムが物思いにふけっていると、ベッキーがさわやかな笑い声を立てて目を覚ましました。しかしその笑いは唇まで来たとたんピタッとやみ、うめき声がつづきました。

「まあ、どうやって眠れたのかしら！　目なんかさめなければ、金輪際さめなければよかったのに！　違うわ、そうじゃない！　違うの、トム！　そんな目で見ないで！　二度とこんなこと言わないから」

「きみが眠れてよかったよ、ベッキー、これで元気が出ると思うよ、さあ、出口を探そう」

「そうしましょう、トム。だけど夢に、それはきれいな国が出てきたのよ、あたしたち、あそこに行くんだと思うわ」

「そうかな、そんなことないと思うよ。元気出して、ベッキー、頑張ろうよ」

ふたりは立ち上がり、手をつないで当てもなく、望みもなく、さまよいました。洞窟に迷い込んでからどのくらいたったか見当をつけようと試みましたが、もう何日も、いやそれどころか何週間もたったようにしか思えませんでした。けれどもそんなにたっていないことは明らかでした。なぜなら、まだロウソクが手元に残っているからです。

それからどのくらいたったでしょうか――どのくらいか彼らにはわかりません――なるべく静かに歩いて、水のしたたる音がするか耳を澄ませよう――泉を見つけなきゃ、とトムが言いました。やがてふたりは、とある泉を見つけました。そこでトムはふたたび休むことにしました。ふたりはもう綿のように疲れていました。けれどベッキーはもう少し先に進みたい、と言いました。驚いたことにトムはうん、とは言いませんでした。ベッキーは、どうしてトムが同意しないのか不思議でした。

ふたりはそこで座り、トムは自分の持っていたロウソクを、粘土を使って目の前の壁に立てました。ふたりの胸にさまざまな想いが駆け巡り、その間、ふたりともだまりこくっていました。ベッキーが沈黙を破りました。

「トム、あたし、おなかがすいた！」

トムがなにやらポケットから取り出しました。

「これ、覚えてる？」

それを見たベッキーの顔に、笑顔、といってもいいでしょう、が浮かびました。

「あたしたちのウエディング・ケーキね、トム」

「そのとおり――これが樽ぐらい大きけりゃな、だって食べ物はこれだけなんだもん」

「あたしはピクニックには持ってこなかったわ、トム。あたし、あなたとの夢がつづくように、大人がやるのを真似て、ケーキを1年間取っておくつもりなの――だけどこれがあたしたちの最――」

そこまで言って口を閉ざしました。トムはケーキをふたつに分けました。ベッキーはよほどお腹が空いていたのでしょう、口いっぱい頬張って食べました。トムは自分の取り分を少しかじっただけでした。食事の終わりに飲む冷たい水は豊富にありました。しばらくしてベッキーがそろそろ出かけましょうか？　と言うと、トムはしばらく黙っていましたが、改まったように言いました。

「ベッキー、おいらがどんなことを言っても我慢してくれるかな？」

ベッキーは青ざめましたが、大丈夫だと思う、と応えました。

「あのね、ベッキー、おいらたち、ここに留まっているべきなんだ、ここには水があるから。この小さなかけらが最後のロウソクなんだ！」

ベッキーは涙が流れるにまかせ、泣き崩れました。トムは懸命にベッキーを慰めましたがなんの役にも立ちませんでした。ようやくベッキーが言いました。

「トム！」

「なに、ベッキー？」

「あたしたちがいないのに気づけばみんな探しにくるわ！」

「そうだ、探しにくる！　絶対だ！」

「もう、探し始めているかもしれないわ、トム」

「いつあたしたちがいないって気づくかしら、トム？」

「たぶん、帰りのフェリーじゃないかな」

「トム、でもその時分はもう暗いわ――あたしたちが乗っていないってわかるかしら？」

「さー、どうかな。でもどっちみち、きみが帰ってこなかったらお母さんが大騒ぎするよ」

ベッキーの顔に浮かんだ怯えた表情を見て、トムはハッとしました、へまをしたことがわかりました。ベッキーは土曜の夜、うちに帰る予定ではなかったのです！ ふたりとも押し黙ったまま考え込んでいました。突然、ベッキーがワッと泣き出しました。それを見てトムは、自分をさいなんでいる絶望的な状況に、彼女もまた気がついたことがわかりました――サッチャー夫人が、娘がハーパー家に泊まらなかったことを知るのは、早くても日曜日の朝、というより昼近くなのです。


ふたりは小さくなったロウソクから眼を離さず、それがゆっくり、けれども情け容赦なく溶けてゆくのを見つめていました。最後にロウソクの芯だけが1センチばかり残ったのを見ました。弱々しい炎が高くなったり低くなったりするのを見ました。うっすらとした煙を炎が上へとたどり、ちょっとの間、煙のてっぺんに留まったかと思うと、それから――漆黒の闇の恐怖が支配したのです！

ベッキーは、深い眠りからなかば醒めると、トムの腕のなかで泣いている自分に気がつきました。でもどのくらい寝ていたか、ふたりとも見当がつきませんでした。明らかなことはひとつ、かなりの時間がたった、ということでした。ふたりは泥のように眠っていましたが、ようやく起き上がると、またみじめな現実と向き合いました。トムが、今日は日曜日だと思う――いや、もしかしたら月曜かも、とベッキーに話しかけました。なんとか彼女が話に乗るよう仕向けるのですが、彼女は悲しみに押しつぶされ、すべての希望は潰えていて、トムの言葉など耳に入りませんでした。またトムが、ふたりがいなくなったことはもうずっと前に村じゅうが知って、間違いなく捜索が始まってる、ここで叫べばだれかが聞きつけて助けに来てくれるかも、とベッキーを励ましました。トムは叫んでみました。しかし真っ暗闇のなか、遠くから返ってくるこだまは、ぞっとするほど陰気で不気味でしたので、二度と叫ぶ気にはなれませんでした。

なんの進展もないまま、時間だけが過ぎました。またひもじさが洞窟にとらわれたふたりを苦しめはじめました。トムのポケットには、半分に分けたケーキが残っていました。ふたりはそれをまた半分ずつに分けて食べました。けれどかえってひもじさがつのったのです。ほんのひと口だけの食べ物が果たしたことは、ただ、空腹をかき立てただけでした。

しばらくして、トムが言いました。

「シッ、今の、聞こえた？」

ふたりは息を殺して耳をそばだてました。はるか遠くからの、かすかな呼び声のような音が聞こえました。すぐトムはそれに応えると、ベッキーの手をとり、洞窟を手探りで、声のする方へと向かいました。ちょっと立ち止まってもう一度聞き耳を立てました、やっぱり呼び声です、それも明らかに少し近づいていました。

「助けが来ているんだ！」とトムが言いました。

「こちらに向かってる！　さあ行こう、ベッキー　もう大丈夫だ！」

とらわれの身のふたりはほとんど天にも昇るほど喜びました。けれどふたりの歩みはのろのろとしたものでした。というのも暗黒の洞窟のあちこちには落とし穴が口を開けており、用心しなければならなかったのでした。声のする方へ向かってまもなく、落とし穴が待ち受けていました。ふたりはそこで止まらざるを得ませんでした。

穴の深さは見当もつきません、1メートルかもしれないし、30メートルかも知れない――いずれにしてもこれより先へは行かれません。トムは穴の深さを測ろうと、腹ばいになって半身を乗り出し、思い切り手を下に伸ばしました。底に手は届きませんでした。ここで止まって捜索隊を待つよりありません。ふたりは耳を澄ませました。はるか向こうからの呼びかけは明らかに次第に遠ざかっていました！　さらに少したつともう、なんの音も聞こえなくなりました。心が折れるような悲しさ！　トムは声がかれるまで叫びつづけました、でも無駄でした。ベッキーには、また声は聞こえてくるよ、と言いました。が今か今かと望みがもてる時は過ぎ去り、また底知れない静寂が戻ってきました。

ふたりは元来た道を、また手探りで泉まで戻りました。ものうい時間が、のろのろと過ぎました。またふたりは眠りにつき、目覚めると、おなかは我慢ができないほどすいていて、心は悲しみで打ちひしがれていました。トムは、今日はもう確実に火曜日になっている、と思いました。

トムに、ふとある考えが浮かびました。すぐそばにはいくつもの横穴があります。重苦しい時間をなにもしないでただ耐え忍ぶよりは、横穴のいくつかを探ったほうがまだましだと考えたのです。ポケットからタコ糸を取り出すと、その一端を尖った岩に結びつけ、ベッキーを連れて横穴へ向かいました。糸を繰り出しては手探りで進みました。

20歩ほど進むと先は「飛び込み台」のような崖となっていて、そこで道は終わっていました。トムは膝をつき、深さを手探りであたると、今度は両腕を左右に広げ、手に触った半円形のふちに沿って探りました。それから今度はもっと探ろうとさらに右腕を伸ばした、とそのときです、20メートルもない、ほんの少し先の岩陰から、ロウソクを持った人間の手がヌッと現われたのです！　トムは喜びの叫びをあげました、と次の瞬間、手につづいてその持ち主の姿が現われました——インジャン・ジョー！

トムの身体は凍りつきました。金縛りにあったように動けませんでした。しかし次の瞬間、身体の芯からほっとしました、トムの声に驚いて、「スペイン人」はあわてて逃げだし、姿を消したのです。ジョーがどうしてトムの声だと気がつかなかったか不思議でした。トムだとわかったら、法廷での証言の仕返しで、きっと殺しに向かってきたに違いありません。けっきょく声が洞窟で反響してだれの声ともわからなくなったのだ、間違いない、との結論に達しました。

おびえきって、全身の筋肉から力が抜けてしまいました。トムは、もし泉にまで戻る力が残っていたら、もう泉から離れずに、どんなことがあってもインジャン・ジョーと出くわすような危険はおかさない、と自分自身に言い聞かせました。ベッキーにはあのときなにを見たかを知られぬよう、注意深く話をはこびました。彼女にはただ「ツキよこい！」って叫んだだけだよ、と言ったのです。

しかし時間とともに、恐怖よりも飢えと惨めさがまさってくるものなのです。目覚めては泉の脇でただじっと時の過ぎるのを待ち、そしてまた長い眠りつくといったことを繰り返すうち、トムの心に変化が現われました。ふたりは激しい空腹で目を覚ましました。今はすでに水曜日、いや、木曜日かもしれない、金曜か土曜だってことさえありえる。もう、おいらたちの捜索もあきらめて打ち切られたに違いない、そうトムは考えました。ベッキーに、もう一度出口を探そうと誘いました。トムはインジャン・ジョーだけではなく、どんな恐ろしいことに出くわそうとも、もう一度試すつもりでした。けれどベッキーは弱り切っていました。彼女はあまりにも辛い目に遭ったので、もう何事にも無関心になってしまったのです。トムの誘いにも立ち上がることはありませんでした。あたしはここで待つわ、そして死ぬのよ——もうじきよ、とベッキーが言いました。もし行きたいのなら、たこ糸を持っていって——少し行ってはここに戻ってきて話しかけて——そして最期の時がきたらあたしのそばにいて、すべてが終わるまであたしの手を握っていて、約束して、とトムに頼みました。

トムはこみ上げる思いに喉をつまらせてベッキーにキスをし、必ず救援の人を連れてくるか、出口を見つけてくると固く誓いました。それからたこ糸を手に、飢えにさいなまれ、悲しい運命のきざしにおののきながら、こことは狙いを定めた道を、両手両膝をついて恐る恐る下ってゆきました。

第32章 トム、脱出行を語る／トムの敵、もう手出しできない

火曜日の午後が訪れ、そしてすぐに夕暮れが迫りました。セントピータースバーグ村は今も悲嘆にくれています。まだふたりの子どもは見つからないのです。ふたりの無事を願って、村主催のお祈りがおこなわれ、と同時にほんとうに多くの村人がそれぞれ、心からふたりの無事を祈りました。しかしながら、洞窟からは依然としてなんの便りも届きませんでした。大部分の救助隊は捜索をあきらめ、ふたりとも、もう見つからないのは明らかだ、と言い、隊員たちはそれぞれの本業に戻ってゆきました。サッチャー夫人は重い病の床に臥し、目覚めているときもほとんど錯乱状態になっていました。彼女を見舞った人は口々に、気の毒で心が引き裂かれる思い、と話すのでした。彼女の様子とは、娘の名を呼び、病床から身を起こしてたっぷり1分ほどじっと耳を澄ませ、それから悲しそうにうめくと弱々しくまた横になる、そのような行為を一日じゅう繰り返しているとのことでした。ポリーおばさんは悲しみの底に沈み込んでいました。白髪まじりの髪は、今やほとんど真っ白になってしまいました。もう火曜日の夜です。村は悲しみと絶望のうちに眠りにつきました。

真夜中もかなりすぎたころ、狂ったように打ち鳴らされる鐘の音が村じゅうに響き渡りました。すぐにあちこちの道は、服もろくに着替えていない、興奮しきった人々であふれかえり、叫びが飛びかいました。「起きろ！

起きろ！　見つかった！　ふたりが見つかったんだ！」

鐘の音と人々の叫びに加え、鍋が打ち鳴らされ、角笛が吹かれました。群衆は一団となって河へ向かい、歓喜の声を上げる村人の引く馬車に乗せられて村に帰ってくるふたりの子どもを出迎えると、たちまち馬車を取り巻いて、村への凱旋行進に加わり、商店街を、万歳、万歳と叫びながら威風堂々と進むのでした。

村じゅうの明かりが灯りました。もう、だれも寝直そうとは思いませんでした。この小さな村始まって以来の素晴らしい夜でした。馬車が着いて30分ほどのうちに、村人が列をなしてサッチャー判事の家にやってきました。助かったふたりを歓迎し、キスし、サッチャー夫人の手を握りしめました。それからなにか言おうとしましたが、言葉になりませんでした——ただただ涙で、そこいらじゅうを涙でぬらしたのです。

ポリーおばさんは心底から幸せを感じていました。サッチャー夫人も幸せを噛みしめていましたが、満点ではありませんでした。この素晴らしいニュースを携えて洞窟に向かった使いによって、洞窟にいる彼女の夫にニュースが伝われば、そこではじめて申し分のない幸せになれるのです。

トムは、冒険談を聞きたくてうずうずしている人々に囲まれ、ソファーに横になっていました。トムはその素晴らしい冒険の一部始終を、順を追って語りましたが、ついでに、ここぞという場面ではどこでも、大いに盛って話をさらにドラマチックに仕立てました。そして最後のくだりを、つぎのように述べて話を締めました。ベッキーを残して、たこ糸を延ばしながら出口を見つけに向かったこと。たこ糸の届く限り、2本の洞窟を通り抜けたこと。そして糸がギリギリ延びるところまで3本目の洞窟を進んでいき、もう目一杯というところで引き返そうとしたそのとき、陽の光のような、ほんの小さな点が、はるか遠くにちらっと見えたこと。たこ糸をそこで放して、その点を目がけてよつん這《ば》いになって進んでゆき、光の差し込む隙間から頭と肩を押し出すと、なんとすぐそこには広大なミシッシピー河が流れていた！　たまたまそれが昼だったからよかったものの、もし夜だったら、光の点など見えるはずもなく、そうなれば、あれより先、3本目の洞穴をその先に進むことはなかったこと、ベッキーの元へ戻り、この嬉しいニュースを伝えたこと、それを聞くとベッキーは、わたしは疲れたの、そんな見え透いた話で私をわずらわせないで、どうせこのまま死ぬのよ、いいえ、もう死んでしまいたい、と言ったこと、などを話しました。

ベッキーに、ほんとうに出口を見つけた、とわかってもらうのが、どれだけ大変だったか、そしてベッキーが洞窟をたどってほんとうに隙間から漏れる小さな陽の光を見たとき、死ぬほど喜んだこと。まず自分が隙間から抜けだし、それからベッキーを助けて外へ連れ出したこと。外へ出るとそこに座り、ふたりして涙を流して喜んだこと。数人が乗ったボートが通りかかったので、トムが助けを求めたこと。彼らに、これまでのいきさつと、死ぬほどお腹が減っていると伝えたこと。トムのとんでもない話を、最初はだれも信じなかったこと。「なぜなら」とボートの人が言うには「おまえさんたちのいるこの場所は、あの洞窟に向かう谷からは8キロも下流だから」――話が終わるとボートに乗せてもらって彼らの家へゆき、そこで食事をさせてもらい、日が暮れてから2、3時間休ませてくれて、それから村まで送ってきてくれたこと、をみなに話しました。

夜明け前にはサッチャー判事と、彼に同行していた数人の捜索者のもとに、この嬉しいニュースが伝えられました。判事たちはまだ洞窟内を捜索していましたが、彼らが張った道しるべの綱を頼りに、村からの使いが彼らのもとにたどり着いたのです。

少したって、ふたりは洞窟での三日三晩の苦しみと空腹は、簡単には癒えないことを思い知らされました。翌水曜日、それから木曜日も終日ベッドで過ごしました。それも休めば休むほど、ますます疲れが出てきて、身体がボロボロになっていくような感じがしました。トムは木曜日になってようやく歩けるようになり、金曜日には商店街まで行きました、土曜日にはもう、完全に元に戻りました。けれどベッキーは日曜日まで部屋を出ることはありませんでした。彼女はまるで、病気にかかって衰弱し、痩せ衰えたあと、やっと治った人のようでした。

トムはハックが病気だと聞いて、金曜日に見舞いに行きましたが、会わせてもらえませんでした。土曜日も、そして日曜日もだめでした。月曜からは毎日会わせてもらえることになりましたが、その際も、トムの冒険談やそのほか刺激的な話題は避けるよう、釘を刺されました。ハックを見舞っている間じゅう、ダグラスさんはトムが約束を守るよう、ぴったりとそばに張りついていました。一方トムは、家で静養している間に、カーディフの丘の事件、それと「ボロをきた男」の水死体が桟橋のそばで見つかった、たぶん追っ手から逃げようとして誤って溺れたのだろう、ということを聞かされました。

洞窟から助けられてから2週間がたちました。トムは、もうすっかり元気になったハックのところに、カーディフの丘の事件についての話を聞きにゆくことにしました。もちろんトムもハックが身を乗り出すような話を用意しているのです。

サッチャー判事の家はその途中にあります。ベッキーの様子を見ようと、ちょっと寄ることにしました。判事とそこに居合わせた判事の友だちは、トムに洞窟の話をするよう、なかば命じるような口調で言いました、そしてそのうちのひとりがいかにも皮肉っぽく「また洞窟にいく気はあるかね?」と尋ねました。トムはもちろん、と答えました。すると判事が言い放ちました。

「そうかい、だれもがきみと同じだと思うよ、トム、間違いなく。だけどもう手は打ったのだよ。そう、もうだれもあの洞窟で迷子にならないのだよ」

「どうして?」

「2週間前、ボイラー用の鉄板で補強した、大きな扉を入り口に取りつけた。そして三重の鍵を掛け、その鍵はわたしが管理しているのだ」

トムの顔から血の気が引き、紙のように真っ白になりました。

「どうしたのかね、きみ! そこの、だれか! 水を持ってきてくれ!」

水が届き、トムの顔に注がれました。

「あぁ、さあ、これでいい、一体どうしたんだね、トム?」

「大変だ、判事、洞窟にはインジャン・ジョーがいる!」

第33章

インジャン・ジョーの運命／ハックとトム、話を付き合わせる／洞窟へ／幽霊から身を守る／ダグラス未亡人邸での歓迎会

ものの数分のうちにこのニュースは村じゅうに伝わり、追っ手を乗せた1ダースものボートがマックドウガルの洞窟目指して出発しました。それからまもなく、大勢を乗せたフェリーがそれにつづきました。トム・ソーヤーはサッチャー判事に、いっしょのボートに乗せてもらいました。

洞窟の扉が開かれると、洞窟の入り口に差し込む鈍い夕日に照らされ、見るも痛ましい光景が浮かび上がりました。インジャン・ジョーが地面に長々と横たわって死んでいて、その顔は扉の下枠にある、削られてできた小さな穴に寄せられていました。それはまるで生への執着する眼が、最後の瞬間まで、陽の光と自由な外界の華やぎを見つめていたかのようでした。あわれみの情がトムの心にこみ上げてきました。なぜなら自らの体験から、この悪人がどれほど辛い目にあったかが察せられたのです。同情で心がかき乱されましたが、それとは別に、これで助かった、もう安全だ、という安堵の思いがどっと押し寄せてきました。この晴れ晴れとした気持ちを噛みしめてはじめて、あの血に飢えた極悪人のしわざを証言してからこれまで、トムに覆いかぶさっていた恐怖が、思っていたよりはるかに重く、辛くのしかかっていたことに気がついたのです。

死体のかたわらにはインジャン・ジョーの大型ナイフがふたつに折れて転がっていました。扉の下部の頑丈な

枠木が、気の遠くなるような、けれどもなんの役にも立たない労苦によって削ずられ、穴でうがたれていました。なぜ役に立たないかというと、その枠木の外側には岩があり、それが天然の敷居となっていて、この固い物質に対してはナイフなど文字どおり刃が立たないからです。傷つくとしたらナイフだけなのです。しかしながら仮に岩の敷居がなかったとしても、やはりこの悪人のあがきはむだなのです。なぜなら枠木がすっかり切り取れたとしても、その幅ではジョーの身体にはせますぎて、ドアの下から抜け出すことはできないからです。

インジャン・ジョーにはそのことは十分わかっていたはずです。つまり枠木を削ったのはなにか別の目的があったのです——なすすべもなくただ過ぎていく時間を潰すため——ここに至っては、なんの役にも立たないとの思いにさいなまれている、たくましい腕や抜け目ない頭脳を、とにかく使ってやるため、だったのです。

いつもなら洞窟を訪れた人は、入り口付近の岩壁にある割れ目に差し込まれた、燃えさしの獣脂ロウソクを5、6本は目にするのです。それらはここを訪れた観光客が残していったものです。けれども今、そこには、ただの1本のロウソクの燃えさしもありません。閉じ込められた、あの囚人が見つけて食べたのです。

彼はまた何匹かのコウモリをなんとか捕まえて、食べていました。よほど空腹だったのでしょう、鉤爪しか残っていませんでした。このあわれな、不運な男は餓死したのです。彼の死体のすぐそばには、つり下がっている鍾乳石からポタリ、ポタリと落ちてくる水滴によって、長い時間を掛けて地面からゆっくり成長した1本の石筍が立っていました。囚人はその石筍を折り、折口を台にして、浅い凹みをつけた石灰石のかけらを置いていました。それで、時計のチックタックとまったく同じくらいの正確さで、三分に一滴、ぽたりと落ちる貴重な水を受けていました——溜る水は24時間かけてわずかデザートスプーン一匙分でした。

水滴は、ピラミッドがまだ真新しいころ、もうぽたり、ぽたり、と落ちていました。トロイが陥落したときも、ローマのいしずえが築かれた時代も、キリストがはりつけの刑に処せられたときも、11世紀、征服王ウイリアムが英帝国を設立したころも、コロンブスが航海に出たときも、独立戦争でのレキシントンの虐殺がニュースになったときも。

水滴は今もぽたり、ぽたりと落ちています。これらすべてが、歴史の午後に埋もれ、それから言い伝えのたそがれのなかに沈んでしまい、ついには忘却の深い夜に呑み込まれたあとでも、ぽたり、ぽたり、としたたりはつづくのです。果たしてすべての森羅万象にその目的、あるいは役割があるのでしょうか？　ぽたり、ぽたりと、5000年の間、休むことなくしたたり落ちていたのは、この虫けら同然の男の、つかの間の要望にこたえるた

めの準備だったのでしょうか？　そしてこの「ぽたり」には、これから1万年後に果たすべき、なにか重要な目的があるのでしょうか？

不運な混血の悪魔が、貴重な水滴を受けるために石に凹みをつけてから、もう何年も何年もたちました、けれども今日に至るまで、マックドウガルの洞窟を訪れる観光客はだれでも、そのあわれな石のコップと、鍾乳石からぽたり、と落ちる水滴をあきることなくいつまでも見つめているのです。インジャン・ジョーが作ったコップは、洞窟内驚異の見所リストのトップを飾っているのです。「アラジンの宮殿」など問題ではありません。

インジャン・ジョーは洞窟の入り口近くに埋葬されました。埋葬時には近隣10キロ内にある町、農場、村落のすべてから、人々がボートや馬車で群れをなして詰めかけました。子どもを連れ、思い思いの弁当をたずさえてやってきたのです。そして、感想を訊かれた人は、やつが埋められるのを見てほんとうに満足だ、やつを吊すのを見るのと、さほど変わらない、と認めたのです。

この葬式はある事柄の、さらなる展開を阻止しました――インジャン・ジョーの恩赦を求める知事への請願です。請願書には多くの署名が集まっていたのです。涙と非難の声であふれた集会が至るところで開かれました。涙にくれる婦人たちの委員会が発足しました。彼女たちは深い悲しみのなか、知事に泣きつき、被害者家族の思いを汲み、慈悲深いクズ知事となって請願書を踏みにじり、恩赦などしないよう懇願しました。

インジャン・ジョーは村人を5人殺害したと信じられていました。でもそれがどうしたというのでしょうか？　たとえジョーがほんとうの悪魔だとわかっていても、自分さえよければ、と恩赦請願書に署名をし、そこに壊れっぱなしでジャジャ漏れの涙腺から涙を落とすやからはいくらでもいるのです。

埋葬の翌朝、トムは、ハックに大切な話を打ち明けようと、秘密の場所に誘いました。ハックはもうすでにトムの冒険については、ウエールズ人一家やダグラス未亡人から全部聞いていました。けれど「あの人たちからは聞かなかったことがひとつだけある、それを今から話すつもりだ」とトムが言うのです。ハックの顔がさっと曇り、言いました。

「言わなくてもわかってるよ。おまえが2号室で見たのは酒だけだった。禁酒宿の酒を告げ口したのはおまえだ、なんてうわさは立っていない、だけど、あの宿の隠しウイスキーのことがバレたって聞いたとき、おれは絶対おまえがバラしたっておもったんだ。それにおまえが金を見つけなかったこともわかッタたよ、もし見つけてたら、そら、おまえは、ほかのやつには話スナクテも、なんとしてでもおれんとこ来ておしえてくれっから。トム、おれたちがあの金を拝めることはもうあり得ないって、そんな気がすんだよ」(どうしてハックは、告げ口したのがトムだと思ったのでしょうか？　それは、インジャン・ジョーを2号室から追い出し、金の有無を調べるのがトムの計画だと考えたからです。禁酒宿屋に酒がある、とだけ告げれば役人がしらみつぶしに部屋を探します。インジャン・ジョーがいたとしても、役人が来たとたん、あわてて逃げたでしょう、役人が2号室を調べにくる前に、トムは鍵のない2号室に入り、金の有無を調べるのです。)

「なんだって、ハック。おいらはあの宿のことなんかしゃべってないよ。土曜日、おいら、ピクニックにいったろ、そんときはあの宿屋、なんともなかった、おまえも知ってるじゃないか。その晩、おまえがあすこで見張ッタたじゃないか、忘れたのか？」

「あ、そうだった！　参った、もう一年も前みたいな気がする。まさにあの晩だよ、おれがインジャン・ジョーをつけてニボー人んちまでいったのは」

「おまえ、あいつをつけたって！」

「そうさ、だけどこれは秘密だ。あいつは死んだけど仲間はまだ残ってる。そいつらにめっかってひどい仕返しされるなんてまっぴらだ。もしおれがいなきゃあいつは今頃テキサスでのうのうと暮らしてるとこだった」

それからハックは、トムに、絶対秘密だと念を押して、ハックの冒険の全貌を話しました。トムは、カーディフの丘事件については、ウエールズ人版の話しか知りませんでしたので。

「それで」とハックは息をついて、本題に戻りました。

「思うに、2号室からウイスキーを持ってったやつが、金もくすねちまった、とにかく、金はもうおれたちの手の届かないところへ行っちまった、トム」

「ハック、あの金はそもそも2号室にはなかったんだよ！」

「なんだって！」ハックは相棒の顔をまじまじと見ました。

「おまえ、まだあの金の行方を追ってるのかよ？」

「ハック、金は洞窟にあるんだ！」

ハックの目がギラッと光りました。

「今なんてった？　トム！」

「金は洞窟んなかだ！」

「トム、インジャン嘘つかない、てか。ふざけてんのか、それともマジか？」

「おおマジだよ、ハック、今まで生きてきてこんなマジになったことはないよ。おいらと一緒にあそこに入って財宝探し手伝ってくれっかな？」

「モチのロンだ！　洞窟を金の隠し場所までちゃんと目印つけて、迷わないようにしてくれりゃ、やるさ」

「ハック、そんなこと、爪の垢ほどの面倒もなく簡単にできるよ、心配すんなよ」

「うわ、素晴らしい！　だけど、どうしてそう思うんだ、金が――」

「ハック、それは洞窟に入るまでお預けにさせてくんないかな？　万一金が見っかんなかったら、そしたら、おいらの太鼓も、今まで集めた宝物も、みんなおまえにやるよ。約束する」

「わかった、きまりだ。そんでいつ出かける？」

「そう言うんなら、これからでもいい。ところでおまえ、もう身体はいいの？」

「そこって入り口から遠いのかな？　ここ3、4日、ぼちぼち歩き始めてる。でも2キロ以上は歩けない――ってか、歩けるとは思えない」

「おいら以外、だれがいっても、入り口から金のありかまでは8キロだ、ハック。だけどおいらしか知らない、すごい近道があんだ。そのすぐそばまでボートで連れてってやるよ。そこまでボートを流れに任せていって、帰りはおいらひとりでボートを漕いで帰ってくる、おまえはただ、乗ってりゃいいんだ」

「じゃ、すぐいこうぜ、トム」

「了解だ。まず食い物がいるよ、パンと肉だ。それとパイプ、小ぶりの袋をひとつかふたつ。たこ糸を2、3巻きほど、それから最近出回りだしたマッチとかいうやつをそろえなきゃ。これ、こないだ洞窟で迷ったとき、あぁ、持っていればナーって何回も思った新製品なんだ」


昼を少し回ったころ、ふたりは、持ち主が不在のボートを拝借して河に漕ぎ出しました。ケープ・ホローから数キロ河を下ったところでトムが言いました。

「崖を見てみ、ケープ・ホローからはここまで、ずーっとおんなじ崖だ――家もない、材木置き場もない、藪がつづくだけで、見分けがつかない、どこがどこかもわからない。だけどほら、あそこに白っぽい所が見えるかな、地滑りの跡のあたりだ。どう、見える？　おいらはあれを目印にしたんだ。さあ、岸に上がるよ」

地滑りの痕《あと》
ここは秘密の入口の目印です。

ふたりは陸に上がりました。

「さてと、ハック、今いるとっから、おいらが抜け出した穴は釣り竿で届くくらい近くにあるんだ、めっけられっかな？」

ハックはあたりをくまなく探しましたが見つかりませんでした。トムは得意げにヌルデの灌木の茂みに分け入って叫びました。

「ほら、ここだ！　ハック、こいつほど決まった穴はないよ、だれにも言うなよ。おいらはずーっと盗賊になりたいと思ってた。だけどそれにはそれにふさわしい隠れ家がいるんだ。問題はどうやってそんなぴったりの場所を見つけるか、だった。それが今、手に入ったんだ。だれにも教えない、だけどジョー・ハーパーとベン・ロジャースにだけはここに入らせてやろうと思う――だって当然盗賊団を組まなきゃ。他にこの洞穴にふさわしい使いかたはあり得ない。トム・ソーヤー盗賊団――いい響きだな、どう、ハック?」

「うん、まあな。だけどだれを襲うんだよ?」

「え、だれでもいいさ、待ち伏せ、それが手口さ」

「それで殺すのか?」

「いや、そうとは限らない、身代金を払うまでこの洞穴に閉じ込めておく」

「身代金ってなんだ?」

「金さ。そいつらが集められるだけ金を集めさせる、よくあるのは友だちから集めるんだ。人質を一年間閉じ込めておいて、もし身代金を払わなかったら殺しちまうのさ、だいたいそんなとこだよ。ただし女は殺さない。女を人質にしてもいい。だけど殺しはだめだ。女はみんなきれいで金持ちだろ、それにすぐ怖がる。もちろん女からも時計とか、めぼしい物は頂くさ。女と話すときは帽子を取り、丁寧な言葉を使うんだ。盗賊ほど礼儀正しいやつはいない――どの本見てもそう書いてある。それでよ、女は盗賊を好きになっちまうんだ。洞窟に閉じ込めて1、2週間もたつともう、泣きわめかなくなる。それから先、彼女たちはもう逃げ出さない、たとえ追い出しても、ぐるりと回って戻ってきちまう、どの本見てもそう書いてある」

「へー、そいつぁすげえ、トム。おれ、海賊になるよりずっといい、絶対」

「海賊より具合のいいとこはいろいろあるよ。家からも近いし、サーカスがくれば見られるし、どこにでもすぐいける」

そうこうしているうちに準備も整い、トムの先導でふたりは穴に入ってゆきました。歩きにくいトンネルを進み、奥の突き当たりまでやってくると、つなぎ合わせたたこ糸の端を岩にくくりつけて先へ進みました。ほんの数歩行くと、あの泉の前に出ました。トムは泉を見たとたん、あのときの恐れと絶望がよみがえり、全身に震えが走るのを覚えました。ハックに、壁に盛られた粘土の上に、わずかに残っているロウソクの芯を指さして、ロウソクの炎があがきながら最後に消えるのを、トムとベッキーがどんな思いで見つめていたかを話しました。

洞窟の静けさと陰鬱さに気押されて、ふたりの会話は次第に小声に、それからささやき声へと移ってゆきました。さらに奥へ進み、トムがインジャン・ジョーを見た洞穴へと入ってゆき、やがて「飛び込み台」までたどり着きました。ロウソクの明かりで照らしてみると、断崖などといえるものではなく、「飛び込み台」は、ふたりの立っているところを台のてっぺんとすれば、その高さはせいぜい6メートルほどの急な斜面の、粘土の山でした。トムがささやきました。

「さあ、ここだ、いいもの見せてやるよ、ハック」

トムはロウソクをかざして言いました。

「ほら、もっとこっちに寄って、あの曲がり角のずーっと奥を眺めてみな、見えっかな？　ほら——向こうのでっかい岩に——ロウソクのススでなんかが描かれてるのが」

「トム、あれって十字だ！」

「さて、おまえの探してた隠れ家2号ってどこだっけ？　『十字の下』ってなんだけ、ほら？　まさにあそこの曲がり角からインジャン・ジョーの、灯りを持った手が、ヌッと突き出てきたんだ、ハック！」

ハックはしばらく、その恐れ多い印を見つめていましたが、やがて震え声で言いました。

「トム、こっからにギよう！」

「なんだって！　金をおっぽってか？」

「そうだ、ほっとくんだ。ここにゃインジャン・ジョーの幽霊がいる、間違いない」

「あり得ないよ、ハック、いないよ。あいつが死んだ場所はここじゃないよ。ずーっと遠くの洞窟の入り口だよ、こっから8キロも離れているよ」

「違うよ、トム。そんなとこにゃいない、あいつの幽霊は金につきまとうんだ。おれは幽霊のことはよく知ってる、おまえだってわかってるじゃないか」

ハックの言うとおりだ、トムは怖くなってきました。不安と迷いが胸に湧き上がってきました。と突然、ある考えがひらめきました。

「あすこ見ろよ、ハック、おいらたちってなんて間抜けなんだろ！　インジャン・ジョーの幽霊なんかやってきやしないさ、だって十字があるじゃないか！」

その目のつけ所が絶妙でした。十分効き目を発揮しました。

「トム、おれ、気がつかなかったな、だけど言われりゃそのとおりだ。あの十字っておれたちの守り神だ。わかった、そんじゃさっさと降りていって宝箱を探そう」

トムが、粘土の斜面に段々を作りながら、先に降りてゆき、ハックがつづきました。十字が描かれた巨大な岩は小さなドームのなかにあり、そこからは横穴が4つ、口を開けていました。ふたりはそのうちみっつを調べましたがなにも見つかりませんでした。最後の、岩の根元のすぐ近くにある横穴に入ると、道の片側の岩壁がえぐられたかのように、小部屋がありました。そこには毛布を重ねた寝床、古いズボン吊り、ベーコンの皮、それに2、3羽分のしゃぶりつくされた鶏の骨が散らばっていました。けれども宝箱はありませんでした。

ふたりはそこを念入りに調べました、が無駄骨でした。トムが言いました。

「あいつ、十字の下って言ったよな、じゃ、ここがまさに十字の下だ。だけど岩そのものの下なんてことはあり得ないよな、この岩はどっしりとして、まるで地面に根が生えてるみたいだもん」

ふたりはもう一度徹底的にあたりを調べました。それからぐったりと座り込みました。ハックは他に探す場所はないか考えましたが、なにも思いつきませんでした。

しばらくしてトムが言いました。

「見てミ、ハック、岩のこっち側の地面には足跡があってロウソクの脂もしみ込んでる。だけど岩のあっち側の地面にきれいだ。なぜだと思う？　賭けたっていい、金は岩の底にあるんだ。こっち側の地面を掘るぞ！」

「おまえ、冴えてんな、トム！」ハックがパッと顔を輝かせて応えました。

さっそくトムの「ほんものの」バローナイフの出番となりました。ものの10センチも掘らないうちになにやら木に当たりました。

「ヘイ、ハック、聞いたか？」

ハックは夢中になって土を掘り、かき出しました。板が何枚か現われました。板を取り除くとそこに、天然の狭い地下道が現われました。その地下道は岩の真下へとつづいていました。トムは地下道に降りてゆき、ロウソクを持つ手を精一杯伸ばして岩の真下の、その先に延びる道を照らしましたが、どこまでつづいているか見極められませんでした。地下道を探ろうとハックを誘いました。身をかがめて天井すれすれに歩みました。狭い道はなだらかな下りとなっていました。曲がりくねった道をコースなりに、最初は右へ、次に左へ、ハックがぴったりうしろについてきました。トムが急なカーブをそろそろと曲がる——そして叫びました。

「すげー、ハック、見ろよ！」

そこにはほんとうに宝箱が、居心地よさそうな小さな岩屋に鎮座していたのです。ほかにカラの小さな樽、革のケースに収められた銃が2丁、古いモカシン靴が一足、ベルト、その他こまごましたものが置かれていましたが、みな、天井からの滴りでぐっしょりと濡れていました。

「とうとうメっけた！」とハックが、箱の入っている、くすんだ輝きの金貨を手でじゃらじゃらとかき混ぜながら声を上げました。

「びっくりだな、ほら、おれたちって金持ちだ、トム！」

「ハック、おいらはいつかきっと見っかると思ってた。でも、いざ見っかるとまるで夢みたいだ。だけどもう金はおいらたちの手んなかにあんだ、夢なんかじゃない！　さあ、もうこんなとこに長居は無用だ、早く外へ出よう。よし、箱、持ってみよう」

箱の重さは22、23キロありました。四苦八苦すればなんとか持ち上げられましたが、たやすくは運べる代物ではありませんでした。

「こんなこったろうと思った」とトム。

「あいつらが運ぶとこ見たとき、重そうだったもん、幽霊屋敷で見たとき。わかってたよ。小さな袋いくつか持ってきて大正解だ」

金貨はすぐに袋に詰められ、ふたりは十字岩の脇の地下道出口まで袋を運んできました。

「さて、銃やらなんやらも取ってキようぜ」とハックが言いました。

「ダメだよ、ハック、あすこに置いとくんだ。あすこのものは、おいらたちを盗賊らしくみせる小道具だよ。普段はあすこに置いとくんだ、それにあすこで乱痴気《らんちき》パーティーをやるんだ。乱痴気《らんちき》パーティーにぴったりだよ、あの岩屋は」

「乱痴気《らんちき》パーティーでなに？」

「わかんね、だけど盗賊に乱痴気パーティーはつきもんだ。だからおいらたちもやらなくちゃならないんだ。

もういこう、ハック。穴に入ってからもうずいぶんたった。もうじき夕暮れなんじゃないか。腹も減ったし。ボートに着いたらなんか喰って一服やろうよ」

やがてふたりはヌルデの茂みから顔を出しました。用心深くあたりを見まわし、河岸に異常のないことを確認すると、ボートに乗り込み、食事をして一服しました。太陽が地平線に沈みはじめると、ボートをこぎ出し、家路へと向かいました。トムとハックは話をはずませながら、長い夕暮れのなか、岸にそって、滑るように漕ぎ上がり、日が暮れてまもなく村に到着しました。

「さて、ハック」とトムが言いました。

「金はとりあえず未亡人んちの薪《まき》小屋の屋根裏に隠そう。明日の朝、おいらが取りに戻る、勘定したら山分けしよう。それから森に入って、安全な隠し場所を探すんだ。おまえはちょっと、ここで静かに身を隠して金を見張っててくんないかな、おいらはベニー・テーラーんちの小さな荷車を取ってくる。すぐ戻ってくるよ」

トムが暗闇に消えた、とまもなく荷車を引いて戻ってきました。荷台に金貨の入った袋を積み、その上に古いぼろきれをかぶせると、荷車を引っ張り、カーディフの丘へ向かいました。

ウエールズ人の家までくると、そこでひと息入れ、さて出発と立ち上がったそのとき、老ウエールズ人が家から出てきて声を掛けました。

「もしもし、どなたかな?」

「ハックとトム・ソーヤーです」

「よかった! わしについておいで、みんな待ってるんじゃよ。こっちへ早く、ほら走って、荷車はわしが引いてやる。おや、見た目よりずっと重いな。レンガでも積んであるのか？――それともくず鉄？」

「くず鉄です」とトムが答えました。

「思ったとおりじゃよ。この村の子どもたちときたら、結構な時間と労力をかけてくず鉄を集めとる、鋳物工場に売ってもせいぜい15セントくらいにしかならん。そのぶん真面目に働けばその倍は稼げるのに、まったく。だけどま、それが人間ってもんだからしょうがないか――とにかく、ほら、急いで！」

ふたりはなぜそんなにせかされるのかわけを訊きました。

「いいから、すぐわかるさ、ダグラス未亡人の屋敷にいけば」

未亡人邸への道すがら、ハックは不安げに、自分はなにもしていない、みたいなことを口走りました――というのも、彼は物心ついてからこのかた、ずーっと身に覚えのないことで責められたり、罰せられたりしていたのです。

「ジョーンズさん、おれたちなにもやってません」

老ウエールズ人は大笑いでした。

「おっと、わしは知らんよ、ハック、この坊主。わしはこの件についてなにも知らんのだ。おまえさんとダグラスさんはいい友だちなんだろ？」

「はい、えーと、少なくともおれはそう思っています」

「よし、わかった。じゃ、いったいなにを心配しているんだね？」

ハックの鈍い頭ではまだその答えが考えつかないうちに、気がつけばトムと一緒にダグラス未亡人邸の応接間に押し込まれていました。ジョーンズさんは荷車を玄関脇に寄せてから応接間へやってきました。

応接間は真昼のような明るさでした。そこには村のおもだった人たち、大人も子どもも大勢集まっていました。サッチャー家の人々、ハーパー家、ロジャース家、ポリーおばさん、シド、マリー、牧師さん、新聞の編集長、その他もろもろの人が、そろっておめかしをしてふたりを迎えました。

粘土とロウソクの獣脂で全身ドロドロのふたりを、未亡人は、他の人にはとてもまねのできないくらい、心から温かく迎えたのです。

ポリーおばさんの顔が恥ずかしさで真っ赤になりました。そしてトムに向かって顔をしかめ、眉を寄せ、首を横に振りました。けれど一番とまどって、一番恥ずかしい思いをしたのはふたりでした。ジョーンズさんがその場を取りなしました。

「トムは家にいなかったんじゃ、それでもうこないもんだと思っていた。だが偶然ふたりをすぐ家の前で見かけたんじゃ、それでなにはともあれ、急いでここへ引っ張ってきたしだいなんじゃょ」

「ほんとよかったわ、ありがとう」と未亡人が言いました。

「ふたりとも、こっちにきなさい」ふたりを寝室へ連れていき、言いました。

「さあ、ここで身体を洗って着替えてちょうだい。ここに新しい服、シャツ、靴下なんかがふた揃《そろ》えあるわ。ハックのよ――いえ、結構よ、ありがとうは、ハック。1着はジョーンズさんがお買いになり、もう1着はあたしが買いました。でもそれぞれふたりにぴったりなはずよ。さあ、着てちょうだい。あたしたちは下で待っているわ――ふたりともピカピカになったら降りてらっしゃい」

そう言うと彼女は部屋をあとにしました。

第34章 ネタばらし／不発に終わったジョーンズさんのサプライズ

ハックがトムにせまりました。

「トム、逃げよう、ロープ、どっかないかな。窓はそんなに高くないよ」

「なに言ってんだよ、なんで逃げたいんだよ?」

「だってよ、あんな人たちがあんなに集まっちゃって、とてもじゃないけど、あんななかにいらんないよ。おれ、応接間なんかいかないからな、トム」

「なにいってんだよ、平気だよ。おいら、ちっとも気にしないよ。おいらに任せろって」

シドが顔を出しました。

「トム、おばちゃんは昼からずーっと待ってたんだよ。マリーは兄ちゃんの日曜学校用の服を用意してたよ。みんなが兄ちゃんのこと、心配してたよ。あれ——脂と粘土かな、兄ちゃんの服についてるのって?」

「いいか、シドちゃんよ、ひとのことはほっとくんだな。ところでこのお祭り騒ぎはいったいなんなんだ?」

「あの未亡人のパーティーだよ、よくやってるじゃないか。今夜はウエールズ人とその息子さんが主賓だよ。こないだの夜、危ないところを助けてもらったお礼だって。それからさ——いいこと教えてやろうか、知りたければの話だけどさ——」

「おい、なんだよ?」

「あのさ、今夜、ジョーンズ爺さんがみんなの前でさー、なんか特別なことをやろうとしているんでさー、それをさージョーンズ爺さんがおばちゃんにさー、こっそり話してるのが聞こえちゃったんだ。で、もう、たいした秘密じゃなくなったような気がするだよなー、みんなもう知ってるだよなー、未亡人だって知ってるんだよな、一所懸命知らないふりしているけどバレバレだよ。ジョーンズ爺さんはね、ハックにこのパーティーには絶対いてほしいんだ。あの爺さんのとびきりのサプライズはハックなしには成り立たないんだ、絶対に!」

「秘密ってなんだ、シド?」

「強盗を未亡人の家までつけていったのはハックってことさ。爺さんはこれをネタにサプライズで大盛り上がりするつもりなんだよなー。だけど賭けたっていい、すぐにぴしゅんってしぼんじまうんだよ」

シドは至極ご満悦で嬉しそうにクックと笑いました。(自分のひと言でジョーンズさんの見せ場だけでなく、ハックの出番も台無しにしてやった、と悦に入っていたのです)

「シド、それ、バラしたの、おまえか?」

「さあね、だれか、なんて気にすんなよ。どっかのだれかさん――それで十分だろ」

「シド、この村でそんな恥ずかしいことができるやつはたったひとりっきゃいない、それがおまえだ。もしおまえがハックの立場だったら、未亡人が危ないなんてだれにも伝えないでこっそり丘から逃げ戻っちまう。おまえはなんにもできないやつだ、薄汚いこと以外はな。おまえは他人がいいことして褒められるのを見るのが大嫌いなんだ。ほら――未亡人のセリフを借りれば教えてくれなくて『結構』だ、おまえの話なんか聞きたくもない」

――トムは、シドの両耳を盗み聞きした罰としてパシンパシンと叩くと、尻を何回も蹴って部屋から追い出しました。

「さあ、下に降りておばちゃんに盗み聞きを白状してこい、もしちっとでも良心があればな——そして明日、おばちゃんからたっぷりお仕置きされろ！」

数分後、客は夕食のテーブル席に着きました。12人ほどの子どもは、この地方のそのころのしきたりにしたがって、同じ部屋に組み立てられた、何台かの小さな補助テーブルに分かれて座っていました。タイミングを見計らってジョーンズさんが短いスピーチを始めました。そのなかで未亡人が、彼とその息子たちのために栄誉ある会を開いたことに対して感謝の意が表されました。そして言葉をつづけて、奥ゆかしくも名を伏せている、もうひとりの人物がおります——それからうんぬんかんぬん。ジョーンズさんは、かねてよりひた隠しにしていた、カーディフの丘でのハックの活躍を、思いっきりドラマチックに一気に披露しました。

けれどそのサプライズ話で引き起こされた驚きはほとんどが驚いた「ふり」でした。そして、本来であれば当然湧き上がる歓声や、口々に語られる勇気をたたえる言葉もおざなりで、とおりいっぺんでした。けれども未亡人の心底驚いた様子は真に迫っていました。また未亡人はハックを、言葉をつくしてほめ、心の底から感謝を表しました。それを聞いたハックは、大勢の注目と賞賛の的に仕立て上げられたという、到底耐えられない居心地の悪さのおかげで、新品の服が我慢できないほどきゅうくつで不快だということさえ、ほとんど感じなくなりました。

未亡人は言葉をつづけて、ハックを自分の家に住まわせ、学校にいかせるつもりだとみなに向かって言いました。それからお金が貯まったらハックに、こじんまりとした商売をやらせるとも言ったのです。トムの出番がきました。こう言い放ちました。

「ハックにお金は要りません。ハックは金持ちなんです」

本来面白い冗談としてタイミングよく、それなりのお世辞笑いが起こるところなのですが、お客さんはみな奥ゆかしいので、ここで笑うとトムを馬鹿にしたようにうけ取られかねないと気兼ねして、ぐっと押しとどめました。なんとなくぎこちない沈黙がただよいました。トムが口を開きます。

「ハックは金持ちなんです。たぶん信じられないと思います。だけど、うなるほど持ってるんです。あれ、ニヤニヤ笑ってますね――それじゃお見せしましょう。ちょっと待ってくださいよ」

トムは外へ飛び出していきました。居並ぶ人たちは狐につままれたようなふうで、なにが起こるか、いぶかりながらお互い、顔を見合わせて――ハックに、いったい何事だ、というふうに視線を向けましたが、ハックは口を閉ざしたきりでした。

「シド、トムはどっか具合が悪いのかね？」とポリーおばさんが訊きました。

「あの子ったら――まったく、トムがやることはホントにわかんないよ、一度だって――」

ポリーおばさんのグチが終わらないうちに、トムが戻ってきました。見れば重そうな袋を両手に持って、足を踏ん張って運んできました、といきなりテーブルの上に大量の金色の硬貨をぶちまけて言いました。

「ほら、おいら、なんて言ったけ？　この半分はハックので、もう半分はおいらんだ！」

この信じられない光景に、部屋じゅうの人が息を呑みました。大きく目を見開き、しばらく口をきく人はだれもいませんでした。それからみなが、どんなとんでもないことをやったのかを口々に訊きました。トムは、悪さはいっさいやってません、きちんと説明できますと答え、一部始終を話しました。トムが話している間、その胸が躍り、息の詰まるような話の流れをさえぎる人はだれもいませんでした。トムが話を終えると、ジョーンズさんが言いました。

「この場でちょいとしたサプライズを仕掛けたつもりじゃったんだが、今となってなんの足しにもならんよ。トムの話に比べればわしのサプライズなんか鼻歌みたいなもんだ、いや参ったよ」

かぞえてみると金貨は全部で1万2000ドル余りありました。その場に居合わせた人のなかには、それ以上の資産家もいました、けれどもこのような大金を一度に目の前にした人はだれもいませんでした。

第35章 新生活の始まり／可哀想なハック／次なる冒険へ

読者のみなさんには、トムとハックの大棚ぼた事件が、この小さな寒村のセントピータースバーグに大騒動を巻き起こしたことは十分納得いただけると思います。ぼう大な金額が、それも金貨で——そんなことは、とてもにわかには信じられないことでした。

村人はまるで自分が見つけたようにほくほくし、また素晴らしい冒険談として語っていましたが、ついにはこの桁外れの興奮のお陰で、まともな判断ができなくなった人も少なからず現われました。セントピータースバーグ村に限らず、近隣の村々にある「幽霊屋敷」と呼ばれるような廃屋は、どれもこれもばらばらに解体されました、床板は一枚残らず剝《は》がされ、その床下は宝探しのために掘り返されました——主役はもはや子どもではなく、大人でした——なかには生活がかかっている人や、夢物語とは無縁な人もいました。

トムやハックは姿をみせると、つきまとわれたり、ほめられたり、うらやましげに見られたりしました。それまではふたりがなにを言おうとだれもなにも気にしませんでした。ところが今や、彼らの一言一句が重みを持ち、人から人へと伝えられたのです。ふたりの一挙手一投足がなにか特別な意味をもっているように受け止められるようになったのです。彼らは、もはやなに気ない行動や、なに気ない話をすることが、かなわなくなりました。なにを言ってもやってもなにかしら意味づけされてしまうのです。さらにふたりの今までの行状がほじくり返され、かき集められ、そこには注目に値する独創性が見られた、などと言われるしまつでした。村の新聞は、ふたりの生い立ちから今までを記事に仕立てました。

未亡人のダグラスさんは、ハックのお金を、年利6パーセントで銀行に貸しつけました。トムのお金は、ポリーおばさんが、サッチャー判事に頼んで同じように貸しつけてもらいました。今やふたりには定期収入がもたらされるようになったのです——それも並外れた額でした——毎年、平日には毎日1ドル、隔日曜に1ドル入ってくるのです。ちょうど牧師の年収と同じです——いえ、正確にはそう、年収と約束された金額です——実際には牧師さんが満額もらえることは、ほとんどありませんでしたから。

週に1ドル25セントあれば、質素なあの時代、少年ひとりを食事つきで下宿させて学校にかよわせ、生徒にふさわしく、服を揃え、風呂に入れることができたのです。

サッチャー判事は、トムには心底感心していました。普通の子だったら、彼の娘を最後まで見捨てず、一緒に洞窟から脱出するなんてことはまずあり得ない、と語ったのです。

ベッキーが、絶対秘密よ、と念を押して父親に、学校で、どうやってトムが彼女に代わってムチ打ちの罰を受けたかのいきさつを話すと、判事ははげしく胸をうたれたことを隠すことできませんでした。そしてベッキーが、本来彼女の両肩に降りかかるムチの嵐を自分の肩へと移すために、トムが先生に告げた大いなる嘘を、どうか責めないで欲しいと父親に嘆願すると、判事が感極まって——その嘘は高貴で包容力にあふれ、しかも慈しみの心に満ちている——ジョージ・ワシントンが桜の木を切った逸話で賞賛された正直さと並び立つ、堂々と長く語り継がれるべき嘘である！　と言ったのです。

判事が床を踏みならしながらそう語る様子は、ベッキーが未だかつて見たことがないほど背が高く、威風堂々としていました。彼女は飛んでいってトムにこのことを話しました。

サッチャー判事は、トムには、いつの日にか、高名な法律家か、立派な将軍になってもらいたいと願いました。ついで、トムがその願いをかなえてくれるよう、まず士官学校で、そののち、国一番の法科学校で学べるよう取り計らうつもりだ、と語りました。

ハック・フィンは、今やお金持ちであり、加えてダグラスさんの保護下にある、ということで、いっぱしの社会の一員として受け入れられました――というよりも、むりやり市民社会に引きずり込まれ、投げ込まれたのです。その窮屈さがもたらす苦痛はハックにとって、ほとんど我慢の限界を超えるものでした。未亡人の召使いたちは、ハックをいつもに清潔に保ち、きちんとした服を着させ、髪はとかし、靴をはかせ、しかもその靴はピカピカでした。またハックが寝るベッドには、いつも一点の汚れもシミもない、よそよそしいシーツが敷かれていたので、ぴったりと心を寄せて、今までのように心地よく寝ることができませんでした。食事ではナイフとフォークを使わなければなりませんでした。ナプキンも、カップも、お皿も。勉強もすることになりました。教会へもかようことになりました。話しかたも上品に、正しく直されたので、なにをしゃべってもリズムも、盛り上がりもなく、味気なく感じるのでした。ちょっとでもなにかをしようとすると、たちまち文明の柵や足かせがハックを閉じ込めて、手足の自由を奪うのでした。

ハックは、けなげにもあれ以来3週間、その責め苦に耐えましたが、ある日こつ然と姿を消しました。それから48時間、未亡人は真っ青になってあらゆる所を探しました。村としても事態を重く見ました。河に沿って村の上流側から下流側まで捜索しました。水死している可能性も考え、河もさらいました。

3日目の早朝、トム・ソーヤーはふと思い立って、畜殺所跡までゆき、その裏手のあちこちに転がっている古い空き樽をのぞいてまわると、案の定、逃亡者は空き樽のなかにいました。ハックはそこで寝起きしていたのです。彼はちょうど今、くすねてきた雑多な食べ物とパンのミミで朝飯を終えたところでした。横になって、心地よさそうにパイプをくゆらせていました。髪の毛はボサボサで、櫛目はとっくに消えていました。そして着ているものといえば、例のボロボロになった古着で、その様子は彼が自由で幸せだったときの姿そのものでした。

トムは彼を樽から追い出し、彼が巻き起こした騒動を告げ、家に戻るよう、せき立てました。ハックの顔から穏やかで満ち足りた表情が消え、憂鬱の影が差し、言いました。

「その話はなしだ、トム。おれなりに頑張った、だけどダメだ、うまくいかないんだ、トム。ああいうのはおれとは無縁の世界だよ、やってらんないんだ。ニボー人はおれによくしてくれたし、おれたちはもう友だちだ、だけどああいうのは我慢できないよ。毎朝、ぴったし同じ時間におれを起こす、顔を洗わせて、召使いがよってたかっておれを押さえつけて髪の毛をとかすんだ。薪《まき》小屋で寝たいっていっても許してくんない。おれを窒息させる憎たらしい服も着なきゃなんない、なあトム、あの服着ると空気を止ミられちゃう気がする。あのお上品ぶった服はマジ着心地悪い、あんなの着てちゃ座ることも、寝そべることも、そのあたりほっつき歩くこともできない。ここんとこずーっと、よそんちの庭にある地下室用扉で滑って遊んでない――もう何年もやってないみたいだ。教会にも行かなきゃなんない、冷や汗一杯さ。あの、もっともらしいお説教が大嫌いだ！　ハエがいても捕まえちゃダメだ。噛みタバコも御法度だ。日曜はいちんちじゅう、靴をはかされる。ニボー人はベルを合図に飯を喰う。ベルを合図に寝る。ベルを合図に起きる――なんでもかんでもがっちり時間に縛られてる、そんなの我慢できないよ」

「だけど、みんなそうやってんだよ、ハック」

「トム、そんなこと言われてもおれはおれだ。おれはおまえの言う『みんな』じゃない、とにかくやってらんないんだ。がんじがらめじゃないか。食い物がなんにもしなくてもでてくる――おれはそんなエサなんか喰いたくない。魚釣りにいくにもお許しがいる――泳ぐのも――お許しがなきゃなんもやれない。それから、お上品にしゃべらなきゃなんない、口んなかがおかしくなるんだ――だから毎日、屋根裏に隠れてしばらく思い切り汚い言葉を吐きまくるんだ、じゃなきゃ死んじゃうよ、トム。そうすんとやっと口んなかがすっとして、味がわかるようになんだ。ニボー人はタバコも吸わせてくんないんだ。人前で大声を出しちゃだめ、あくびもダメ、伸びも、身体をボリボリ掻くのはもってのほか――」［それから特別な苛立ちと心の痛みからか、身体を震わせて］「――たまげたことによ、ニボー人は四六時ちゅうお祈りばっかしてる、あんな人見たことない！　決心しなきゃなんなかった。出てくっきゃなかった、トム。それによ、学校だってもうじき始まる、そしたら行クなきゃなんない――まっぴらだ、トム。あのよ、トム、金持ちになるって、大喜びするようなもんじゃないな、ただ悩んだり心配だったり、冷や汗かいたり、いつも死んじまいたいと思ったりするだけだ。このボロがおれにはぴったりだ。この樽が居心地満点だ、もうこいつらを手放す気はない。トム、あの金さえ、なイかったらこんなえらい目になんか遭うことはなかった。だからよ、おまえの分だけじゃなく、おれのトレ分も持ってけよ、そんでおれにはときどき10セントばかりくれ――そんなにしょっちゅうじゃないさ、金出さなきゃ手に入らないもんなんかなくたってどってことないからな――そんでよ、ニボー人とこ行っておれのこと、もう勘弁してもらってくんないかな？」

「待て、ハック、そんなことできないのはよくわかってんだろ。山分けの決まりだって守んなくちゃ。それにしばらくたてば未亡人ん家の生活も心地よくなってくるさ」

「心地よくなるって！　そのとおりだ。もしガンガン燃えてるストーブの上にジターと座ってるとストーブが心地よくなんならな。わかってくれ、トム、金持ちなんかになりたくない。あんな窮屈で息がつまる家なんか住みたくない。おれは森が好きだ。河も、樽も、おれはずーっとそうやって過ごすんだ。くっそ！　銃も手に入った、洞窟もある、もういつでも盗賊になれると思った、そこに、このアホみたいなことがおっぱじまって、みんなおじゃんだ！」

トムはその言葉にハックを説き伏せる突破口を見つけました――

「あのね、ハック、金持ちだから盗賊になれないってことはないんだ」

「まさか！　ええ、そんなうまい話があんの？　おまえ、ホントに真面目に言ってんの？」

「真面目も真面目、大真面目だ。おいらがここに座ってるくらい、確かだ。だけど、ハック、尊敬されなきゃ一味には入れられないんだ、なあ」

ハックの嬉しそうな顔がとたんにしょぼんとなりました。

「おれ、入れないのかよ、トム？　海賊には入れてくれたじゃないか」

「うん、だけど海賊とはわけが違うんだ。盗賊は海賊よりずっと上品なんだ――簡単に言うとね。どこの国でも盗賊は貴族のなかでもすごい上の方なんだ――侯爵とかそんな身分で」

「なあ、トム、おれたち、いっつも友だちじゃなかったか？　おれを締め出すなんてことしないよな、そうだろ、トム？　そんなことしないよな、よお、どうなんだ、トム？」

「ハック、締め出そう、なんて思うはずないし、おまえを締め出したくなんかないよ――だけどみんなはなんて言うかな？　きっとこううわさするよ『最低だ、トム・ソーヤーの一味なんて！　下品なやつが混じってるじゃないか！』あのね、下品なやつっておまえのことだよ、ハック。そんなのやだろ、おいらだってやだ」

ハックは押し黙りました。心のなかで葛藤が渦巻きました。ついに結論が出ました。

「わかった。ニボー人んちにひと月ほど戻って、そんでその先やってけるか見てみるよ、もし盗賊に入れてくれるんならな、トム」

「いいぞ、ハック、さすがだよ！　じゃ、相棒、おいらと今から未亡人のとこ行こう、おいらがいろいろちょっと大目に見てもらえるよう頼んでやるよ」

「え、頼んでくれるの。トム、すぐ頼んでくれるの？　たすかるよ。もし、なんか大目に見てくれるんなら、まずはタバコ、それからおれがしゃべり馴れた言葉だな、もちろん人前じゃやらないさ。もしそれで折り合いがつけば、他はどんなことでも我慢して彼女のお気に召すようにするよ。ところでいつ仲間を集めて盗賊やるんだ？」

「あ、その件ね、すぐにだよ。仲間を集めて今夜結団式やるんだ」

「なにをやるって？」

「結団式さ」

「なんだ、それ？」

「お互い助け合い、盗賊団の秘密は絶対守る、たとえバラバラに切り刻まれて口は割らない、そしてもし仲間のだれかがやられたら、やったやつだけじゃない、そいつの家族も皆殺しにする、って誓うんだ」

「いいね、面白い――最高だな、トム。マジで」

「うん、絶対に面白い。そんでもってよ、この誓いの儀式は真夜中に、思い切り寂しい、思い切りおっかないところでやるんだ――ユーレー屋敷が一番いいんだけど、みんな壊されちまったからな」

「まあな、でも真夜中ってのはカッコいい、トム」

「うん。そうだな。それから棺桶を前に誓うんだ。誓ったらみんな揃って棺桶の蓋に血でサインをするんだ」
「そうか、すげえ！　なんたって、海賊より百万倍格好いい。おれ、死ぬまでニボー人んちにいるよ、トム。それでもしおれが有名な盗賊になって、みんながうわさするようになったら、おれをドブ泥から引き揚げたこと、彼女、自慢すると思うよ」

結びに

これにてこの物語は終わりです。この物語はある少年の歴史そのものなのです。これより先となると、大人になった、この子の歴史にまで入り込まなければなりません。大人を主人公とした小説を書く場合には定石があって、どこで話を締めくくるか、たやすく決められます——たとえば結婚とか。けれども少年の物語の場合は、ここが一番いい、と作者が感じたところで打ち切る必要があるのです。本書に登場する、ほとんどの人物はまだ存命で、みなさんひとかどの人物となり、幸せな生活を送っています。

いつの日にか、また、ここに出てくる子どもたちの話をとりあげ、それぞれどんな、その後の人生を送っているかを見るのもいいかもしれません。ですからそれはまたのお楽しみとして、この場はそっとしておくのが一番だと思うのです。

訳者あとがき

本書を小学生から大人までそれぞれワクワク、ニヤニヤ、ハラハラしながら読んでいただくことを願っている。そのため、原作の味わい、リズムを極力保ちながらできるだけ平易な文体、用語を選んだ。

著者マーク・トウェインが「はじめに」で、本作は少年少女を対象にしているが、大人たちにも読んで欲しい、と述べている。実際、この「はじめに」の文章にも、子どもが読むと「そうなの」と思うだけだが、大人が読めばなるほど「うまい」と感心する、著者の博識ぶりを示す箇所がさりげなく織り込まれている。つまり子どもが読んでも十分面白いが、大人が読めばこの本の神髄がわかる、よってこの本は重層的に書かれていて、各知識レベルでそれぞれ楽しめるように仕組んだ、と言っているようだ。それはある意味で読者に、知識比べを仕掛けているように思われる。

実際、原作には著者の斜に構えた宗教観、高い教養、豊かな感性と表現力、ユーモアに加えて慣習、宗教的、社会的背景、暗示、省略、掛詞、単語のマイナーな意味の意図的採用等がちりばめられている。ネイティブ（19世紀の米国人）の読者にとっても重層的に受け取られるような細工は、異文化、異時代、異言語の我々現代日本人読者にとって、その層はバウムクーヘンのように限りなく多層だ。

かつての日本人は、百人一首や浮世絵に代表されるように、そこに暗示、省略、判じ、掛詞などが盛り込まれている作品の知的挑戦を楽しんでいたし、重層的な仕掛けを大いに評価した。

けれども現代の我々日本人の多くは、なかなか知恵比べ、知識比べに付き合っていられない。サスペンスドラマでも最後は断崖絶壁で犯人、刑事、関係者が集まり、犯行の動機、手口、逃走経路まで、これでもかとばかりすべて説明して貰わないとすっきりしない。

そこで、原作を訳すにあたっては、層の数を削るため、原文の一フレーズも省略することなく読者に読んでいただくことに加えて、原作にあらわれる、慣習、暗示、省略、宗教的、社会的背景等の説明については、文の流れを妨げない範囲で本文中に組み込んだ。説明が長くなる場合には（　）として訳者註の形で加筆した。

省略の一例を挙げると、第4章、トムがバローナイフをマリーからご褒美に貰い、その切れ味を一刻も早く試したくて、食器棚を削ずろうとする場面がある。

その文は次の通りだ。「トムは食器棚をバローの試し切りの「犠牲者」に選び、その引き出しを開けて、さあ削ろうとした」

食器棚には皿、カップ類を収納する観音開きの部とナイフ、フォークなどをしまう引き出しの部がある。トムは引き出しで切れ味を試そうと思ったのだ。気がせくのにわざわざなぜ引き出しか？　それは引き出しの底の部分を削ればおばさんにまず見つからない、と考えたのだ。ではなぜ見つかりたくなかったか？　もちろん見つかれば怒られるからだ。しかしそれだけではない、なぜならトムとしてはおばさんに叱られるのは日常茶飯事、せいぜい指ぬきでコツンとやられるくらいだ、へでもないのだ。ではなぜそんな配慮をしたのか？

それはナイフをくれたマリーまでトラブルに巻き込まないためだ。ここにトムの抜け目なさと、恩を仇で返すようなまねはすまい、つまり悪戯は思いっきりするけど仁義は守る、そういう彼の性質が雄弁に語られている。しかしながらそこまで層を掘り下げなくても原作は十分楽しめる。それで本訳ではこのような説明を長々とするのは文の流れを乱すので加筆をおさえた。さらには読者のみなさんに原作者の挑戦をどのよう受け取ったかご確認いただきたかった。

　会話については黒人なまり、子ども同士の会話、子どもが焦ったり、意気込んだりしたときの話し方、子どもと大人のやりとり、時制の誤用などできるだけ原作に合わせて表現を試みたが、読みづらさ、わかりにくさがあればご容赦いただきたい。

　また日本語に馴染まない、あるいは当てはまらない表現はあえて意訳をした。例を挙げれば第4章に「きみは金銭のために2000もの聖句を暗唱したわけではない。きみはそんなことは期待しないのだ。ふむ、期待ね、そうだ、ここであることをきみに期待してもよろしいかな?」というサッチャー判事の台詞がある。「期待」という単語が引き金になってトムに十二使徒の質問を出したくだりだ。

　原文では「wouldn't」が引き金の言葉であるが、日本語には訳せない。しかし、この引き金によって実態以上にいい格好を見せたかったワルター氏はメンツを潰し、努力なしにみんなの嫉妬心をかき立てようと企んだトムは報いを受けることになった。ここにはメッキ嫌いの作者の思いが表れていると感じた。だから引き金は外せない。そこで「期待」と意訳した次第だ。

　ところで著者のメッキ嫌いは筋金入りで、いつもは温かい目でトムを見ている著者も、ちょっとでもトムがメッキをほどこすとたちまちお灸を据える。可哀想にトムは、あるときは、ベッキーに「サイテー」と軽蔑され、パレード参加はうっちゃられ、晴れの舞台で立ち往生し、ニコチン中毒で死ぬ思いをする。

　さて話を意訳に戻すと、もう一例あげる。第25章に「そりゃそうだろ。だけどヨーロッパにいってみ、王様なんかうようよしてるよ」というトムの台詞がある。原作では「うようよ」ではなく、「ピョンピョン跳び回っている」と表現されている。これも直訳するとしっくりしないと判断した。本来は原作の表現に忠実であるべきだが、本書は「平易でわかりやすく」を第一としてあえて意訳をした、これもまたご容赦願いたいところである。

原本はThe American Publishing Company 1884年版で、翻訳はこれをe-Book化して提供している団体、The Project Gutenbergの「*The Adventures of Tom Sawyer*」2021年3月21日改訂版に依った。

原作にはすでにいくつもの翻訳があるが、今回の翻訳に当たってはとくに柿沼孝子氏の訳『トム・ソーヤーの冒険』（彩流社、1996年）および柴田元幸氏の訳『トム・ソーヤーの冒険』（新潮文庫、平成27年）を参考にさせていただいた。この場を借りて両氏に感謝申し上げる。

また読者のみなさんに、よりわかり易く、より楽しんでいただきたいと、地図「トム・ソーヤー冒険の舞台」を作成した（距離間隔は必ずしも正しくなく、位置関係を表しているとご理解いただきたい）。また作中にでてくる、我々になじみのうすいと思われる事物についてはそれらのイラストを載せた。参照いただきながら本書をお読みいただければとねがっている。

なお、地図のデザインについてはデザインワークショップジン、装画と挿絵についてはYOUCHAN様に作成していただいた。訳者のこまごまとした要望にご対応いただいたことを感謝いたします。

最後に本書の出版、編集にご尽力、ご助言をいただいた株式会社小鳥遊書房の高梨さんに厚くお礼を申し上げます。

令和4年5月

市川　亮平

P．S

本書を妻と3人の孫へ

【著者】

マーク・トウェイン

(Mark Twain)

アメリカの作家
1835 年 11 月 30 日ミズーリ州フロリダ生まれ。
本名サミュエル・ラングホーン・クレメンズ。
4 歳のとき、ミシシッピー河畔のハンニバルに移住し、
12 歳で父を失い、印刷屋に奉公する。1857 年ミシシッピー川の水先案内人を経て、
1861 年新聞社に勤めマーク・トウェイン名義で文筆活動に入る。
『トム・ソーヤーの冒険』(1876 年) や『ハックルベリー・フィンの冒険』(1884 年)
など幼年時代の自伝的小説で 20 世紀アメリカ文学に影響を与える。
その後も冒険や自然の要素を取り入れた小説のほかに、エッセイ、旅行記など
数多くの作品を発表し、当時のアメリカでもっとも人気のある作家となった。
1910 年 4 月 21 日、74 歳で死去。

【訳者】

市川亮平

(いちかわ　りょうへい)

東京都出身。
横浜国立大学工学部卒業後、
NEC にて半導体製造装置開発設計、パーソナルコンピュータ開発設計に携わる。
現在、株式会社川崎生物科学研究所会長。

トム・ソーヤーの冒険《ぼうけん》

2022年5月31日　第1刷発行

【著者】
マーク・トウェイン

【訳者】
市川亮平

発行者：高梨 治
発行所：株式会社**小鳥遊《たかなし》書房**
〒102-0071　東京都千代田区富士見1-7-6-5F
電話 03-6265-4910（代表）／FAX 03-6265-4902
https://www.tkns-shobou.co.jp

装幀・装画・挿絵　YOUCHAN（トゴルアートワークス）
地図デザイン　デザインワークショップジン
印刷　モリモト印刷株式会社
製本　株式会社村上製本所

ISBN978-4-909812-88-9　C0097